INCIDENT SUR KENVAL

MALLORY SAJEAN 1

PHILIPPE MERCURIO

NOGARTHA.FR

Rejoignez l'équipage du *Sirgan* !

Inscrivez-vous à la newsletter et recevez gratuitement :

- La nouvelle « Station en péril » (ebook et audio)
- Le guide illustré de l'univers de Mallory Sajean (ebook réservé exclusivement aux abonnés)
- Le début du roman fantasy « L'arbre au bout du monde »

Visitez nogartha.fr

Copyright © 2017 Philippe Mercurio
Tous droits réservés
ISBN : 9791097258009
Dépôt Légal : Juin 2016
Deuxième édition : Novembre 2018
Illustration de couverture : © 2019 Sariya Asavametha

À la mémoire de Pascal Candia, écrivain.

I
COLÈRE

Mallory Sajean franchit d'un pas décidé l'entrée du *Reylor*, un des restaurants les plus huppés de Nogartha. Aussitôt le seuil passé, elle découvrit une vaste salle bordée d'arcades. Une nuée de petits drones aux reflets métalliques s'affairaient entre les colonnes de pierre brute. Assurant le service avec efficacité, ces robots volants papillonnaient au-dessus de tables massives en verre teinté. La plupart d'entre elles étaient déjà occupées. Quelques visages se tournèrent vers Mallory. Jeune femme athlétique à la chevelure brune au carré, elle se rendit compte que son apparence éveillait un certain intérêt. Au lieu d'ignorer les curieux, elle les fixa en retour de ses yeux légèrement bridés aux iris sombres. Un sourire se dessina sur ses lèvres quand son attitude inattendue les força à reporter leur attention ailleurs.

Elle n'eut aucun mal à trouver l'homme qui lui avait donné rendez-vous. Avec ses vêtements vert criard, Vael Lebrane se distinguait du reste de la clientèle tel un perroquet au milieu d'une volée de colombes. Elle se dirigea jusqu'à lui sans prêter garde aux androïdes chargés de la propreté, obligés de s'arrêter brusquement sur son passage.

Ses bottes en cuir épais, qu'un soldat n'aurait pas reniées, claquaient sur les dalles de marbre à chaque pas. À part sa veste bordeaux, la seule touche de couleur venait de ses tatouages à moitié cachés : des roses dont le motif ornait ses mains et avant-bras pour disparaître ensuite sous ses manches.

Lebrane paraissait un peu déçu. Il pensait probablement dîner avec une fille élégante, à l'image de la blonde à sa droite, qu'il reluquait ouvertement quand Mallory l'avait aperçu. Au lieu de cela, il se retrouvait en tête à tête avec une brune à l'air grave, vêtue d'une combinaison noire de pilote.

Elle était prête à parier qu'il espérait la voir porter une de ces tenues à la mode, faites de quelques bandes de tissu, qui montraient plus qu'elles suggéraient...

— J'aurais dû m'en douter, lâcha-t-il en guise de salutation. Tu n'as pas changé.

Cela ne l'empêcha pas de détailler ses courbes harmonieuses lorsqu'elle s'installa face à lui. Ayant noté le mouvement des yeux verts de son hôte, Mallory mourait déjà d'envie de le gifler.

Ne pouvant se le permettre, elle se retint à grand-peine. Les fleurs qui ornaient sa peau se refermèrent et cédèrent la place à un entrelacs de tiges épineuses : l'encre utilisée pour les graver dans sa chair réagissait à son humeur. Sans s'embarrasser de formalités, elle demanda :

— Pourquoi t'as pas envoyé un contrat, comme d'habitude ? Qu'est-ce qu'on fait là ?

— Ne sois pas si hargneuse ! En fait, j'ai plusieurs bonnes nouvelles pour toi...

Lebrane passa une main dans sa crinière blonde et lui fit un large sourire. Elle savait que de nombreuses femmes le jugeaient séduisant et elle admettait l'avoir trouvé agréable à regarder, du moins jusqu'à ce qu'elle le connaisse. Il semblait convaincu que, malgré la collaboration qu'il lui avait imposée, elle ne pouvait rester insensible à son charme. Ce en quoi il se trompait lourdement.

Néanmoins, trop arrogant pour en douter, il fit un grand signe à l'un des serveurs robotiques. La machine s'approcha et leur versa un breuvage alcoolisé qui ressemblait à de l'or liquide.

— J'ai viré le double de la somme habituelle sur ton compte, déclara-t-il avec suffisance.

Ce grossier rappel de sa dépendance vis-à-vis de lui n'arrangea en rien l'humeur noire de Mallory. Se contrôlant difficilement, elle trempa ses lèvres dans la boisson dorée pour éviter de répondre.

— À vrai dire, poursuivit-il, je crois que je me suis lassé du transport spatial…

Surprise, elle oublia un instant sa colère et reposa son verre. Il avait maintenant son attention. Avec une satisfaction évidente, il marqua une longue pause qu'il mit à profit pour détailler le visage de Mallory. Elle avait des traits délicats, un petit nez et la peau blanche. Ses fins sourcils étaient froncés et sa bouche bien dessinée faisait la moue. Quand elle en nota l'effet sur Lebrane, elle s'efforça de ne pas se mordre les lèvres pour les dissimuler : ce genre de réaction excitait toujours les types comme lui.

Elle savait parfaitement qu'elle n'avait rien de commun avec ses conquêtes habituelles, ce qui devait le motiver un peu plus à vouloir la mettre dans son lit. Satisfait de son effet d'annonce, il lâcha enfin :

— Je suis prêt à te revendre la part que je possède de ton vaisseau… Et ce, à un bon prix ! Imagine, tu vas être libre de poursuivre le projet insensé de ton oncle…

À ces mots, Mallory se crispa. Elle ne rêvait que de cela, mais était trop intelligente pour ne pas flairer le traquenard. Sceptique, elle demanda :

— Pourquoi tu ferais ça ? L'argent facile ne t'intéresse plus ?

— J'ai besoin de liquidités pour d'autres buts. D'ailleurs, je te propose de passer chez moi après le repas pour en discuter...

Comme s'ils étaient les meilleurs amis du monde, Lebrane cogna son verre contre le sien et le vida d'une traite. L'expression lubrique affichée sur son visage ne laissait aucun doute sur ses intentions réelles.

La colère submergea Mallory : il lui fallait coucher avec ce salaud pour garder ce qui lui appartenait !

Avec un dégoût grandissant, elle réalisa que l'alcool le désinhibait de plus en plus. Cette fois, il lorgna franchement sa poitrine. Dès qu'elle s'en rendit compte, les tatouages de ses bras réagirent. Les tiges des roses aux boutons fermés se chargèrent de longues épines menaçantes. Une rage trop longtemps retenue monta en elle, jusqu'à devenir incontrôlable. Elle se leva brusquement, faisant basculer sa chaise au sol, et hurla :

— Me faire chanter ne te suffit plus ? T'as aussi besoin de me passer dessus !

Médusé par ce soudain accès de violence, son « associé » resta une poignée de secondes sans réaction avant de se défendre :

— Allons ! Pimenter les affaires avec un peu de sexe n'a jamais fait de mal à personne. Tu dois quand même te servir de tes atouts de temps à autre...

Attrapant son verre encore plein, Mallory en jeta brutalement le contenu au visage de Lebrane. Elle partit sans se retourner, le laissant à moitié aveuglé et en proie aux regards appuyés de la bourgeoisie qui fréquentait les lieux...

De retour dans la rue, elle s'éloigna du restaurant à pas

vifs. À bout de nerfs, elle balança un coup de pied en direction d'un robot éboueur. Sorte d'aspirateur-nettoyeur monté sur chenilles, il esquiva la lourde botte d'un brusque écart. Déséquilibré, il émit un couinement de protestation et vomit une traînée de déchets sur l'asphalte.

Vaguement honteuse de ce geste puéril, Mallory effleura l'anneau ouvragé qu'elle portait toujours au poignet gauche. L'objet d'art dissimulait son *navcom*. Ces quelques grammes de circuits, faits de molécules soigneusement assemblées, lui permettaient d'accéder aux réseaux de communication de la totalité des mondes connus.

Des symboles lumineux apparurent dans son champ de vision. Ses yeux se posèrent sur l'icône d'une compagnie de taxis. Détectant la position des pupilles, le système lança les fonctions correspondantes.

Peu après, la voiture demandée se présenta devant elle : un petit véhicule ovoïde à la carrosserie fatiguée. Elle s'installa en repoussant impatiemment les détritus que le client précédent avait abandonnés et annonça sa destination. La seconde suivante, l'œuf de métal démarra en trombe et entama une séance de slalom dans la circulation encore dense.

Cantonnée au rôle de simple passagère par le guidage automatique, elle repensa au « projet insensé » de son oncle Max : prouver l'innocence de Kyle, le père de Mallory. Disparu au cours d'un conflit entre humains et extraterrestres, il fut jugé coupable de crime de guerre et de désertion. En apprenant le verdict, Max était devenu fou de rage.

Dès que sa nièce fut assez âgée pour comprendre, il lui avait expliqué pourquoi :

« *Ton père a été envoyé en mission dans le système d'Éridane-E. Il n'a pas déserté. On l'a forcé à détruire une station civile, et ses supérieurs l'ont trahi en niant l'avoir ordonné ! Nous étions au plus fort des affrontements avec les orcants, il savait que les choses risquaient de mal tourner.*

Dans son ultime message, il m'a indiqué où est dissimulée une copie des instructions transmises par l'état-major. Seuls toi et moi pouvons y accéder : elles sont protégées par un codage ADN. J'ai trouvé quelqu'un pour me prêter de l'argent. Ajouté à mes économies, j'aurai juste assez pour me procurer un navire et me rendre sur place. Cela ne nous ramènera pas Kyle, mais je rétablirai la vérité, je te le jure ! »

Comme si le sort avait décidé de s'acharner sur eux, son oncle mourut après avoir enfin acheté un vaisseau. Mallory en hérita, avec la dette et la quête inachevée. Elle ne se rappelait que vaguement de son père, mais ces rares souvenirs lui étaient précieux. Malgré les années écoulées, la fausse accusation lui faisait l'effet d'une blessure restée ouverte.

Revenant au présent, elle observa les rues de la ville à travers la vitre. Cité champignon dépourvue du moindre attrait, elle avait été érigée pour répondre à un besoin pressant. Les larges avenues tracées à la règle se répétaient sans fin. Seules les lumières artificielles qui barbouillaient les façades de leurs messages commerciaux brisaient l'uniformité de l'ensemble.

Ravagées par une succession de guerres civiles et de catastrophes écologiques, toutes les mégapoles terriennes avaient été reconstruites. Aucun centre urbain n'excédait les deux ou trois cents ans d'existence et dans chaque cas le fonctionnel primait sur la forme. En dépit de l'expansion des hommes vers les étoiles, Nogartha, bâtie sur les ruines de l'Europe, souffrait d'une surpopulation galopante.

Les trottoirs étaient noirs de monde. Des enfants livrés à eux-mêmes se faufilaient entre les jambes de vendeurs à la sauvette puis disparaissaient dans les ruelles garnies d'échoppes. Une génération à la dérive vivant de mendicité et de vol. Mallory les regarda avec tristesse. Elle savait que peu d'entre eux parviendraient à l'âge adulte.

— Avant de vouloir aider les autres, débarrasse-toi

d'abord de Lebrane ! se sermonna-t-elle avec lassitude. Quelques rues plus loin, les gamins cédèrent la place aux drogués. Elle constata que les bas-quartiers continuaient de s'étendre et que les gangs étaient en passe de prendre possession du secteur, forçant les taxis à éviter cet axe.

Le trajet se poursuivit un moment puis elle arriva enfin à l'astroport. Gigantesque arène de verre et d'acier, il dominait les alentours de sa masse. Au sein de ce Colisée froid et lisse, tels des gladiateurs de métal prêts à affronter les étoiles, se dressaient des centaines de vaisseaux parfaitement alignés.

À l'extérieur, les vitres des murs incurvés reflétaient le boulevard permettant d'en faire le tour. Mallory se plaisait à imaginer qu'un être démesuré avait abandonné là un anneau d'argent de la taille d'une ville, cadeau involontaire aux humains.

L'étroit véhicule stoppa et elle en extirpa son mètre soixante-cinq. Après les contrôles d'usage, elle traversa rapidement une partie du complexe, jusqu'au terminal où était stationné le *Sirgan*, son navire-courrier.

À peine venait-elle de s'asseoir dans le cockpit de l'appareil, qu'une petite sphère bleue apparut au-dessus des commandes de pilotage et palpita trois fois.

La pilote hésita. Son instinct lui soufflait que les ennuis continuaient. La boule tremblota de nouveau. À contrecœur, Mallory tendit la main et l'effleura. La bille lumineuse éclata et se transforma en un rectangle blanc sur lequel figuraient quelques mots.

Il s'agissait d'un message de Lebrane. S'excusant avec maladresse, il demandait à Mallory de réaliser un dernier transport en échange de sa part du navire, le tout sous certificat notarial. Prudente, elle transféra le courrier à un cabinet d'avocats. Le document lui fut retourné une seconde plus tard, marqué d'une large bande verte clignotante. Il était bien authentique. Cela paraissait beaucoup trop beau pour être vrai. Elle sentait les mâchoires du piège se refermer, mais elle n'avait pas le choix. Fataliste, elle envoya une réponse positive, avec la certitude de commettre une erreur...

Jonas Morsak toisa avec mépris la douzaine de vieillards qui l'entouraient. La plupart avaient des cheveux blancs soigneusement entretenus, afin de donner l'apparence d'une sagesse qu'ils étaient loin de posséder. Alignés le long d'une table en acajou, si lustrée que le plafond s'y reflétait, ils discutaient de l'opportunité de nouveaux investissements.

Morsak, PDG de l'Idernax, ne les écoutait plus depuis un bon quart d'heure. En dépit de ses cinquante-deux ans, il était le cadet du groupe. Mal accueilli quand il succéda à son père, il avait anéanti sa crédibilité en achetant au mauvais moment du *nortium*, un métal importé de la planète Kenval. De colossales pertes s'en suivirent. Désormais, il faisait office de figurant, tandis que les décisions se prenaient sans lui.

— La faute aux vohrns, ces saletés de lézards extraterrestres, répétait-il à qui voulait l'entendre. En satisfaisant la demande trop vite, ils ont fait chuter les cours. Sans ces abrutis, les bénéfices auraient été faramineux.

Être mis à l'écart le vexait d'autant plus que les membres du conseil d'administration étaient loin d'être des modèles de vertu. Chacun d'eux supervisait une ou plusieurs branches du groupe.

Lentement, les yeux brun clair de Morsak firent le tour de ses collègues. Tout d'abord, le gestionnaire des filiales bancaires et autres établissements de prêts. Cette sombre crapule n'avait pas son pareil pour manipuler les taux d'intérêt officiels. Il agissait en coulisse, par l'intermédiaire de quelques jeunes recrues aux dents longues, qui servaient de boucs émissaires en cas de problème. À sa droite, siégeait le responsable de la division construction. Selon les standards du PDG, un véritable incompétent, usant sans vergogne de pots-de-vin auprès des organismes d'État afin qu'ils privilégient ses offres. Quant à la femme chargée de la fourniture d'énergie, en particulier la fabrication et la vente de réacteurs à fusion, Morsak savait pertinemment qu'elle étouffait un scandale écologique chaque semaine. Il ne s'attarda pas sur le reste de l'assistance, de peur que son dégoût ne transparaisse.

Au moins, ces vautours n'avaient pas encore pensé à lui retirer la section médicale, qui dépendait toujours directement de lui. Outre la santé, il dirigeait aussi les réseaux et communications. Ce département constituait un véritable atout pour la firme, grâce à sa position dominante.

Au grand soulagement de Morsak, la réunion prit fin. Une fois de plus, la majorité de ses propositions avaient été ignorées. Masquant sa frustration, il attendit tranquillement que ses associés quittent la salle jusqu'au dernier, les saluant avec une courtoisie dont aucun n'était dupe.

Heureusement, il disposait d'un exutoire à sa situation. À force de consommer des substances illicites, il possédait un répertoire bien fourni de dealers. Avec l'aide d'un ancien policier recruté par *Omega Sec*, l'agence de sécurité de l'Idernax, il commandait son propre cartel. Aujourd'hui, le trafic de stupéfiants lui rapportait plus que ses activités légales. Cependant, pour Morsak, « plus » ne suffisait pas.

Enfin seul, il se laissa aller contre le dossier de son fauteuil et observa la pièce vide. Les murs étaient agrémentés de toiles de maître qu'il aurait été incapable de nommer. Ces œuvres ne servaient qu'à faire étalage de la prospérité de l'entreprise. Il préférait de loin la vue qu'offrait à lui l'immense baie vitrée.

Abandonnant son siège, il s'en approcha et contempla brièvement son reflet. Celui d'un homme dont le costume sur mesure tentait de dissimuler l'embonpoint, au même titre qu'une courte barbe châtain essayait d'escamoter son double menton.

La vision de l'incessant ballet de vaisseaux autour de Nogartha, la capitale mondiale, l'apaisa un peu. Toutefois, le plus satisfaisant pour lui était d'observer les allées et venues de ses employés vaquant à leurs tâches. Le centre administratif de l'Idernax trônait au cœur d'un complexe industriel qui faisait également office de plate-forme logistique. Quatre-vingts pour cent de ses produits transitaient là et transformaient l'endroit en une fourmilière au fonctionnement perpétuel.

Comme si ce spectacle lui avait remis quelque chose en mémoire, il activa le navcom de sa chevalière en or. Accompagnée d'une sonnerie, une image se déploya devant lui. Elle évoquait les appareils datant des premières télécommunications. Quelques secondes passèrent et le logo disparut, pour laisser place à l'hologramme d'un blond aux yeux verts, proche de la quarantaine : Lebrane. L'homme récemment éconduit par Mallory Sajean demanda :

— Patron ! Que puis-je faire pour vous ?

— À ton avis ? Où en est notre programme ? s'enquit sèchement Morsak.

— Le colis est prêt à partir, je contacterai le transporteur pour lui expliquer son vrai job dès qu'il aura quitté la Terre. Il s'agit d'un petit indépendant. J'ai fait le nécessaire pour qu'il soit docile.

Lebrane hésita un instant avant de continuer :

— On peut encore laisser tomber. Ce plan va se retourner contre nous, je le sens...

Le visage de Morsak se plissa de contrariété, accentuant les rides déposées par une vie dissolue.

— Depuis quand te crois-tu autorisé à discuter mes décisions ?

Il marqua une pause, avant de poursuivre sur un ton insultant :

— Je ne vois pas pourquoi je perdrais mon temps à parler de ça avec toi. Ce sujet ne relève pas de tes compétences. Tu oublies que sans moi tu serais toujours du menu fretin, un petit caïd parmi d'autres... Non seulement nous n'annulons rien, mais tu vas faire en sorte que tout se déroule sans accroc, ou je devrai me priver de tes coûteux services.

Morsak adorait tester les limites de son « employé », mais Lebrane paraissait avoir trop de choses en tête pour mordre à l'appât. Il répliqua très calmement :

— Mon travail se paie cher parce qu'il vous laisse les mains propres. Si vous avez assez de moyens pour mener discrètement vos projets, c'est à moi que vous le devez.

Morsak eut un sourire de prédateur et ses yeux bruns injectés de sang brillèrent lorsqu'il répondit :

— Je te l'accorde. D'ailleurs, si tu ne veux plus marcher avec moi, j'ai une dizaine de connaissances qui seraient ravies de tuer pour prendre ta place. Des crétins prêts à vendre leurs parents pour un peu de came ou d'argent, j'en ai plein sous la main. Toi, tu n'as que moi pour te rémunérer grassement et tenir à l'écart les flics trop zélés...

II
CHANTAGE

Un compartiment après l'autre, Mallory passa en revue les différents éléments du *Sirgan*. Elle traqua les valeurs anormales, sans omettre le moindre tableau de commande. Son inspection terminée, elle revint au cockpit et activa le propulseur du navire.
Chassant le silence, un ronronnement familier s'éleva. Tout semblait se dérouler correctement. Pourtant, elle s'inquiétait : Lebrane lui forçait la main et il s'agissait de son premier transport pour le compte d'une grande compagnie.
L'humeur de la pilote oscillait entre dépit et colère. Travailler pour l'Idernax représentait une véritable opportunité, malheureusement gâchée de l'avoir obtenue par l'intermédiaire de Lebrane. En général, un client important était synonyme de plusieurs demandes. L'intervention de l'escroc risquait de susciter l'effet inverse…
Le siège dans lequel Mallory se tenait, prévu pour d'imposants gabarits, la faisait paraître plus frêle qu'en réalité. Elle parcourut une dernière fois la *check-list* affichée

sur un des écrans : rien à signaler.
— Jazz ? appela-t-elle.
Jazz était l'Intelligence Naturelle du vaisseau. Conçues à partir de cerveaux d'espèces évoluées, les IN étaient peu répandues en raison d'une lenteur relative face aux Intelligences Artificielles. Une faiblesse compensée par leur capacité à improviser.

Mallory ne savait pas grand-chose de son passé, si ce n'est que l'être humain ayant servi à sa fabrication avait connu une mort brutale. Un assassinat au couteau, dans un quartier glauque de Nogartha, qui indiquait une implication dans de sombres affaires.

Au centre de la console de bord, un voyant bleu s'illumina et une voix masculine se fit entendre :
— Présent ! Ô capitaine, ma capitaine ! répondit Jazz, dont le sens de l'humour laissait franchement à désirer.

Trop soucieuse pour y prêter attention, Mallory demanda :
— Combien va nous coûter le séjour à quai, cette fois ?
— Horriblement cher. Assez pour nous mettre à découvert, énonça-t-il, sur un ton aussi enjoué qu'inapproprié.

Mallory soupira. Officiellement, les tarifs étaient fixes et connus de tous, mais une multitude de frais « annexes », plus ou moins justifiés, venaient toujours s'ajouter.
— Quelle bande de rapaces ! s'exclama-t-elle. Je n'arriverai jamais à me payer une licence pour effectuer des transports hors du système solaire, si on me ponctionne le peu que je gagne !

Pour elle, il n'y avait pas de doute : les gérants de l'astroport étaient des imbéciles. En la rackettant aujourd'hui de la sorte, ils l'empêchaient d'acquérir ce sésame indispensable pour les longues distances. Le *Sirgan* étant conçu pour les voyages au long cours, ils se privaient d'une source de revenus nettement plus conséquente… Prisonnière de ce cercle vicieux financier, elle se trouvait cantonnée à la banlieue terrestre.

Mallory s'adressa autant à elle-même qu'à l'Intelligence Naturelle :
— Comment je vais m'en sortir entre ces crétins et Lebrane qui possède une partie de mon navire ? Si seulement oncle Max vivait encore... Ou au moins s'il avait emprunté de l'argent à quelqu'un d'honnête...

Fille unique, la mort de son père et le remariage de sa mère deux ans plus tard avaient laissé Mallory quasi orpheline. Constatant l'isolement de sa nièce, Max avait pris la petite fille livrée à elle-même sous son aile. Le vieil homme lui manquait terriblement...

Le vaisseau-courrier constituait son héritage. Malheureusement, faute de soutien des banquiers, Lebrane avait été le seul à accepter de financer son oncle. Elle devait désormais racheter la part de l'usurier, les intérêts en sus, tout en versant un pourcentage de ses bénéfices à ce voleur. Pire, en cas de non-remboursement du prêt, le contrat ferait de lui le propriétaire du *Sirgan*.

— Tu ne vas pas commencer à déprimer, j'espère ? la houspilla gentiment Jazz. Ça ne te ressemble pas. Ton oncle voulait prouver l'innocence de son frère, mais il avait aussi un projet d'avenir : voyager d'un système à l'autre, en gagnant sa vie grâce au transport de marchandises. Tu es à deux doigts de réaliser ce rêve. Oui, c'est vrai, tes comptes sont tout le temps dans le rouge, mais il ne faut pas grand-chose pour renverser la situation et te débarrasser de Lebrane. Ne laisse pas une simple histoire de pognon t'abattre maintenant !

Il avait raison. Elle se ressaisit. Tôt ou tard, elle finirait par régler le problème. Tout comme elle trouverait un moyen de se rendre dans le système d'Éridane-E pour réhabiliter la mémoire de son père. Redevenant professionnelle, elle ordonna :
— Envoie le paiement aux gens du contrôle... Et demande-leur l'autorisation de décoller dès que possible !

Mallory consacra les deux heures suivantes à la finalisation des opérations de maintenance, puis se retira dans sa cabine. La porte refermée, elle s'étira en tendant ses mains jointes vers le haut. Elle ne cessa qu'après avoir entendu craquer quelques articulations et se débarrassa alors de ses lourdes bottes et de sa tenue moulante.

Un pan de la cloison métallique, poli avec soin, servait de miroir. Totalement nue, Mallory contempla son reflet. Sur ses bras, les fleurs étaient à peine entrouvertes et de longues épines les entouraient, preuve que l'inquiétude ne la quittait pas. Pour tenter d'oublier ses soucis, elle scruta son corps svelte, en quête d'imperfections qui n'existaient pas. Ses jambes étaient fines et musclées. Marquant sa taille, les courbes de ses hanches menaient à un ventre plat. Ses seins étaient modestes, mais harmonieux.

Ses cheveux noirs ramenés en arrière, elle détailla ensuite son visage. Sous la lumière blanche de la lampe encastrée au plafond, ses fins sourcils et ses yeux paraissaient d'un noir identique, qui tranchait sur sa peau claire. Menu et droit, son nez surmontait des lèvres pleines, pouvant passer de boudeuses à séduisantes en un instant. Satisfaite, elle tourna le dos à son image et se glissa dans la douche installée dans un coin.

Sous le jet d'eau brûlante, elle repensa à sa dernière entrevue avec Lebrane. Elle était certaine que les choses déraperaient tôt ou tard. Pourtant, quand les employés de l'Idernax avaient déposé la cargaison dans la soute du navire, elle était restée un moment à examiner la grande caisse de ses propres yeux. Le document qui l'accompagnait mentionnait du matériel destiné au travail dans les mines. Les dimensions, également inscrites, correspondaient bien.

Plus elle y réfléchissait, plus la pilote se demandait quelle saleté se cachait en réalité dans cette grosse boîte...
Sa curiosité l'emporta. N'y tenant plus, elle arrêta l'eau, se sécha à moitié, enfila ses vêtements en hâte et se précipita dans la soute, semant des flaques savonneuses le long de son chemin.
Sans se préoccuper de ses cheveux dégoulinants, elle saisit un pied-de-biche et s'attaqua au caisson soigneusement sanglé. Elle s'acharna sur un des côtés jusqu'à ce qu'il cède dans un craquement retentissant. Prudente, elle s'écarta pour laisser le panneau de bois basculer au sol, avant de risquer un œil dedans.
— Vide... Une foutue coquille vide ! cria Mallory, hors d'elle. Qu'est-ce que ça veut dire ? Ce pourri de Lebrane... Pour manigancer ça, il a vraiment mal pris ma scène !
Contemplant le colis éventré, elle découvrait combien son intuition avait été exacte. L'Intelligence Naturelle, capable de se faire entendre dans l'ensemble du vaisseau, la coupa pendant qu'elle égrenait une série d'injures :
— Capitaine ? Ton cher associé cherche à te joindre...
— Évidemment, continua-t-elle en quittant la soute. Ce salaud ! Qu'a-t-il encore inventé ? Jazz, je vais le prendre au cockpit.
Au pas de course, elle traversa l'intérieur du *Sirgan*, pour terminer son parcours en se jetant dans le fauteuil du pilote. D'une claque rageuse sur l'écran qui lui faisait face, elle accepta la communication.
— Lebrane ! À quoi tu joues, espèce d'ordure ! lui lança-t-elle, furieuse.
Le blond aux yeux verts la lorgna avec insistance.
— Mallory... Tu as ouvert mon paquet. Je l'aurais parié, dit-il, aussi ravi qu'un chat s'amusant avec une souris à l'agonie. En ce moment même, l'Idernax dépose une plainte contre toi. Tu es accusée du vol d'un prototype d'extraction de minerai... Il va sans dire que c'est ta parole contre celle d'une très respectable entreprise.

Un sourire sadique tordit sa bouche et il ajouta :
— Vu tes antécédents familiaux, même le plus brave des avocats refusera de te défendre.

Intérieurement, la pilote bouillonnait. La référence au soi-disant crime de son père faillit avoir raison de ses derniers vestiges de patience. Néanmoins, après plusieurs années à côtoyer les truands qui infestaient les quais des mondes humains, elle connaissait assez la musique pour se maîtriser. Seules la crispation de ses mains sur les accoudoirs et les grandes épines de ses tatouages sensibles laissaient deviner son envie de meurtre. Elle inspira longuement et répondit :
— OK ! Crache le morceau ! Tu veux quoi au juste ? Tu n'as pas monté une combine pareille uniquement pour avoir ta revanche sur mon... coup de gueule.

Le rictus de l'escroc s'élargit :
— Bravo ! Je ne m'attendais pas à moins de ta part. Raisonnable, sans avoir besoin qu'on lui rappelle où est son intérêt. Tu vas effectivement te rendre sur Io, non pour déposer un chargement, mais en prendre un. À destination de Kenval, dans le système de Procyon. Une charmante petite balade de onze années-lumière...
— Onze virgule trois pour être précis... nota l'Intelligence Naturelle.
— Jazz ? le coupa Mallory d'une voix glaciale.
— Oui, capitaine ?
— Silence, ou je te débranche.
— ...

À l'adresse de Lebrane :
— Tu te fous de moi ? J'ai pas de licence pour faire ce genre de boulot ! D'ailleurs, tu le sais parfaitement ! s'emporta-t-elle.
— C'est pile ce qu'il me faut. Pas de licence, donc pas de référencement. J'ai besoin de quelqu'un apte à se faufiler de manière anonyme, invisible même... Une fois sur Io, un de mes gars te contactera. Il te fournira de quoi franchir la frontière solaire en toute discrétion. Tu es une criminelle en

fuite, nous ne communiquerons plus avant le bon déroulement de ta « mission », se moqua l'escroc.

Sur ces mots, l'image disparut. Maîtrisant à grand-peine sa fureur, Mallory retourna dans la soute. Elle écarta d'un coup de pied l'emballage vide et se défoula sur le vieil androïde d'entraînement qui pendait dans un coin, désactivé. Un autre présent de son oncle, qui datait de l'époque où il l'initia à l'une de ses passions : les sports de combat.

Direct du gauche.

— J'aurai...

Crochet du droit.

—... ta peau...

Chassé du pied gauche.

—... connard !

Et ainsi de suite jusqu'à épuisement. Essoufflée, penchée en avant les mains sur les cuisses, elle jeta un œil à la caisse béante. Une épaisse plaque de métal en recouvrait le fond, du lest pour bluffer les manutentionnaires.

— Et merde ! jura-t-elle. Un colis fantôme !

Cette saleté n'avait servi qu'à donner le change sur les vidéos de surveillance. Son oncle n'aurait pas été fier d'elle : elle s'était fait avoir comme une gamine...

Le moral au plus bas, Mallory poursuivit les préparatifs du départ dans un état second. Quand le feu vert des autorités portuaires tomba, elle actionna brutalement la commande des réacteurs de manœuvre. Crachant des panaches de flammes blanches à chaque extrémité du navire, ces quatre propulseurs l'arrachèrent du sol en laissant un cercle de béton chauffé à blanc sur le tarmac...

Le *Sirgan* approchait d'Io à grande vitesse, le cap sur

Mycenae, la ville principale. Un terme prétentieux pour des modules préfabriqués, entassés sous un dôme. Dans la saleté, la pauvreté et la peur des éruptions volcaniques y vivaient dix millions de personnes...
Une main-d'œuvre abondante, dont l'exploitation enrichissait quelques privilégiés. Ils logeaient dans la tour centrale reliant le sol au sommet de la coque de protection. Un service de sécurité privé veillait à la sûreté de ces nantis. Dans le reste de la colonie, une police totalement dépassée voyait les chiffres de la criminalité doubler chaque année. Prostitution, vols et trafics en tout genre formaient la toile de fond du quotidien sur ce satellite de Jupiter. Les ouvriers trimaient tels des forçats dans les raffineries, en échange d'un salaire trop maigre pour quitter ce bagne sous cloche...
Mallory abandonna les commandes à Jazz et se rendit à nouveau dans les entrailles du navire. Si les anciennes relations de Max constituaient la mauvaise surprise de son legs, elle bénéficiait d'une contrepartie. L'aménagement de la cabine la plus proche de la soute permettait d'y maintenir en sommeil forcé un être vivant. La pilote lança la procédure de réveil. Elle conservait soigneusement une lettre de son oncle à ce sujet. La relire en ramenant à la vie le troisième membre de l'équipage était devenu un rituel :
Ma chère Mallory,
J'écris ces quelques phrases en souhaitant qu'elles ne soient pas utiles, mais je suis un vieillard. Je me dois de prévoir l'inévitable. Dans le caisson de stase se trouve Torg, un cybride. Il a été conçu sur Panja, peu de temps avant que cette planète ne soit détruite par les nageks.
Les panjiens ont pratiqué le croisement d'espèces semi-intelligentes pendant des siècles et créé des centaines de lignées distinctes. Pour chaque tâche, ils disposaient d'un cybride adéquat : certains grands et forts pour les travaux pénibles, d'autres fins et habiles pour les activités délicates... Leur science de la biologie était si développée, qu'ils n'éprouvèrent jamais le besoin d'inventer la moindre

machine autonome. Tout au plus se contentaient-ils d'ajouts sous forme de renforts ou d'outils. Hélas, cette particularité causa leur perte...

Jazz émit une note aiguë, interrompant la lecture de Mallory :

— J'ai fait des recherches sur le réseau global. Kenval et son système n'ont rien à voir avec Aldébaran ou Antarès. Il s'agit du coin le moins stable de la galaxie... Un véritable nid de vipères prêtes à s'entretuer. Sans les vohrns pour tenir les rênes d'une main de fer, les guerres pour s'approprier les planètes du secteur s'enchaîneraient. Pour couronner le tout, certaines zones sont contaminées par un virus mutagène...

— Eh bien, maintenant on sait pourquoi Lebrane nous a choisis pour faire ses courses, répondit-elle avec fatalisme.

— Bref, réveiller notre ami poilu est une bonne idée. Espérons seulement qu'il ne cassera rien, pour une fois...

Elle sourit. Jazz aimait Torg autant qu'elle. Ces remarques ironiques n'étaient qu'une façade.

— Je compte sur toi pour le surveiller, dit-elle distraitement, en replongeant dans le mot de Max :

... Excellents biologistes, mais piètres ingénieurs, les panjiens ne disposaient d'aucune flotte spatiale digne de ce nom. Quand les nageks prirent d'assaut leur système, ils furent balayés par ces fanatiques de la pureté biologique. Au nom d'un dogme primitif, Panja fut détruite : ses continents brûlèrent jusqu'à la pierre et ses océans furent empoisonnés. Seule une poignée de cybrides survécut à cet holocauste.

Torg est l'un d'eux. Conçu pour être garde du corps, il fait également office de manutentionnaire. En plus d'être loyal, il est affectueux et fidèle, voire un brin possessif. Tu t'en rendras compte le moment venu.

Être transporteur indépendant t'amènera à traiter avec nombre de salopards sans aucun scrupule. Sois rassurée : ton nouvel ami est capable de se débarrasser d'une dizaine d'hommes avec l'aisance d'un gamin balayant une armée de jouets. Avec un tel coéquipier, personne ne pourra

t'empêcher de révéler la vérité au sujet de ton père. Prends soin de Torg, il veillera sur toi en retour. C'est peut-être le dernier cadeau que je serai en mesure de t'offrir...
Ton oncle,
Max.

Mallory replia la lettre. Confirmant les propos du vieil homme, Torg s'était avéré largement à la hauteur de la tâche. Il avait vite pris une place à part entière au sein du vaisseau. Son seul défaut se résumait à parfois mal supporter les espaces réduits. À bord d'un navire-courrier, cela pouvait être problématique, ce qui justifiait sa mise en sommeil artificiel.

Une fois les voyants passés au vert, elle déverrouilla la cabine spéciale. Quand Torg en sortit, il se déploya, atteignant une telle taille qu'il semblait trop grand pour avoir pu tenir à l'intérieur. Colosse de deux mètres cinquante et cent quatre-vingt-dix kilos, il était couvert d'une épaisse fourrure noire zébrée de rouge. Reliés entre eux par des tubes pour former un exosquelette, des renforts métalliques protégeaient ses articulations. Sa tête en demi-sphère reposait directement sur le haut de son torse, telle une énorme bosse jaillie entre ses larges épaules. Grands comme des soucoupes, ses yeux bleus le dotaient d'un champ de vision élargi. Une particularité qui compensait l'absence de cou.

Il tendit un bras et ébouriffa affectueusement les cheveux de Mallory, d'une main garnie de deux rangées de trois doigts opposables. Aussi tranchantes que des rasoirs, des griffes rétractables en acier jaillissaient de son exosquelette. Il avait assez de poigne pour faire des nœuds avec une barre de titane.

— Salut, Torg, l'accueillit-elle. Bien dormi ?
— Oui, mais j'ai l'estomac vide, grogna-t-il d'une voix profonde et étonnamment chaleureuse.
— T'inquiète pas. Je me doutais que tu aurais un creux, j'ai de quoi te caler. Suis-moi jusqu'à la cambuse.

Une fois installé dans la cuisine de bord, Torg s'attaqua

avec voracité aux mets déposés sur la table par la pilote. À chaque bouchée, la large tête du cybride basculait en arrière pour dévoiler une grande gueule garnie de dents pointues. Avec un plaisir non dissimulé, il engloutit de la viande, un mélange de *luco* et de *macar,* des végétaux importés de Deneb, trois kilos de protéines en morceaux et quelques litres de glucose. Juste assez pour venir à bout de sa fringale.

Sur la peau de Mallory, les épines cédèrent de nouveau la place aux roses écarlates. Au côté du colosse, elle sentit sa peur s'envoler. Elle ne savait pas ce qui l'attendait sur Io, mais avec son nounours guerrier, elle était prête à affronter toute une armée…

III
RENCONTRE

Mallory et Torg traversèrent le sas d'entrée de Mycenae, après avoir été fouillés, identifiés et scannés de haut en bas. Telles deux bulles de savon à la surface de l'eau, le dôme de l'astroport se collait à celui de la capitale du satellite volcanique. Un passage s'ouvrait par intermittence à son sommet, laissant les vaisseaux se poser un à un. Impossible de débarquer en douce...

Alors qu'elle s'éloignait en compagnie du cybride, Mallory reçut un message d'une boîte dormante. Prévu pour un envoi dès l'arrivée de la pilote sur Io, le texte s'afficha devant ses yeux. Il s'agissait d'une série de coordonnées. Son navcom les releva et, pour la guider, superposa un trait lumineux à ce qu'elle voyait. Elle s'avança dans le dédale de ruelles, suivie de Torg.

L'odeur était abominable et les lieux grouillaient de monde. Ils durent jouer des coudes pour parvenir à leur destination : un ensemble préfabriqué passant difficilement

pour un bâtiment. À droite de l'entrée, protégée par un panneau métallique, figurait une suite de numéros surmontée d'un écran couvert de crasse. Mallory effleura la touche adéquate et l'appareil émit une musique vieillotte. Elle cessa lorsqu'un visage apparut derrière la saleté qui recouvrait le moniteur. Déformée par la piètre qualité de l'interphone, une voix prit le relais :
— Ah ! La belle et la bête ! Pas trop tôt... Deuxième étage, au bout du couloir à droite.

La porte coulissa avec un grincement semblable à celui d'un couteau rayant le fond d'une assiette. Instinctivement, Mallory se rapprocha de Torg.

Ce n'était pas le moment pour qu'elle baisse sa garde. Cette histoire avait trop mal débuté pour ne pas faire preuve de prudence.

À son arrivée devant le logement en question, le duo fut accueilli par un individu à la carrure athlétique. Il fit entrer les nouveaux arrivants sans les lâcher de ses yeux gris.

L'appartement se résumait à une seule pièce, meublée d'un matelas à même un sol usé, d'une table et d'un siège rouillé. Essayant de le jauger, la pilote étudia leur hôte.

Plus très jeune, il paraissait néanmoins en excellente forme et la dépassait d'une bonne tête. Son visage anguleux s'ornait d'une barbe de trois jours. Coupés ras, ses cheveux poivre et sel laissaient voir une cicatrice qui partait de la tempe droite pour se terminer au milieu de sa nuque. Il portait une tenue classique et discrète, composée d'un pantalon et d'une veste anthracite.

Intriguée, Mallory s'avisa qu'il incarnait tout le contraire des types à qui elle avait affaire quand elle bossait pour Lebrane.

En général, ceux-ci se divisaient en deux catégories : les fonctionnaires véreux et les petites frappes sans avenir. Avec son regard alerte, ses épaules larges, sa balafre et une allure impeccable, il était peu probable que leur interlocuteur soit l'un ou l'autre. Cela ne manqua pas d'éveiller la curiosité de

Mallory.
Interrompant l'examen détaillé dont il était l'objet, l'homme s'avança :
— Une jolie brune et un colosse extraterrestre, énonça-t-il en guise de salut. Voilà un équipage plutôt inhabituel pour un transporteur de fret... Je m'appelle Laorcq Adrinov.
Il faillit tendre la main, avant de comprendre que personne ne lui rendrait la politesse.
— Je me moque de vos impressions à notre sujet, asséna sèchement Mallory. J'aurais préféré refuser ce boulot. Je veux le boucler rapidement et passer à autre chose.
Plus posément, elle continua :
— On ne se connaît pas. Vous pouvez être une ordure ou avoir mal choisi votre employeur. Je vous accorde le bénéfice du doute, mais à la moindre surprise, mon cher coéquipier interviendra...
Un grognement de Torg appuya la réplique. Les tatouages de la pilote se garnirent d'épines au point de masquer sa peau. Le balafré ne se laissa pas intimider :
— Venons-en au travail justement : vous allez prendre un colis et un passager... moi. Je vais vous fournir ce qu'il faut pour sortir du système. Vous naviguerez jusqu'à Kenval et vous atterrirez à Gloria City. À ce moment-là, je me chargerai du reste des opérations.
Supportant avec peine le ton directif de Laorcq, Mallory riva ses yeux aux siens :
— Lebrane a parlé de transport, pas de faire le taxi ! On va avoir droit souvent à des changements de dernière minute ? Et si on vous réglait votre compte en route ? Par exemple, en vous jetant par le sas ?
Face à l'agressivité, il passa de la nonchalance à la fermeté :
— À votre place, j'y réfléchirais à deux fois. Une des plus grosses compagnies terriennes vous accuse de vol. Si vous ne m'écoutez pas, vous finirez en taule ou pire encore !
Pas de sourire narquois ni de satisfaction qui

31

transparaissait dans sa voix. Rien qu'un fait, rendant la menace extrêmement crédible. Une autre réaction inattendue. Mallory en prit bonne note, et classa le balafré au sein de la catégorie « danger potentiel ». Personne ne le contredisant, il poursuivit :

— Puisque nous sommes d'accord, voici un ordre de transport avec l'identifiant du hangar où se trouve la marchandise. Il vous permettra de la retirer. Vous avez une heure pour la faire charger à votre bord. Je vous rejoindrai entre-temps.

Sans se perdre davantage dans les détails, Laorcq congédia Mallory et Torg après leur avoir remis le formulaire. Il patienta quelques secondes et jeta un œil dans le couloir pour s'assurer qu'il était vide. Il retourna ensuite dans le studio. Par la fenêtre, il regarda se fondre dans la foule la petite brune et le grand cybride noir et rouge.

Certain d'être seul, il ouvrit un placard dissimulé dans une cloison. Privé de l'appui fourni par la porte coulissante, un cadavre s'écroula au sol : celui du véritable employé de Lebrane. Le balafré se pencha sur le mort et le fouilla. Il s'empara d'un boîtier qui ressemblait à un composant électronique et d'une grosse boucle d'oreille en toc : le navcom du défunt.

Un léger sourire apparut sur les lèvres de Laorcq. Avoir dupé la jolie pilote l'avait amusé. Servant parfaitement ses plans, elle était persuadée qu'il travaillait pour Lebrane.

Il glissa une main dans sa veste et en sortit une flasque dont il répandit le contenu sur la dépouille. Aussitôt, le corps s'enflamma comme un vulgaire morceau de charbon.

Laorcq passa dans le couloir, verrouilla la porte et quitta

les lieux. Du coin de l'œil, il nota la présence de quelqu'un sur ses talons.

Il songea qu'il était trop tôt pour que ce soit un larbin de Lebrane ou de Morsak. Probablement un voleur, ça ne manquait pas dans un quartier pareil.

Pris par le temps, il se hâta vers l'astroport, espérant perdre son suiveur en chemin...

Dans le cockpit du *Sirgan*, Torg était roulé en boule sur le siège du copilote. Les vérins qui soutenaient le tout émettaient une protestation de temps à autre. Sans y prêter attention, Mallory mangeait un plat insipide réchauffé à la va-vite. Elle surveillait un écran montrant l'intérieur de la soute. Deux manutentionnaires finissaient d'arrimer la marchandise, obtenue grâce au document donné par Laorcq. Cet homme la laissait dubitative. La bouche à moitié pleine, elle s'adressa à l'Intelligence Naturelle du vaisseau :

— ...azz ? C'est boi don abis dur de dype ?

Suivi d'un bruit de déglutition.

— Je veux dire, tu en penses quoi de ce Laorcq Adrinov ? demanda-t-elle.

— Tu m'en as fait un portrait assez précis. Je résumerai en un mot : méfiance ! Comparé à Lebrane, il m'a l'air d'un client nettement plus sérieux. Et pourtant, il prétend être à ses ordres. Un peu louche, non ?

Une image apparut, projetée au-dessus de la console de commande. Jazz enchaîna :

— Tiens ! Quand on parle du loup... Je le vois par une des caméras externes, il se présente au contrôle. Ça tombe bien, le chargement est arrimé. Nous pouvons quitter ce tas de soufre en fusion.

Sur la vidéo, Mallory distingua un groupe disparate, au milieu duquel se tenait Laorcq. Il montrait ses papiers aux douaniers, avec pour unique bagage une simple mallette…

Un mouvement brusque sembla troubler l'affichage et, l'instant suivant, la panique s'empara des lieux. Mallory entendit le fracas d'une fusillade. Le personnel au sol tentait désespérément de se mettre à l'abri. Les rafales d'armes automatiques faisaient voler en morceaux les cloisons vitrées qui délimitaient les files d'attente.

Des sirènes d'alarme retentirent, ameutant les quelques policiers en service à l'astroport. Avant même de comprendre ce qui se passait, plusieurs d'entre eux furent fauchés. Au milieu de ce tumulte jaillit une silhouette, recouverte de la tête aux pieds d'une combinaison bleu sombre. Les tirs à répétition se concentraient en vain sur elle.

— Oh, merde ! Non ! s'écria Mallory.

Elle vit l'ombre bleue se précipiter vers son navire en tenant l'attaché-case qu'elle avait remarqué plus tôt.

— Je rêve ou quoi ! Laorcq ! C'est Laorcq !

Les coups de feu traçaient un sillage destructeur dans ses pas. Touchés de plein fouet, les propulseurs d'un appareil à quai furent éventrés. Leur équilibre brutalement rompu, ils générèrent une boule de plasma. Elle remplit la moitié de l'astroport et carbonisa des malheureux sur plusieurs centaines de mètres. Luttant contre les flammes, des jets de mousse carbonique giclèrent de toutes parts.

Médusée, Mallory contemplait la catastrophe à l'écran. En dépit du déluge de plomb qui s'abattait sur lui, Laorcq courait toujours vers eux.

Elle se reprit et ordonna :

— Jazz ! Verrouille la soute ! Avec un peu de chance, notre encombrant passager se fera descendre.

— Trop tard ! lui répondit l'Intelligence Naturelle. Il sera là avant la fermeture du hayon.

En réaction à la menace implicite, Torg s'apprêta à accueillir leur invité à sa façon. Avant qu'il n'aille réduire

Laorcq en charpie, Mallory l'arrêta :

— C'est pas le moment, lui dit-elle. Le dôme de l'astroport s'écroule, autant en profiter pour partir vite fait.

Concentrée sur sa tâche, elle s'installa à son poste. Venus de nulle part, les tirs s'acharnaient désormais sur la carlingue du *Sirgan*. Les explications devraient attendre un peu. Une fois la brèche dans la coupole suffisamment large, Mallory fit bondir son vaisseau vers le ciel orangé, laissant Mycenae dans une panique complète...

Elle se détendit seulement quand Io fut devenue un petit disque sur les écrans. Le *Sirgan* lancé en ligne droite, elle abandonna les commandes et s'adressa au cybride :

— Maintenant, tu peux aller souhaiter la bienvenue à notre « nouvel ami »...

Le cybride s'exécuta. Après avoir traîné Laorcq sans ménagement depuis la soute, il le jeta aux pieds de Mallory. Le grand balafré se redressa lentement, son étrange combinaison achevant de se retirer dans un tube fixé sur sa cuisse. Comme si cette façon de se présenter devant autrui était normale, il croisa les mains dans le dos et attendit que la pilote prenne la parole :

— C'était quoi ce cirque ? s'emporta-t-elle. Tes copains ont bousillé la moitié d'un astroport ! Tu vas me dire immédiatement ce qu'on trimbale à bord ! Sinon, j'ordonne à mon garde du corps de te balancer dans l'espace. Nous verrons si ta saleté bleue permet de nager dans le vide !

Laorcq ne parut pas le moins du monde effrayé par la menace.

— Ça ne te concerne pas. Fais ton boulot correctement et sans poser de questions. Nous savons tous les deux dans quelle situation tu es, puisque mes poursuivants en veulent dorénavant au *Sirgan*. Des tueurs prêts à ouvrir le feu dans un lieu public ne lâchent pas volontiers leur proie.

Mallory ne comptait pas le laisser s'en sortir si facilement.

— Torg, secoue-le pour moi, s'il te plaît.

Avant que le cybride ne bouge, il reprit :

— Tu tiens vraiment à perdre le *Sirgan* et te retrouver à la rue ? Si tu penses conserver ton vaisseau en me malmenant, tu te trompes !

Mallory retint Torg d'une main sur son torse :

— Tu en sais beaucoup sur moi, je trouve.

Laorcq répondit un peu trop vivement :

— Lebrane m'a renseigné : tu étais sans le sou lorsque tu as hérité du Sirgan. Quand il t'a proposé de te dégoter des contrats, tu n'as pas dit non...

Le visage du balafré avait perdu toute expression. Sans la colère noire qui monta en elle au souvenir de cette période de sa vie, Mallory aurait soupçonné qu'il jouait un rôle.

— Je ne croyais pas avoir affaire à un escroc, doublé d'un maître-chanteur !

Son exaspération contenue à grand-peine, elle lui indiqua où se situaient ses quartiers et lui précisa :

— N'en sort pas avant de pouvoir te rendre utile !

Elle s'attendait à moitié qu'il proteste, mais il obéit de bon cœur, lui laissant l'étrange impression qu'il était impatient d'être seul...

La matinée commençait à peine pour Morsak. Installé dans la cuisine d'un luxueux appartement, situé en plein centre de Nogartha, il prenait son petit déjeuner. Vêtu d'un peignoir en soie blanche, le cinquantenaire bedonnant parcourait d'un œil exercé les colonnes d'un journal affiché par son navcom. Entre une gorgée de café et une bouchée de croissant, il découvrit un article à propos d'un incendie dans l'astroport d'Io. Les mauvaises nouvelles en provenance des lunes de Jupiter étant monnaie courante, l'événement n'avait pas eu le privilège de la première page. Toutefois, les quelques lignes, accompagnées d'une photo de piètre qualité, suffirent à attirer son attention.

Il soupçonna une connexion avec ses activités et décida d'en savoir plus. D'un mouvement de la main gauche, il fit disparaître le quotidien. Avec son navcom, il lança une recherche dans le répertoire du commerce de Mycenae, la ville minière d'Io. Le résultat s'afficha rapidement.

— Ma mémoire ne me joue pas de tours, murmura Morsak, avec satisfaction. Je possède bien la majorité des parts d'une entreprise basée là-bas.

Parmi la liste des employés, il sélectionna trois individus aux salaires faibles. Chacun avait des liens familiaux avec un membre de l'administration du satellite volcanique. Il leur envoya une note au nom des services de sécurité de l'Idernax. Elle demandait de réunir un maximum de détails sur les événements relatifs à l'incident. Le tout, en échange d'une prime substantielle.

Quelques heures après, il obtint les comptes rendus de police, les dossiers de l'astroport et les vidéos de surveillance des rues. Lui parvint également un relevé des transactions bancaires et de l'ensemble des communications passées à Mycenae ce jour-là. La masse d'informations était trop importante à traiter. Il confia la tâche à son Intelligence Artificielle privée, afin d'éviter les questions gênantes. Méticuleux, il la chargea ensuite de croiser ces données avec celles ayant circulé au même moment sur les différents réseaux.

Morsak savait que l'IA devrait consacrer des jours à en extraire les éléments pertinents, mais, finalement, il connaîtrait les moindres détails de ce prétendu accident.

Le cliquettement de quatre pattes arachnéennes attira son attention. Un grand robot cylindrique laqué de blanc, qui faisait office de majordome, se présenta devant lui :

— Monsieur, la liaison avec Alpha du Centaure est établie. Elle durera environ trois minutes.

Morsak passa les doigts dans sa barbe, pour déloger les

miettes s'y étant installées, et se leva. Précédé de la machine blanche qui se mouvait en un trottinement métallique, il se rendit dans son bureau. Comme il s'y attendait, l'hologramme d'un agent d'Omega Sec occupait le centre de la pièce. L'homme de la filiale sécurité, sanglé dans un treillis beige réglementaire, salua son responsable d'un bref hochement de tête. Le chef d'entreprise lui retourna la politesse et enchaîna :

— J'ai une mission cruciale à vous confier, Gamor.

— On m'a déjà notifié un changement de priorité dans mes activités. J'ai fait le nécessaire pour déléguer les affaires en cours à mes subordonnés.

Rêvant que la totalité de ses employés fût aussi efficace, Morsak poursuivit :

— Vous allez partir pour Kenval, afin de garantir le bon déroulement d'une livraison. Si vous faites vite, vous aurez un peu de temps pour prendre vos marques sur place.

La longue distance couverte par la communication imposait une latence entre chaque échange. Morsak en profita pour observer l'ancien policier le servant si bien. Grand et chauve, il paraissait dépourvu de système pileux, ce qui rendait son âge difficile à évaluer. La réponse de Gamor arriva :

— Aucun problème. Dois-je suivre la procédure standard ?

— Pas cette fois, l'enjeu est trop important. Je vous envoie les détails dans un dossier crypté. Pour le reste, vous avez carte blanche…

IV
FERRAILLEURS

Mallory reçut le coup de plein fouet. Elle fixa rageusement son androïde d'entraînement. Un assemblage de tubes longs et minces, qui imitait une silhouette humaine. La machine était conçue pour enseigner jusqu'à la parfaite maîtrise une dizaine de sports de combat. Tâchant de se ressaisir, la petite brune reprit l'assaut.

— Sois mobile ! lui martelait constamment son oncle, alors qu'elle était une débutante. Tiens-toi sur la pointe des pieds, tourne autour de l'adversaire. Sois prête à bondir, tendue sur tes appuis. Si tu es clouée au sol, tu as perdu d'avance !

Après des années de pratique, Mallory laissait rarement le robot avoir le dessus. Pourtant, ses récents déboires semblaient influer sur sa capacité à se concentrer. Elle s'acharna un round de plus, avant de déclarer forfait. Ses vêtements d'exercice – un débardeur et un pantalon ample – étaient trempés de sueur. Sur ses avant-bras, les roses visibles viraient au noir : elle avait besoin de se rafraîchir, et de repos.

Elle désactiva l'androïde et se rendit dans sa cabine.
La frontière du système se rapprochait. Laorcq et Mallory avaient établi une trêve implicite : le courrier étant un appareil de taille modeste, le bon sens dictait d'oublier ses différends quand on vivait dans un espace si réduit. Elle occupait les temps morts en boxant. De son côté, Torg tentait de ne pas céder à la claustrophobie : elle ne voulait pas risquer de le remettre en stase avec un inconnu à bord.

Après quelques heures de sommeil, elle avait revêtu sa combinaison habituelle, en vigueur chez les navigants. Collant à la peau pour éviter de s'accrocher où il ne fallait pas, noire pour ne pas se salir trop facilement. Ses bottes coquées en cuir épais la complétaient, idéales pour parcourir les grilles d'acier qui constituaient le plancher du navire.

La routine implacable du vol spatial obligeait la pilote à remplir son rôle comme si de rien n'était. Assise dans le cockpit, elle passait en revue les informations concernant la marche du vaisseau. Soudainement, Jazz afficha une image transmise par la caméra de la soute et déclara :

— Capitaine, abandonne ces chiffres immobiles et regarde un peu qui s'amuse avec ton jouet préféré…

La vidéo montrait Laorcq aux prises avec le robot instructeur.

— Voyez-vous ça, monsieur sait également combattre, commenta Mallory.

L'homme enchaînait crochets et directs sans faiblir.

— Il s'en tire plutôt bien, nota-t-elle, en connaisseuse.

Torse nu, le grand balafré affrontait la machine. Ses frappes n'étaient pas particulièrement rapides, mais puissantes. Illustration d'une vie mouvementée, des cicatrices sillonnaient son dos musclé.

— Jazz, puisque tu t'es renseigné sur Kenval, fais-moi un topo pendant que j'observe la technique de notre passager.

— Avec plaisir, capitaine. Ne te laisse pas trop distraire, ajouta-t-il d'un ton narquois.

Mallory réagissant à la vision du corps masculin, elle

s'aperçut avec embarras que les roses de ses tatouages s'étaient muées en fleurs de cerisiers. Elle ne faisait pas confiance à Laorcq, néanmoins sa libido le considérait sous un autre angle. Elle se prit à regretter qu'il bosse pour Lebrane.

La simple évocation du truand coupa court à toute idée agréable. Ayant senti le changement d'humeur de Mallory, Jazz enchaîna :

— Notre destination est à la fois un carrefour marchand et une véritable bombe à retardement politique. Les ressources de Procyon sont extrêmement abondantes. Résultat : une quinzaine d'espèces y cohabitent. De la géante gazeuse au moindre astéroïde, l'ensemble est sous la coupe des vohrns. Ils s'enrichissent en faisant payer des droits d'exploitation. En contrepartie, ils sont universellement détestés, puisque chacun rêve de s'en mettre plein les poches à leur place...

Un peu d'enthousiasme lui revint :

— Même si c'est illégalement, je vais enfin découvrir de nouveaux mondes !

— Eh oui ! Cependant, si tu avais eu le choix, tu n'aurais sûrement pas opté pour Kenval. Ses villes sont aussi surpeuplées que celles de la Terre. Pire, on y trouve des orcants...

Mallory les connaissait seulement de réputation, contrairement à de nombreux humains. Un conflit destructeur les avait opposés vingt ans auparavant.

Avec amertume, elle se rappela qu'il s'agissait aussi de la guerre durant laquelle son père fut trahi et accusé à tort de désertion.

— Ces grosses blattes couleur de merde ! gronda soudain l'Intelligence Naturelle. Je les haïssais à l'époque, je ne les aime toujours pas ! Ils sont agressifs et se reproduisent trop vite. Ces créatures vicieuses ont une petite tête et six yeux verdâtres d'araignées à l'affût. Avec leur carapace montée sur quatre jambes, ils tiennent du centaure issu d'un croisement entre cafard et crabe...

Interrompant la diatribe, un message diffusé en boucle annonça la proximité de Pluton. Accoutumée aux éclats de Jazz, Mallory accueillit la diversion avec plaisir :

— Parfait, déclara-t-elle. Le *Sirgan* n'a pas quitté la banlieue terrestre depuis des années : hors de question de faire un long trajet sans un *check-up* complet. Le propulseur, la coque et l'électronique ont besoin d'une sérieuse révision.

— Il est temps d'éprouver le sous-fifre imposé par Lebrane, ajouta l'Intelligence Naturelle.

Pluton était l'ultime étape humaine sur le chemin des étoiles. Chaque navire y transitant subissait un contrôle rigoureux.

Absorbée par son travail, Mallory laissa s'écouler une heure avant d'informer leur passager de la prochaine halte. Elle le trouva dans la cambuse. Il venait de se cuisiner un plat appétissant, malgré le peu de qualité des ingrédients à bord. Un talent qu'elle lui envia.

Après s'être installée face à lui, elle tendit le bras pour ouvrir un tiroir et y saisit des couverts. Sans gêne, elle commença à piocher dans son assiette.

— Tu vas avoir l'occasion de te rendre utile, lui dit-elle entre deux bouchées. Dans son état actuel, mon vaisseau ne parviendra pas jusqu'à Kenval. Nous manquons de tout. Pluton est l'unique endroit où préparer notre voyage... Et nous avons un second problème : grâce à toi et cette ordure de Lebrane, la moitié du système solaire nous court après. J'ose espérer que tu es capable de nous faire débarquer incognito.

Aucunement troublé par l'attitude de Mallory, Laorcq la fixa en souriant. Il sortit d'une poche un objet et l'exhiba : le composant pris sur sa victime avant de quitter Io. On aurait cru un étui à cigarettes en plastique noir, dont l'une des extrémités comportait une série de minuscules connecteurs. Elle reconnut immédiatement un transpondeur, qui servait à la fois de balise et d'immatriculation pour les astronefs.

— Par le plus grand des hasards, Lebrane a fait

récemment l'acquisition d'un vaisseau identique au tien, le *Volvaix*. Malheureusement, il a été détruit suite à un accident entre Mercure et Vénus. Trop occupé, notre ami a oublié d'en informer les autorités.
Laorcq lui tendit l'identifiant électronique.
— Voici ce qu'il en reste. Fais-en bon usage...

Le *Sirgan*, ou plutôt le *Volvaix* désormais, terminait sa mise en orbite de Pluton. Au centre des écrans de navigation, la planète naine luisait d'un éclat artificiel. Sur ce halo lumineux s'imprimait le ballet incessant des navires à l'arrivée ou en partance, preuve de l'activité intense qui y régnait. Serrés les uns contre les autres, des dômes de protection occultaient la surface du petit corps céleste.
À regret, Mallory se contentait de la place du copilote. Elle avait laissé la sienne à Laorcq. Debout derrière lui se tenait Torg, prêt à lui tordre le cou si l'accueil n'était pas celui escompté. Signalant que le transpondeur était interrogé, un voyant sur le tableau de bord vira au rouge. Jazz indiqua un appel du contrôle.
— Ouvre le canal et cadre uniquement Laorcq, lui ordonna Mallory.
Elle se tourna ensuite vers son passager :
— Tu sais à quoi t'attendre si ça foire, alors fais-nous un beau petit numéro...
À l'écran apparut un homme, engoncé dans un uniforme qui ressemblait à une camisole :
— Service des douanes de Pluton à navire en approche, veuillez confirmer identité, fret et motif de votre venue.
— Vaisseau-courrier le *Volvaix*, transport d'objets de valeur type 1, à destination de Kenval. Arrêt pour

43

maintenance et approvisionnement, déclara Laorcq.
Le fonctionnaire lut avec ostentation les données lui parvenant, puis regarda à nouveau l'image de Laorcq :
— Reçu. Vous apponterez au dock E315.
Imbu de son autorité et persuadé d'être efficace, le blanc-bec coupa la transmission sans ajouter un mot. En dépit des circonstances, Mallory riait à moitié :
— Une marchandise de type 1 ? Tu veux me faire croire que nous livrons des tableaux et des sculptures ? se moqua-t-elle.
Laorcq haussa les épaules :
— Tu peux te fier à mon expérience : la crédibilité s'obtient avec de gros mensonges...
Une fois le navire à quai et relié aux réseaux de recyclage, Jazz lança la totalité des programmes de vérification à sa disposition. Comme prévu, de nombreux éléments avaient besoin d'être remplacés ou remis en état. Heureusement, ces tâches pouvaient toutes être effectuées aisément – à une exception près.
— Merde ! jura Mallory, le moral en chute libre. Le régulateur de propulsion est en fin de vie. J'aurais pu tenir deux ou trois mois en faisant de petits trajets, mais pas question de voler jusqu'à Kenval comme ça. Cette pièce coûte une fortune, et surtout ça va être difficile de dénicher le modèle approprié.
Pour une fois, ce fut Laorcq qui la regarda d'un air soupçonneux :
— Tu plaisantes ? Le *Sirgan* est un courrier produit à des milliers d'exemplaires ! Sur Pluton, du matériel de ce genre se trouve plus vite qu'un cognac buvable...
— Oh ça ! C'est sûr. Seulement, le groupe synergétique d'origine est devenu un souvenir depuis un bail...
— Je vois. Puis-je savoir ce dont nous disposons ?
— Eh bien... Il s'agit d'un Witchead 156.
— Un 156 ? Vous naviguez avec une antiquité ? Qu'est-ce qui t'a pris de poser une vieillerie sur ton appareil ?

— Mon navire était déjà modifié quand je l'ai eu. Et le propulseur en question date d'avant le bridage obligatoire de la puissance en vol atmosphérique et intrasolaire. Ça justifie totalement son installation de mon point de vue.

— Formidable, se lamenta Laorcq. Il nous reste juste à trouver un équipement rarissime, dans un endroit rempli de gratte-papier obsessionnels et de marchands sans scrupule...

Avant l'arrivée d'une proposition conforme à l'annonce publiée sur le réseau, trente-six heures s'écoulèrent. Au moins, durant ce délai, les autres opérations de maintenance avaient été effectuées.

Pour compliquer les choses, le vendeur refusa de se déplacer. Laissant Torg veiller sur la cargaison de Lebrane, Mallory et Laorcq empruntèrent les transports souterrains. Ceux-ci grouillaient de monde, on était en pleine relève des équipes. Dépourvus de décoration et de sièges, les wagons se contentaient d'être fonctionnels. Il s'agissait de mouvoir un maximum de personnes en investissant un minimum.

Près d'eux, un groupe de soldats chahutaient bruyamment. Mallory les observa. Des hommes du rang, jeunes et arrogants. À sa surprise, ils se turent soudainement et adoptèrent une attitude plus policée. L'un d'eux esquissa même un garde-à-vous...

Suivant leurs regards, elle se tourna vers Laorcq. Droit comme un I, il fixait les militaires, ses yeux gris chargés de mépris. Fortement intriguée, elle lui demanda :

— Tu veux bien m'expliquer ce qu'il vient de se passer ?

Pris de court, Laorcq marmonna :

— Rien. J'étais dans l'armée... avant.

Elle digéra l'information et réfléchit à ce qu'elle impliquait : vu son âge, s'il était réellement militaire, il lui donnerait peut-être des détails... Après tout, cela ne coûtait rien de se renseigner.

— Est-ce que tu sais quelque chose sur l'affaire d'Éridane-E ? Ça fait vingt ans, mais tu t'en souviens peut-être... Officiellement, un groupe de déserteurs a détruit une station civile dans ce système.

Laorcq réagit à sa question comme à une révélation :

— Évidemment, j'aurais dû le comprendre plus tôt ! Tu es la fille du lieutenant Kyle Sajean ! s'exclama-t-il. Tu étais trop jeune à l'époque pour t'en rappeler, mais cette histoire a fait scandale.

— Pourquoi ? interrogea Mallory, tout en soupçonnant le pire.

— Des rumeurs coururent rapidement au sujet de cet attentat. Des voix s'élevèrent pour accuser des politiciens corrompus d'avoir piloté l'intervention. La destruction de la station Dorval a failli prolonger la guerre de quelques années : elle était située en territoire orcant et abritait plusieurs ambassades non humaines.

Enfonçant le clou, il ajouta :

— À l'époque, le conflit permettait au gouvernement de passer en force n'importe quel décret. Personne n'a été surpris que certains de ses membres soient prêts à tout pour maintenir l'état d'urgence.

Mallory regarda Laorcq comme s'il parlait une autre langue :

— Alors mon père a été sacrifié pour que des politicards conservent leur pouvoir ?

— Cela résume assez bien la situation, je l'avoue…

Mallory ouvrit la voie tandis qu'ils retournaient avec soulagement à la surface et arrivaient à l'adresse indiquée par le marchand. Interloqués, elle et Laorcq découvrirent un immeuble abandonné. Ce n'était qu'une ossature. Pour d'obscures raisons, le chantier avait été brutalement stoppé et oublié. Figées en une tentative désespérée d'atteindre le ciel, d'immenses poutres de béton et d'acier rouillé jaillissaient de terre.

Occupant l'équivalent de trois étages, au cœur du squelette de ciment, se trouvait l'épave d'un petit vaisseau cargo. Une méthode simple et efficace pour aménager le bâtiment mort-né. Négligemment posé contre la carcasse transformée en hangar, un panneau tordu proclamait : « Zepusch, pièces détachées ».

De méchante humeur suite aux déclarations de Laorcq, Mallory tambourina à l'entrée. La porte était greffée dans l'ancien navire à grand renfort de soudures dégoulinantes. Répondant aux coups, quelqu'un vint ouvrir. Une tête de dur, aux traits caricaturaux. Prognathe, il avait un front bas, une carrure de déménageur de piano et des mains telles des planches. Le genre de type dont le patrimoine génétique crie haut et fort : je ne réfléchis pas beaucoup, mais je peux faire très mal. Il s'enquit sèchement :

— C'est pourquoi ?

— Vous vendez du matériel compatible avec un Witchead, non ? répliqua Mallory, nullement intimidée.

— Ah... D'accord. Entrez.

Tout en obtempérant, elle se demanda dans quel nouveau guêpier elle se mettait.

Laorcq et elle pénétrèrent dans un intérieur tenant largement les promesses de l'aspect extérieur. Amoncelées dans d'énormes cages d'acier, des machines poussiéreuses attendaient des jours meilleurs. Sur le sol, des taches d'huile et d'autres fluides indéfinissables formaient un patchwork visqueux. Au fond se cachait un local en préfabriqué, faisant office de bureau.

Le sommet du crâne dégarni et des cheveux longs qui lui pendaient dans le dos, un vieillard obèse patientait devant. Une page de journal roulée en cornet à la main, il y piochait de minuscules beignets roses et gras, pour les dévorer ensuite avec entrain.

— Zep, les clients avec un Witchead en rade sont là, lui

brailla le costaud à la mâchoire épaisse.
— Parfait ! s'exclama le gros d'une voix fluette. Venez jeter un œil sur mon matériel, il est quasi neuf.
Il délaissa un moment ses amuse-gueules et indiqua d'un doigt graisseux une petite caisse posée au pied du bungalow. Masquant son dégoût, Mallory s'avança jusqu'à la boîte et se pencha pour en examiner le contenu.
Avec exaspération, elle réalisa que le poussah et le gorille en profitaient pour détailler son anatomie. Du coin de l'œil, elle vit aussi Laorcq se laisser distraire un instant. Elle lui lança un regard noir, espérant qu'il se reprenne : depuis sa position plus basse, elle pouvait maintenant apercevoir des armes dissimulées sous les vêtements des deux ferrailleurs.
La séance de shopping risquait de dégénérer rapidement... Elle sentit un frisson glacé parcourir sa colonne vertébrale. Si ces deux abrutis essayaient de les arnaquer, elle avait un très mauvais pressentiment sur la manière dont réagirait Laorcq.
Tendue, elle défit son bracelet, pour le brancher sur le régulateur. L'attache cachait une connectique standard, ce qui permettait à Jazz de réaliser une série de tests depuis le *Sirgan*. Une fois reçu un rapport positif de l'Intelligence Naturelle, elle se redressa et fit face à Zepusch :
— OK. La marchandise me va. Quel est votre prix ?
Avalant la poignée de croquettes rosâtres qui encombrait sa bouche, il répondit :
— Cent mille.
— Vous plaisantez ? s'écria-t-elle en dépit de son malaise. Ça cote dans les quarante ou cinquante mille, maximum ! On n'est pas des touristes !
— Pourtant, vous n'avez pas l'air de savoir où vous êtes... Vous trouveriez par miracle un deuxième exemplaire sur Pluton, on vous en demanderait aussi cher. C'est donc à prendre ou à laisser, ma belle.
La situation s'envenima à ce moment précis. Dans un accès de cupidité, le gros ferrailleur écarta un pan de sa veste pour dévoiler son arme : il espérait ainsi forcer la vente.

Tandis qu'en elle l'appréhension se mêlait à une montée d'adrénaline, la jeune femme se figea.

Elle s'avisa qu'il était vieux et gras, donc lent, mais pas assez pour qu'elle puisse se jeter sur lui avant qu'il ne dégaine... Profitant de son inattention, l'autre truand se rapprocha d'elle. Il paraissait certain que Laorcq n'oserait pas bouger tant qu'elle serait à la merci de son compère.

Il se trompait, comme elle le craignait déjà. Laorcq glissa rapidement une main dans son dos et en ressortit un petit calibre. Il abattit le costaud d'un tir en pleine nuque. Le haut du crâne et la cervelle du gros bras se répandirent sur le sol.

Malgré sa surprise, Mallory eut le réflexe de se mettre à couvert. Elle plongea derrière un réacteur mangé par l'oxydation, évitant de justesse une balle. Du bureau où il s'était réfugié, l'obèse faisait feu à l'aveuglette.

Elle vit Laorcq, à nouveau recouvert de sa combinaison bleue, se moquant d'être pris pour cible. Il pointa une deuxième fois son revolver, visa consciencieusement et vida un chargeur. Lorsque Zepusch mourut, il s'écroula en faisant vibrer le cabanon...

V
ABORDAGE

Encore tremblante à l'idée qu'elle aurait pu être blessée, mais une colère meurtrière dans les yeux, Mallory abandonna son abri. Chargés d'épines longues et aiguës, ses tatouages donnaient l'impression de jaillir de sa chair. Elle se dirigea droit sur Laorcq.

Sa peau de combat se rétractant, il anticipa ses protestations :

— Tu feras une crise de nerfs plus tard. Il faut partir d'ici sans perdre une seconde. Avec tous ces coups de feu, quelqu'un dans le voisinage a forcément appelé la police...

Il enleva sa veste et la déposa sur une caisse. Il tendit à la jeune femme un tube en acier, d'une vingtaine de centimètres sur deux de diamètre. La réplique exacte de celui fixé le long de sa jambe. Sans attendre l'accord de Mallory, il lui indiqua comment s'en servir :

— Accroche-le à ta cuisse et serre-le à pleines mains d'un coup sec. Une combinaison identique à la mienne t'enveloppera.

Joignant le geste à la parole, il réactiva la sienne. Aussitôt le corps occulté, il enfila le vêtement dont il venait de se séparer. Son apparence monochrome ainsi atténuée, il s'expliqua :

— Mieux vaut perdre un peu en discrétion et avoir un avantage si les flics nous rattrapent.

Mallory s'exécuta en silence. Maintenant, la partie se jouait selon les règles de Laorcq. Elle avait l'impression que les choses lui échappaient complètement.

La protection s'ajusta parfaitement à sa morphologie. Le film bleu la recouvrait entièrement, mais elle devait regarder ses doigts pour s'en rendre compte...

Suivant l'exemple du balafré aux yeux gris, elle porta son blouson en cuir bordeaux dessus : de quoi tromper un observateur distant. Dans la rue, les sirènes des forces de l'ordre hurlaient déjà : la fusillade n'était pas passée inaperçue.

Ils utilisèrent une issue située à l'arrière de l'ancien cargo pour s'enfuir et s'éloignèrent rapidement en empruntant les venelles les plus sombres et les moins fréquentées qu'ils purent trouver. Afin de se faufiler dans les passages étroits, ils tenaient chacun d'une main le régulateur de propulsion. L'objet étant plutôt lourd, l'effort continu donnait l'impression à Mallory d'avoir le bras droit en feu.

Une fois en sécurité, Laorcq l'entraîna entre deux bâtiments et s'arrêta. On ne pouvait les voir d'en haut, l'espace était encombré par les escaliers métalliques d'une sortie de secours. Massant ses muscles endoloris, elle accueillit cette pause avec soulagement. Il lui expliqua de quelle façon retirer la tenue bleue. Il se saisit à nouveau de leur butin et ajouta :

— Nous sommes suffisamment loin. Autant se mêler à la foule.

La pilote utilisa ensuite son navcom, pour trouver le chemin le moins long vers le dock du *Sirgan*. Tôt ou tard, la police allait découvrir une trace des communications avec

Zepusch. Ils devaient quitter Pluton sur-le-champ.

Le retour vers les quais ne fut pas évident. Ils traversèrent des quartiers nettement plus fréquentés. Des marchands ambulants occupaient les trottoirs, exploitant le moindre mètre carré. Les avenues principales bondées, ils durent changer d'itinéraire à maintes reprises. À chaque détour, Mallory s'inquiétait : quelqu'un aurait-il l'idée de parcourir le courrier électronique des ferrailleurs ? Et si oui, combien de temps faudrait-il pour qu'il remonte jusqu'à la connexion réseau de son navire ?

Apercevant la forme familière du vaisseau-courrier, elle se détendit enfin. Imperturbable, Laorcq était aussi serein que s'il venait de faire une simple promenade :

— Je me demandais... Est-ce possible de remplacer le régulateur en vol ?

Son regard toujours rageur parlant pour elle, la pilote garda le silence. Une fois à l'intérieur du *Sirgan*, elle découvrit avec soulagement Torg de l'autre côté des portes étanches. Suivant son instinct protecteur, il la blottit contre lui et la cajola telle une enfant. Rassurée, mais un peu embarrassée par tant d'affection, elle trouva une excuse pour repousser gentiment le cybride :

— Attrape-moi ce type ! ordonna-t-elle, en indiquant Laorcq.

Le grand balafré s'extrayait à son tour du sas. Comme si les presque cent kilos de muscles de l'homme n'existaient pas, le géant à fourrure saisit ses poignets et le souleva.

— Imbécile ! cracha Mallory. Je n'ai pas besoin de faire équipe avec un nerveux de la détente ! Le coup de l'achat forcé, j'y ai eu droit plus d'une fois ! Je n'ai jamais massacré les vendeurs pour m'en sortir. Ce transport vers Kenval, on s'en chargera sans toi !

S'adressant ensuite à son garde du corps, elle suggéra :

— Torg, et si tu tirais un brin sur ses bras ?

Il obéit avec joie, cependant menaces et démonstration de force n'eurent pas d'effets notables. Laorcq parut souffrir un

peu, néanmoins il conserva son flegme :
— Je ne vais pas laisser deux petits malfrats se mettre en travers de ma route, j'ai une tâche à accomplir. Et si au passage je dois liquider une division d'escrocs du même bois que Zepusch, ce sera un bonus...
— Malfrats ? Escrocs ? Dans la bouche du larbin d'un usurier, ça sonne franchement faux, remarqua Mallory.
Elle pouvait voir que Laorcq n'était pas le moins du monde impressionné par elle ou Torg. Elle allait le menacer de nouveau, mais il laissa soudainement échapper un long soupir.
— OK, le jeu ne m'amuse plus. Mettons les choses au point, Mallory. Tu ne saisis pas ? Je ne travaille pas pour Lebrane ! Je me suis débarrassé de son pantin sur Io et j'ai pris sa place...
— Quoi ? Tu n'es pas avec lui ? s'exclama-t-elle, exaspérée de traiter avec un autre menteur. À cause de toi, je risque de perdre mon vaisseau et d'aller en prison ! Pourquoi tu t'es mêlé de mes affaires ?
— Ça, tu ne le sauras pas, surtout si ton cybride m'arrache les bras. Je te demande de m'amener à bon port et, si tout se déroule bien, le voyage de retour. En échange, je m'occuperai de Lebrane pour toi.
Ils s'affrontèrent tous deux du regard.
Mallory s'inquiétait. Comment pouvait-elle savoir s'il allait tenir parole ? Au moins, vu sa façon de régler les problèmes et son attitude, elle était sûre qu'il n'avait pas menti en affirmant être un ancien militaire. *Et merde !* jura-t-elle *in petto*. De toute façon, seule, elle n'arriverait à rien...
Une fois pesé le pour et le contre, elle capitula :
— Soit, mais j'ai beaucoup de mal à penser que tu vas m'aider. Tu es plutôt du genre à aggraver ma situation...
Puis, à destination de Torg :
— Ça ira, tu peux le libérer.
Il lâcha prise d'un coup, laissant Laorcq chuter au sol. Au lieu de se formaliser de ce mauvais traitement, il se contenta

de soulager ses épaules meurtries en les remuant. Lorsqu'il se releva, Mallory lui colla son index sous le nez :
— Un dernier détail, ajouta-t-elle. À la prochaine initiative douteuse, je te plante là où tu es ! Je tenterai ma chance en m'expliquant avec la police. Je m'empresserai de leur donner les vidéos de bord où tu apparais ! Ils apprécieront ton petit *one-man-show* sur Io, j'en suis certaine...
Sur ce, elle se dirigea vers le cockpit, suivie du géant rouge et noir. Sa voix diminua tandis qu'elle s'éloignait :
— Jazz, envoie le signal de libération du quai. Nous partons pour Kenval. Je me charge de remplacer le régulateur...

Assise aux commandes du *Sirgan*, Mallory procédait à de mineures corrections de cap. Semblable au cœur d'une bête démesurée, le grondement sourd du propulseur rythmait la vie des passagers. Laissant le système solaire derrière elle, la coque élancée du navire glissait dans le vide entre les étoiles, telle une balle de revolver. Contrairement aux lourds cargos destinés uniquement à la navigation spatiale, un courrier bénéficiait d'une excellente aérodynamique. Il devait pouvoir voler sous atmosphère, charger une cargaison à terre et la transporter à des années-lumière d'une seule traite.

La perspective d'un long voyage dans le petit vaisseau ne dérangeait pas Mallory, il s'agissait de son véritable foyer. Elle avait imaginé que Laorcq tournerait comme un lion en cage. Au contraire, il restait imperturbable et quittait sa cabine seulement pour s'exercer avec l'androïde de combat à mains nues. Devinant que le balafré occupait à nouveau les pensées de sa capitaine, l'Intelligence Naturelle prit la parole :

— Notre invité me surprend. Depuis le départ de Pluton, il consulte la bibliothèque de bord avec assiduité. Je trouve cela étrange, pour un individu qui réfléchit avec son arme.

— Plutôt, oui ! acquiesça Mallory. Je l'aurais cru limité aux étiquettes des cannettes de bière.

Sa curiosité piquée au vif par ces contradictions, elle décida d'entrer dans le jeu de son passager. Quand il entama une nouvelle séance d'entraînement, elle le rejoignit dans la soute. S'interposant entre lui et l'instructeur métallique, elle lança :

— C'est facile de corriger une mécanique. Mais face à un être vivant, ça se complique...

— Ne t'inquiète pas pour moi. Dans mon boulot, j'ai souvent l'occasion de cogner sur des adversaires bel et bien agressifs.

— Justement, ça doit commencer à faire beaucoup... Tu n'es plus de première jeunesse.

Un grand rire secoua Laorcq.

— OK, arrête ton cinéma, lui dit-il. Tu tiens à me prouver que je suis un vieillard ?

Il recula de deux pas et tendit la main pour lui indiquer de prendre place face à lui.

— Je t'invite...

Malgré son amusement évident, il l'affronta avec sérieux. Ils se jaugèrent d'abord avec prudence puis, la confiance aidant, ils enchaînèrent des prises issues de nombreuses disciplines. Face à un *close-combat* puissant, Mallory pratiquait un mélange de boxe et d'art martiaux.

Désormais couverts de sueur, chacun était décidé à l'emporter, la souplesse compensant le petit gabarit chez l'un, l'expérience une vivacité moindre chez l'autre. Venu admirer le spectacle, Torg approuvait les bonnes combinaisons d'un grognement et s'agitait lorsque sa protégée cédait du terrain.

Tirant avantage d'une attaque un peu trop optimiste, Laorcq passa dans le dos de Mallory et la ceintura juste sous les épaules. En désespoir de cause, elle saisit à pleines dents le bras gauche de son adversaire. Elle profita de la surprise provoquée pour lui porter un coup à la gorge. La respiration brièvement coupée, il relâcha sa prise, ce qui permit à la pilote de rompre le corps à corps. Laorcq revenait à la charge, quand retentit le hurlement d'une alarme.

— Capitaine, émit Jazz sur les interphones de bord, nous sommes suivis. Une frégate dépourvue de signal d'identification nous rattrape petit à petit.

Les combattants et Torg tournèrent les talons, pour courir jusqu'au poste de pilotage. Sur l'un des écrans, une ombre masquait une partie du fond étoilé. Des chiffres défilaient sur le pourtour de l'affichage, variant au gré des corrections de cap du poursuivant. Après les avoir examinés, Mallory s'adressa à l'Intelligence Naturelle :

— Jazz, calcule le délai avant qu'il nous mette la main dessus. Et vérifie si l'on peut se permettre d'augmenter la cadence, ajouta-t-elle.

Quelques secondes s'écoulèrent, tandis qu'il faisait travailler les simulateurs dont il disposait. Enfin, la réponse tomba :

— À cette allure, douze heures maximum. La marge d'accélération est faible, voire inexistante.

— Le *Sirgan* n'est pas capable de le semer ? intervint Laorcq, déçu.

Sans le regarder, les doigts pianotant sur les commandes, Mallory rétorqua sur un ton acide :

— Les performances de mon appareil ne conviennent pas à monsieur ? Quel dommage ! « Môssieur » aurait dû mieux choisir son taxi !

Elle poursuivit de façon plus calme :

— Nous ne forcerons pas le rythme, car nous devons rejoindre Kenval. Contrairement à nos copains dehors, prêts à brûler la totalité de leur carburant pour nous coincer... Et comme l'on fiche la pagaille partout où l'on passe, faire demi-tour n'est pas envisageable.

— On ne pourrait pas se débrouiller pour atteindre notre destination en se reposant sur le groupe synergétique ?

Sans avoir l'œil d'un professionnel, Laorcq avait noté la configuration spécifique du courrier. Il était nettement plus large que haut et doté d'un profil tout en longueur. Composée de multiples facettes d'un blindage noir mat et uniforme, sa coque évoquait une pointe de lance. Des ailes naissaient à la proue et allaient en s'élargissant jusqu'aux trois quarts du vaisseau, avant de se resserrer pour rejoindre la poupe. Le groupe synergétique, formé d'un gros tube de nanocarbone, le traversait en longueur.

Grâce à lui, le navire se mouvait dans le vide, chevauchant les ondes émises par les étoiles. Virtuellement inépuisable, ce système faisait à la fois office de vent et de voile. Le rôle du gouvernail était dévolu à de simples réacteurs. Leurs tuyères débouchaient aux différentes extrémités du *Sirgan*, afin de permettre le décollage et les manœuvres. Mallory prit un instant pour répondre à son passager :

— Non ! asséna-t-elle. Les chances pour qu'un vol en parfaite ligne droite nous mène à destination sont d'une sur mille.

Recevoir les suggestions d'un novice l'agaçait au plus haut point. Il devrait savoir que distraire la capitaine d'un courrier en pleine action n'était pas une bonne idée. À son soulagement, il parut se rendre compte qu'il se trouvait en terrain peu familier. Il se tut et la laissa travailler.

Encore à distance respectable, les deux vaisseaux se livraient à un étrange ballet. Chacun essayait de changer de trajectoire au moment le moins prévisible. L'inconnu cherchait le contact, le *Sirgan* à maintenir l'écart. Mettant à l'épreuve les nerfs de Mallory et de son passager, ce petit jeu dura dix heures. Ils durent se rendre à l'évidence : l'attaquant avait très bien évalué sa proie. L'abordage était inévitable…

Le choc fut terrible, malgré la faible différence de vitesse entre les deux appareils. Les alarmes de bord hurlèrent à l'unisson, pendant que l'éclairage virait au rouge. En prévision de la collision, tout le monde était sanglé dans son siège. Cette précaution ne les empêcha pas d'être rudement secoués.

Des grappins électromagnétiques se collèrent sur la coque, telles des sangsues, leurs coups de boutoir se répercutant en un écho sinistre. Grâce aux caméras prévues pour balayer l'extérieur du courrier, l'équipage du *Sirgan* observa la frégate. Massive et portant les stigmates de multiples réparations, elle ressemblait à un prédateur obèse.

Une ouverture apparut sur le carénage, d'où fut vomi un trio d'hommes en scaphandre. Lourdement équipés, les assaillants avancèrent avec prudence. Une fois le premier d'entre eux clairement visible sur l'écran de surveillance, Laorcq attira l'attention de Mallory d'une tape sur l'épaule :

— Déverrouille le sas ! Dépêche-toi !

— T'es malade ! s'écria-t-elle. Tu ne veux pas préparer un plat en guise de bienvenue également ? Et pourquoi…

— Calme-toi et regarde un peu ça, l'interrompit-il en désignant du doigt le fusil de l'intrus. Avec un calibre pareil, si tu ne les laisses pas entrer pour faire croire à notre reddition, ils vont simplement défoncer la porte. Nous ne pourrons plus maintenir le vaisseau sous atmosphère.

— Du coup, même si on se débarrasse d'eux, on mourra avant d'atteindre notre but, conclut Mallory alors qu'elle commandait l'ouverture. Seulement d'ici trois minutes, ce gros flingue, on va l'avoir sous le nez…

— Je sais comment régler ce problème, mais ça risque de ne pas te plaire… En premier lieu, il faut remettre Torg en stase.

— Tu n'y penses pas ! s'exclama-t-elle. L'endormir au moment précis où nous en avons le plus besoin ?

Afin de la convaincre, Laorcq lui détailla rapidement ce qu'il avait en tête.

— Ton idée est bonne, concéda Mallory. Mais ce n'est pas pour autant que je l'aime.

Cette réponse prise comme un accord, Laorcq lui demanda

ensuite de l'accompagner à sa cabine. Une fois à l'intérieur, il saisit la mallette rangée sous la couchette et l'ouvrit. Elle contenait quatre tubes à combinaison protectrice, des explosifs prêts à l'emploi, le pistolet qu'il avait utilisé sur Pluton et un autre en tous points identique…

VI
MERCENAIRES

Sodoye, capitaine de frégate et mercenaire, jubilait : le vaisseau-courrier et la précieuse cargaison étaient à sa merci. Après le fiasco sur le satellite de Jupiter, son équipage de ruffians avait bien besoin d'une victoire pour se remonter le moral. Leur mission était pourtant simple : se rendre sur Io et s'emparer d'une marchandise de contrebande, avant le chargement par un transporteur.

Un jeu d'enfant, pour d'anciens soldats. Le rapport de Clera, son bras droit, lui restait d'autant plus en travers de la gorge. Fatigué, le visage noirci de cendres, il s'était présenté devant Sodoye, alors que l'objet convoité s'envolait :

— Chef, je ne sais pas ce qu'il y a dans ce colis, mais nous ne sommes pas les seuls à le vouloir. Ça sent vraiment le job sous-évalué. On a perdu pied dès le début. Nous étions sur le point de coincer le petit crétin responsable du transfert, dans un quartier de Mycenae. Au moment où nous allions nous pointer chez lui, un inconnu l'a piégé. Un costaud avec une cicatrice sur la tempe. Là-dessus, une gamine accompagnée d'un cybride a débarqué et discuté un moment avec l'intrus avant de repartir... Deux minutes derrière, le type sortait également. Au cas où, j'ai envoyé Neix, Uzna et La Rouze le suivre.

Après un coup de poing dans une cloison pour soulager sa colère, Clera avait poursuivi :
— Je n'ai pas eu besoin de fouiner dans l'appartement. Avant d'approcher de l'immeuble, de la fumée s'en échappait. Du travail de pro, je me suis dit. Ça sentait les ennuis, j'ai décidé de rejoindre les autres en vitesse. En filant le grand à la gueule abîmée, ils étaient arrivés à l'astroport. Ça a merdé à cause d'Uzna : il s'est mis à tirer sur tout ce qui bougeait. Cet abruti devait encore être complètement shooté ! Il ne m'a pas laissé le choix : je lui ai collé une balle dans la tête et j'ai maquillé la scène en suicide. Tu connais la suite.

Impuissant, Sodoye avait assisté à la fuite du *Sirgan*, rongeant son frein le temps de récupérer ses hommes. Sans la pagaille générée par l'incendie, ils n'auraient pas pu quitter le monde volcanique assez vite pour rattraper le vaisseau-courrier.

Avec un soupir, Sodoye reporta son attention sur les événements en cours. Au fond, s'ils obtenaient un navire en plus de la cargaison, il n'allait pas se plaindre.

D'un regard injecté de sang, il scruta le moniteur à sa droite. Une photo de Mallory Sajean y figurait.
— Pourquoi ne pas en profiter pour s'amuser ? se demanda-t-il à la vue du visage féminin.

Avec ses joues mangées par la couperose et son ventre proéminent, il n'avait rien d'un don Juan. Si les circonstances le permettaient, il n'hésitait pas à se passer de l'accord de ses partenaires en matière de sexe.

D'une pichenette sur les commandes d'affichage, il fit disparaître l'image de sa future victime et bascula sur la ligne navcom de Clera. Par l'intermédiaire des caméras et micros portés par ses hommes, il participait sans danger à l'abordage.

— Comment ça se présente ? interrogea-t-il.
— Du gâteau jusqu'ici, répondit Clera. La chance est de notre côté : le cybride est en stase ! La procédure de réveil était en cours, mais je l'ai stoppée.

Réfugiée dans le cockpit, Mallory sentait son cœur battre à tout rompre tandis qu'une boule de peur se formait dans son estomac. Une série d'images flottait devant elle, montrant les différents compartiments du *Sirgan*. Armes à la main, les pirates parcouraient avec prudence la coursive principale du vaisseau-courrier.

À la demande de la pilote, Jazz avait coupé l'éclairage pour ralentir leur progression. Séparées de zones d'ombre, les lampes de secours offraient tout de même une faible lumière : l'Intelligence Naturelle n'avait pas eu le temps de s'en occuper avant que les intrus n'abordent.

Mallory observa attentivement les trois personnages lourdement armés et à l'allure sinistre qui avançaient dans la coursive. La visière du scaphandre grande ouverte pour un maximum de visibilité, ils s'épaulaient les uns les autres tout en surveillant régulièrement leurs arrières.

Sur le flux vidéo, Mallory vit apparaître une silhouette bleue : Laorcq. Prenant les assaillants par surprise, il ouvrit le feu.

Son premier tir perfora la tempe d'un des pirates, emportant la moitié de son visage. Le coup suivant cueillit un des autres hommes dans l'estomac. Il se plia en deux, hors d'état de nuire.

Aussi vif qu'un serpent, le survivant se retourna et fit cracher son gros calibre. Le résultat fut sans appel : projeté contre une cloison, Laorcq s'écroula…

À la vue de ce triste spectacle, Mallory s'affaissa dans son siège :

— Jamais je n'aurais dû écouter Laorcq !

Porter une combinaison pare-balles, si efficace fût-elle, était un maigre réconfort. Dans sa main, l'arme confiée par le grand balafré lui paraissait étrangère.

Ne t'inquiète pas, lui avait-il dit. *Si tu es touchée, l'impact sera amorti et réparti sur l'intégralité de ton corps. Au pire, tu perdras connaissance. Si ce n'est pas le cas, fais semblant. Il faut absolument les laisser nous emmener à bord de leur appareil...*

L'image de la coursive la rappela à l'ordre : indifférent au sort de ses compagnons, le dernier pirate se précipitait vers le cockpit.

Mallory bondit hors de son fauteuil et se prépara à le recevoir.

Jaillissant dans la cabine, il se retrouva face à elle. Avec l'espoir de l'atteindre en pleine tête, elle fit usage de son revolver. La balle se logea dans l'épaule de sa cible. Par réflexe, l'assaillant lâcha une rafale qui la balaya aussitôt…

Pas si mal pour un premier tir, eut-elle le temps de se dire, avant que les multiples impacts contre sa tenue de combat ne lui coupent la respiration.

Aux commandes de la frégate, Sodoye faisait le point. Avoir deux blessés et un mort l'ennuyait, néanmoins, la cargaison entre ses mains, le contrat était quasiment rempli… S'il y ajoutait la prise de guerre constituée par le *Sirgan* et le cybride, le bilan devenait excellent.

Son humeur s'assombrit au moment d'enfiler son scaphandre. Il détestait sortir en plein espace : le vide spatial était idéal pour faire l'expérience de sa propre insignifiance...

Se promettant de faire subir mille sévices à cette gosse qui se prenait pour un pilote, il plaça un tube d'amarrage entre les deux bâtiments. Puis, une fois la pression entre les deux appareils équilibrée, il se rendit sur le vaisseau-courrier. Sa priorité fut de ligoter Laorcq et Mallory à l'aide de câbles. Il prodigua ensuite les premiers soins à ses fantassins malmenés.

Durant ce temps, Jazz le haranguait :

— Pauvre abruti ! Tu ne sais pas à qui tu as affaire ! Si tu touches à un cheveu de ma capitaine, je te retrouverai ! Le dernier trou à rats de la galaxie ne suffira pas à te planquer !

Indifférent, Sodoye alla au poste de pilotage. Méthodique, il débrancha divers pupitres et panneaux de contrôle, sans provoquer de changement apparent. Saisi d'une soudaine révélation, il se précipita à l'extrémité arrière du navire, dans la cellule de propulsion. Il recommença son manège et déconnecta divers équipements. La voix de l'Intelligence Naturelle se tut brusquement.

Un peu plus tard, les lumières de secours s'éteignaient et la gravité disparaissait. Sa machinerie complexe à l'arrêt, le *Sirgan* était en sommeil. À un détail près : sur l'afficheur du caisson de stase, les chiffres défilaient de nouveau. À l'insu du mercenaire, l'extinction du vaisseau venait de relancer le réveil de Torg...

Éclairé par la lampe frontale de son scaphandre, Sodoye transféra tout le monde d'un navire à l'autre. Il traîna ses captifs sans ménagement par le tube d'amarrage et, à l'intérieur de la frégate, les jeta dans une des soutes. Avec presque aussi peu d'égard, il déposa ses hommes à l'infirmerie de bord. Il souffla quelques secondes, le temps de se remémorer le fonctionnement de l'*automed*, un robot médical installé sur chaque appareil. Une fois la commande adéquate en tête, il le mit sous tension :

— Diagnostic complet et rétablissement à quatre-vingts

pour cent, ordonna-t-il.

Fixé au plafond, le robot était situé entre les couchettes où se trouvaient allongés les blessés. Le cylindre brillant se changea soudainement en un insecte à vingt bras. Chaque appendice avait un usage précis : nettoyer, extraire, injecter, coudre... Au point de ne pouvoir le suivre des yeux, l'automed s'agita de plus en plus rapidement. Enfin, les deux hommes furent suturés, bandés et sous sédatif, en bonne voie de guérison.

Cette corvée expédiée, le mercenaire referma la cabine de soins et marcha d'un pas léger vers la soute. Il était temps de faire la connaissance de ses nouveaux invités...

Mallory revint à elle dans la cale de la frégate. Elle réalisa qu'elle ne pouvait pas faire un geste, ligotée et étendue à même le plancher, le visage face à une cloison. Sa vue se résumait à une plaque d'acier et une série de gros rivets. Du bout des doigts, elle frôla le corps d'une autre personne : Laorcq. Inconscient, il gisait à ses côtés.

Au moins il avait eu raison : les pirates avaient réagi comme prévu. Maintenant, elle devait tenir en attendant la résurrection de Torg...

Dans un grincement de tôle, la porte de la cale pivota et quelqu'un entra. Une voix masculine déclara :

— Eh bien... En voilà une belle plante. Voyons ça de près...

Elle sentit l'homme mettre un genou au sol près d'elle. Des mains se posèrent sur son corps pour l'explorer. Paradoxalement, la tenue de protection, si efficace contre les armes, était trop mince pour lui épargner ce genre d'outrage. Les tâtonnements brutaux vinrent à bout du stoïcisme de

Mallory :
— Lâche-moi, pervers ! Enlève tes sales pattes, je te dis !
Une poigne se referma sur son bras et une violente traction la tourna face à son tortionnaire.
— Sois sage et laisse faire le capitaine Sodoye, sinon...
Mallory n'était pas disposée à être malmenée, mais il devint évident que le pirate se délectait de ses cris et de ses contorsions désespérées. *Et en plus ce connard parle de lui à la troisième personne !* Un très mauvais signe.
Elle observa le visage rougeâtre de Sodoye tandis qu'il sortait de sa poche une languette de métal, terminée par deux petites pointes.
Quand il la planta dans l'abdomen de Mallory, ses muscles se crispèrent par réflexe. Elle anticipa la brûlure de l'acier pénétrant sa chair et ferma involontairement les yeux. Prise de cours lorsqu'elle ne ressentit rien de plus qu'un léger choc, elle les rouvrit pour voir sa combinaison bleue se rétracter dans son tube. Désormais vulnérable, elle sentit la panique l'envahir. Être face à un agresseur lui était déjà arrivé, mais elle avait toujours eu de quoi se défendre...
Sodoye saisit ses cheveux et lui secoua violemment la tête.
— Désolé, j'aime voir ce que je touche ! s'écria-t-il, avant d'éclater en un rire gras.
Elle était encore vêtue de sa tenue d'entraînement, un pantalon et un débardeur. Le sadique scruta sa poitrine à peine dissimulée avec une telle intensité qu'elle en eut un frisson de dégoût. Sous la poussée d'adrénaline, les épines de ses tatouages sensibles tremblaient.
Elle s'attendait à être de nouveau palpée, mais Sodoye l'abandonna et se rapprocha de son deuxième prisonnier. Réduite à l'impuissance, elle observa le mercenaire du coin de l'œil. Grâce à l'étrange outil, il força la protection de Laorcq à se retirer et le réveilla d'une gifle.
Avec inquiétude, elle se demanda comment ces pirates avaient pu se procurer de quoi désactiver leurs combinaisons de combat. D'après Laorcq, ce matériel venait juste d'être

mis sur le marché !

Une main en appui sur le sol, Sodoye planta de l'autre son instrument dans la joue du balafré. D'une torsion du poignet, il déchira la chair jusqu'au sang. Mallory vit Laorcq serrer les dents et endurer la douleur sans un mot. Elle avait l'impression dérangeante que subir de tels sévices ce n'était pas une première pour lui.

— Ça, c'est pour avoir tué un de mes gars ! cria le mercenaire.

Exhibant l'objet ensanglanté, il se tourna vers la pilote :

— Si tu veux t'épargner ce traitement, explique-moi de quelle manière contrôler ton rafiot sans passer par ta saloperie d'Intelligence Naturelle.

Têtue, elle resta muette. Le sourire de Sodoye s'élargit.

— Parfait. J'ai failli croire que tu cracherais le morceau avant de pouvoir m'amuser.

Avec un gloussement de joie, il se leva et sortit un sac de toile d'une des caisses entreposées dans la cale. Il s'approcha ensuite de Laorcq et lui enfila telle une cagoule. Pour achever son œuvre, il le gratifia d'un violent coup de poing sur la tempe.

— Un brin d'intimité, c'est beaucoup mieux, non ? chuchota-t-il à l'oreille de Mallory.

Afin de la positionner à sa convenance, il la manipula comme une poupée et s'apprêta à la dénuder.

Le fracas soudain d'une explosion l'interrompit, ébranlant la structure du vaisseau. Sa libido brusquement éteinte, le mercenaire se redressa. Mallory pouvait lire la panique dans ses yeux. Il laissa choir son instrument métallique et se précipita hors de la cale…

Accroché à la coque et parfaitement réveillé, Torg se servait de charges explosives fournies par Laorcq pour perforer le blindage de la frégate. Semblable à une mue d'insecte en lambeaux, le tube qui connectait les deux navires flottait maintenant dans le vide.

Le cybride n'était pas le moins du monde affecté par l'absence d'atmosphère. Et pour cause : il pouvait survivre dans l'espace pendant plusieurs minutes. S'acharnant sur la carlingue, il émit quelques mots pour rassurer Mallory. Logé dans son cortex, un navcom interprétait ses impulsions nerveuses avant de les transmettre :

— N'aie pas peur. Dans peu de temps, je serai à nouveau près de toi.

Tout le plan de Laorcq reposait sur deux éléments : les capacités hors-norme de Torg, et un lieu où leur donner libre cours. Que les deux humains soient capturés avait permis de porter l'affrontement sur le vaisseau ennemi, où le cybride pourrait exprimer l'entière mesure de sa force herculéenne. À bord du *Sirgan*, le risque de détériorer un composant vital eût été trop élevé.

Déchaîné, il écarta de ses énormes griffes d'acier les extrémités de la brèche qu'il venait de pratiquer. Quand l'ouverture fut assez large, il se jeta dedans. Il se fraya un chemin à l'intérieur de la frégate en détruisant tout sur son passage, tordant les portes étanches et brisant les panneaux de commande.

Son odorat développé repéra les effluves des humains. En particulier celle de peur émise par Sodoye. Une fois remontée la piste de ce dernier, il l'accula dans la cambuse. Déformant au passage la cloison aussi facilement qu'un vulgaire morceau de carton, Torg entra dans la cuisine.

Il tenait à peine dans la petite pièce. Seul subsistait un minuscule espace libre, où se recroquevilla Sodoye. Acculé, il vida le chargeur d'un revolver dans le poitrail de son poursuivant. La salve n'eut pas le moindre effet. L'épiderme de Torg n'avait rien à envier à une protection pare-balles.

Lorsqu'il broya le nez de Sodoye d'un coup de poing, celui-ci pressait vainement la détente. Le mercenaire à terre et inconscient pour un long moment, le cybride reprit sa chasse aux soldats de fortune.

Flairant le sang et le désinfectant, il trouva l'infirmerie. Faute de savoir mettre l'automed en veille, il l'arracha du plafond dans une gerbe d'étincelles et de câbles électriques. Il bloqua la porte en tordant la poignée, au cas où l'un des blessés reviendrait à lui.

L'air s'échappait de la coque béante dans un hurlement aigu. Son calme retrouvé, Torg se rendit jusqu'au compartiment où étaient enfermés Mallory et Laorcq. Sous sa poigne, les liens des prisonniers cédèrent comme de la guimauve. La pilote rajusta ses vêtements, tandis que l'homme et le cybride s'efforçaient de regarder ailleurs.

— Dis-moi que tu as coincé ce porc, s'enquit-elle auprès de son garde du corps.

— T'inquiète pas, j'ai assommé cet abruti. L'air se raréfie, il faut partir d'ici en vitesse.

— Dans ce cas, on emmène ce pervers avec nous, continua-t-elle, ramassant au passage les câbles d'acier abandonnés au sol. Il a beaucoup de choses à nous raconter, j'en suis sûre...

Le cri de l'atmosphère avalé par l'espace se faisait plus ténu. Encore quelques instants, et il ne resterait rien à respirer. Au grand soulagement de Torg, Mallory et Laorcq trouvèrent deux scaphandres dont ils s'équipèrent. Sans omettre de le ligoter à l'aide des cordons récupérés par la pilote, il plaça Sodoye dans un tube de survie.

Ultime recours, ce cercueil cylindrique servait d'ordinaire de canot de sauvetage. Torg se chargea du fardeau. Ils refirent en sens inverse le chemin tracé par le cybride puis s'élancèrent dans le vide pour rejoindre le *Sirgan*.

Ils réactivèrent l'intégralité des systèmes de bord et Jazz :
— Ah, enfin ! fut sa première réaction. Merci. Je déteste être déconnecté. J'ai tendance à rêver de mon ancienne vie...

Quant au prisonnier, toujours dans le cylindre protecteur, ils l'abandonnèrent entre les deux battants du sas.

Réellement épuisé cette fois, Torg se laissa conduire par Mallory jusqu'à son caisson de stase sans broncher. Il s'installait à l'intérieur de l'étroit compartiment, prêt à prendre un repos mérité, quand Laorcq interrompit leurs préparatifs :

— Je dois retourner sur la frégate, les informa-t-il. Je veux être certain qu'il n'y a rien d'utile dans les banques de données. Et il faut nous libérer des grappins magnétiques...

Intrigué, Torg vit sa protégée hésiter puis accepter d'un simple hochement de tête. Il comprit qu'elle avait besoin d'être seule un moment. Elle était solide, mais subir les faveurs de Sodoye devait l'avoir poussée aux limites de sa résistance.

Néanmoins, que Laorcq soit soudainement si serviable paraissait la gêner. Alors qu'elle refermait la porte du caisson, Torg l'entendit se demander tout haut :

— J'aimerais savoir ce que cache cette bonne volonté...

VII
BON DÉBARRAS

De retour sur la frégate, Laorcq alla directement au poste de commande. À peine gêné par son scaphandre, il brancha sur la console principale un de ses gadgets dont il paraissait avoir une source inépuisable. Il s'agissait d'un globe gris pâle, qui tenait dans le creux de la main. L'appareil dupliqua l'Intelligence Artificielle des pirates et la supplanta en quelques minutes. Une phrase s'afficha ensuite sur la coque sphérique :
« En attente d'instructions. »
Afin de lui transmettre les sons dans le vaisseau privé d'atmosphère, Laorcq porta la boule contre sa visière et ordonna :
— Désactive toutes les sécurités du système de propulsion et programme-le pour entrer en fusion d'ici douze heures. Fais une copie des journaux de bord et retire les grappins.
En quittant la frégate, il s'aperçut que la cabine de premiers soins était non seulement encore pressurisée, mais également occupée. Les deux pirates blessés pendant l'assaut

sur le navire-courrier s'y trouvaient, inconscients. Laorcq hésita, puis décida de les abandonner à leur sort.

— Une mort si douce, c'est presque trop d'honneur, se dit-il.

Parvenu au sas du bâtiment condamné, il se jeta dans le vide et rejoignit le *Sirgan*.

Il se débarrassait de sa combinaison spatiale quand Mallory s'approcha de lui. Elle posa une main sur sa joue ensanglantée et, après avoir examiné la plaie infligée par Sodoye, déclara :

— Tu as besoin de quelques points de suture. Viens avec moi, ordonna-t-elle, en le menant à l'infirmerie.

Laorcq s'était imposé à bord et pourtant elle ne voulait pas qu'il ajoute une cicatrice supplémentaire à sa collection déjà bien fournie. Agréablement surpris de cette facette inattendue de la pilote, il obtempéra sans un mot.

Une fois dans l'étroit compartiment médical, elle activa l'automed et installa le grand homme dans le siège. Tandis que des appendices mécaniques le palpaient, ses yeux s'attardèrent sur les bras de Mallory. Les roses, accompagnées de quelques fleurs de cerisiers, prenaient le pas sur les épines. L'intérêt du balafré ne passa pas inaperçu. Le surprenant de nouveau, elle parut soudainement embarrassée et quitta brusquement la cabine :

— Ne te fais pas d'illusions, lâcha-t-elle. Tu es loin de faire partie de mon équipage.

Revenue dans la coursive, Mallory s'en voulut de sa réaction un peu trop sèche. D'un autre côté, Laorcq ne facilitait pas les choses en la laissant dans le flou. Alors qu'elle passait devant le sas, elle regarda à travers le hublot de la porte intérieure. Le tube qui renfermait Sodoye n'avait pas bougé.

Puisque le balafré était coincé sur le billard, elle décida de profiter de l'occasion pour obtenir des réponses.

Elle attrapa une trousse de première urgence dans un placard de la coursive, puis retourna au sas et déverrouilla le lourd battant métallique.

Une fois à l'intérieur, elle ouvrit le canot cylindrique. Privé de soutien, le mercenaire s'étala. De la boîte frappée de l'éternelle croix rouge, elle sortit une seringue pneumatique remplie de stimulant. Elle planta l'aiguille dans le cou de Sodoye et pressa la gâchette. Dans un sifflement, le liquide clair se vida dans les veines de l'homme. Ses yeux papillonnèrent et il fit quelques mouvements, aussitôt restreints par les liens d'acier qui lui entouraient poignets et chevilles.

— Pourquoi vous nous avez attaqués ? interrogea Mallory. La marchandise de Lebrane ?

La gratifiant d'un regard haineux, le mercenaire répondit :

— Tu n'es qu'une pauvre gosse qui joue au pilote spatial. Va te faire foutre !

Une voix s'éleva dans le dos de Mallory.

— Ce n'est pas une gamine, contra Laorcq. Elle est simplement trop civilisée.

Il allongea un bras et plaça son navcom à quelques centimètres de la face rubiconde de leur prisonnier :

— Lis attentivement, tu devrais vite comprendre.

Une image se déploya de la montre en acier, pour dévoiler une série de nombres. Mallory ne pouvait les distinguer clairement, mais elle devina qu'ils avaient un rapport avec le passage du balafré sur la frégate. Elle vit Sodoye blêmir, comme s'il réalisait que sa vie tenait désormais à un fil.

— Kaumann ! cracha-t-il. Les laboratoires Kaumann nous ont pris sous contrat, c'est la première fois qu'on bosse pour eux. Ils nous ont fourni les armes et le nom du type que tu as liquidé sur Io. On vous colle au train depuis là-bas. Kaumann veut votre cargaison, je ne sais rien d'autre. Même pas ce que c'est !

— C'est pas notre... Oh, et merde ! À quoi bon m'expliquer avec un violeur ? ragea Mallory.

Soupçonnant le pire, elle attrapa le poignet de Laorcq afin de voir l'image projetée du navcom :

— Tu as trafiqué quoi exactement ?

Les données déchiffrées, elle ne put contenir sa colère :

— Bordel ! s'écria-t-elle. Espèce de malade ! C'est moi la prochaine sur la liste de tes victimes, je suppose ? Je t'avais pourtant dit que si tu persistais à tuer, je demanderais à Torg de te jeter dans le vide !

— Oui, oui, je m'en souviens...

Il se frotta le menton, faisant crisser sa barbe de trois jours. Aussi pensif qu'indifférent à l'humeur de Mallory, il poursuivit :

— Si Kaumann est mêlé à cette histoire, cela va compliquer les choses.

Il réfléchit quelques secondes et prit sa décision :

— D'un autre côté, ce n'est pas une raison suffisante pour abandonner. Nous continuons droit sur Kenval.

Hors d'elle, Mallory lui hurla au visage :

— Tu m'écoutes ? Arrête de faire la peau à la moitié des types que l'on croise ! Je fais du transport de marchandises, pas de l'assassinat à la chaîne !

— Techniquement, ils ne sont pas encore morts, se défendit-il. Et franchement, aurais-tu pitié de pirates doublés de violeurs ?

Sans lui laisser l'occasion de répondre, il retourna se faire soigner.

Après une série de jurons, Mallory regarda Sodoye comme si elle venait de découvrir des immondices collées à ses semelles :

— Toi, le déchet, tu ne perds rien pour attendre. Prochaine escale : les flics !

Ses bottes claquant rageusement sur les grilles

métalliques, elle prit le chemin du poste de commande. Alors qu'elle passait devant l'infirmerie, elle demanda à Laorcq :
— Une fois d'aplomb, enferme notre pervers dans une des cabines disponibles. Ce gros porc encombre le sas et il est beaucoup trop lourd pour moi !

Jeté par Laorcq au sol d'un minuscule compartiment, Sodoye décida d'agir avant d'être livré pieds et poings liés à la police de Kenval.
— Hors de questions de finir en taule là-bas, grommela-t-il entre ses dents.
Première colonie extra-solaire fondée par les humains et motif de la guerre avec les orcants, ce monde fut le théâtre d'affrontements sanglants. À la signature d'un armistice succéda une période où les deux camps observèrent une paix hostile, toujours à deux doigts de dégénérer. La situation changea avec la venue des vohrns.
De loin supérieurs technologiquement aux orcants et aux terriens, ils imposèrent un équilibre durable par leur simple présence. Commerçant indifféremment avec tous les peuples connus, ils firent de Kenval un centre économique et politique.
Infatigables, les vohrns étendirent ensuite leur domination au reste de Procyon et allèrent jusqu'à s'arroger l'exclusivité de Stranda, la deuxième planète du système.
Puisque ces aliens étaient aussi expéditifs en justice qu'en affaires, Sodoye allait prendre perpète ! Il n'avait rien à perdre à tenter sa chance maintenant.
Il se contorsionna avec force malgré ses liens, et parvint à rapprocher la main droite de son avant-bras gauche. Reprenant son souffle, il tendit l'oreille et patienta. Après de

longues heures, seul le bruit de fond du propulseur subsista. Certain d'être momentanément oublié, il se griffa la peau avec acharnement. L'épiderme céda pour révéler un stylet en céramique.

Cette ruse lui avait sauvé la mise de nombreuses fois. Pour faire face à toute éventualité, il en possédait quatre autres, implantés à divers endroits de son anatomie.

Une fois le poinçon dissimulé dans sa manche, il se mordit brutalement la langue. Le sang coulant abondamment le long du menton, il marmonna :

— Voyons qui est le plus retors de nous deux, sale morveuse…

Soigneusement entretenu, le *Sirgan* disposait des derniers équipements de sécurité. Lorsque le pouls et la respiration du mercenaire atteignirent un rythme inquiétant, ces appareils donnèrent l'alerte : une personne à bord était en danger.

Étendue sur sa couchette, trop fatiguée pour avoir retiré ses vêtements, Mallory dormait. Émise de son navcom, une sonnerie la tira du sommeil. Elle asséna une claque à l'objet pour le réduire au silence, mais le coup eut pour effet d'ouvrir la ligne. La voix de Jazz s'éleva :

— Capitaine, quelqu'un souffre d'une hémorragie dans le compartiment où Laorcq a jeté notre prisonnier…

— Fous-moi la paix, je roupille, marmonna-t-elle.

Quelques secondes s'écoulèrent, et la phrase fit le chemin du conduit auditif jusqu'au cerveau assoupi. Mallory s'éveilla totalement :

— Ça y est, ce malade a recommencé ! Et sur mon vaisseau !

Oubliant de répondre à l'Intelligence Naturelle, elle enfila son bracelet. Des icônes apparurent devant ses yeux. Elle les fit défiler et activa un symbole en forme d'ours en peluche. Le réveil de Torg durerait cinq minutes.

Certaine de trouver Laorcq en train d'égorger Sodoye, elle se précipita hors de sa cabine. Elle découvrit le prisonnier seul, la bouche et la poitrine baignées de sang. Le visage d'un blanc cireux, il semblait sur le point de s'évanouir. Elle se jeta sur lui et le secoua, sans tenir compte du liquide rouge qui lui poissait les mains :

— Si tu t'imagines partir en douceur, tu te fourres le doigt dans l'œil !

Elle l'avait presque traîné jusqu'au seuil de la porte quand elle commit une erreur.

Le croyant à l'article de la mort, elle défit ses entraves. Aussitôt libre, il se tendit brutalement et lui asséna un coup de poing dans l'estomac. Le souffle coupé, elle sentit ses jambes se dérober et un voile noir lui obscurcit la vue. Elle se retrouva avec la pointe d'un stylet contre la gorge. Sodoye avait mis à profit sa seconde de flottement avec une vivacité étonnante.

— Maintenant, tu vas aller sans bruit jusqu'aux commandes, lui ordonna-t-il, en continuant à cracher de l'hémoglobine.

Les alarmes du navire se déclenchèrent. Mallory comprit que Jazz cherchait à avertir Laorcq. Avec un peu de chance, il allait également accélérer le réveil de Torg.

Le mercenaire la traîna jusqu'au cockpit et ils furent bientôt rejoints par Laorcq, qui braqua un revolver sur lui.

— C'est ça, tire ! hurla Sodoye, la voix rendue bafouillante par le sang et le morceau de langue qui lui manquait. Même si tu me fais sauter la tête, j'ai une chance sur deux de planter ta pute !

Resserrant sa prise sur Mallory, Sodoye se servit d'elle comme d'un bouclier.

Sur le point de tenter quelque chose de désespéré, elle vit enfin la silhouette monumentale de Torg se dessiner à

l'entrée du cockpit.
Le système anti-incendie s'activa brusquement. Mallory se demanda ce qui prenait Jazz, avant de réaliser qu'il venait d'avoir une idée de génie : surpris par les jets de gaz carbonique à moins cinquante degrés, Sodoye écarta malgré lui son poignard.
Ce simple sursaut signa sa fin. Laorcq ouvrit le feu. La pilote sentit le corps du mercenaire s'écrouler derrière elle. Elle tourna la tête pour observer le résultat et le regretta aussitôt : la balle s'était logée entre les yeux de Sodoye, sa boîte crânienne avait volé en éclats et aspergé le tableau de bord du vaisseau de matière cérébrale.
Contournant la flaque écarlate qui s'étalait à ses pieds, Mallory s'éloigna du mort.
— Torg, s'il te plaît... demanda-t-elle. Balance-moi ce cadavre dans l'espace, il me donne envie de vomir !
Le cybride ne se fit pas prier et se chargea du macabre fardeau. Toutefois, il se permit une remarque en sortant du cockpit :
— Si tu m'avais laissé faire, j'aurais jeté ce débris dans le vide dès le début. J'ai parfois beaucoup de mal à suivre le raisonnement des humains.
Mallory dut nettoyer seule les lieux : Laorcq avait disparu avant qu'elle puisse réclamer son aide...
La corvée expédiée, elle reprit les commandes du navire. Leur destination était à une journée de voyage, constata-t-elle. Elle s'adressa alors à l'Intelligence naturelle :
— Jazz, tu vas continuer à t'occuper de la navigation pendant un moment. Il est temps pour Laorcq de m'expliquer dans quoi il nous a embarqués. Les quelques indices dont je dispose ne me disent rien qui vaille...
Elle dévala la coursive principale et tambourina à la porte du balafré. Faute de réponse, elle décida de passer outre. Après l'avoir déverrouillé avec sa clef de capitaine, elle fit coulisser le battant métallique.
Elle le découvrit allongé sur la couchette, vêtu uniquement

d'un caleçon. Il lisait un livre sur son navcom, l'image projetée à une trentaine de centimètres du visage. Il fit disparaître l'ouvrage d'un revers de la main et la fixa avec l'air d'un adulte dérangé par un enfant alors qu'il devrait être au lit. En dépit de sa quarantaine bien sonnée, il était tout en muscle. Une multitude de cicatrices recouvrait son corps athlétique. Il se redressa sur un coude :

— Tu viens réclamer une autre leçon de combat à mains nues ?

— Des leçons, je t'en ai donné aussi quand on s'est affrontés, rétorqua Mallory. Je ne suis pas là pour ça. Tu vas arrêter de te foutre de moi et m'expliquer qui tu es et ce que tu cherches exactement...

Laorcq soupira et s'assit au bord de l'étroit couchage.

— Je te dirais volontiers qu'il vaut mieux pour toi ne rien en savoir, mais ça ne suffira pas, j'ai l'impression...

— En effet, lui répondit-elle en ouvrant sa ligne navcom. Jazz ? Stoppe le vaisseau !

VIII
HISTOIRE

Le grondement du propulseur s'évanouit et la gravité fluctua à plusieurs reprises. Laorcq jaugea l'attitude de Mallory. Elle ne semblait pas partie pour changer d'avis. Sachant qu'elle avait failli y laisser sa peau, son envie de comprendre à quoi elle était mêlée lui parut justifiée. Il capitula :
— Donne-moi le temps de m'habiller et je te rejoins à la cambuse...

Une fois correctement vêtu, il prit le chemin de la petite cuisine du *Sirgan*. Debout, le dos appuyé contre un des placards métalliques, la pilote l'attendait. Après s'être servi un thé, il s'assit aussi confortablement que possible.

— Mets-toi à l'aise, l'invita-t-il en lui désignant la place en face de lui. Ça n'est pas très compliqué, mais je dois remonter assez loin.

Elle suivit son conseil et glissa ses jambes galbées par l'exercice sous la minuscule table. Elle était visiblement impatiente de savoir dans quelle histoire il l'avait entraînée.

Laorcq tâcha d'étouffer la culpabilité qui montait en lui : les fusillades sur Io et Pluton risquaient de n'être qu'un simple prélude... Malheureusement, il avait encore besoin d'elle. Il avala une gorgée brûlante et se lança :
— Il y a vingt ans, j'ai fait mes premiers pas dans l'armée. Je n'ai pas vraiment eu le choix : la guerre contre les orcants faisait rage. Pour lutter contre des ennemis prêts à sacrifier des générations entières, il fallait des hommes en grande quantité. Au gré des campagnes, j'ai voyagé d'une planète à l'autre. J'ai assisté à des massacres, j'ai tué et failli l'être à de nombreuses reprises. Mes camarades tombaient un par un. Ironiquement, la plupart d'entre eux mouraient d'avoir trop consommé de *jokal*, plutôt qu'au combat. Une bouchée de pain suffisait à s'en procurer, tellement cette saleté était répandue. Les gars en prenaient, oubliaient la peur et vivaient leurs fantasmes une fois endormis. La drogue prélevait invariablement son tribut... S'ils échappaient à l'overdose, ces soldats aux perceptions brouillées se faisaient décimer. Lorsque l'armistice fut signé, on découvrit que les orcants étaient à l'origine du trafic de jokal. Cela n'avait plus d'importance : tout le monde savait désormais en produire et personne ne se privait de le faire.

Laorcq se perdit dans ses pensées. Évoquer le passé ravivait des plaies qu'il croyait refermées.

Mallory se chargea de le ramener à l'instant présent :
— J'attends la suite. Un cours d'histoire ne va pas me convaincre de redémarrer mon vaisseau.
— Ce qui ne relève pas de l'histoire, c'est une division spéciale créée à la fin de la guerre. Une armée dans l'armée, sans aucun lien avec la hiérarchie en place, composée uniquement de vétérans, dans le seul but de combattre le trafic de stupéfiants. Je m'apprêtais à quitter l'uniforme, quand on me proposa d'en devenir membre. J'ai failli refuser. La possibilité de remonter les filières de narcotiques jusqu'aux gros bonnets et de les jeter en prison m'a fait changer d'avis. Gravissant les échelons, j'ai servi au sein de

l'unité antidrogue une bonne quinzaine d'années.

Mallory regarda Laorcq d'un œil nouveau. Étrangement, elle réalisa à retardement que jamais elle ne l'avait craint. Sensible de la détente, il tuait sans remords. Pourtant, son instinct l'affirmait incapable de lever la main sur elle. Soulagée de ne pas s'être trompée sur son compte, elle reprit :

— Une carrière entière à lutter contre des criminels. Au moins j'ai une meilleure image de toi maintenant. Tu aurais pu m'en parler dès le début... Cependant, je ne vois pas le lien avec moi, sauf si tu cherches à coincer Lebrane. Je ne serais pas étonnée que mon usurier soit aussi un dealer...

— Exact, c'est même sa principale activité, répondit-il. Une excellente raison pour toi de m'aider. Lebrane n'est que la partie visible de l'iceberg, une petite frappe qui s'est taillé un chemin au travers de la mafia et des gangs. Il sert d'interface entre eux et son employeur. J'ai commencé à enquêter sur son « patron » il y a cinq ans. À l'époque, nos effectifs étaient un peu justes. Nous avons transmis à la police nos informations sur ce nouveau venu, un certain Jonas Morsak... Le PDG de l'Idernax.

Surprise, Mallory ouvrit grand les yeux, et fit part de son incrédulité :

— De mieux en mieux ! Non seulement cette entreprise m'accuse de vol par la faute de Lebrane, mais en plus son directeur serait un gros bonnet de la drogue ?

— La majorité des gros trafiquants que j'ai envoyés à l'ombre étaient des personnages haut placés. Peut-être s'estiment-ils intouchables.

La pilote regarda Laorcq porter la tasse à ses lèvres pour

s'apercevoir qu'elle était vide. Il la reposa avant de poursuivre :

— Un flic véreux enterra le dossier. Soudainement, nos opérations se terminèrent en fiascos. Cela suffit pour que l'unité spéciale soit dissoute. Moi et quelques autres avons insisté, avec l'espoir de coincer Morsak avant la fin. Pour nous faire payer notre obstination, il engagea des hommes de main afin de nous descendre un à un, en toute impunité. J'ai échappé de justesse à une tentative d'assassinat. Je me suis réveillé dans un hôpital, dépossédé de tout…

Mallory se laissa aller contre la banquette de la cambuse. Elle commençait à comprendre pourquoi Laorcq était prêt à risquer sa vie pour atteindre son but. À retardement, elle s'aperçut qu'elle ne lui avait même pas posé la question la plus importante :

— J'oubliais l'essentiel. Vas-tu me dire ce que Lebrane m'a chargée de transporter ?

— Je ne suis pas complètement sûr, mais il s'agit très probablement de souches du Smog.

La pilote perdit aussitôt son calme.

— Quoi ? Jamais je livrerai une saloperie pareille ! Je vais balancer ce truc dans l'espace, oui.

Elle bondit sur ses pieds et s'apprêta à foncer vers la soute. Comme s'il s'attendait à une telle réaction, Laorcq la retint par le bras et continua posément :

— Tu n'en feras rien. Au contraire, nous allons tous les deux veiller sur ce colis comme si notre vie en dépendait. J'en ai besoin pour en finir avec Morsak.

Les avant-bras de Mallory étaient de nouveau couverts de ronces noires. Elle dut lutter pour ne pas se libérer brutalement et aller se débarrasser de son encombrante cargaison plutôt que d'écouter Laorcq.

— Je n'ai pas plus envie que toi de voir cette chose se répandre dans la nature et faire des ravages, ajouta-t-il. Ne t'en fais pas, elle restera simplement à bord du Sirgan.

Mallory se résigna. La fin de Morsak signifiait aussi celle

de Lebrane et de son chantage permanent. Quant à ne pas s'inquiéter après ce qu'elle venait d'apprendre, c'était un peu trop demander...

Des centaines de personnes s'entassaient au pied du gratte-ciel flambant neuf. La branche construction de l'Idernax avait fait ses preuves une fois de plus, faisant sortir de terre en moins d'un an cette flèche en béton haute de deux kilomètres. Vu d'en bas, le sommet se perdait dans les cieux voilés de nuages gris.

Devant le hall aux portes grandes ouvertes, un ruban rouge était tendu entre deux supports en laiton poli. Une paire de ciseaux à la main, Morsak s'en approcha. Autour de lui voletaient les drones-caméras de la presse, ne manquant pas une miette de l'événement. Il trancha la bande symbolique, sous le regard des autres directeurs de l'Idernax qui l'applaudirent avec paresse.

Trois d'entre eux se doutaient qu'il détournait une partie des fonds de l'entreprise, et s'étaient mis à le surveiller. Ces mesures l'irritaient hautement, car elles lui laissaient de moins en moins d'autonomie. Empli de dégoût, il avait le sentiment de n'être qu'un clown à leurs yeux.

Sans rien laisser paraître de son état d'esprit, il franchit l'entrée avec un signe amical en direction des objectifs. Suivi de la foule, il la mena ensuite dans une salle où attendait un buffet somptueusement garni. Avant que chacun ne se mette à manger et boire aux frais de la princesse, il se fendit d'un discours préparé pour l'événement.

Vint le moment de se mêler aux invités. Il accueillit pendant une demi-heure félicitations et autres platitudes, le sourire collé aux lèvres. Habitué de longue date aux mondanités, il masquait aisément son dédain pour ce qu'il jugeait comme un troupeau de sycophantes et d'arrivistes, à de rares exceptions près.

Enfin, il eut l'occasion de s'isoler. Voilà dix minutes, son navcom avait bipé sur la tonalité affectée aux appels de l'Intelligence Artificielle. Malgré son embonpoint, il se faufila avec facilité entre les petits groupes pour foncer droit sur un des agents d'Omega Sec. Il lui glissa des instructions à l'oreille. L'homme s'exécuta sans temps mort et mena son grand patron à l'ascenseur le plus proche.

Au centième étage se trouvait le seul bureau aménagé de l'immeuble. Une pièce témoin qui servait à valider les choix de l'architecte d'intérieur. Morsak entra et le vigile se posta devant la porte.

Ignorant la vue splendide, le PDG s'octroya un siège recouvert d'un emballage plastique et ouvrit sa ligne de navcom. L'IA afficha ses résultats et les commenta d'une voix morne :

— *L'analyse des données en provenance d'Io permet de faire ressortir les éléments suivants :*

Individu de sexe masculin, approximativement vingt-cinq ans, retrouvé carbonisé. Connu des services de police. Décès survenu peu avant l'incident à l'astroport. Figure parmi les relations de Vael Lebrane.

Individu de sexe masculin, approximativement quarante ans. Identifié sur les vidéos de surveillance lors de la fusillade à l'origine de l'incendie. Fiché par Omega Sec. Identité : Laorcq Adrinov. Ancien militaire. (Dossier lié : accusation trafic de stupéfiants.)

Chargement du navire-courrier Sirgan à son départ d'Io : un colis, trois cents kilogrammes, quatre mètres cubes. Destination : Gloria City, planète Kenval, système de Procyon.

Donnée non clarifiée : cause de la fusillade.

Après mise en corrélation de ces éléments et du projet en cours, il en ressort les possibilités suivantes :

Laorcq a tué l'homme employé par Lebrane et embarqué à bord du courrier. Probabilité : quatre-vingt-deux pour cent.

Laorcq cherche à vous nuire. Probabilité : quatre-vingt-dix-huit pour cent.

Arrivée de la marchandise dans le système de Procyon. Probabilité : soixante-dix-sept pour cent.

Livraison effectuée. Probabilité : zéro virgule un pour cent.

Morsak coupa court au rapport. Il en savait suffisamment.

— J'ai été terriblement négligent, se reprocha-t-il.

Des années plus tôt, il avait chargé Omega Sec de le débarrasser de la petite bande de flicaillons qui le harcelait. À l'époque, il était beaucoup trop occupé à consolider son organisation naissante pour prêter attention aux détails. Agacé, il se dit que ce laxisme avait mis son projet en péril. Il était temps de réparer cette erreur !

La solution s'imposa d'elle-même et fit briller de satisfaction ses yeux bruns : avoir envoyé Gamor sur Kenval s'avérait judicieux. En survivant, Laorcq Adrinov avait seulement gagné un sursis...

Sous son identité factice, le *Sirgan* fonçait sur Kenval. La planète s'inscrivit sur les moniteurs de bord : un grand disque mauve zébré de traînées laiteuses. À sa droite brillaient une géante et une naine blanches : l'étoile double Procyon. Cinq mondes orbitaient autour.

Tandis qu'elle tenait distraitement les commandes du vaisseau, Mallory laissait Jazz lui rafraîchir la mémoire :

— Le secteur est sous la domination des vohrns, une race de reptiles bipèdes à la peau grisâtre. Leur mainmise sur

l'ensemble du système est totale. Quiconque souhaite en exploiter une parcelle ou y commercer doit les solliciter pour accord. Les lieux regorgent de richesses. Chaque jour, des milliers de naïfs y débarquent et s'imaginent qu'ils vont toucher le pactole, en dépit des ravages du Smog...
— Tu parles d'une destination pour un premier voyage extra-solaire... se lamenta-t-elle. Un coin infecté par un virus mutagène !

Le syndrome de mutation Ogalev, ou Smog, comme on l'avait surnommé, provoquait chez quatre-vingt-dix pour cent de ses victimes une altération génétique mortelle. Pour le dixième restant, la mutation engendrait une créature sans la moindre ressemblance avec les siens. Cette maladie sema la peur et la confusion des années, jusqu'à ce qu'un traitement soit élaboré. Jamais complètement éradiquée, elle frappait encore trop souvent.

Ravi de jouer les professeurs, Jazz poursuivit :
— Lerva, l'astre le plus proche de l'étoile binaire, fait passer Io pour un lieu de villégiature. Désert et dépourvu d'atmosphère, c'est un bloc de rocaille en fusion. Stranda, la deuxième, est la chasse gardée des lézards à deux pattes. Aucun terrien ou membre d'une autre espèce n'y a mis un pied depuis des années. En fouinant sur le réseau global, j'ai découvert toutes sortes de théories sur ce qui est censé s'y dérouler. Une armée prête à déferler sur le système solaire, des machines de la taille d'une ville conçues pour dépouiller la planète de sa substance ou des expériences réprouvées par la morale. Quant à moi, je vois dans ces rumeurs le reflet de la jalousie...

D'humeur à bavarder, Mallory posa la question que Jazz espérait :
— Tu as ta propre idée sur le sujet, n'est-ce pas ?
— En effet ! Les vohrns sont plutôt pacifiques. Et aussi immensément riches, grâce à une technologie avancée et leur monopole sur Procyon. Terriens, nageks et autres n'attendent qu'une bonne excuse pour tenter de s'en emparer. Ces

histoires ridicules pourraient fournir un excellent prétexte...
En bref, Procyon est une véritable bombe à retardement.

— De mieux en mieux... Ce cher Lebrane a choisi une destination idéale pour son colis... L'évocation du truand aux yeux verts lui noua l'estomac : qu'on lui laisse juste l'occasion de lui mettre la main dessus et alors...

Consciente de remâcher vainement sa colère, elle relança la conversation :

— Autre chose d'important à savoir ?

— Laryl et Almar, les quatrième et cinquième mondes, sont des géantes gazeuses à l'image de Jupiter. Elles possèdent des dizaines de lunes, exploitées jusqu'à la moelle par des consortiums humains et extraterrestres. Heureusement, Kenval, la troisième planète, est des plus intéressantes...

— Oui... Entre le syndrome Ogalev et la politique, je suis impatiente d'y poser le pied, ironisa Mallory.

— L'endroit a beaucoup souffert, c'est vrai, admit l'Intelligence Naturelle. La majeure partie se résume à des plaines désertiques ou à des jungles peuplées de monstruosités. Mais c'est également une plaque tournante commerciale, que les vohrns administrent avec brio. Des douzaines d'espèces y ont établi des négoces, vendant et achetant à longueur de journée...

— Justement, comment tout ce beau monde accepte de côtoyer, même de loin, les bestioles dues au Smog ?

— D'une façon très simple, répondit Jazz. Des enceintes, hautes d'une trentaine de mètres, isolent les métropoles de l'extérieur. Elles sont faites de lourdes pierres extraites sur place, découpées au laser et ajustées au nanomètre près. Ces murs suffisent amplement à repousser les mutants.

— Des villes cernées de remparts... Un peu trop moyenâgeux à mon goût...

— Rassure-toi, les mégalopoles de Kenval sont tout sauf archaïques. Elles n'ont rien à envier aux cités ultramodernes d'autres planètes. Tu ne vas pas t'y ennuyer, je te le garantis…

IX
NOUVEAU MONDE

Traverser le ciel encombré de Gloria City, la capitale de Kenval, permit à Mallory d'oublier un moment ses ennuis. Elle survola l'immense plaine bétonnée de l'astroport et dirigea le *Sirgan* vers le terminal indiqué par le contrôle aérien.

Le trajet les mena devant un paquebot aux armes d'Aldébaran. De loin, il paraissait monolithique, tel un bloc d'acier posé sur le flanc. Parvenue à proximité, elle le découvrit fait d'une multitude de passerelles qui reliaient les uns aux autres des modules d'habitation.

L'un d'eux, en cours de réaménagement, exposait une partie de son intérieur : une piscine sphérique en apesanteur et un salon capable d'engloutir la soute d'un cargo. Une cohorte de robots domestiques œuvraient à l'entretien des lieux. Conçus pour se fondre avec leur environnement, ils semblaient disparaître une fois immobiles.

Mallory détourna le regard à regret. Les circonstances ne lui laissaient pas le loisir de s'émerveiller plus longtemps...

Au moins, ce voyage insensé avait quelques compensations. Jamais elle n'aurait pu contempler un bâtiment pareil en restant cantonnée au système solaire...

Le *Sirgan*, simple transport de fret, se vit attribuer une place loin du navire de plaisance, entre deux convoyeurs de métaux vétustes.

Dès le propulseur coupé, une troupe de techniciens se précipita pour relier le vaisseau aux réseaux de recyclage et d'alimentation. La boîte noire fut immédiatement consultée, afin de valider les identifiants transmis durant l'approche de la planète. Mallory surveillait ces opérations depuis la console principale lorsque Laorcq entra :

— C'est le moment pour moi de jouer mon rôle de contact, annonça-t-il. Selon mes infos, un homme de Lebrane, employé de l'astroport, va vérifier notre cargaison. Le reste se résume à ne pas ouvrir le colis avant de le confier au destinataire, quelles que soient les circonstances.

Il posa une main sur le siège de la pilote et se pencha vers elle.

— Tu as déjà une idée de ce qu'on trimbale : y jeter un œil sans précautions serait une grosse erreur. Pas de blague, OK ?

Presque à bout, elle le fusilla du regard.

— J'ai compris le message, pas la peine de me parler comme si j'étais un soldat sous tes ordres. Si tu es nostalgique de l'armée, il faut rempiler...

Les formalités d'arrivée furent expédiées comme prévu. À peine le sas déverrouillé, le douanier corrompu se présenta. Il s'assura que le colis était bien celui attendu, et vérifia l'état de la serrure électronique. Après avoir laissé tomber derrière lui un papier où figurait l'adresse du destinataire, il disparut sans un mot.

Mallory, Laorcq et Torg débarquèrent également. Pour une fois, ce dernier ne se faisait pas remarquer : le terminal fourmillait de créatures exotiques à côté desquelles il paraissait banal. La réputation de Kenval n'était pas usurpée.

Deux terriens éveillaient plus de curiosité qu'un cybride, constatèrent-ils en progressant dans le dédale de l'astroport. La pilote découvrit les vohrns. Hauts et maigres, ils avaient une peau écailleuse, tendue sur une fine ossature. Des jambes élancées, aux genoux articulés à l'inverse des humains, les dotaient d'une démarche saccadée. Ils possédaient de longs bras nerveux qui s'achevaient par des membres préhensiles, nantis d'assez de doigts pour rendre jaloux un androïde de maintenance. Vaguement humanoïdes, ils se distinguaient par l'absence de tête à proprement parler. Chez les vohrns, ce qui se rapprochait le plus d'un visage se situait en haut de leur thorax, presque au niveau des épaules : une excroissance conique, dont la base était large d'une vingtaine de centimètres. Formant un court rostre, cet étrange appendice n'était pas sans rappeler un gros bec d'oiseau de proie, au détail près qu'il était recouvert de minuscules écailles grises comme le reste de leur corps. Il s'agissait d'un organe extrêmement sensible qui assurait la vue et l'ouïe sur des spectres très étendus.

Un groupe d'orcants bouscula les deux humains sans la moindre gêne. Mallory s'exclama :

— Jazz n'a pas exagéré pour une fois ! Ils ont beau se dandiner fièrement sur de grandes pattes de crabes, ils ont l'air faciles à détester !

Elle les observa en détail : larges et courts de torse, ces quadrupèdes avaient l'aspect de centaures démesurément trapus. Une carapace marron et luisante les enveloppait. Pourvu de six globes oculaires et de mâchoires hypertrophiées, un petit crâne complétait le portrait. Sans l'aura d'agressivité qu'ils dégageaient en permanence, elle les aurait trouvés grotesques.

Elle aperçut ainsi nombre d'autres extraterrestres, rampants, bondissants, énormes ou minuscules, parfois d'une nature tellement étrangère qu'on ne les croyait pas vivants, ou au contraire d'une dérangeante similitude avec les hommes...

Au-dessus de cette multitude, les arches qui constituaient l'ossature des terminaux segmentaient le panorama en tableaux irréels. À droite, un ciel mauve piqueté d'étoiles, rayé par les tours de Gloria City. À gauche, une chaîne de montagnes surplombée de Procyon, soleil immaculé, et la naine blanche qui l'accompagnait. Sous la lumière vive, les monts se découpaient en noir et ressemblaient aux dents d'un prédateur. Comme si la planète s'apprêtait à dévorer d'une bouchée ces visiteurs importuns.

Néanmoins, à l'instar de tous les ports de l'univers, on assistait aux mêmes scènes : cris de joie des retrouvailles, adieux dans les larmes, voyageurs et bagages égarés...

Interrompant leur progression au sein de la cohue, Laorcq proposa de manger avant de passer la douane :
— Je vous invite ! Après trois semaines d'aliments déshydratés, j'ai envie de quelque chose de frais...
Il jeta son dévolu sur un établissement haut de gamme. Le serveur était un régulien. On aurait pu le croire humain, exception faite de l'orifice palpitant qui lui tenait lieu de nez, et de sa peau vert foncé destinée à se fondre dans la flore de Regulus IV.
Mallory ouvrit la carte imprimée à l'ancienne sur un papier épais et découvrit qu'elle comportait des spécialités venues de nombreux systèmes, certains si lointains qu'elle n'avait jamais entendu parler d'eux. Apparemment, le chef savait tirer avantage de sa situation au sein de l'astroport.
Curieuse, la pilote opta pour un menu composé de mets pris au hasard. Elle connaissait uniquement le dessert : un entrelacs de tiges de *pinok* confites, un arbuste importé de

Capella, au goût à la fois poivré et sucré. Laorcq et Torg firent leur choix et passèrent commande.

Alors qu'ils attendaient, elle aiguilla la conversation sur Morsak :

— Et si tu m'expliquais pourquoi j'ai fini impliquée dans ton histoire de baron de la drogue ?

La fixant de ses yeux gris, Laorcq réfléchit avant de répondre :

— Tu t'en doutes déjà : à cause de Lebrane... J'avais échappé à une tentative d'assassinat, mais à ma sortie de l'hôpital, je me suis retrouvé complètement isolé. Faute de mieux, j'ai travaillé quelques années pour une agence de détectives privés. Le gros du boulot se résumait à de l'adultère et de menues escroqueries... C'était ennuyeux à mourir, mais je pouvais utiliser discrètement les ressources de mes employeurs pour enquêter sur le PDG de l'Idernax. Il m'a fallu un an pour découvrir que la majorité des trafics orchestrés par ce dernier servait à alimenter en capitaux frais une de ses filiales, officiellement spécialisée en xénobiologie.

— Officiellement... Et en réalité ? questionna Mallory.

— Des recherches sur le Smog. Ils en ont créé une variante... À défaut de certitude, j'ai une idée assez précise de la manière dont ils comptent en tirer profit. En investiguant, j'ai remarqué qu'un nom revenait régulièrement : Lebrane. Un caïd à l'envergure toute nouvelle, pas encore hors de portée d'un privé. Une faiblesse dans la cuirasse juridique de Morsak... Des mois durant, j'ai filé ton cher « associé ». Je sus ainsi qu'il s'apprêtait à faire sortir du système solaire une cargaison extrêmement importante pour son patron. L'occasion tant espérée...

Les plats arrivèrent, ménageant une pause dans son récit. Torg se jeta sur le sien : un *littorina*. Une sorte de mollusque de la taille d'une pastèque, originaire de Denebola, servi dans sa coquille. Laorcq s'attaqua au contenu de son assiette, sans prêter attention à la grimace de Mallory : le filet de *trang* en croûte sentait l'urine de chat, découvrait-elle avec horreur.

— En fait, maintenant que j'y pense, reprit-il, j'étais là le jour où ton oncle a signé le contrat de prêt avec lui.

— Tu aurais pu lui suggérer de se trouver un autre banquier, lui répondit-elle, en repoussant le mets à la senteur prononcée.

— Dans ce cas, on ne se serait jamais rencontrés... À ce sujet, si tu m'aides à faire tomber Morsak, il entraînera forcément son bras droit avec lui... Tu seras débarrassée de Lebrane, j'y veillerai.

— J'espère bien... Je suis prête à t'aider, mais il faudra que tu me rendes la pareille... Comme tu le sais, mon père a été impliqué dans la destruction de la station Dorval. La preuve qu'il a été piégé par sa hiérarchie attend tranquillement qu'on la récupère. Ton passé dans l'armée devrait plaider en ma faveur, lorsque je ferai appel du jugement.

— Peut-être, mais j'aimerais savoir en quoi cela nécessite l'achat d'un navire ou l'obligation pour toi d'aller sur place...

— Mon vaisseau est également mon gagne-pain, je te rappelle. De toute façon, affréter un appareil pour une telle destination aurait coûté presque aussi cher. Et je suis obligée de m'y rendre en personne pour de bonnes raisons, ne t'en fais pas.

— Ça ne m'explique rien... rétorqua Laorcq.

La pilote s'accorda un instant de réflexion et décida qu'au point où elle en était, autant qu'il sache tout :

— Avant de partir en mission, mon père a copié les ordres transmis par l'état-major et les certificats codés dans un toron de câbles monomoléculaires, à déverrouillage ADN...

Cette déclaration eut plus d'effet qu'elle ne l'aurait pensé : le balafré en oublia un moment son repas.

— Je me souviens de ce procédé. Une fois les informations enregistrées, les filaments peuvent être dissimulés en les insinuant dans une matière solide. Efficace, mais peu pratique... Dans quoi les a-t-il cachés ?

— Un astéroïde, en orbite autour d'Éridane-E. En plein territoire orcant...

— Je vois. Il n'était pas du genre à faire les choses à moitié... Avec un air de reproche, le serveur à la peau verte s'approcha et débarrassa Mallory du filet de trang.

— Toi non plus, répliqua-t-elle. En particulier quand il s'agit de « régler » des complications.

Il tenta de la rassurer :

— Ne t'inquiète pas, la suite devrait être nettement moins mouvementée.

Il lui révéla son projet à propos du PDG de l'Idernax :

— Si ma théorie est correcte, notre chargement est terriblement dangereux, et surtout, illégal. Une preuve servie sur un plateau d'argent... Ajoutée au dossier que j'ai sur Morsak et Lebrane, je dispose des éléments nécessaires en vue d'un procès en bonne et due forme. J'ai juste besoin de témoins pour accréditer ma version des faits. Le destinataire du colis est parfaitement indiqué : la menace d'un long séjour en cellule le rendra docile.

— Et alors ? demanda Mallory qui, la faim l'emportant, s'apprêtait à dévorer la demi-douzaine de gros cubes gélatineux censés être son plat de résistance. T'es naïf ? Ça ne suffira pas à envoyer Morsak en cabane...

— Non, évidemment. Je ne compte pas là-dessus, rassure-toi. Avant d'en finir avec lui, je veux ruiner sa réputation. Je ne supporterais pas de le voir dans le rôle de la victime. Le monde entier doit découvrir l'ordure cachée derrière le chef d'entreprise.

— Génial... Il peut sûrement acheter la moitié de la presse et la forcer à diffuser ce qui l'arrange.

— Pas dans notre cas, contra Laorcq. Une fois accusé du crime dont je le soupçonne, la majeure partie de sa fortune sera saisie ou bloquée. Il n'aura pas d'autre choix que de consacrer le reste à échapper à la prison. Et sa position n'est pas si solide... Les principaux actionnaires de l'Idernax

prendront un procès comme une aubaine pour l'écarter du sommet, et cela me convient très bien.
— Même si on arrive à le relier à la cargaison de Lebrane, il trouvera un moyen de se dédouaner.
— Je le soupçonne surtout de vouloir se servir du Smog à des fins lucratives, en libérant une nouvelle souche pour commercialiser un vaccin ensuite. À côté de ça, le transport de substances infectieuses passera pour une petite entorse. Si l'un des peuples présents sur Kenval découvrait un tel crime, cela suffirait à faire mettre les mondes humains sous embargo. Je n'ai pas besoin de te décrire les conséquences d'un blocus de cette envergure sur l'économie terrienne...
Ils continuèrent de manger en silence, l'ambiance soudainement pesante. Tandis qu'ils terminaient, la pilote souleva un dernier point :
— Il reste un détail qui ne colle pas. Que viennent faire Sodoye et son soi-disant employeur, Kau... machin, dans ton histoire ?
Laorcq attaqua son dessert, qu'il parut déguster en connaisseur avant de répondre.
— Tu ressasses l'embuscade dans laquelle nous sommes tombés en chemin ? Normalement, je dirais des associés trop gourmands. Sodoye n'avait aucun intérêt à nous mentir, cependant je trouve vraiment étrange que Kaumann soit derrière ça. Ses propriétaires sont des cloneurs d'organes, ils ont des contrats avec l'armée et la police. Je tirerai ça au clair une fois Morsak liquidé. Nous nous sommes débarrassés de leurs mercenaires sans laisser de traces, ils ne nous gêneront plus d'ici là.
Mallory s'abstint de lui rappeler que les gêneurs en question avaient failli les tuer et commanda un café qu'elle savoura lentement. Elle eut l'impression désagréable qu'il s'agissait du dernier pour longtemps...

Une fois rassasiés, ils quittèrent le restaurant et passèrent de bâtiment en bâtiment. Un couloir dont le sol flexible faisait office de tapis mécanique, imprimant une vélocité différente à chaque personne, les emporta. Composé d'une matière translucide, il donnait l'impression de se déplacer en marchant sur de l'eau. Alors qu'elle esquissait un pas en avant, Mallory eut la surprise d'être propulsée à vive allure. Le temps d'appréhender le fonctionnement du ruban, elle fendit sans le vouloir un groupe de voyageurs. Gênée de sa maladresse, elle dissimula son embarras sous un air affairé…

Deux minutes à glisser sur l'étrange revêtement suffirent à les mener aux douanes. La démesure était également de rigueur. Les pupitres de contrôles s'alignaient sur des centaines de mètres, les arrivants se voyaient scannés de la tête aux pieds et subissaient un interrogatoire en règle à la moindre irrégularité.

En dépit de l'inquiétude de Mallory, les faux documents produits par Laorcq leur permirent de passer sans encombre. Le douanier, un autre régulien, s'adressa à elle d'une voix chantante :

— Votre identifiant comporte des incohérences dues au vieillissement. La circonférence de la partie médium de votre corps est supérieure à celle mentionnée. Il existe des plis autour de vos organes de vision qui devraient être notés. Si vous ne procédez pas au renouvellement de votre passeport, nous vous refuserons l'entrée lors de votre prochain passage sur Kenval.

Le sang bouillit dans les veines de Mallory. *Il se moque ouvertement de moi, ou quoi ?* Aussitôt, ses tatouages sensibles réagirent et se muèrent en un enchevêtrement de ronces.

Avant qu'elle n'explique au régulien en uniforme sa façon de penser, Laorcq lui attrapa le poignet et la tira hors de portée. Elle allait protester, mais s'aperçut que Torg n'avait pas fait un geste pour stopper le balafré. Une manière silencieuse de montrer à Mallory sa désapprobation. Elle se contrôla : attirer l'attention sur eux était vraiment la dernière chose dont ils avaient besoin.

Bougonne, elle se laissa traîner vers la sortie, une porte épaisse en cristal dépoli. Elle s'ouvrit automatiquement et ils débouchèrent sur une vaste esplanade.

Gloria City s'étendait devant eux, ou plutôt au-dessus d'eux, tant la mégapole s'étirait en hauteur. Si la foule bigarrée de l'astroport avait de quoi surprendre, ce n'était qu'un avant-goût du spectacle procuré par la cité...

Des hordes de gratte-ciel partaient à l'assaut des nuages, des passerelles les reliaient entre eux, s'entrecroisant sur de multiples niveaux. Les piétons, les véhicules et les ascenseurs qui couraient le long des parois abruptes des tours donnaient un sentiment de frénésie. Chacun paraissait vouloir tirer parti de son temps comme si ce jour était le dernier.

Le fonctionnaire à la peau verte et ses remarques déplacées oubliés, Mallory s'adressa à ses compagnons :

— Même avec un navcom pour nous guider, j'ai la nette impression qu'on pourrait se perdre pendant des jours dans cette ville...

Le petit groupe se dirigea vers une station de transport. Utiliser le réseau public était la meilleure solution.

Un tube de trois mètres de diamètre, fait d'un verre ultrarésistant, laissait voir une longue file de cylindres également transparents. À l'intérieur de chacun se trouvaient deux rangées de sièges. Ils s'installèrent à bord de l'un d'eux. Laorcq demanda le centre-ville. Devançant la question de la pilote, il ajouta :

— Nous avons des courses à faire...

La capsule de transport se referma soudainement pour les envelopper dans une bulle de silence. Elle s'élança dans une brusque accélération qui plaqua les passagers contre le dossier de leur banquette.

Les rues défilèrent à une vitesse ahurissante, entrecoupées de moments d'obscurité quand le tube s'engageait sous terre. Ils s'élevèrent brutalement à la verticale et voyagèrent un temps suspendus dans les airs, assez haut pour que l'enceinte protectrice de la ville ressemble à un simple arc de cercle, avant de plonger une dernière fois et de s'immobiliser sans le moindre à-coup.

Au cœur de Gloria City, les tours étaient encore plus oppressantes et occultaient le ciel de leur masse. Mallory haussa la voix pour se faire entendre au milieu du vacarme de la foule et de la circulation :

— Je peux savoir quelles courses tu as en tête exactement ?

— Puisque j'ai été obligé de laisser mes revolvers à bord du *Sirgan*, il me faut en trouver d'autres, répondit-il. Les bureaux de l'ambassade humaine sont ici. Avec au sous-sol du bâtiment, une armurerie bien garnie.

— Donc, il suffit de frapper à la porte et de réclamer des fusils d'assaut et un bazooka ? ironisa-t-elle.

— Toi ? Sûrement pas... Par contre, un commandant en service n'aura pas le moindre problème.

— Allons bon. Je pensais que tu avais quitté l'armée...

— L'avantage d'avoir fait partie d'une unité militaire indépendante c'est qu'il n'y a personne pour prendre votre démission, spécialement si l'on se fait discret.

Mallory, un peu trop fine pour avaler une explication aussi simpliste, le gratifia d'un regard scrutateur. Vaincu, il admit :

— OK, j'avoue avoir trafiqué quelques dossiers ici et là en prévision de ce jour. L'essentiel est qu'officiellement, je sois toujours d'active...

X
QUARTIER MALFAMÉ

Proche du centre, l'*Inata* était un hôtel confortable, qui occupait les vingt derniers étages d'un gratte-ciel. La suite où logeaient Mallory, Torg et Laorcq permettait de contempler la capitale sur des kilomètres.

Debout devant un bureau art déco, le balafré faisait l'inventaire de jouets un peu particuliers...

Une paire de petits calibres, un paquet de grenades de la taille de cerises et un étrange pistolet composé d'un matériau brun sombre veiné de blanc. Il vérifia ce dernier avec attention. Fabriqué en *serag*, un bois assez résistant pour perforer un bloc de titane, il était quasiment indétectable. Un arsenal plutôt maigre au goût du militaire... Il n'avait pas osé se servir trop largement dans les réserves de l'ambassade, de crainte de se faire remarquer.

Après s'être assuré du bon fonctionnement de son artillerie, il se pencha sur l'écran encastré avec soin dans le bureau. Il navigua d'un menu à l'autre et s'arrêta sur une carte de la ville, puis quitta le tracé des yeux pour se tourner

vers la pilote :
— Mallory ? L'adresse, s'il te plaît.
Captivée par la vue dont bénéficiait leur suite, elle observait la fourmilière de verre et d'acier qu'était Gloria City. À côté de la capitale de Kenval, les grandes villes terriennes avaient l'air de patelins...
Retrouvant au fond d'une poche le papier plié en quatre, Mallory lut les coordonnées obtenues à l'astroport. Aussitôt, un point se mit à clignoter en rouge sur la représentation de la Gloria City. Afin d'offrir une meilleure lisibilité, le système modifia automatiquement le mode d'affichage. Jusqu'à occulter la baie vitrée, le plan se déploya progressivement sur l'ensemble des panneaux de verre.
Le destinataire du colis, un certain Andreas Geekler, logeait en bordure du secteur orcant...
Ils se préparèrent à rendre visite à leur « client ». La pilote, vêtue d'un pantalon moulant et d'un tee-shirt noir à manches longues, se contenta d'enfiler son blouson en cuir bordeaux. Laorcq opta pour un costume anthracite dans lequel il cacha son arme furtive. Son regard croisa celui de Torg, qui se laissait aller sur un canapé. Le revêtement mimétique du meuble avait adopté les zébrures rouges sur fond noir du géant à fourrure.
Laorcq crut déceler une lueur d'amusement dans ses larges yeux bleus. Il comprit pourquoi en regardant de nouveau Mallory puis en s'examinant à son tour : une petite brune à la fois athlétique et féminine, les mains habillées de roses tatouées, un homme balafré, de quinze ans son aîné, grand, les cheveux coupés ras. Difficile de former un couple plus dépareillé.
Torg enfonça le clou :
— Même si les non-humains ne noteront rien, les membres de votre espèce vous remarqueront immédiatement.
Laorcq balaya l'observation d'un haussement d'épaules :
— L'important n'est pas de passer inaperçu, mais de dissimuler ses intentions réelles. Personne ne se méfiera d'un

excentrique qui entretient un garde du corps cybride et une lolita...

Se prenant au jeu, Mallory s'accrocha au bras de Laorcq et le gratifia d'un sourire enjôleur :

— Tu as raison, mon chéri ! Allez, en route ! Il est temps de renouveler ma collection de chaussures...

Ils quittèrent les lieux sous le regard à la fois réprobateur et envieux du réceptionniste. Influencé par l'humeur espiègle de la pilote, le balafré ne put se retenir de lui adresser un clin d'œil salace, pour le plaisir de l'embarrasser. L'homme plongea le nez vers le comptoir et affecta un air occupé.

Le hall de l'hôtel *Inata* ouvrait sur une grande avenue, où ils hélèrent une voiture en libre-service.

Un long trajet les mena devant l'immeuble du destinataire. Il transpirait la médiocrité, jusqu'aux moulures factices mal ajustées autour des fenêtres et de l'entrée principale. Des pièces rapportées, censées donner de l'allure et qui aboutissaient au résultat opposé.

L'intérieur ne valait pas mieux : le robot-gardien avait cédé la place à un distributeur de médicaments-sodas et à un interphone à l'ancienne, dépourvu du moindre écran. Laorcq pressa plusieurs fois le bouton au nom de Geekler, sans obtenir de réponse. De dépit, il appuya sur trois ou quatre autres touches. Une voix de mégère retentit soudain :

— Oui ? Qui est là ?

Souriant, Laorcq posa son index sur ses lèvres pour indiquer à Mallory et Torg de ne pas intervenir.

— C'est moi ! dit-il simplement.

— Pourquoi tu rentres si tôt ? poursuivit la harpie. Tu t'es encore fait virer ? Espèce de sale...

Sans cesser de jacasser, elle commanda le loquet à distance. Le destinataire habitait au trente-septième. L'ascenseur sentait le renfermé, cependant il avait le mérite d'être assez grand pour accueillir le cybride. Dans une dernière secousse, il s'ouvrit sur un couloir moquetté à l'éclairage réduit au minimum.

Ce corridor les mena au logement de Geekler. Laorcq actionna la sonnette en vain. Mallory se tourna vers son garde du corps et lui montra du doigt l'entrée de l'appartement :
— Torg, peux-tu nous aider, s'il te plaît ?

Il s'approcha et saisit la poignée de ses griffes d'acier. D'une rotation du bras, il arracha la totalité du verrou et emporta au passage un large morceau de faux bois. La pilote poussa ce qu'il restait du panneau de porte :
— Puisque nous sommes là, autant jeter un œil.

Acquiesçant de la tête, Laorcq ajouta :
— Je vois que tu commences à t'amuser...

L'unique qualité de l'appartement était d'être vaste. Sale et encombré, il débordait de matériel plus approprié dans un laboratoire ou un hôpital. Le clou du spectacle les attendait dans la cuisine. Des cages de tailles variées s'y empilaient. Elles contenaient de petites formes rabougries : des animaux à l'agonie qui dégageaient un relent de pourriture.

Mallory se pinça le nez en une vaine tentative pour se protéger de l'odeur écœurante :
— Mais quel cinglé ! Comment peut-on vivre dans une porcherie pareille ? s'écria-t-elle avec dégoût.
— Il ne vit pas ici, répondit Laorcq. Enfin, pas seulement. Il y travaille. Cela confirme mes soupçons à propos de ta cargaison...

Un marmonnement leur parvint de la pièce principale. Le balafré signifia d'un geste à Mallory et Torg de rester silencieux. Puis il glissa une main dans sa veste et saisit son arme.

Des pas se firent entendre. S'arrêtèrent. Reprirent. Une

voix féminine, ruinée par des années de tabac et d'alcool fort, grinça :

— Monsieur Geekler... c'est votre voisine. J'aimerais que vous cessiez de faire un tel raffut quand vous rentrez chez vous ! Vous avez réveillé mon pauvre petit trésor ! Monsieur Geekler ?

Son calibre rengainé, Laorcq sortit de la cuisine, suivi de Mallory et Torg. Ils découvrirent une vieille dame maquillée à outrance, vêtue d'un peignoir dont le blanc virait au gris et de bijoux en toc. Brièvement surprise à la vue du colosse noir et rouge, la ménagère ne se démonta pas pour autant :

— Vous êtes de sa famille ?

Laorcq s'apprêtait à laisser échapper un oui, lorsque la rombière enchaîna :

— Quelle idiote je fais ! Vous avez les doubles de son appartement... C'est évident, vous êtes de ses proches...

Se demandant comment on pouvait manquer le « travail » de Torg sur la porte d'entrée, Laorcq garda un visage neutre avec l'espoir que Mallory en fasse autant.

La vieille femme continua :

— S'il n'est pas ici à cette heure, vous risquez de l'attendre longtemps ! Il doit déjà être parti au *Strovoka*. C'est là-bas qu'il se saoule le soir avant de rentrer et de faire un boucan pas possible !

Drapée de son peignoir et de sa fierté outragée, elle leur tourna le dos et s'en alla calmer un animal qui émettait des aboiements aigus.

Laorcq regarda Mallory et ils haussèrent les épaules de concert.

— Au moins nous connaissons le nom de notre prochaine étape, lui dit-il.

Il se rendit ensuite dans la chambre et la fouilla rapidement. Il s'agissait de la seule pièce épargnée par le capharnaüm. Dans une commode aux tiroirs usés, il trouva ce qu'il cherchait : des papiers avec une photographie de l'occupant des lieux. Il en fit une copie avec le navcom logé dans sa montre. L'appartement n'ayant plus rien à révéler, ils le quittèrent.

Au pied du vieux bâtiment attendait la voiture autonome qui les avait amenés là. Sans perdre un instant, ils s'installèrent à bord et Laorcq ordonna à l'IA de les conduire au *Strovoka*. La berline emprunta des rues sordides qui zigzaguaient entre de grands immeubles grisâtres. Les détritus s'amoncelaient partout où ils pouvaient s'accrocher et semblaient doués d'une vie propre. Malgré les vitres fermées, une odeur à la fois changeante et constamment désagréable pénétrait l'intérieur du véhicule pour mettre en relief ce triste décor.

L'auto parvint sur une place un peu moins sale : leur destination. L'Intelligence Artificielle manœuvra pour se garer face au *night-club*. Laorcq nota que les murs étaient constellés de graffitis orcants. Difficile de faire plus mauvais signe...

Le *Strovoka* occupait un bâtiment qui fut pour moitié hangar et pour moitié bureau, vestige d'une entreprise disparue depuis longtemps. Derrière Mallory et Torg, Laorcq franchit la porte à tambour. Repérant des détecteurs près de l'entrée, il se félicita d'avoir emporté son pistolet en serag.

Autrefois destiné à l'administratif, l'étage, désormais dépourvu de cloisons, abritait un bar qui s'étalait sur toute sa longueur. Des salons privatifs se partageaient le reste de l'espace, isolés les uns des autres par des pans de verre qui formaient des cubes. Sur la table basse placée au cœur de chacun d'eux, des motifs que l'on effleurait d'un doigt permettaient d'obscurcir les parois ou d'y afficher des vidéos, afin de créer une relative intimité.

Les deux terriens et le cybride s'installèrent dans l'un d'entre eux et commandèrent à boire. L'éclairage se limitait à des appliques murales et aux clichés animés placardés au plafond. Le serveur accepta le généreux pourboire de Laorcq et répondit à sa question :

— Geekler ? Oui, un vrai pilier de comptoir ! Il ne devrait

pas tarder...
À l'extrémité de l'immense pièce, une fois passées les boîtes vitrées, on pouvait s'accouder à une rambarde en béton qui dominait l'ancienne zone de stockage. Au milieu de celle-ci se trouvait une grande estrade octogonale. Une batterie de projecteurs la surplombait, prête à en faire le centre de l'attention générale. Des tables, pour l'instant inoccupées, étaient disposées autour. Sur le mur du fond s'étalaient des écrans démesurés, diffusant des images prises au hasard dans l'établissement.

Mallory adressa un sourire à Laorcq :
— Je n'ai jamais boxé dans un ring à huit coins. On pourrait demander à figurer sur la liste des combattants ! suggéra-t-elle, avant de finir son verre d'un trait et de le reposer bruyamment.

Laorcq l'entendit à peine. Les yeux fixés sur la porte d'entrée, il constata que deux videurs spicans la flanquaient désormais. Hauts de trois mètres, ils évaluaient rapidement les indésirables potentiels, prêts à les jeter dehors. Une tâche facilitée par leurs quatre bras, dont les muscles saillaient sous une épaisse peau cuivrée.

Le *Strovoka* accueillait de nombreuses couches sociales et espèces. Cela signifiait deux choses : le ring servait régulièrement, et les combats étaient brutaux. Seul l'attrait d'un spectacle violent gommait avec succès les disparités entre individus...

La bonne humeur de Mallory s'était évanouie : depuis qu'ils étaient assis, Laorcq n'avait pas quitté l'entrée des yeux. Elle avait l'impression qu'il ne réagirait pas même si elle se mettait nue devant lui...

Un moment passa, et Laorcq parut enfin se souvenir qu'il n'était pas seul. Il trempa les lèvres dans sa boisson, puis déclara :

— Dès qu'il se montre, on s'empare de lui sans faire de grabuge et on le ramène à l'*Inata*. Son témoignage, ajouté à notre colis, suffira amplement à mettre Morsak sur la touche.

Rendue maussade par l'attitude du balafré, Mallory contra :

— Encore une fois, pourquoi es-tu convaincu qu'il acceptera de parler ? Et nous ne sommes pas sûrs à cent pour cent de ce que contient notre cargaison. Ça n'est peut-être pas si terrible...

— Je dispose toujours de mon accréditation de détective. Avant de quitter l'hôtel, j'ai envoyé une demande de renseignement à la police du coin. Je viens de recevoir le résultat. Notre homme est un médecin, privé du droit d'exercer. À voir son appartement, il n'a pas tenu compte de l'interdiction. Quand je menacerai de l'extrader vers la Terre pour y être jugé et condamné, il fera ce que je lui ordonnerai.

— Un privé peut faire ça ?

Laorcq haussa les épaules.

— Pas vraiment, mais je peux facilement l'en convaincre... Ne te fais pas d'illusions au sujet de notre marchandise. Si elle n'était pas réellement dangereuse, Lebrane n'aurait pas monté une organisation aussi tortueuse pour qu'elle arrive ici.

Il se remit à observer le flot de nouveaux venus.

— Quand on parle du loup... Jette un œil là-bas, déclara-t-il en indiquant la direction d'un mouvement discret de la tête.

Mallory aperçut un homme vêtu négligemment, occupé à se frayer un chemin à travers la foule hétéroclite : Geekler. Il était grand et maigre, à l'exception d'une bedaine proéminente. Elle nota son teint cireux, typique de ceux habitués à affronter le soleil seulement sous forme de carte postale. Plaqués en arrière sur son crâne, ses cheveux jaunâtres mettaient en évidence un front ridé et des yeux

injectés de sang.
Il se dirigea droit vers eux et manipula la commande d'ouverture du salon vitré. Planté devant la table, il demanda :
— Pourquoi cet air surpris ? Vous vouliez me rencontrer, non ?
Torg émit un grognement. Ce revirement de situation était la dernière chose à laquelle Mallory s'attendait. L'homme n'avait pas le genre à fanfaronner, à moins d'une solide assurance... Il prit place à leur côté, et laissa son regard errer sur la foule.
— J'ai un intéressant petit film où l'on vous voit visiter mon appartement. J'ai constaté que vous avez fait la connaissance de ma voisine. Délicieuse personne n'est-ce pas ?
Certain d'avoir captivé son auditoire, il poursuivit :
— Franchement, vous pensiez forcer mon atelier sans déclencher une alarme ? Le plus drôle, c'est que la vieille d'en face m'a dit où vous serez... J'ai donc pu prendre mes précautions !
Il leva la main droite et fit un signe. Les clients du *night-club* s'écartèrent devant un orcant. Ses quatre pattes martelèrent le sol quand il s'approcha d'eux. La pilote détailla les nombreuses éraflures qui recouvraient sa carapace. La plupart se situaient sur les avant-bras, les épaules et le plastron.
— Ce salopard a eu le temps d'engager un malabar avant de débarquer ici ! grogna-t-elle tout bas.
Elle vit Laorcq chercher discrètement à saisir son arme. Il se figea soudainement. Mallory découvrit pourquoi en voyant les écrans au fond de la salle : ils étaient désormais à l'image ! Un drone-caméra filmait en plan large l'arrivée de l'extraterrestre, les privant de toute initiative.
Elle étouffa un juron et tenta en vain d'occulter les parois du cube. Impossible de se soustraire à l'œil inquisiteur de l'objectif : la commande avait été verrouillée à distance. La

voix du disc-jockey fournit l'explication :
— Bienvenus au *Strovoka* ! Ce soir un invité exceptionnel nous rend visite : le lutteur orcant Domar ! Il assistera au tournoi du jour afin de juger si quelqu'un est capable de l'affronter. Acclamez notre champion invaincu : Domar !
Le combattant était assez proche pour que son odeur caractéristique irrite les sinus de Mallory. Il s'installa près d'elle. À l'autre bout de la banquette, le médecin reprit la parole :
— Maintenant, vous savez à quoi vous en tenir. Dites-moi qui vous envoie, et pourquoi.
— Nous sommes vos livreurs, répondit-elle. Votre cargaison attend dans la soute de mon navire.
— Vous avez de drôles de manières pour des transporteurs... Défoncer la porte de vos destinataires vous permet peut-être de vous distinguer de la concurrence ?
Geekler eut un soupir dédaigneux et enchaîna :
— Peu importe. Lebrane m'a parlé d'une femme. Et voilà que débarquent chez moi un zigoto à l'allure d'un policier en civil, un gorille et une gamine. Ça mérite quelques explications...
Mallory se contenta de lui jeter un regard mauvais, tandis que ses compagnons se taisaient. Irrité par ce mutisme, le docteur s'impatienta :
— Ça suffit ! Vous êtes coincés entre Domar et la caméra braquée sur nous. Mon employeur sera ravi de vous mettre la main dessus, j'en suis sûr. En attendant, puisque vous êtes les livreurs, vous allez me donner mon colis sans faire d'histoires. Je tiens à terminer le travail pour lequel on me paie. S'il le faut, mon ami orcant me débarrassera facilement d'un gros poilu, d'une gosse qui veut jouer les dures et d'un type trop vieux pour elle...
Une montée d'adrénaline submergea Mallory en une vague brûlante. Plus épineux que jamais, ses tatouages sensitifs frémissaient sur sa peau.
Ajouté au chantage de Lebrane et à l'attaque contre le

Sirgan, le ton condescendant de Geekler agit comme le détonateur d'une bombe à retardement. Une colère noire s'empara d'elle.

Le *Strovoka* avait toutes les apparences d'un club de seconde zone. Elle était certaine que son champion ne devait jamais affronter des adversaires régulièrement entraînés. Et elle en avait marre de jouer la figurante.

— Tu me dégoûtes ! hurla-t-elle, avant de se lever.

Son éclat fut assez haut pour couvrir le brouhaha de la boîte. Une partie de l'assistance se tourna vers le petit groupe et jeta des regards intrigués. Elle saisit son verre, et en vida le contenu sur la tête de l'orcant.

— Tu pues ! Sale cancrelat ! Tu me donnes envie de vomir !

Fou de rage, l'extraterrestre renversa la table en quittant la banquette pour s'ébrouer. Le cocktail dégoulinait encore le long de sa cuirasse lorsqu'il s'avança, menaçant, sur l'impudente.

Opportuniste, le DJ avait coupé la musique et filmait le spectacle inattendu à l'aide de drones-caméras. Assurée d'avoir obtenu l'attention générale, Mallory hurla à la face de Domar :

— On va monter sur le ring et je vais écraser ta gueule de cafard !

XI
MALLORY VERSUS DOMAR

Une chape de silence s'abattit sur le *Strovoka*. Tout le monde était sidéré. Laorcq entendit un des clients demander :
— Je rêve ou la jolie petite brune vient de menacer le champion du club ?
Quand le public fut remis de sa stupeur, il explosa en un tonnerre d'acclamations. Un spectacle de premier choix s'annonçait. Le balafré était bluffé par l'audace de Mallory : pris à partie devant témoins, Domar ne pouvait se dérober sans ruiner sa réputation...
Avant que Laorcq ou Torg ne puissent esquisser le moindre geste, des employés encadrèrent Mallory pour la guider vers les loges, lui laissant juste dire à ses compagnons :
— Ne vous inquiétez pas, j'ai besoin de me défouler un peu...
Geekler se liquéfia d'horreur :
— Elle est folle à lier ! Elle veut affronter un guerrier

orcant en combat singulier ? Il va en faire de la bouillie...

— Si j'étais toi, répondit Laorcq en lui mettant la main sur l'épaule comme à un ami de longue date, je me préoccuperais de ma situation.

Le médecin se tortilla pour lui échapper. Laorcq s'adressa au cybride :

— Torg, aide-moi à convaincre notre homme de rester. Nous sommes à la meilleure place...

Se rapprochant du docteur, le cybride lui prit un bras. L'étau de ses six doigts renforcés d'acier arracha un cri à Geekler. Maté, il ne bougea plus d'un millimètre...

Dans la loge qu'on lui avait attribuée, Mallory se tenait debout. Elle faisait jouer ses articulations et ses muscles afin de s'échauffer. Sa colère retombait, remplacée par l'intense concentration qui précède un combat. Il lui fallait trouver le bon état d'esprit, le compromis entre l'appréhension et l'excès d'assurance, l'un ou l'autre menant droit à la défaite.

Le propriétaire du *night-club*, un petit homme fluet à la peau sombre, vint la chercher en personne. Il ouvrit la porte à la volée et ordonna :

— Suivez-moi. Votre nouveau copain s'impatiente.

En chemin, il ajouta :

— Désolé de vous avoir fait attendre. J'ai laissé circuler la nouvelle sur le réseau. Ces quelques minutes ont suffi pour nous permettre d'afficher complet. Les affaires sont les affaires... À ce propos, pas la peine d'espérer une gratification. Au fond, je ne vous ai rien demandé...

Mallory l'entendait, mais ne l'écoutait pas, occupée à se remémorer ce que Jazz lui avait appris des orcants. Une cuirasse les protégeait et leurs quatre pattes les rendaient difficiles à mettre à terre. Ils ne faisaient pas pour autant de fins combattants, car leur manque de vivacité et de réflexion contrebalançait ces avantages.

En réalité, si impressionnants soient-ils, une série de coups bien placés pouvait avoir raison d'eux. Le problème consistait à les donner avant de se faire tuer...

Plongée dans ses pensées, Mallory rejoignit l'alien sur le ring. Les projecteurs frappaient la scène d'une lumière crue, obscurcissant par contraste le reste du bâtiment.

La haine de Domar envers les terriens se lisait facilement dans son attitude. Briefée par Jazz au sujet des orcants, Mallory savait qu'être défié par une femelle l'avait rendu fou furieux. Pour son espèce, elles ne servaient qu'à la reproduction. Il la fixa en grognant, exhalant une rage qui ne demandait qu'à jaillir dans un excès de violence.

Dressée face à l'alien à l'allure d'insecte, l'humaine resta imperturbable. Elle évalua son gabarit et la portée de ses membres couverts d'une épaisse carapace. D'expérience, elle savait qu'affronter un adversaire aussi lourd ne laissait pas la place à la moindre erreur. Le prix d'un instant de distraction risquait d'être fatal. Dans un endroit comme le *Strovoka*, le perdant échappait rarement à la morgue...

Sur les grands écrans qui habillaient le mur au fond de la salle, Mallory et Domar apparaissaient sous plusieurs angles. Les tatouages aux épines saillantes de la jeune femme s'affichèrent en gros plans. Très bien programmés, les drones-caméras se positionnaient idéalement.

Près du ring octogonal, il n'y avait plus un espace vacant. En dépit de la climatisation, le bâtiment baignait dans la chaleur corporelle de la foule entassée. Des remugles d'alcool et de sueur mêlés envahissaient l'air.

Mallory reporta son attention sur l'orcant. Il se déplaçait d'avant en arrière. Telles les pattes d'un crabe, les quatre pointes osseuses qui lui tenaient lieu de pieds martelaient désagréablement le plancher. D'un marron luisant sous l'éclairage artificiel, son exosquelette formait une armure de chitine. Quand une sonnerie aiguë annonça le début du combat, ses six yeux verts brillèrent de fureur. L'alien et la pilote entamèrent leur danse mortelle.

Certaine que la technique seule ne viendrait pas à bout de l'orcant, elle décida de le déconcentrer en le provoquant :
— Sale cafard ! lui cria-t-elle, alors qu'ils tournaient l'un autour de l'autre. T'as vraiment une gueule à vivre au fond d'un chiotte ! Je vais écrabouiller tes couilles de nuisible !

Mallory se demanda si le traducteur de Domar, un boîtier fixé à la base de son crâne, ne venait pas de se bloquer sur l'expression un peu trop imagée. Soudainement, l'orcant se rua sur elle afin de la broyer sous ses coups.

Il ne trouva que le vide.

Rapide et agile, elle avait esquivé l'attaque éléphantesque à la dernière seconde, en se jetant de côté. Apparemment, il avait fallu une poignée de secondes au traducteur pour interpréter les phrases, mais le message était tout de même passé. Elle se releva prestement et murmura entre ses dents :
— Parfait, gardons-le énervé…

Toujours en mouvement, elle veillait à conserver un souffle régulier. Sous les huées de supporters déçus de sa performance, l'alien enragé la chargeait tel un taureau. Mallory s'y attendait. Vu son gabarit, il devait être habitué à vaincre ses ennemis par la force brute.

À chaque passe, tandis que Domar s'obstinait en vain, Mallory lui infligeait une frappe, soulignée d'un cri des spectateurs. L'assistance semblait apprécier son habileté. La pilote visait méthodiquement les articulations et cognait de toutes ses forces : elle cherchait à limiter la mobilité de l'orcant.

Malheureusement, il ne paraissait pas affecté. Tandis qu'elle sentait la sueur cascader le long de sa nuque, l'inquiétude s'insinua en elle.
— Comment je vais abattre ce monstre insensible à mes attaques ? lâcha-t-elle avec dépit.

Elle évita de justesse un poing épais lancé ainsi qu'une

masse d'armes et dut reculer de quelques pas. Domar lui fonça dessus. Elle faillit se retrouver broyée contre un des poteaux du ring. Voyant clair dans son jeu, elle réussit à l'esquiver de nouveau mais, au dernier instant, l'extrémité d'une patte lui écorcha sauvagement l'épaule.

Déchiré par la griffe de l'orcant, le tee-shirt de la pilote se mit à pendre et laissa apparaître une plaie écarlate d'où le sang coulait abondamment. Aussitôt, un gros plan de l'entaille s'étala sur les moniteurs. Un drone-caméra avait repéré le flot d'hémoglobine...

À la vue de cette première blessure, le public cria de plus belle. L'alien se frappa le torse comme un gorille, clairement excité d'avoir marqué Mallory dans sa chair. D'une voix gutturale, il cracha :

— *Katrad nador* !

« Les faibles meurent » : le credo des orcants en guerre se souvint Mallory. Toute douleur ignorée, elle entama un rapide mouvement latéral afin de se replacer au centre de l'aire de combat octogonale. La sonnerie retentit pour indiquer la fin du premier round...

Les deux combattants profitèrent de la brève pause réglementaire pour s'installer dans leur coin respectif. Assise sur la corde intermédiaire, Mallory fixait son adversaire en buvant de l'eau. Dans l'angle opposé, deux personnes s'occupaient de Domar et le briefaient. Alors qu'elle reprenait son souffle, la pilote entendit soudain la voix de Laorcq s'élever :

— Tu te défends pas mal, remarqua-t-il. Cependant ça ne suffira pas. On voit clairement que tu n'as jamais affronté un orcant.

Le balafré avait laissé Torg s'assurer de Geekler et s'était déplacé pour venir observer le duel de près. Intriguée de le retrouver si proche du ring, elle se pencha vers lui, afin de mieux l'écouter. Son timbre grave couvrit la rumeur de la foule :
— Ils ont deux points faibles : une gueule très sensible et une vision périphérique médiocre. Cogne ses yeux et sa bouche, si tu veux lui faire mal.

La pilote aurait aimé en apprendre davantage, mais le signal de la seconde reprise retentit. Elle n'eut même pas l'occasion de remercier Laorcq.

L'alien lui fonça brutalement dessus, se montrant déterminé à en finir le plus vite possible. Elle eut à peine le temps de se mettre en garde. Les avant-bras serrés devant elle pour se protéger le visage et le torse, elle dévia un coup capable d'assommer un bœuf.

Elle savait qu'elle ne tiendrait pas éternellement si elle devait continuer à encaisser des chocs pareils. Il lui fallait à tout prix rester hors de sa portée.

D'un pas chassé, elle se plaça sur la droite de Domar. Puis elle inclina le buste, leva une jambe et projeta violemment son pied dans les yeux de l'orcant. La botte de Mallory, dont l'extrémité était renforcée, creva un œil avec un bruit écœurant.

La souffrance arracha un beuglement inarticulé à l'alien. Les cris des spectateurs, à l'évidence ravis de cette boucherie, lui firent écho. Tandis que son globe oculaire se répandait en un liquide bleu vif, Domar trébucha et céda du terrain.

Soulagée de l'avoir enfin blessé sérieusement, la pilote se réjouit : *Il saigne, et pas qu'un peu ! Laorcq a raison, il faut continuer comme ça. Je vais l'avoir...*

Prenant garde aux griffes acérées de l'orcant, elle multiplia les impacts au visage en se déportant systématiquement sur les côtés.

Trop occupée à combattre, elle ne pouvait voir Laorcq. Le

sourire aux lèvres, il ne perdait pas une miette du spectacle, ravi de voir qu'elle comprenait vite…

Devant Mallory, l'alien à moitié aveuglé fulminait. Il ne parvenait plus à frapper avec précision. Il devait sentir l'avantage lui échapper, car il redoubla d'énergie dans ses attaques. Ses lourds poings sifflaient maintenant dans l'air de manière désordonnée et ne manquaient parfois la terrienne que d'un cheveu.

À la suite d'une série de crochets, un coup de patte faillit l'envoyer à terre. Sans ses années de pratique assidue, elle aurait pu être tuée sur ce seul assaut.

De part et d'autre de l'assistance s'élevaient des huées, mais aussi des interjections telles que « crève-la ! », « achève-le ! » … Mallory s'aperçut que le public était partagé. Une partie soutenait le champion local. L'autre appréciait la technique dont elle faisait preuve, ponctuant ses mouvements de cris approbateurs.

Concentrée sur sa survie, la pilote fit abstraction des spectateurs : son adversaire commençait enfin à fatiguer. Il était temps de mettre en application la stratégie qu'elle élaborait depuis un moment. Elle ouvrit volontairement sa garde, en une invitation à se jeter sur elle. Le cœur battant, elle attendit.

Comme elle l'avait prévu, Domar, ivre de colère et de douleur, se précipita sur elle. L'instant fatidique pour Mallory…

Prenant un risque inconsidéré, elle décida de se glisser entre les bras épais de l'orcant. Elle bondit en avant et haussa le pied gauche, tout en remontant le genou à hauteur de poitrine. Dans la foulée, elle détendit brutalement sa jambe et balança son talon contre ce qui servait de bouche à l'alien. L'impact fut d'une violence inouïe et, malgré sa masse, il recula d'un pas.

Sentant là une possibilité, Mallory ne faiblit pas et enchaîna les coups. Dès qu'un de ses pieds revenait à terre, l'autre frappait. Sa botte fendit l'air en diagonale et redescendit en arc de cercle, râpant au passage le museau de Domar avec ses crampons. Son organe nasal ravagé, l'orcant grogna de souffrance et essaya de se protéger le visage de ses mains.

Contraint de choisir une nouvelle tactique, il se cabra pour libérer ses membres antérieurs et tenta d'en cingler Mallory. Elle plongea sous l'une des pattes qui fouettaient le vide et s'en saisit à deux mains pour la bloquer sur son épaule. Elle se releva brusquement et l'utilisa comme un levier. Lâchant un cri victorieux, elle poussa le champion déséquilibré par-dessus les cordes du ring.

L'alien chuta, tête la première sur le sol. Sa boîte crânienne explosa dans un craquement sinistre. Il eut deux convulsions et cessa de bouger.

Choqués par cette fin abrupte, les spectateurs devinrent muets. Puis, d'un coup, ce fut la folie. Les parieurs hurlèrent, nombre d'entre eux de désespoir, quelques-uns de joie.

Désormais conquise, l'assistance clamait son admiration pour la prouesse de Mallory. Les drones-caméras la cadraient au plus près, insistaient sur les parties féminines de son anatomie, en particulier le sein à moitié dévoilé par le tee-shirt déchiré. Soulignant ses courbes, la transpiration du combat moulait ses vêtements à son corps, pour le bonheur de la clientèle masculine.

Laorcq profita de la confusion pour retourner auprès du cybride et de Geekler. Il lui planta le canon de son revolver entre les côtes et l'attrapa par le col :

— On s'en va ! lui dit-il, avant de le diriger vers la sortie.

Une fois dehors, il laissa Torg prendre le relais en se saisissant du médecin pour le porter jusqu'à la voiture. L'IA les reconnut et ouvrit les portières. Sans ménagement, le colosse jeta son fardeau sur la banquette arrière et plia ses deux mètres et demi pour l'y rejoindre. Laorcq s'installa dans l'un des sièges avant et guetta la sortie de Mallory à travers le verre fumé.

Un peu plus tard, il la vit se tailler un chemin au milieu de ses nouveaux fans, sa blessure à l'épaule recouverte d'un bandage en peau synthétique.

Elle parvint près de la voiture, suivie d'un individu vêtu d'un costume trop grand pour lui :

— Écoutez, disait-il. Je suis le meilleur agent du quartier. Je peux vous aider à faire carrière et...

Une franche exaspération se peignit sur le visage de Mallory. Sans surprise, Laorcq l'entendit menacer l'homme de lui casser le nez s'il ne la laissait pas tranquille.

Elle s'installa dans l'auto et claqua la portière avec un soupir de satisfaction. Le balafré la regarda s'étirer, puis, incapable de garder son sérieux, lui demanda :

— Contente d'être championne en titre du *Strovoka* ?

Avec un bel aplomb pour une personne qui venait de frôler la mort, elle répondit :

— Tu parles ! Il n'y a que des boxeurs de seconde zone dans ce genre de boui-boui. Enfin, au moins j'ai pu me défouler un peu...

Le cybride, ravi d'avoir retrouvé sa protégée, lui ébouriffa les cheveux dans un élan affectif.

— Torg ! s'écria-t-elle. Arrête !

Amusée plutôt qu'agacée, elle tenta de repousser les bras du colosse poilu.

Brièvement distrait par les deux complices, Laorcq entrevit un mouvement du docteur. Essayant de profiter de son inattention, il manœuvrait discrètement la poignée de la portière. Laorcq le ramena à la réalité en lui assenant une superbe gifle du revers de la main.

La bouche en sang, Geekler resta parfaitement immobile.

— Tu fais la tête ? se moqua le balafré. C'est trop tard

pour regretter d'avoir voulu jouer au plus fin...

Le retour se déroula en silence, parfois rompu d'un gémissement du médecin. L'automobile stoppa devant l'hôtel. Le docteur coincé entre Laorcq et le cybride, ils traversèrent le hall de l'*Inata*. Geekler, encore sonné par la claque du militaire, ne fit pas de difficultés.

Ils retrouvèrent avec plaisir le calme et la propreté qui régnaient dans la suite. Torg se jeta sur le canapé, dont le revêtement mimétique rendit l'âme sous le choc. Mallory s'appropria la salle de bains. Au bruit de l'eau qui emplissait rapidement le jacuzzi, Laorcq devina qu'il ne la reverrait pas avant un moment.

De son côté, il ligota le médecin sur une chaise à l'aide d'un rouleau de bande adhésive. Il piocha ensuite une boisson dans le minibar du salon et s'exclama :

— Ah, quand même ! Un cognac digne de ce nom...

Il étudia le contenu de la bouteille avant d'en avaler une longue gorgée : progresser enfin méritait d'être fêté...

Puis il reporta son attention sur le docteur :

— Tu as bien profité de ta soirée, j'espère. Parce que les jolies femmes et les combats, maintenant, c'est fini ! Ton avenir se résume à une cellule.

— Hein ? Pour qui vous vous prenez exactement ? Je n'ai rien fait de répréhensible, se défendit Geekler. C'est plutôt à vous de séjourner à l'ombre.

Laorcq décida de couper court :

— Tu te fous de moi ? Et tes expériences dans ton petit labo ? Le peu que j'en ai vu vaut déjà un ou deux doigts cassés.

Joignant le geste à la parole, il s'empara d'un index et s'apprêta à le plier dans le mauvais sens. Le médecin paniqua :

— Qu'est-ce que vous me voulez à la fin ? Je fais mon boulot, rien d'autre ! Vous n'êtes pas flic, j'en suis sûr. C'est Morsak qui vous envoie ? Lebrane l'a peut-être doublé, mais pas moi !

— Tu ne comprends vraiment pas... Je me suis juré de tuer Morsak. Tu es un grain de sable, rien de plus. Celui dont j'ai besoin pour arrêter la machinerie qui le tient hors de ma portée.

Il termina sa boisson et rangea délicatement le flacon vide dans le minibar. D'un violent crochet du droit, il mit le docteur KO...

XII
SAFARI

Le vieux fourgon blindé émit un grincement lorsqu'une de ses roues plongea dans un nid-de-poule. Installé aux commandes, Laorcq se demanda :
— Combien de temps cette relique va-t-elle tenir ?

Les éléments les plus fragiles ayant disparu au fur et à mesure qu'ils rendaient l'âme, il restait peu de choses en dehors des sièges et du volant. Pourtant, il s'estimait heureux d'avoir trouvé un véhicule pour sortir de Gloria City.

Sur Kenval, quitter l'abri des agglomérations ceinturées de béton équivalait au suicide. Avant la domination des vohrns, ce monde avait été le théâtre de violents affrontements entre humains et orcants. Ultime coup du sort, le Smog, la terrifiante maladie mutagène, avait proliféré sur le terreau de la guerre.

La planète en portait les séquelles. Une végétation prise de folie et des hordes de créatures mutantes se disputaient les vastes étendues qui isolaient les villes. Dans de telles conditions, aucun loueur ne s'était risqué à leur confier autre chose qu'un vieux surplus de l'armée.

Familier de ces engins datant des premiers combats, Laorcq retrouvait ses anciens réflexes. Il en avait piloté des jours entiers, relayé par des coéquipiers pour dormir sur l'étroite banquette arrière.

La voix de Mallory le tira de ses pensées :

— À quoi sert le levier que tu manipules ?

Il quitta la route du regard pour étudier son interlocutrice. Elle ne perdait pas une miette de ses gestes et une curiosité enfantine brillait dans ses yeux légèrement bridés. Laconique, il répondit :

— Je passe les vitesses.

— Je le savais ! déclara-t-elle, ravie. Ce truc doit avoir des siècles ! Tu me laisseras l'essayer ?

— Si tu es sage…

Laorcq songea à l'époque où il avait appris à conduire un blindé et préféra ne pas compter les années écoulées.

Pour la énième fois, il consulta sa montre navcom. Il estima que le *Sirgan* devait être prêt à décoller.

Officiellement, l'équipage du vaisseau-courrier résidait à l'hôtel *Inata* pour les quinze jours à venir. Quant à Jazz, il effectuait un vol de vérification suite à une opération de maintenance.

En réalité, le navire se précipiterait à leur rencontre aussitôt quitté l'astroport. Il devait simuler une avarie et se poser pour qu'ils embarquent avec Geekler. En possession d'un témoin et du colis de Morsak, ils fileraient droit sur Terre. Mettre le PDG de l'Idernax sur la touche ne serait alors plus qu'une question de temps.

Alors qu'ils préparaient leur expédition hors de Gloria City, Mallory et Laorcq avaient étudié le problème sous plusieurs angles. Même si la fausse panne était une ruse éculée, cela restait la meilleure option. Ils possédaient cependant un atout : son grade de commandant.

S'il usait de ses prérogatives en cas d'intervention des forces de l'ordre, il obtiendrait le sursis nécessaire au *Sirgan* pour s'éclipser. Une fois hors de portée d'éventuels radars, il suffirait de basculer sur l'immatriculation réelle du navire-courrier et de foncer vers la Terre.

Le transpondeur fourni par Lebrane pour dissimuler l'identité du vaisseau courrier allait leur permettre de regagner le système solaire sans être inquiétés, réalisa Laorcq en savourant l'ironie de la chose.

Le chemin se fit soudainement cahoteux, ballottant les passagers du fourgon. Ses réflexions interrompues, il jeta :

— Accrochez-vous !

Dans un bruit sourd, la tête de Torg heurta le toit. Le médecin, toujours pieds et poings liés, glissa brusquement au plancher. Agrippée à une poignée, la pilote pouffa de rire en contemplant le résultat de la secousse. À l'étonnement de Laorcq, malgré le risque de perdre son vaisseau, voire sa vie, elle gardait le moral.

Il regarda attentivement la petite brune tatouée. Il estima son âge à vingt-cinq ans, maximum : elle avait dû naître au moment où il était entré dans l'armée. À l'époque, une fille pareille l'aurait rendu fou.

Cette réflexion en amena une autre. Désormais, il n'éprouvait que la soif de revanche. Morsak lui avait tout arraché. Il inspira profondément : il s'était aperçu qu'il tordait le volant de colère. Pour ne pas céder à une haine aveugle, il devait se concentrer sur le moment présent...

Le blindé avançait en grondant sur un large sentier caillouteux. Inconsciemment sensible à la tension qui habitait son compagnon, Mallory avait reporté son attention sur les alentours. À travers les vitres épaisses, elle découvrait de part et d'autre les stigmates de la guerre.

Des explosions avaient bouleversé la terre, balafré les collines et creusé des cratères dans les plaines pour façonner un paysage au relief lunaire. Un peu partout gisaient des carcasses d'appareils militaires.

Son humeur se fit sérieuse :
— Un décor de fin du monde, pensa-t-elle à voix haute. Les combats ont dû être un vrai massacre...

Des zones épargnées formaient des taches de verdure. Les plantes les plus vivaces s'étendaient depuis ces oasis et reprenaient lentement possession des lieux. Une ombre glissait parfois entre les monceaux de gravats ou s'enfuyait au passage du véhicule, trahissant la présence de vie animale.

Laorcq les sortait d'un virage en épingle quand Mallory aperçut un bunker éventré par un tir d'obus. Un *temba*, l'équivalent local du baobab, avait pris racine à l'intérieur.

Son feuillage épais servait de foyer à une colonie d'*énarks* pourpres. Le balafré ne s'attarda pas. Mallory comprit pourquoi en consultant son navcom à propos de ces gros insectes volants : il s'agissait d'une espèce parasite.

À l'aide d'une sorte de long dard, ils transperçaient les corps de leurs victimes pour y introduire des œufs. Après éclosion, leurs larves se nourrissaient d'abord des graisses et des muscles des hôtes puis, une fois bien développées, s'attaquaient aux organes vitaux.

Comme si croiser guêpes mortelles et arbres démesurés n'avait été qu'un prélude, ils rencontrèrent des mutants peu après...

Au détour d'une colline jaillit un troupeau de frêles créatures qui évoquaient des gnomes. Elles se mirent à courir aux côtés du fourgon. Courtes sur pattes, la peau grise et luisante, aucune ne dépassait un mètre.

Apparemment curieuses, elles fixaient le blindé avec des yeux vert pâle. Leur pilosité se limitait à une touffe de poils jaunâtres sur le sommet du crâne. Laorcq les jugea inoffensives et continua d'avancer.

Prudent, il demanda néanmoins :

— Mallory, Torg, gardez un œil sur ces choses, au cas où.

Le terrain se dégradant, le véhicule malmena une fois encore ses occupants. Distrait par les secousses, Laorcq réalisa trop tard que la route s'affaissait brusquement : quelqu'un semblait avoir eu l'idée saugrenue d'y placer une marche.

Il n'eut pas le temps de freiner. Emporté par son élan, le fourgon resta brièvement suspendu dans les airs, avant d'atterrir sèchement. Maltraités, les vieux amortisseurs arrivèrent en butée avec fracas.

Le bruit agit tel un signal sur les gnomes qui les accompagnaient. Surprenant les passagers du blindé, ils sautèrent sur la carrosserie et s'y accrochèrent. Une tâche facilitée par des griffes noires, jaillies de doigts épais.

Incapables de percer l'acier ou le verre, ils représentaient toutefois un danger : deux d'entre eux obstruaient le pare-brise. Mallory se retourna pour vérifier si la vitre arrière subissait le même sort.

— En voilà d'autres ! s'exclama-t-elle.

L'agitation avait attiré de nouveaux monstres. Trois quadrupèdes éléphantesques et couverts d'écailles vertes, surgis d'un îlot de verdure. Ils possédaient un corps cylindrique terminé par une courte queue étrangement symétrique avec leur museau allongé. Des babines écumantes, surmontées d'un unique globe oculaire, fendaient ces têtes coniques jusqu'aux épaules.

Ils se ruèrent sur les gnomes cramponnés au véhicule. Celui-ci ressemblait maintenant à une grappe de raisin cauchemardesque, dont les petits mutants composaient les grains.

Ils furent arrachés un à un par les prédateurs qui les gobèrent de leurs mâchoires disproportionnées. Quand le dernier nabot fut avalé, ils voulurent s'en prendre au fourgon. Trop grand pour être happé d'un coup de croc, il n'en était pas moins vulnérable face à la masse des gros carnivores...

Laorcq accéléra brutalement, faisant passer tous les voyants au rouge. Certain de ne pouvoir tenir ce rythme sans casser le moteur, il s'arrêta dès qu'il y eut assez de distance entre eux et les quadrupèdes. Il sortit du blindé, un de ses revolvers au poing.

— Tu n'arriveras jamais à les tuer avec ça ! lui cria Mallory.

Elle disait vrai, mais il avait soigneusement choisi son matériel. Les petites grenades prélevées dans le stock de l'ambassade pouvaient avantageusement remplacer les balles contenues dans le chargeur. Il l'éjecta, échangea les munitions et le remit en place.

Malheureusement, l'usage des explosifs diminuait la précision de l'arme. Conscient de cette faiblesse, il attendit que les bêtes se rapprochent pour faire feu. Trop loin et il manquerait ses cibles. Trop près et il mourrait avec elles. Il se concentra et égrena les étapes :

Pied droit en avant. Bras légèrement fléchis.

Les carnivores fonçaient les crocs dehors, martelant le sol comme la peau d'un tambour.

Une inspiration. Viser. Une demi-expiration. Tirer.

Il pressa la détente quatre fois. Un instant et les prédateurs allaient être sur lui. Les grenades détonèrent enfin et éparpillèrent sur des dizaines de mètres sang et viscères. Persuadé d'en avoir terminé, Laorcq s'apprêta à remonter dans le véhicule. Torg donna l'alerte :

— Derrière ! lâcha-t-il, alors que son navcom implanté faisait clignoter en rouge ceux de Mallory et Laorcq en signe de danger.

De la taille d'un cheval, un croisement de reptile et de scolopendre se précipitait sur le militaire. Ce dragon cauchemardesque se déplaçait à une vitesse ahurissante, sa peau jaune et bleue roulant sur ses muscles noueux. Il était déjà trop proche pour que le balafré tente d'utiliser les projectiles explosifs. Avec effroi, il se crut dévoré vif.

L'adrénaline inondait ses veines, quand il eut la surprise de voir Torg se dresser face au gros lézard lancé à vive allure. Le cybride l'esquiva au dernier instant, puis il pivota sur la gauche, lui passa les bras autour du cou et le mit à terre d'une brutale torsion.

L'étrange dragon hurlait et se débattait, ses iris rouges flamboyant de rage. Avant qu'il puisse se libérer, Laorcq se précipita dans le fourgon et en ressortit avec un autre pistolet. Il plaça le canon contre la tête du reptile et pressa la détente. La balle perfora le crâne du monstre. Tué net, il se figea subitement.

Sans un regard pour la dépouille, le cybride regagna tranquillement le blindé.

Une fois le chemin repris, Mallory apostropha le balafré :

— À quoi tu as voulu jouer ? C'était vraiment le seul moyen de liquider ces bestioles ? Sans Torg, tu aurais fini ta carrière sous forme de steak tartare...

— Tu t'es fait du souci pour moi ? répliqua-t-il avec un sourire en coin. Il n'y a pas si longtemps, tu promettais de me balancer par le sas du *Sirgan*.

Sur les bras de la pilote, roses et fleurs de cerisiers se refermèrent brusquement. Gênée, elle tenta d'improviser :

— Pas vraiment, mais...

— Laisse tomber, coupa Laorcq. Nous avons encore de la compagnie.

En plein milieu du passage qu'ils devaient emprunter,

deux mutants humanoïdes s'entre-tuaient à coups de dents et de griffes. Absorbés par leur propre combat, ils n'avaient pour le moment prêté aucune attention au véhicule. Malgré elle, Mallory se laissa captiver. Tout juste se rendit-elle compte que Laorcq avait levé le pied en approchant.

L'une des créatures était grande et élastique, les membres démesurément longs. Sa peau blanche se marbrait de taches rouges, d'où suintait du pus. S'ouvrant du sternum à l'aine, une immense bouche permettait à son abdomen d'engloutir directement ses proies.

L'autre, courte et trapue, avait en commun sa carnation et les plaies purulentes. Grâce à une petite trompe, elle projetait un liquide jaunâtre dont elle cherchait à recouvrir son adversaire. Mallory en déduisit qu'il s'agissait sûrement de venin ou d'un suc digestif.

À la fois fascinée et répugnée, elle continua d'observer les mutants à deux doigts de s'étriper. Ceux-ci réalisèrent brusquement qu'ils n'étaient plus seuls. Pris d'un accès soudain de rage, ils abandonnèrent leur lutte à mort. Ils coururent jusqu'au fourgon et s'agrippèrent aux poignées en tirant violemment dessus.

Un vieux char achevait de se désagréger sur le bord gauche de la route. Mallory sentit le fourgon virer sèchement : Laorcq venait de donner un coup de volant en direction de l'épave. L'écart de trajectoire broya l'humanoïde cracheur contre la carcasse rouillée. Le bruit de la chair écrasée fut ponctué d'un dernier jet visqueux qui s'échappa du corps brutalement comprimé.

La deuxième créature s'acharnait sur l'autre flanc. Sous les assauts répétés, la fermeture de la porte coulissante commençait à faiblir. Avec une certaine incrédulité, Mallory vit Laorcq se lever en gardant le cap d'une main. Il lui montra le siège du conducteur et ordonna :

— Prends ma place, dépêche-toi !
— Tu es sûr ? s'inquiéta-t-elle.
— Oui, bon sang ! Ce tas de ferraille ne va pas résister !

S'exécutant, elle tenta de maintenir le véhicule en ligne droite. Pour une première fois où elle pilotait une machine sans le moindre système d'assistance, les circonstances n'étaient pas vraiment idéales.

Je voulais l'essayer tranquillement ! Pas le conduire alors que notre vie en dépend !

À l'arrière, Laorcq donnait des instructions à Torg :

— À mon signal, déverrouille la portière et ouvre-la d'un tiers. Surtout, tiens-toi bien sur le côté.

La pilote se souvint que Geekler gisait ligoté sur le plancher :

— Mettez notre toubib à l'abri sous la banquette, on ne sait jamais...

Tandis que le cybride s'occupait du médecin, une suite de cliquettements caractéristiques indiqua à Mallory que Laorcq vérifiait son arme.

Apparemment satisfait, il cria :

— Maintenant !

Un œil sur les écrans de rétrovision intérieure et l'autre sur la route, Mallory assista à toute la scène :

Torg manœuvra la commande d'ouverture. Immédiatement, le mutant chercha à entrer. Son grand bras s'insinua à l'intérieur, ses griffes prêtes à déchirer la chair. Un visage dépourvu de bouche et de nez, aux yeux injectés de sang, fixa les occupants du véhicule. L'incapacité à émettre le moindre son accentuait l'étrangeté de l'humanoïde. Laorcq braqua son arme et lui logea plusieurs balles dans le crâne avant qu'il ne daigne lâcher la poignée. Laissant une traînée écarlate dans le sillage du blindé, il roula enfin à terre.

Les mains crispées sur le volant, Mallory revoyait en boucle le regard fou, mais terriblement humain, de la créature qui gisait derrière eux. Elle eut un moment d'hésitation puis s'adressa à Laorcq :

— Ce truc... bredouilla-t-elle, cherchant ses mots. Je veux dire...

— Je l'ai vu moi aussi : il avait quelque chose d'un homme, répondit-il. N'y pense pas, ça vaut mieux...

Les cadavres noyés dans la poussière soulevée par les pneus à crampons, ils poursuivirent leur route. L'inévitable se produisit pendant la traversée d'une bourgade abandonnée. Dans une odeur de métal surchauffé, le moteur lâcha.

Mallory continua en roue libre sur une centaine de mètres. Dans un ultime grincement de frein, le véhicule s'immobilisa au centre du village : une grande place bordée de villas en ruines.

Épargné par les bombardements, l'endroit suffirait à la courte halte du *Sirgan*. Le cybride attrapa Geekler et sortit du fourgon en le portant sur l'épaule. En descendant, la pilote surprit Laorcq en train d'accorder un dernier regard au tableau de bord.

— Nostalgique ? le taquina-t-elle.

Il lui adressa un vague sourire avant de claquer la portière.

Une main au-dessus des yeux pour les protéger de l'étoile double, il scruta le ciel en direction de la ville et de l'astroport.

Mallory l'imita. Son vaisseau-courrier n'était pas en vue, mais il n'y avait pas de quoi s'alarmer pour le moment : ils étaient dans les temps.

Entre deux bâtisses, elle repéra un îlot de verdure enclos d'un muret. D'immenses plantes en jaillissaient, assez grandes pour prodiguer une ombre bienvenue. Elle interpella ses compagnons :

— Les gars ? Autant s'installer au frais. On risque d'attendre un peu...

— Avec plaisir. Je commençais à me demander si tu n'avais pas oublié que je suis un être à fourrure... ronchonna le cybride.

Il ajusta son fardeau et marcha en direction des arbustes. Soudain, un sifflement retentit de plus en plus fort.

— À couvert ! Vite ! cria Laorcq.

Mallory sentit qu'il lui agrippait le bras, l'obligeant à

forcer l'allure. Aiguillonnés par le danger, ils virent la végétation et le mur se rapprocher.

Dans un fracas assourdissant, un projectile percuta le sol près du blindé abandonné. L'explosion projeta les humains et Torg sur une dizaine de mètres...

XIII
LOI DE MURPHY

Balayée par le souffle destructeur, Mallory vit le jardin se précipiter vers elle. Elle frôla l'enclos de béton et continua sur sa lancée. Un épais tapis de plantes amortit la chute, sans l'épargner totalement. Sonnée, elle resta étendue à terre. Laorcq atterrit non loin d'elle.

Beaucoup plus lourd, Torg fut simplement plaqué au sol tandis que la rafale brûlante lui arrachait Geekler des mains. La tête de ce dernier heurta le bord du muret quand il bascula de l'autre côté.

Le jappement des armes à feu sortit la pilote du néant. Elle ouvrit les yeux pour découvrir qu'elle était dans les bras du cybride. Ses grandes mirettes bleues débordaient d'inquiétude pour sa protégée. Elle le rassura :

— Ça va, pas pire que de boxer avec un orcant…

Affalé tel un mannequin brisé, le médecin gisait devant eux. Un morceau de cuir chevelu pendait sur son oreille et un flot de sang lui inondait le visage. Mallory s'approcha, pour constater qu'il respirait faiblement. Afin de l'aider à revenir à lui, elle défit ses liens et le mit dans une position plus confortable.

Elle repéra ensuite Laorcq. Adossé au mur, un revolver à la main, il se tenait à l'abri des balles qui saccageaient les alentours. Par gestes, il lui indiqua de rester à couvert. Elle acquiesça d'un signe de la tête. À voir la taille des impacts, le tireur n'avait pas opté pour un petit calibre...

Elle rampa jusqu'au balafré. La curiosité l'emporta sur la prudence. Profitant d'une riposte de Laorcq, elle risqua un œil sur les environs. De leur vieux fourgon, il ne subsistait que des débris et un trou d'où s'échappait une fumée noire.

— Et merde ! jura-t-elle. Encore dix minutes et on quittait le système !

Forcée de hausser le ton pour être entendue en dépit de la fusillade, elle demanda à Laorcq :

— Qui veut notre peau à ce point-là ?

— Un ami de Geekler peut-être. Ou une nouvelle équipe de mercenaires envoyés par Kaumann... Je n'en sais rien ! La seule chose de sûre, c'est qu'à l'autre bout de la place, on nous canarde avec une belle artillerie. J'ai fait une grosse connerie en laissant les tenues de combat à bord du *Sirgan*.

— Je suis restée longtemps dans les vapes ?

— Une ou deux minutes, maximum. Si ton navire ne se pointe pas vite fait, cette saleté de *sniper* va nous avoir. Ce jardin est coincé entre les bâtiments, pas moyen de filer en douce !

Autour d'eux, les rafales mortelles se succédaient. Mallory jeta un œil à son bracelet-navcom. Il était abîmé, mais en état de marche. Elle l'alluma et essaya de joindre le *Sirgan*. À la troisième tentative, elle obtint enfin une réponse :

— Capitaine ? Nous sommes en route, aucun problème...

— Jazz ! Espèce de cervelle en conserve ! Dépêche-toi ! On sert de cible pour une séance de tir aux pigeons !

L'Intelligence Naturelle réagit promptement :

— J'ai besoin d'un visuel pour évaluer la situation.

Mallory décrivit un rapide arc de cercle du poignet, afin que son navcom passe un instant par-dessus le muret. L'appareil prit une vue panoramique des lieux et la retransmit aussitôt. Ce cliché suffirait à Jazz pour atterrir en les abritant derrière la masse du vaisseau-courrier.

— Je serai là dans trois minutes...

Elles parurent trois heures à Mallory. Sous l'averse de plomb, le temps sembla s'étirer jusqu'à la paralysie. Elle dut calmer Torg, qui enrageait de n'avoir aucun adversaire visible. Laorcq tombait à court de munitions, lorsque l'ombre du *Sirgan* les recouvrit. Une fois à terre, sa rampe de chargement s'abaissa dans un grand claquement. Ils s'engouffrèrent à bord, le docteur coincé sous un bras du cybride comme un vulgaire baluchon.

La pilote pensait qu'ils étaient enfin hors de danger, quand les événements se précipitèrent.

Un projectile explosif frappa près de la soute, les manquant de peu. La coque, prévue pour résister aux rigueurs de l'espace, encaissa le choc, mais l'un des vérins du hayon se tordit légèrement sous l'impact. Le mécanisme eut beau forcer, il refusa de bouger et laissa le ventre du navire grand ouvert. Furieuse, Mallory hurla :

— Mon vaisseau ! Ce salopard a bousillé le *Sirgan* ! Tout ça à cause de Lebrane et de ses sales magouilles ! Quand je mettrai la main sur lui, je le réduirai en bouillie !

Torg abandonna le médecin et se rapprocha d'elle :

— Mallory ! Je te promets de lui arracher les membres un par un, mais en attendant, fais attention à toi ! Encore un pas, et tu te retrouvais à découvert...

Elle réalisa que son garde du corps disait vrai et s'efforça d'oublier sa colère : *Un problème après l'autre. D'abord, quitter cette planète folle !*

Affalé sur le sol métallique du navire, Geekler revenait à lui. Il avait l'esprit troublé et terriblement mal à la tête. Une tache noire obscurcissait son champ de vision. Toutefois, il reconnut l'intérieur d'un vaisseau puis ses yeux se posèrent sur une caisse :

— Le colis… La fille a changé d'avis et me l'a livré, divagua-t-il. Je dois vérifier l'état de la marchandise.

L'esprit totalement embrouillé, il rampa vers la grande boîte.

Pendant ce temps, le tireur inconnu s'acharnait sur le *Sirgan*. Faute de voir le hayon se relever, il devait penser, à juste titre, avoir mis ses cibles en difficulté.

Contrainte de rester à l'abri des balles, Mallory, tout comme ses compagnons, ne put voir le médecin déchu atteindre son objectif. Inconsciente du manège du docteur, elle ordonna :

— Jazz ! Tant pis pour la soute, on décolle ! On réparera ailleurs !

Il obéit sur-le-champ. Dans un grondement de propulseurs, le *Sirgan* les emmena hors de portée du *sniper*.

Mallory aperçut enfin Geekler en train de s'affairer sur le colis. Trop tard. Les mains du médecin retombèrent du verrou codé. À côté du clavier, une petite diode verte clignotait. Les parois de la caisse glissèrent tel un château de cartes qui s'écroule et en libérèrent le contenu…

Alors que le vaisseau s'éloignait de la petite ville en ruine, une silhouette apparut au sommet d'un des bâtiments délabrés. Celle de l'ex-policier et tueur à gages au service de Morsak : Gamor. Grand et musclé, il avait un physique d'athlète. Des gouttes de sueur perlaient sur son crâne lisse. D'un geste nerveux, il les essuya avec la manche de son treillis.

Les mouvements brusques qu'il mettait à remballer son fusil s'accordaient avec la frustration inscrite sur ses traits. Il cultivait avec soin sa réputation d'efficacité, et voilà qu'il avait échoué lamentablement. Son orgueil et le peu d'estime dans laquelle il tenait ses adversaires s'étaient retournés contre lui.

Il referma sèchement l'étui dans lequel il venait de ranger son arme. Jurant entre ses dents, il l'empoigna et emprunta un escalier vers le rez-de-chaussée. D'une marche à l'autre, il se remémorait les instructions du dossier crypté fourni par le PDG de l'Idernax :

« *Vous allez surveiller un scientifique du nom de Geekler, destinataire d'une cargaison de valeur. Le transporteur fait cavalier seul. Il doit être éliminé très vite, avec son équipage, quitte à sacrifier le docteur. Priorité absolue au colis.* »

— Des livreurs devenus gourmands, tu parles ! grogna-t-il en débouchant dans la rue poussiéreuse.

Il poursuivit son raisonnement : *Morsak a passé des informations importantes sous silence. Ça va bien au-delà du vol de marchandises.*

Son visage imberbe plissé de mécontentement, il s'éloigna de la bâtisse d'où il venait de faire feu. Il réfléchissait furieusement : *atterrir en vaisseau-courrier ici ! À quoi bon ?*

145

Même le dernier des trafiquants savait que les flics allaient débarquer en cinq minutes. Certes, en étant rapide, on pouvait quitter la planète, mais ensuite ? L'appareil serait connu et son signalement diffusé avant qu'il n'atteigne les autres mondes habitables.

Il renonça à comprendre où la gamine et le grand balafré voulaient en venir et regagna son moyen de transport. Un deux-roues silencieux, lui ayant permis de suivre le blindé sans se faire remarquer.

Une idée le frappa soudainement. Grâce au navcom de la moto, il appela la police. Après un moment d'attente, une Intelligence Artificielle, symbolisée par une sphère lumineuse, apparut devant ses yeux :

— Cette ligne est réservée aux urgences. Si votre demande concerne une attaque de mutants ou une contamination due au Smog, rapprochez-vous du centre médical de votre district. La communication vous sera facturée…

D'un ton impatient, le tueur interrompit l'IA :

— Agent de sécurité privé, groupe Idernax, matricule T, G, vingt-trois, cinquante-six. Un de nos collaborateurs, Andreas Geekler, a été agressé et enlevé lors d'une mission scientifique…

Il donna ensuite les coordonnées de la fusillade et le signalement de l'équipage du *Sirgan*.

Constatant qu'un créneau pour une conversation avec la Terre était disponible, il décida de joindre son employeur. Le délai imputable à la distance mis à part, le Morsak décrocha presque immédiatement :

— Gamor ! J'espérais avoir de vos nouvelles !

Le tueur à gages fut direct :

— Je n'ai pas terminé le travail que vous m'avez confié. J'ai sous-évalué les capacités des transporteurs…

La réponse fut longue à venir. Malgré la médiocre qualité de la liaison, la froideur du ton de Morsak fut perceptible :

— Je suis extrêmement déçu, je pensais qu'ils ne présenteraient aucune difficulté pour vous…

Ben voyons, connard ! lui jeta Gamor *in petto*, avant de rétorquer :

— Je reconnais avoir manqué de discernement. Découvrir une simple pilote accompagnée d'un cybride et de quelqu'un avec tout du soldat entraîné était la dernière chose à laquelle je m'attendais. Le temps de revoir ma stratégie en conséquence, ils se sont précipités dans les terres sauvages avec le toubib. Je me suis lancé à leur poursuite, mais ils m'ont échappé...

L'ex-policier connaissait les travers de son employeur. En assumant les torts de Morsak, il obtint un sursis :

— Je vais prendre mes dispositions au cas où ils parviendraient à rejoindre le système solaire. Je vous suggère de faire le nécessaire pour que ces mesures soient inutiles...

Sur la menace à peine voilée, le chef d'entreprise coupa la communication.

Gamor enfourcha son deux-roues et quitta le village abandonné. En chemin pour Gloria City, il s'amusa à tuer des mutants avec une arme de poing. De petits animaux violets, une sorte de porcelets nantis d'un bec de cigogne. À chaque coup au but, ces croisements de cochons et d'oiseaux émettaient des glapissements de douleur.

Entre deux chargeurs, il réfléchit à une dernière possibilité de remplir son contrat : *ces deux imbéciles et le gros poilu vont se faire coffrer. Ils iront un moment dans les cellules du commissariat puis seront forcément transférés. Apprendre où et quand relève du jeu d'enfant !*

Son calme retrouvé, il dressa mentalement la liste du matériel nécessaire à sa tâche. Revenu à son domaine de prédilection, il eut une pointe d'optimisme : s'il se débrouillait correctement, d'ici peu il trancherait leurs têtes pour les envoyer à Morsak en livraison express...

Dans la soute béante du *Sirgan*, une nuée d'étranges créatures s'échappa du colis ouvert, forçant Mallory à s'écarter. Elles avaient un épiderme blanchâtre qui laissait voir un réseau de veines et d'organes en mouvement. Longues d'un mètre, elles ressemblaient à des serpents avec une proie trop grosse dans l'estomac.

Mallory compta cinq paires de pattes. Plantées directement dans l'abdomen, de fines membranes les reliaient entre elles. Ces ailes de peau tendue emplirent l'air de bruissements sec.

En s'envolant, les bêtes ventripotentes émirent des sifflements asthmatiques. L'une d'elles chercha à mordre Mallory. Une gueule en forme de ventouse, garnie de dents pointues, claqua au ras de son visage. Torg s'interposa entre elle et les créatures, mais celles-ci ne s'intéressaient déjà plus à l'humaine.

Attirées par la lumière, elles déferlèrent hors du vaisseau et se répandirent dans le ciel comme un signe de mauvais augure. Afin de s'assurer que sa protégée était sauve, le cybride l'inspecta sous toutes les coutures.

— Ne t'inquiète pas, le rassura-t-elle. Ces bestioles voulaient surtout retrouver la liberté.

Le contrecoup de la fusillade s'abattit soudainement sur elle. Elle se tortilla pour échapper à une étreinte maternelle de Torg et lui ordonna :

— Essaie plutôt de trouver pourquoi la rampe ne remonte pas. Moi je vais tordre le cou à ce cher docteur.

Geekler était allongé sur le ventre, un bras tendu vers le colis. Pas besoin de lui briser la nuque : il avait rendu l'âme en libérant les sangsues volantes. Mallory se tourna vers Laorcq. Ses yeux gris étaient dans le vague, on aurait dit qu'il venait d'assister à une tragédie.

— Eh, ça ne va pas ? T'as une tête d'enterrement.

Le voir ainsi anéanti la toucha plus qu'elle ne s'y attendait.

— Il ne me reste rien contre Morsak, soupira-t-il avec abattement. Des années de travail pour rien...

Il avait vraiment l'air effondré. Elle faillit lui prendre la main dans un geste de réconfort, se retenant à la dernière seconde. Elle ignorait trop de choses à son sujet pour baisser sa garde.

— Je vais examiner le mécanisme du hayon, déclara Torg, indifférent au désespoir du balafré.

Mallory le regarda agripper le vérin faussé avec un grognement et s'arc-bouter pour tirer dessus. La barre d'acier grinça et retrouva une forme assez rectiligne pour coulisser. Satisfait, le cybride actionna la fermeture. La rampe remontait par à-coups quand Jazz les alerta au moyen des haut-parleurs :

— Capitaine ! Nous sommes poursuivis par trois appareils de police.

Abandonnant le cadavre du médecin et le conteneur en morceaux, la pilote courut jusqu'au cockpit.

Quand le cybride et Laorcq la rejoignirent, elle scrutait les écrans de navigation. Sur l'un des afficheurs, trois losanges rouges qui figuraient les policiers se rapprochaient petit à petit d'une boule bleue : le *Sirgan*.

— Si on sort de l'atmosphère maintenant, on devrait pouvoir les perdre, remarqua Mallory.

— Ça ne sert à rien. Nous ne pouvons aller nulle part...

La voix de Laorcq était basse, presque brisée. Échouer si près du but semblait l'avoir vieilli de vingt ans. Il poursuivit :

— Geekler mort et la cargaison envolée, les avocats de l'Idernax ne feront qu'une bouchée de moi. Retourner sur Terre les mains vides, c'est du suicide. Et pour être franc, je suis terriblement préoccupé par les choses sorties du colis... Avec Morsak en commanditaire, le pire est à prévoir.

Une main dans ses cheveux noirs semés de blanc, il conclut :

— Il faut nous rendre, Mallory. Je passerai un sale quart d'heure à donner des explications et je finirai probablement en taule, cependant c'est la seule solution.

— Je deviens quoi dans tout ça ? s'inquiéta-t-elle. Lebrane détient encore vingt pour cent de mon vaisseau... Et comment innocenter mon père, si on me prend pour une voleuse ? Je suis recherchée pour un crime que je n'ai pas commis, t'as oublié ?

— Non, je n'ai pas oublié. Mes aveux complets devraient t'épargner cette accusation...

— Devraient ? releva la pilote. C'est censé me rassurer ?

Elle abandonna la conversation sur un soupir. D'une pichenette sur une icône de l'écran de navigation, elle réactiva le navcom de bord. Une voix jaillit des haut-parleurs :

—... êtes en infraction. Je répète : vous êtes en infraction, votre autorisation de vol vous a été retirée. Veuillez ralentir. Nous vous escorterons jusqu'au spatioport. Je répète : votre autorisation de vol vous a été...

— Reçu ! Ici transport privé *Volvaix*, reçu ! coupa Mallory, se rappelant *in extremis* d'utiliser le nom d'emprunt du *Sirgan*.

Le navire se plia comme à regret aux commandes de sa capitaine et décéléra. Flanqué de la police, le vaisseau-courrier survola les alentours de Gloria City. Ils ne valaient pas mieux vus d'en haut : un vaste espace désolé, défiguré par la guerre, avec çà et là un peu de verdure. La lumière violacée de Procyon ajoutait une touche d'étrangeté à l'ensemble...

L'estomac noué, Mallory imaginait avec appréhension son avenir immédiat : *Moi qui rêvais d'une vie moins ordinaire... Visiter de nouveaux mondes oui, mais pas leurs prisons !*

XIV
PRISONNIERS

Mallory posa le *Sirgan* sur la piste réservée aux forces de l'ordre. À travers les vitres blindées du cockpit, elle découvrit trois terminaux qui grouillaient de policiers. Partout où elle regardait se trouvaient toutes sortes d'appareils, du monoplace au transport de troupes orbital. Elle abandonna les commandes avec appréhension et, accompagnée de Laorcq et Torg, descendit dans la coursive principale.

Elle déverrouilla le sas, qui s'ouvrit dans un chuintement. Au moment de le franchir, elle se figea en plein mouvement : une dizaine d'agents la tenait en joue...

Se demandant s'ils la prenaient pour une folle furieuse, elle les examina. En dépit des lunettes de tir bardées de capteurs dont ils étaient dotés, elle reconnut plusieurs espèces extraterrestres. Parmi eux, Mallory repéra une humaine. De la taille de Laorcq, elle avait les traits durs et des cheveux blonds qui cascadaient jusqu'au bas de son dos. La pilote nota également que des rayures bleu clair ceinturaient les uniformes noirs au niveau des bras. Les grades, déduisit-elle. Et vu le nombre d'anneaux sur ses manches, la grande blonde était la chef. Un fait insolite. Depuis son arrivée sur Kenval, elle n'avait vu aucun terrien à un poste important.

— Vous êtes en état d'arrestation ! clama la policière.

Pendant que ses hommes tenaient en joue l'équipage du *Sirgan*, la grande blonde leur confisqua navcom, chaussures et le moindre objet assez rigide pour érafler la peau. Son butin emballé dans des sachets plastiques façon « pièces à conviction », elle s'adressa à ses subordonnés :

— Fouillez-moi cet appareil de fond en comble !

Impuissante, Mallory contempla les uniformes noirs qui s'agitaient dans et autour de son navire telles des fourmis...

La gradée se raidit soudainement : elle recevait une transmission navcom.

— Quoi ? Un cadavre dans la soute ! s'exclama-t-elle.

Jetant un regard accusateur à ses prisonniers, elle ordonna :

— Prenez une vue complète de la scène et faites-le transporter à la morgue.

La pilote essaya de n'avoir l'air de rien, mais cela ne fonctionnait pas très bien.

— Geekler... On aurait dû le balancer par-dessus bord ! marmonna-t-elle entre ses dents.

La rampe de chargement du *Sirgan* descendit au sol, commandée de l'intérieur par l'un des policiers. Jazz, dont les propos acrimonieux lassèrent les préposés à la fouille, finit débranché une fois de plus. La collection d'armes de Laorcq fut étalée à terre, pour être soigneusement répertoriée et photographiée. Les combinaisons pare-balles suscitèrent une vive curiosité.

Un des cylindres en acier à la main, un agent interpella son chef :

— Lieutenante Lafora ? Regardez ça !

Il s'avança et pressa le tube. Aussitôt, la tenue de protection bleue le recouvrit de la tête aux pieds. La policière

remonta ses lunettes sur son front, dévoilant des yeux noisette.
— Pas mal, commenta-t-elle. Rien à voir avec les jouets de nos invités habituels…
Après avoir ordonné à ses subordonnés de poursuivre, Lafora posa une main sur l'épaule de Laorcq. Elle lui indiqua un immeuble qui se démarquait des autres par sa façade aveugle : le bloc de détention de l'astroport.
Un policier régulien, dont la peau verte tranchait sur l'uniforme noir, vint se saisir de Mallory. Il la guida également vers le bâtiment d'arrêt. Elle jeta un œil en arrière. Avec un pincement au cœur, elle aperçut trois agents pousser Torg dans une cage aux barreaux épais. Sous ses yeux, le cybride disparut, sa prison chargée sur une camionnette à plateau qui démarra en trombe.

En franchissant la centaine de mètres qui les séparait des cellules, Laorcq détailla discrètement la lieutenante. Sa démarche souple trahissait des heures d'entraînement. Conjuguées à la tenue réglementaire, ses courbes féminines lui donnaient un air de walkyrie. Sa mâchoire un peu marquée, un nez long, cassé au moins une fois, des pommettes rondes et un regard direct composaient un visage agréable, à défaut d'être vraiment beau. Maintenu sur sa poitrine par du Velcro, son nom était brodé sur une bande de tissu : Alrine Lafora.
La policière se méprit sur son centre d'intérêt :
— Dans votre situation, je me préoccuperais d'autre chose… commandant Laorcq Adrinov !
Embarrassé, il chercha ses mots :
— Je voulais juste…

Il s'interrompit, soudain frappé de stupeur : elle n'était pas censée le connaître ! Un large sourire illumina les traits de la grande blonde :

— Je ne sais pas ce que valent les services de police sur Terre, mais ici je me suis contentée de transmettre l'identifiant de votre vaisseau à la division « surveillance continue » pour reconstituer vos allées et venues. Les images prises par les caméras de la douane ont suffi à nos Intelligences Artificielles pour découvrir qui vous êtes en réalité. Dommage pour vos très réussis faux documents d'identité...

Lorsqu'elle enchaîna, sa voix se durcit :

— Les IA ont aussi relevé vos connexions navcom. Je connais votre emploi du temps des derniers jours à la minute près. Falsification d'immatriculation navale, vol d'armes, effraction, enlèvement et violation de l'espace aérien... Vous et votre petite amie avez l'air de prendre Gloria City pour un champ de bataille !

— Mallory n'est pas... C'est juste une pilote, elle était au mauvais endroit au mauvais moment. Écoutez, lieutenante, il y a bien plus en jeu que vous ne le croyez. Vous devez...

Lafora le coupa sèchement :

— J'ai coffré des centaines de types comme vous, ils ont toujours de bonnes raisons de merder. Ça n'est pas mon problème. Vous pourrez en parler au juge...

Mallory sentit un mouvement dans son dos. De hautes grilles métalliques se refermaient derrière eux. Devant elle s'étirait un grand corridor qui traversait la prison. À sa droite, elle remarqua un projecteur holographique, monté sur une colonne en acier terni. Lafora apposa une main sur le formulaire qu'il affichait. Baignant les lieux d'une lumière crue, des globes d'éclairage fixés au plafond à intervalles réguliers s'illuminèrent.

Le policier régulien enferma la pilote dans une pièce étroite et qui empestait l'urine. Couverts de graffitis obscènes, les murs dégoulinaient de crasse. Des latrines jaunâtres étaient installées au fond, à l'extrémité d'un lit au matelas à l'épaisseur toute relative...

La seule marque de confort se limitait à un écran encastré face au couchage, derrière une vitre blindée. Il diffusait en boucle une alternance de flashs d'information et de programmes éducationnels. Le nez plissé par l'odeur, Mallory tenta de se remonter le moral :

— En tout cas, personne ne me dérangera...

De son côté, Laorcq fut accompagné jusqu'à une autre cellule par Lafora, qui le poussa dedans d'une bourrade. Elle claqua la lourde porte derrière lui et il l'entendit s'éloigner. Alors, il tambourina sur le battant métallique pour attirer son attention :

— Lieutenante, écoutez-moi ! Une pleine cargaison d'animaux passés en contrebande vient d'être éparpillée aux alentours de la ville !

Lafora stoppa, revint sur ses pas et l'observa par un œilleton qui permettait aux gardiens de surveiller les prisonniers.

— Je vous l'ai déjà dit : on m'a servi la plupart des fables inventées quand on se fait mettre au frais pour un moment... La vôtre n'est pas très originale. Les créatures improbables, ça ne manque pas à Gloria City !

Exaspéré, il essaya de s'expliquer :

— Ces bestioles n'ont rien à voir avec les mutants. Elles volent et ne mesurent pas plus d'un mètre. En fait, on dirait des baudruches à dix pattes et une trompe ! Elles ont été importées illégalement, à l'attention d'un médecin interdit d'exercer sa profession. Cela devrait suffire à vous inquiéter non ?

— Peut-être, concéda la policière d'un ton dubitatif. Qui est ce supposé médecin ?

Le militaire se maudit. Il venait de se piéger.

— Geekler. Il est mort pendant une fusillade hors de la ville. C'est son corps que vous avez découvert à bord...

— Évidemment ! ironisa Lafora. Quel manque de chance. La seule personne capable de témoigner dans votre sens est décédée... J'ai assez perdu de temps avec vous !

Elle fit pivoter le rond métallique qui servait à occulter le judas et s'en alla. Désespéré, Laorcq cria :

— Prévenez au moins les services sanitaires !

Sans s'arrêter, la lieutenante lança :

— Mais bien sûr, tout ce que monsieur désire ! En attendant, je vous laisse faire connaissance avec votre nouveau camarade...

Laorcq découvrit une cellule sombre et malodorante, équipée de deux couchettes superposées. L'éclairage médiocre l'empêchait de distinguer correctement ce qui se trouvait sur le lit du haut. Des tentacules crasseux et poilus pendaient jusqu'au sol. Une odeur acide, à mi-chemin entre le chien mouillé et le fauve, s'insinua immédiatement dans les narines de Laorcq.

Ces indices l'aidèrent à comprendre à quelle espèce appartenait son compagnon de chambrée : un singe de Sirius. Une race d'alien communément appelée « resquilleur » ...

Les singes devaient ce sobriquet à une physionomie particulière. Nantis de huit tentacules en guise de pattes, des tendons fins et résistants leur tenaient lieu de squelette. Capables de tripler de longueur, ces créatures pouvaient s'étirer jusqu'à se glisser dans le goulot d'une bouteille. Une

caractéristique qui permettait de s'introduire à bord des navires par un conduit de vidange ou de ventilation.
— Un resquilleur. Ça fait un bail... soupira le militaire.
Les souvenirs affluèrent à sa mémoire. Au plus fort de la guerre, au moment où le conflit avec les orcants menaçait de s'étendre, il avait été affecté sur un monde infesté de ces singes-pieuvres. Victimes des ravages que ces saletés causaient, les soldats calfeutraient les baraquements. Cependant, rien n'arrêtait les simiens.
Au grand dam des humains, ils se régalaient des provisions de l'armée et surtout d'alcool. Laisser de la nourriture dans un endroit non surveillé vous donnait l'assurance de ne retrouver que des miettes. Le moindre interstice suffisait à livrer le passage à une horde d'extraterrestres affamés.
Exaspéré, le général chargé du secteur s'était résigné à installer sa garnison dans une station en orbite. Consigne fut transmise d'utiliser sas et scaphandres à chaque séjour sur la planète.
Malheureusement pour Laorcq, la présence du singe de Sirius prouvait que la sécurité de la prison était au point. Sinon, il se serait déjà faufilé vers la liberté depuis belle lurette...
Dépité, il s'allongea sur sa couchette puante et ferma les yeux.
Les trois semaines suivantes, seuls les repas rythmèrent les journées. Ce fut particulièrement pénible pour le militaire. Les animaux destinés à Geekler allaient disséminer un virus capable de décimer la population de Kenval, il en était convaincu.
À chaque fois que des pas se faisaient entendre dans le couloir, il s'attendait à voir un policier venir le trouver en catastrophe. Lafora se souviendrait forcément de ses paroles, une fois les premiers signes de la maladie apparus... Après une dizaine de jours sans événement notable, Laorcq commença à s'interroger. À chaque flash d'informations, il

scrutait avec attention l'écran de sa cellule, mais rien ne paraissait s'être produit.

Un élément d'une importance capitale lui échappait. Tenaillé par une désagréable impression, il eut bientôt la certitude d'avoir mal évalué les mobiles de son adversaire. Tous les indices concordaient avec son hypothèse. L'Idernax allait débarquer ensuite avec un traitement et se présenterait en sauveur, se répétait-il, cherchant en vain une faille à son raisonnement.

Et pourtant, les faits le contredisaient. Il était dans le brouillard et il détestait cela.

— S'il ne s'agit pas de propager un nouveau virus pour s'enrichir avec un vaccin, pensa-t-il à voix haute, que peut avoir en tête Morsak ?

La conférence ennuyait à mourir le PDG de l'Idernax. Elle traitait de l'écosystème d'Alpha du Centaure, où sa firme avait installé une industrie agroalimentaire extrêmement profitable. Investisseurs et politiques se partageaient l'amphithéâtre.

Coupée de l'extérieur, la salle circulaire occupait l'intégralité d'une bulle en cristal-miroir. Lassé de jouer le chef d'entreprise, Morsak s'impatientait. Il accueillit avec soulagement le bip qui indiqua l'heure de son rendez-vous.

Dans une totale indifférence, il se leva. De nombreuses places restaient vacantes et une large partie de l'assemblée digérait son repas, l'esprit à mille lieues de la situation des natifs centauriens…

Morsak remonta l'allée entre les rangées de sièges et se dirigea vers la sortie. Hors du bâtiment sphérique, la rumeur de Nogartha l'assaillit. En dépit d'une pluie battante, les habitants de la capitale terrienne circulaient en une foule compacte.

Morsak s'arrêta à un coin de rue, protégé de l'averse par un immeuble en surplomb. Aussi dense que celui des passants, un flot d'automobiles s'écoulait devant lui. Il lissa d'une main sa courte barbe et soupira :

— Si seulement je pouvais abandonner les affaires ici pour superviser les choses en personne sur Kenval...

Dans un parfait irrespect des règles de priorité, une limousine bleu nuit coupa la route de plusieurs véhicules et s'arrêta à hauteur de Morsak. Le dispositif antigravité de la luxueuse voiture la maintenait à une trentaine de centimètres de la chaussée. Une portière coulissa le long de la carrosserie qui ruisselait sous la pluie. Morsak s'engouffra à l'intérieur de la limousine, s'installa confortablement et referma la porte d'un geste nonchalant.

L'habitacle tendu de cuir abritait un couple. Un kimono blanc à motifs noirs ne parvenait pas à cacher la maigreur de l'homme. Au sein d'un visage couvert de tatouages géométriques en constante mutation brillait un regard haineux.

Morsak constata que Sarge jouait toujours au yakusa. Il le jugea parfaitement stupide, mais, en reluquant la femme, admit qu'il savait choisir ses pouliches.

Elle était à peine majeure. Des hologrammes, projetés par ses boucles d'oreille, dissimulaient partiellement son corps nu. Les courbes d'une opulente poitrine adoucissaient sa musculature développée à coups d'hormones. Cascadant sur ses épaules, une longue chevelure rose entourait une face ronde au nez retroussé. Un sourire étira ses lèvres charnues : elle avait noté l'intérêt de Morsak. Agacé par le manège de la bimbo, Sarge lança sèchement au PDG :

— Tu me prends pour ton larbin ?

— Ne sois pas si agressif, répondit-il. Nous sommes en affaires toi et moi. Il faut bien nous rencontrer de temps en temps...

— Pourquoi ? Mes gars t'ont fourni absolument tout ce que tu as demandé : des larves de tanots, le transpondeur d'un navire détruit, y compris des vohrns ! J'en ai terminé avec toi.

Morsak écoutait d'une oreille. Les bandes lumineuses qui habillaient la femme changeaient de forme pour dévoiler un pubis du même rose que ses cheveux.

À regret, il abandonna l'entrecuisse de la jeunette et fixa le visage tatoué :

— Tu as raison. Mettons fin à notre relation commerciale. En te tuant...

L'incrédulité transparut sur les traits de Sarge, puis il s'esclaffa. La fille gloussa également. Avec l'air de sourire à une bonne blague, Morsak pointa vers l'homme en kimono un index et le contracta.

Dissimulé dans la dernière phalange, un minuscule réservoir monta en pression. Un mince jet de liquide en fusa et perfora la peau. Durci au contact de l'air, il fila droit vers le front de Sarge. Il traversa la boîte crânienne, clouant le pseudo-yakusa à l'appui-tête du siège. Remplacé par le tambourinement de l'eau contre les vitres, le rire de la femme cessa d'un coup. Le corps s'affaissa, privé de contrôle. Avec ce fil mortel qui le reliait à sa victime, Morsak avait l'air d'un marionnettiste de cauchemar. Il fixa la bimbo tétanisée par la fin soudaine de Sarge et déclara :

— Les nanotechnologies... Un excellent investissement.

Le PDG fit un mouvement du poignet et le filin se rétracta. Il tendit le bras vers la fille, mais s'interrompit. Faisant vibrer la chevalière qui contenait son navcom : un compte rendu venait de lui parvenir. Il leva la bague à hauteur d'yeux et lut les lignes projetées au ras de sa main. En quelques gestes, il transféra le fichier à Lebrane avant de l'appeler, et s'excusa auprès de la bimbo :

— Je passe juste un coup de fil. Tu m'accordes un instant ?

Encore paralysée de peur, la femme ne prononça pas un

mot. Morsak ne faisait plus attention à elle. Affichée devant lui, l'icône de connexion sembla s'éterniser. Son correspondant paraissait hésiter à répondre...

Lebrane reçut l'appel alors qu'il se laissait aller aux mains d'une masseuse choisie pour son physique plutôt que son talent. Il se débarrassa d'elle d'un geste impatient accompagné d'un vague remerciement et décrocha. L'image de Morsak, installé dans une voiture, apparut :

— Lebrane ! cracha-t-il. Ton incompétence a failli nous coûter cher. Regarde le rapport de Gamor.

Sans lui laisser l'occasion d'ouvrir le document en question, il enchaîna :

— Tu appelles ça « trouver un transporteur fiable » ? Une gamine assez naïve pour aider un inconnu au lieu de filer droit ? Je peux savoir ce qui t'a pris de lui confier notre cargaison ? C'est un miracle si les tanots ont été libérés sur Kenval comme prévu !

Lebrane réfléchit à vive allure. Employer Mallory Sajean avait été un moyen de se venger d'elle. Il ne digérait pas la façon dont elle s'était retournée contre lui, alors qu'il la voyait déjà dans son lit. Sur le coup, la contraindre à accomplir le sale boulot de Morsak lui avait paru une excellente contrepartie.

Il était inenvisageable d'avouer le motif réel de son choix. Il opta pour une demi-vérité à propos du chantage exercé sur la pilote. Puisqu'elle risquait de perdre son navire, elle était censée faire profil bas.

Si Morsak goba le mensonge, sa colère ne redescendit pas :

— Laorcq Adrinov ! J'aurais préféré le faire sauter avec le

vaisseau et les tanots, quitte à reprendre de zéro. Cet obstiné va finir par découvrir mon véritable objectif...

L'image changea, prise de mouvements saccadés. Lebrane vit une jolie femme aux cheveux roses, qui devait se tenir en face de son patron. Craignant le pire, il s'aperçut qu'elle était terrifiée.

La main de Morsak entra dans le champ vidéo. Il pointa le doigt vers la fille. Un trait noir en jaillit pour filer droit vers le cœur de la bimbo et le transpercer.

Sidéré, Lebrane fixa l'image. *Ce malade vient de filmer une exécution sur une ligne ouverte. Il se croit vraiment au-dessus de tout !*

Comme si rien ne s'était passé, Morsak termina tranquillement sa conversation :

— Si Gamor ne parvient pas à les liquider, il va falloir employer les grands moyens...

XV
VERTICAL

Quand deux policiers vinrent sortir Laorcq de sa cellule malpropre, Procyon se levait à peine. Ils lui passèrent les traditionnels bracelets d'acier en feignant d'ignorer l'état de son camarade de prison.

Lassé de sentir les membres du singe de Sirius se glisser sous sa couverture, il avait réglé le problème de la cohabitation forcée de manière drastique. Les tentacules du simien extraterrestre étaient désormais noués aux barreaux du lit superposé...

Une fois dehors, les yeux douloureux face à la lumière du jour, il reconnut Mallory. Également flanquée d'une paire de cerbères, des menottes mordaient sa peau tatouée. Elle se détourna du ciel qu'elle contemplait avec un plaisir non dissimulé et le salua :

— Laorcq ! J'ai cru qu'ils nous avaient oubliés...

Afin de le regarder attentivement, elle se rapprocha de lui :

— T'as l'air au bout du rouleau, s'inquiéta-t-elle. Tu ne

vas pas jeter l'éponge maintenant ? Au moins, il n'y a pas eu d'épidémie. Je viens de passer trois semaines à m'abrutir devant les infos, je l'aurais remarqué…
— C'est là le problème, répondit-il. Morsak n'a pas fait ça pour rien ! Je dois absolument…
Un agent spican, aisément reconnaissable à ses quatre bras, intima d'une voix gutturale :
— Silence ! Silence !
Ce devait être le seul mot terrien qu'il connaissait. Les policiers les escortèrent jusqu'aux locaux des forces de l'ordre. Sans leur parler, ils guidèrent les humains à travers le commissariat qui bourdonnait d'activité. Enfin, ils furent introduits dans le bureau d'Alrine Lafora.
La pièce austère correspondait parfaitement à la grande blonde. Assise aussi droite que le dossier de son fauteuil le permettait, elle ne leur laissa pas ouvrir la bouche :
— Vous vous êtes bien foutus de ma gueule, avec vos animaux de contrebande !
Laorcq, qui ne demandait qu'à jouer cartes sur table, ne comprenait pas l'agressivité de la lieutenante. Après tout, ils s'étaient rendus sans faire de vagues… Lorsqu'il en fit la remarque, elle la balaya avec mépris :
— Vous n'aviez pas d'autre solution. Votre plan simpliste ne tenait qu'à la rapidité d'exécution. Si vous voulez tellement faire amende honorable, dites-moi pourquoi vous avez enlevé et tué Geekler.
Consterné par la tournure de la conversation, Laorcq voyait dans l'attitude de Lafora la confirmation que les événements lui échappaient complètement.
Sans prêter attention à la hargne de la policière, il s'efforça de décrire la situation. Ses débuts dans l'armée, Morsak, la rencontre avec Mallory, le colis de Lebrane, jusqu'à leur interpellation. La pilote se contentait d'ajouter un détail de temps en temps, lui laissant le champ libre. Elle semblait avoir décidé qu'un ancien militaire était le mieux placé pour faire un rapport.

La lieutenante écoutait avec une moue réprobatrice. Laorcq comprit qu'elle trouvait son récit invraisemblable. Elle le crucifia du regard et résuma :

— Pour finir, votre cargaison de mollusques ailés s'est envolée et a disparu par magie... Et vous voulez mettre en alerte hôpitaux, cliniques et médecins, quitte à semer la panique ?

— Exact, répondit-il. Nous courons à la catastrophe, je vous le garantis...

— Ah oui ? Alors pourquoi aucune de vos bestioles n'a été repérée ? Ni aucune épidémie signalée ? Je ne suis pas irresponsable. J'ai épluché vos états de services. Ils plaident en votre faveur, je vous ai accordé le bénéfice du doute. Ça n'a pas été très compliqué... Nos systèmes de sécurité sont programmés pour prévenir un incident avec des mutants. J'ai affecté une IA à l'analyse de ces données. Résultat au bout de trois semaines : rien ! Vous avez un grade de commandant, je vous croyais un brin sensé. J'ai eu tort. Votre vendetta vous aveugle complètement.

Poursuivant son exécution verbale, Lafora s'adressa ensuite à Mallory :

— Quant à vous, même si vous avez des circonstances atténuantes, ne vous pensez pas tirée d'affaire. Les vohrns ont confisqué votre vaisseau et ordonné de vous transférer chez eux. Difficile de refuser : ils possèdent la totalité du secteur...

D'un geste de la main, elle signifia à ses hommes d'emmener les prisonniers.

— J'ai du boulot, c'est dommage. J'aimerais être là quand vous servirez votre histoire à dormir debout aux grands lézards. La rumeur les dit télépathes...

Déjà replongée dans son travail, elle laissa Laorcq et Mallory se poser des questions. Juste avant qu'ils ne ressortent du commissariat, les policiers restituèrent aux deux humains leurs effets personnels.

La pilote se jeta sur ses bottes avec soulagement :

— C'est mieux. À me balader en chaussettes dans tous ces bâtiments de ciment et d'acier, je me sentais un peu vulnérable.

Les agents les conduisirent hors du terminal, puis ils remontèrent une piste d'atterrissage vers un porteur. Grossièrement cubique, le petit utilitaire les attendait, le sas grand ouvert. La lieutenante n'avait pas menti. Le retour en détention ne figurait pas au programme. Les propriétaires de Kenval n'étant pas réputés hospitaliers, cela n'augurait rien de bon...

Au pied du véhicule aérien, deux soldats vohrns les prirent en charge. Il était difficile pour Mallory d'assimiler à un visage le court rostre conique au milieu du torse des grands bipèdes reptilien. La démarche titubante qui les caractérisait aurait pu être drôle, cependant l'absence d'yeux et d'oreilles les rendait inquiétants. Les tenues de combat et les armes qu'ils portaient accentuaient encore cet air sinistre.

Enchaîné et apparemment sous sédatif, Torg gisait à l'intérieur du porteur. L'un des extraterrestres poussa Mallory dans l'utilitaire d'une main sur la nuque. Elle se dégagea en pivotant brusquement. Froid et légèrement humide, le contact de la peau du reptile lui avait donné la chair de poule. Par pure bravade, elle lança :

— Chez les terriens, on ne se touche pas sans permission !

Dans une totale indifférence, l'alien indiqua aux humains de s'installer vers le cybride. Un pied dans le porteur, Mallory se retourna pour chercher du regard le *Sirgan*. Son navire avait bel et bien disparu de l'aire d'atterrissage...

Merde ! se dit-elle, une boule d'angoisse dans la gorge. *Je vais vraiment perdre mon vaisseau...* Quand l'utilitaire s'envola, elle tâtonnait en quête de quoi s'accrocher. La secousse la jeta sèchement au sol.

L'intérieur n'était pas éclairé, les reptiles n'en avaient pas besoin. Le rostre qui saillait de leur poitrine agissait à la manière d'un sonar. De nuit ou de jour, ils obtenaient une visualisation parfaite de l'environnement.

Elle s'installa comme elle le pouvait à côté de Laorcq.

— Ça va ? demanda-t-il. Fais attention à ne pas forcer sur les bracelets, sinon tu auras des marques...

— C'est gentil de penser à mes poignets, mais j'ai d'autres soucis pour le moment.

— Je suis désolé de t'avoir entraînée là-dedans... Si seulement les IA de la police avaient trouvé quelque chose, Lafora nous aurait peut-être écoutés... L'intervention des vohrns n'a rien arrangé, elle n'est pas du genre à aimer que l'on perturbe son travail.

— Rassure-moi, notre histoire n'a rien à voir avec ces lézards ?

— Non... Il faudrait que Morsak ait conclu un accord avec eux, mais je l'imagine mal. Ce n'est pas son style.

L'idée parut le mettre mal à l'aise. Il ajouta aussitôt :

— Normalement, les vohrns ne gaspilleraient pas une seconde au sujet de la mort d'un terrien... Il y a forcément un lien avec les bestioles étranges qu'on a trimbalées d'Io jusqu'ici.

Mallory haussa les épaules, pour constater l'inutilité du geste dans le noir :

— On ne va pas tarder à le savoir, je pense. Nos nouveaux copains avec les genoux à l'envers vont sûrement nous en parler. Moi, j'aimerais surtout récupérer le *Sirgan*...

Malgré l'obscurité, la main du balafré trouva son avant-bras. Il tenta de la rassurer :

— Il n'y a pas de raison. Ces aliens ont à leur disposition une flotte immense, ils n'ont que faire d'un navire-courrier.

D'une voix inquiète, elle rétorqua :

— Tu ne comprends pas ! Ma vie sur Terre, c'est du

passé. Après cinq ans à me balader de planète en planète, je suis plus à l'aise sur les quais de Mars ou Vénus que dans les rues de Nogartha... Le *Sirgan* est devenu mon foyer.

— Et par ma faute, tu risques de le perdre. Lafora n'a pas tort, la vengeance m'obsède beaucoup trop...

Mallory soupira. Elle hésita brièvement, puis se lança :

— Ce n'est pas entièrement vrai. Je ne peux pas tout te mettre sur le dos. Une fois la fusillade à Mycenae terminée, j'aurais pu rester en orbite autour d'Io et attendre que les flics viennent nous cueillir. Ou te dénoncer sur Pluton, voire à notre arrivée sur Kenval. Je ne l'ai pas fait, pour une seule raison : puisque j'avais enfin quitté le système solaire, j'allais me rendre à Éridane-E, territoire orcant ou pas, et récupérer la preuve que mon père n'était pas un traître. Et je comptais aussi sur toi pour me débarrasser de Lebrane. Résoudre définitivement mes problèmes méritait bien de prendre quelques risques. En bref, j'ai tout à gagner si je t'aide à te venger...

Progressant à tâtons dans l'obscurité, elle s'approcha de Torg. Il dormait toujours. La main dans la fourrure du géant, elle conclut :

— Je ne sais pas comment Morsak a essayé de te tuer, mais il a dû mettre le paquet pour que tu lui en veuilles à ce point.

L'atterrissage ébranla la coque du petit vaisseau cubique. Mallory nota que cette diversion avait permis à Laorcq d'esquiver la question sous-entendue, mais laissa ce point de côté : le moment était venu de rencontrer les maîtres de Procyon...

Ils débarquèrent au sommet d'une des hautes tours de

Gloria City. Le toit était un disque parfaitement plat, constitué en majeure partie d'une verrière. Autour du cercle vitré, une bande de béton courait sur la circonférence du bâtiment. Elle permettait aux véhicules aériens de se poser.

La vue coupa le souffle de Mallory. Au loin, une chaîne de montagnes aux pics acérés fermait l'horizon. Par-delà les murs de la mégapole, les terres dévastées devenaient une plaine agréablement sauvage. Lancé à l'assaut du ciel, le soleil double nimbait la ville d'une lumière mauve. Il paraissait assez proche pour être touché de la main... Indiscernables, les ruelles au pied des buildings avaient disparu.

Mallory fut distraite du spectacle par quatre soldats vohrns venus se charger de Torg. Se jouant des deux cents kilos du colosse rouge et noir, ils le transférèrent à bord d'un appareil stationné à proximité. Désemparée, elle cria :

— Eh ! Où vous emmenez mon cybride ?

Les aliens l'ignorèrent. Deux autres surgirent et la conduisirent avec Laorcq jusqu'à un ascenseur. Il était dissimulé au pied d'une volée de marches, dans un renfoncement à la limite de la verrière horizontale. La cabine se composait d'une matière transparente, presque invisible. Quand elle plongea, ce qu'elle découvrit la stupéfia : un puits immense, dont on ne pouvait voir le fond.

La tour était creuse dans sa totalité, cylindre de verre et d'acier de trois mille mètres de haut et cinq cents de large. Un mince fil d'où irradiait une lumière légèrement bleutée se dressait au centre. Semblable à un arc électrique domestiqué, il illuminait terrasses et passerelles à perte de vue.

Partout, des formes de vie plus étranges les unes que les autres proliféraient. Émerveillée par la réalisation titanesque, Mallory remarqua :

— J'ai l'impression d'avoir changé de planète... Les vohrns voyagent avec leur écosystème au complet ou quoi ?

— Excellente déduction, confirma Laorcq. Pour eux, c'est le meilleur moyen de survivre sur un monde à des mois de distance du leur. Si j'ai bonne mémoire, il y a deux raisons qui justifient un tel effort. La nourriture et une quasi-symbiose avec la faune et la flore…

Captivée, elle en oublia temporairement la situation dans laquelle ils se trouvaient.

Les végétaux étaient omniprésents. Jusqu'au moindre recoin s'épanouissaient des fleurs multicolores aux pétales translucides. Des plantes grimpantes s'étiraient sur le treillis métallique qui tapissait le cylindre monumental.

Croissant à l'horizontale, d'immenses arbres aux feuilles en forme de cloches dorées formaient des ponts naturels. Ils servaient de support à des ruches habitées d'animaux aux airs de gros poulpes écarlates. Le corps de ces grands mollusques se gonflait et se dégonflait pour les propulser d'un endroit à l'autre. Certains approchaient deux fois la taille d'un homme.

Tandis que la cabine poursuivait sa descente à travers le monde vertical, le décor changeait régulièrement. Les ensembles de passerelles abritaient des biotopes différents : désert pierreux, plaines luxuriantes, forêts et steppes. L'un de ces niveaux arachnéens hébergeait un fond marin, prisonnier d'un champ de force sphérique d'une centaine de mètres de diamètre.

Des arches d'acier le traversaient de part en part, maintenant la masse d'eau cristalline au milieu du puits, près du filin lumineux. La partie immergée de la structure métallique était colonisée par des coraux tubulaires d'un jaune éclatant.

Parmi eux, une variante aquatique des pieuvres ballon tentait de fuir des crustacés cylindriques. Pourvus d'un grand bec à la pointe effilée, ces prédateurs pouvaient percer la chair élastique de leurs proies et les dévorer de l'intérieur en une poignée de secondes.

Lorsque l'ascenseur s'arrêta, Mallory le quitta à regret. Après cette débauche de couleur et de vie, le couloir dans lequel les extraterrestres les escortèrent lui parut douloureusement nu.

On les abandonna dans une pièce sans fenêtre, où ils virent de justesse qu'un autre alien s'y tenait. La porte claqua derrière eux et ils furent soudainement plongés dans l'obscurité.

Hanosk, le vohrn devant lequel on avait conduit les prisonniers, inspecta les deux humains. Les organes massés dans son rostre lui en donnaient une vision détaillée.

Deux genres seulement... Il supposa que leur sexualité devait être bien frustrante, expliquant ainsi l'agressivité dont cette espèce était capable.

Ces considérations xénologiques devraient néanmoins attendre : l'avenir de son peuple dépendait des minutes à venir.

Les terriens ne distinguaient absolument rien, ce qui lui convenait parfaitement. S'approchant du mâle, il fit glisser au sol la toge pourpre dont il était vêtu. Les écailles de son rostre se rétractèrent dans un frottement de chair qui évoquait une déchirure. À ce bruit, une sueur froide recouvrit les humains. Irrité par l'odeur étrangère, l'organe hypersensible d'Hanosk se crispa.

L'extraterrestre se saisit de l'homme aussi vivement qu'un serpent s'empare de sa proie. Indifférent aux ruades de l'humain cherchant à se libérer, il observa la femelle. Elle essayait en vain d'ouvrir la porte et émettait des sons incompréhensibles pour le vohrn :

— Laissez-nous sortir ! On n'a rien fait de mal ! C'est quoi votre problème ?

D'ordinaire, jamais il ne s'autoriserait à malmener un terrien. Au fait des risques diplomatiques d'un tel comportement, Hanosk raisonnait en pragmatique : la situation était trop grave. Il n'avait pas le temps pour d'inefficaces échanges vocaux. Lorsque la chair à vif du rostre entra en contact avec sa tête, l'homme poussa un bref hurlement puis sombra dans l'inconscience.

À la surprise d'Hanosk, la femelle avoua des ressources insoupçonnées : elle abandonna la porte et se dirigea vers lui, apparemment décidée à l'affronter. Malheureusement pour elle, à l'obscurité s'ajoutait le silence dont il faisait preuve en se déplaçant. Quand il l'immobilisa dans l'étau de ses bras et répéta le traitement infligé au mâle, le supplice la précipita dans le néant…

XVI
GÉNOCIDE

Marc Wulgis, propriétaire des laboratoires de clonage d'organes Kaumann, se faisait un sang d'encre. Frôlant les deux mètres, large d'épaules, il possédait une épaisse chevelure noire, attachée en queue-de-cheval. Avec un tel physique, son costume semblait incongru.

Le front plissé d'inquiétude, il marchait de long en large. La pièce qu'il arpentait se situait au cœur d'une unité de production de reins, elle-même installée en banlieue de Nogartha. En plus d'un fauteuil et d'un bureau, la salle comportait une table ronde et des chaises.

À l'apparition du logo de son Intelligence Artificielle, une double hélice à l'image d'un ruban d'ADN, Wulgis sursauta :
— Votre nouvelle avocate est là… annonça l'IA.
— Enfin… grommela-t-il.
Puis à haute voix :
— Je vais la recevoir immédiatement.
Une minute après, la porte s'ouvrit pour laisser passer une

élégante trentenaire. Menue et séduisante, elle portait un tailleur-jupe anthracite. L'ensemble classique était spécialement façonné pour ne pas entraver sa démarche énergique. De ses vêtements sur mesure au vernis de ses ongles, elle exhalait la rigueur. La femme de loi tendit la main :
— Monsieur Wulgis. Je suis Lucie Carenko et... extrêmement curieuse. Quelle affaire peut-être assez importante pour devoir vous rencontrer si vite ?

Wulgis contempla son invitée. Tirés en arrière, ses cheveux blonds formaient un chignon soigneusement exécuté. De prime abord, l'industriel la jugea inoffensive. Accessoire désuet arboré par coquetterie, une paire de lunettes renforçait cette impression. Jusqu'à ce qu'il croise son regard.

Glaciaux et calculateurs, les yeux bleus de l'avocate transperçaient le verre. Wulgis avait beau la dépasser d'une bonne vingtaine de centimètres, elle le dominait de sa simple présence. Mal à l'aise, il demanda :
— Avant tout, avez-vous signé l'accord de confidentialité ?
— Cela va de soi. Sinon, je n'aurais pas pris la peine de me déplacer...

L'homme inspira longuement et se décida à parler :
— Kaumann traverse une période difficile, vous n'êtes pas sans le savoir. La récente ouverture du marché des organes clonés aux fournisseurs non humains nous a causé beaucoup de tort...

Carenko écoutait poliment, attendant qu'il entre dans le vif du sujet.
— L'année dernière, j'ai rencontré par hasard un dénommé Lanca. Son seul mérite est de travailler aux archives de l'Idernax. S'il n'avait pas mentionné cet emploi, je ne lui aurais pas prêté attention...

Afin de vaincre la réticence qu'elle sentait en lui, l'avocate encouragea son interlocuteur d'une question :

— En quoi présente-t-il un intérêt pour vous ?

— J'ai simplement cru pouvoir tirer profit d'un accès quasi illimité aux dossiers d'une puissante multimondiale.

— Et comment avez-vous convaincu l'archiviste de collaborer avec vous ?

— Facilement. Lanca est un petit bureaucrate frustré. Je l'ai croisé dans un bar, où il pleurnichait à propos de sa vie ratée. Un peu d'argent et des filles ont eu raison de sa loyauté...

L'avocate analysa les faits relatés par le fabricant d'organes.

— C'est illégal, mais terriblement banal. Je ne suis pas venue pour cela, n'est-ce pas ?

Wulgis hésita une fois de plus, avant de soupirer et de se lancer :

— Grâce à Lanca, j'ai eu vent d'un projet du PDG de l'Idernax concernant le Smog. Un vaccin contre cette affection mutagène rapporterait une véritable fortune. Quand j'ai appris que des échantillons allaient être expédiés vers Kenval... Eh bien, je dois avouer avoir agi dans la précipitation. J'ai engagé et équipé d'anciens militaires. Aussitôt obtenu le nom du transporteur, je les ai envoyés s'emparer de la cargaison.

— Des mercenaires ? Vous n'avez pas froid aux yeux. Savez-vous seulement à qui vous vous êtes attaqué ? Jonas Morsak a été poursuivi pour trafic de stupéfiants. Les charges ont été abandonnées, cependant... Enfin, vous connaissez le dicton : pas de fumée sans feu...

Carenko s'assit à la table et sortit de sa poche un stylo en argent orné d'un filigrane noir. Elle le posa délicatement sur le meuble rond. Des caractères lumineux apparurent, projetés sur le bois. L'objet contenait un navcom. L'avocate toucha l'une des icônes et consulta les documents qui s'affichèrent :

— Des rumeurs tournent autour de lui. Il aurait des connexions avec des gangs de dealers... Quant à votre source d'information... Neuf chances sur dix que les données obtenues soient incomplètes ou carrément falsifiées ! Les services d'archivage existent par obligation légale, je vous le rappelle. J'imagine mal Morsak et sa clique se préoccuper de les tenir à jour.

Wulgis blêmit. Il pensait se frotter à un businessman médiocre et voilà qu'il risquait de se mettre à dos un criminel...

Fixant l'homme à la queue-de-cheval, Carenko porta le coup de grâce :

— Vos soldats de fortune ont échoué, n'est-ce pas ? interrogea-t-elle, un sourire en coin. Vous m'avez contactée de peur que l'Idernax envoie ses meilleurs juristes vous manger tout cru.

La mine défaite, Wulgis prit également une chaise :

— Vous honorez votre réputation. Malheureusement, vu la situation, je me demande si c'est une avocate dont j'ai besoin.

— Plus que jamais ! Cette affaire me plaît. Ne vous inquiétez pas, je vais vous sortir de ce guêpier. Si vous pouvez vous offrir les services de mon cabinet, évidemment...

Mallory revint à elle dans le noir, allongée sur le sol dur et froid de la pièce où la situation avait viré au cauchemar. Elle ne percevait d'autre son que le souffle régulier de Laorcq. Indemne, elle ressentait toutefois une étrange impression, comme un bref contact désagréable dont la sensation persistait.

Les ténèbres n'aidaient en rien : son imagination les peuplait d'une multitude de créatures visqueuses et difformes, à deux doigts de se ruer sur elle. Tâtonnant, elle progressa à quatre pattes et chercha à réveiller Laorcq. Elle s'apprêtait à le secouer, lorsqu'une lumière crue inonda brutalement l'endroit.

Une main en visière pour se protéger les yeux, elle vit la porte s'ouvrir. Un vohrn entra. Les sens en alerte, elle se releva rapidement, s'interposant entre l'homme inconscient et le nouvel arrivant. Elle ne quittait pas du regard l'alien reptilien et dépourvu de visage, prête à se jeter sur lui.

Lentement, pour montrer que ses intentions n'étaient pas mauvaises, il sortit quelque chose de l'intérieur de sa toge pourpre. Un petit appareil, semblable à une genouillère en plastique, à ceci près qu'il le plaça sur son rostre. Une voix monotone s'en échappa :

— Je suis Hanosk. Premier administrateur de colonie vohrn sur la planète. Nous n'avons pas habitude consommer autres formes de vie. Nous pensons vous attendez d'être exclue ?

— D'être exclue ?

Mallory perdait pied. L'élocution du notable extraterrestre laissait à désirer... Il porta une main à l'objet sur son rostre et le remua pour en ajuster la position.

— Nous devoir des excuses... Notre agissement était urgent.

— Vous croyez que ça va suffire ? Vous nous avez torturés ! s'écria-t-elle, inquiète de ne pas voir le balafré se réveiller.

— Nous... compatissons, mais vos actions involontaires sans réflexion nous tuent. Vous ne savez pas les conséquences.

Il se pencha sur l'homme à terre. À l'aide d'un petit instrument qu'il lui planta dans l'épaule, il lui injecta un liquide translucide.

— Médecine, ajouta-t-il, pour anticiper une réaction un peu trop brusque de Mallory.

Laorcq s'agita, reprenant doucement conscience. Elle s'impatienta :

— De quoi parlez-vous ? Je ne comprends rien...

— Notre peuple meurt. Vous avez laissé Smog nous agresser. Par les animaux de votre transport. Vous... porteurs de mort.

Subitement, tout devint clair pour la pilote : *Morsak et Lebrane... Les ordures ! Voilà ce qu'ils manigançaient. Grâce à moi et mon nouvel équipier, le militaire à la détente facile, ils sont parvenus à leurs fins... Quelle idiote ! J'aurais dû envoyer promener Lebrane dès le début, accusation de vol ou pas... C'est bien la peine, si je me retrouve complice d'un crime pareil, de m'escrimer à prouver l'intégrité de mon père...*

L'alien reptilien ne se rendait pas compte que son boîtier de traduction était mal calibré :

— Les bêtes transportées sur votre vaisseau sont des tanots... Animaux fort reproducteurs. Ils ont pondu rapidement et beaucoup.

— Vous n'avez qu'à chercher les œufs et les détruire... Quand on peut construire des bâtiments comme celui-ci, c'est un jeu d'enfant non ? suggéra Mallory, sans y croire : cela ne pouvait pas être aussi simple.

Hanosk rétorqua :

— Larves pas œufs. Une femelle a déposé bas dans astroport. Progéniture petite et discrète, infectée avec Smog. Vohrns malades avant de partir pour nos autres mondes. Notre peuple meurt...

De nouveau cette phrase. Courte et dépourvue d'intonation, transmise par le traducteur. Pourtant, un frisson glacé naquit dans le dos de Mallory. Être responsable, même involontairement, d'un génocide... Voilà une référence dont elle se serait passée !

— Grâce aux informations extraites dans votre guerrier par moi, nous avons trouvé laboratoire du scientifique Geekler et fouillé données, continua l'extraterrestre. Virus n'être pas finalisé, votre intervention a... précipité. Il prévoir tests avant libération des tanots. Cette variante Smog tue uniquement vohrns...

Totalement revenu à lui, Laorcq se releva et s'approcha.

— Pourquoi Morsak cherche à vous détruire ? s'enquit la pilote.

— Prendre les mondes nôtres. Smog toujours pas éradiqué. La peur se répandre à nouveau et engendrera panique, répondit Hanosk.

Le traducteur déréglé rendait les explications laborieuses. Malgré la barrière linguistique, Mallory et Laorcq assemblèrent les pièces du puzzle. Provoquer une crise sanitaire d'une telle ampleur sèmerait le désordre dans le système de Procyon. Soigneusement préparé, un opportuniste pourrait l'arracher aux vohrns, trop affaiblis par la maladie pour lutter... Les dirigeants humains, marionnettes à la solde des grandes firmes, seraient les premiers à saisir l'aubaine.

Mallory se rendit à l'évidence :

— On s'est complètement plantés en croyant que Morsak voulait s'enrichir avec un vaccin.

— Oui et c'est grave, admit Laorcq. Si Morsak permet au gouvernement terrien de reprendre le contrôle du secteur, les politiques vont lui manger dans la main !

La colère se dessina clairement sur les traits de l'homme et Mallory comprenait pourquoi : au lieu de porter un coup à son ennemi, il lui avait offert plus de pouvoir. Pragmatique, elle laissa ce sujet en suspend et demanda au vohrn :

— Que va-t-il advenir de nous ?

— Vous innocents imbéciles manipulés par dirigeant Idernax, déclara l'alien. Bientôt libres, mais besoin votre aide. Suivez-moi.

Guidés par Hanosk, ils refirent le trajet en sens inverse jusqu'à l'ascenseur. La cabine vitrée les emporta de nouveau à travers les différentes couches du monde vertical.

Peu après la sphère aquatique, Mallory s'aperçut que les animaux étaient paniqués. Certains avaient abandonné leurs paliers respectifs et cherchaient à se dissimuler. Soudain, le fil lumineux tendu au centre de la tour clignota puis s'éteignit.

Secouant ses trois passagers sans ménagement, l'élévateur stoppa. De pâles lueurs bleues brillaient de part et d'autre, petits îlots de visibilité à l'intérieur de l'immeuble maintenant plongé dans la pénombre. L'alien actionna en vain la commande d'ouverture des portes.

Un bruit mécanique retentit, moitié souffle, moitié grondement. De plus en plus fort, il finit par couvrir tous les autres sons. Un aéroglisseur rouge sombre tomba comme une pierre du haut du bâtiment et s'immobilisa face à la cabine.

Ovoïde et parfaitement lisse, il paraissait constitué d'un unique bloc de verre. Sa silhouette aérodynamique et écarlate lui conférait l'aspect d'une larme de sang. Sur ses flancs béaient des ouïes, d'où dépassaient les gueules d'armes à feu...

Prenant Mallory de court, Hanosk réagit en une fraction de seconde. D'une détente énergique de ses longues jambes, il bondit à travers la vitre de l'ascenseur dans une gerbe de verre brisé. Il atterrit sur le véhicule aérien, qu'il déséquilibra vers le bas. Crachée par les canons de l'aéroglisseur, une salve frappa sous la cabine et projeta des éclats de béton dans un fracas de tonnerre.

Aveuglé par l'alien affalé sur son pare-brise, l'attaquant braqua sèchement pour le forcer à lâcher prise. La manœuvre envoya le véhicule droit vers le mur. L'assaillant compensa *in extremis*, pour ne pas le heurter. Laorcq profita de la diversion pour faire signe à Mallory :

— Cet arbre, là... Il est assez prêt. Saute ! Le vohrn ne va pas l'occuper très longtemps !

Deux mètres en contrebas, serpentait un tronc démesuré qui se ramifiait en une multitude de branches épaisses. La pilote se jeta dans le vide, sans penser à son sort si elle manquait le végétal... Elle se reçut sur la surface inégale et, dans la foulée, entendit Laorcq atterrir derrière elle.

Tandis que les deux humains s'enfuyaient, l'aéroglisseur et son passager en surplus terminèrent leur course chaotique et s'écrasèrent sur une plate-forme rocheuse.

Le conducteur de la voiture aérienne était Gamor, l'assassin à la solde de Morsak. Désormais hors de l'habitacle, il se battait avec le vohrn. Protégé par une armure faite de milliers de lamelles ivoire, il ressemblait étrangement à un double négatif de l'alien et de ses écailles sombres. Ce dernier se défendait bien, grâce à ses membres à la résistance d'acier. Décidé à l'emporter, Gamor compensait son infériorité physique par un sens aigu du combat. Le corps à corps eut une fin abrupte. Jaillie de ses gantelets, une violente décharge électrique foudroya l'alien. Le résultat fut radical : le vohrn s'écroula et resta étendu au sol.

L'assassin ne s'attarda pas sur l'extraterrestre qu'il venait de liquider. Après des années passées à abattre ses congénères, refroidir un lézard bipède et sans tête ne lui faisait pas le moindre effet. Au contraire de la tournure des événements, qui commençait à le stimuler : il n'avait pas poursuivi de cibles aussi rétives depuis une éternité.

En contrepartie de son échec dans les terres dévastées, où il avait manqué de tuer l'équipage du *Sirgan* au complet, il obtenait une partie de chasse dans un empilement de mondes miniatures. Le peu qu'il en avait vu lui paraissait des plus prometteurs : le terrain de jeu idéal.

Après s'être assuré d'un rapide coup d'œil que rien alentour ne le mettait en danger, il se pencha à l'intérieur du véhicule écarlate. Il y attrapa un fusil d'assaut et enclencha le camouflage optique. L'aéroglisseur se referma comme un coquillage. Il devint d'abord translucide puis disparut totalement.

Gamor avait acheté l'appareil avec l'intégralité des fonds versés par son employeur. Cela ne l'enchantait pas, mais il jouait sa réputation : pas question de regarder à la dépense. Il s'était adressé aux marchands d'Altaïr, renommés pour fournir du matériel issu de technologies avancées.

Les vendeurs d'armes n'avaient pas émis d'objections lorsque son choix s'était porté sur un modèle à l'état de prototype : Gamor figurait sur la liste des clients de longue date. Vitrine de leur savoir-faire, la voiture aérienne embarquait une véritable artillerie, dont un EMP.

Cet équipement générait une forte émission électromagnétique, capable de détruire la majorité de l'électronique à proximité. Déclenché par l'assassin au moment de plonger dans la tour creuse, l'EMP avait semé la confusion. Néanmoins, le résultat n'était pas à la hauteur des attentes du tueur : l'éclairage de secours et la gestion de l'écosystème fonctionnaient toujours... Le matériel des lézards était résistant. Il allait devoir en terminer très vite.

Il vérifia ensuite le statut de son armure en céramo-titane, également achetée aux marchands d'Altaïr, en un coup d'œil aux informations affichées par le navcom intégré à la visière. Une partie provenait des instruments installés dans l'aéroglisseur, le reste de capteurs dissimulés entre les milliers de petites plaques qui constituaient sa cuirasse. Les mouvements dans une large zone alentour étaient enregistrés et traités. Rapidement, deux signaux furent mis en évidence : les seuls êtres vivants dont les caractéristiques correspondaient à celles de terriens.

Gamor sourit, invisible derrière son casque. *En les emmenant dans leur propriété, les vohrns m'ont mâché le travail*, jubila-t-il.

Il prit appui sur la rambarde de la passerelle et la franchit d'un bond. Il se reçut souplement, sur un socle rocailleux entre deux niveaux. Quelques enjambées le menèrent jusqu'à l'entrelacs de branches emprunté par ses cibles.

Silencieux, il se fondit dans la jungle verticale. Focalisé

sur ses proies, il laissa la traque oblitérer toute autre pensée consciente. Sans armes et dans un environnement étranger, Laorcq Adrinov et la pilote ne pouvaient lui échapper. Les abattre ne prendrait pas longtemps…

XVII
EAU QUI DORT

Juste derrière Laorcq, Mallory courait sur un tronc à l'horizontale. Au-dessus d'un gouffre béant, l'arbre formait un pont entre deux des mondes imbriqués de l'immense tour vohrn. Le végétal lui évoquait un serpent démesuré, prêt à se dérober sous ses pas. Comme pour illustrer cette pensée, son pied dérapa sur l'écorce, manquant de la précipiter dans le vide.

Vulnérable et en fuite dans un environnement étranger, elle sentit les griffes de la peur lui percer les entrailles. Sur ses bras, les tatouages sensitifs se réduisirent à de minuscules boutons de fleurs. Sa vie reposait maintenant sur les décisions de Laorcq. Par bravade, et pour lutter contre son angoisse, elle lui jeta :

— Et merde ! La moitié de la galaxie veut notre peau ! S'il te plaît, dis-moi que t'as un plan génial en tête pour nous sauver la mise... Après tout, c'est grâce à toi si on en est là !

— Ne t'inquiète pas ! répondit-il. J'ai été dans des situations bien plus dramatiques... Ne me fais pas croire qu'une fille d'officier cède à la panique…

Mallory n'était pas dupe de l'effet psychologique recherché en mentionnant son père. Néanmoins, la réplique fit mouche. Laorcq enchaîna :

— Lebrane t'a envoyée au casse-pipe, pas moi… Sans mon intervention, tu croupirais en taule…

— Au moins, je ne serais pas poursuivie par un assassin en armure, dans une série de paysages en brochette !

Il abandonna le sujet, admettant de manière implicite qu'elle n'avait pas tort :

— Les vohrns parviendront forcément à reprendre le dessus sur l'intrus, mais d'ici là, on doit rester hors de sa portée.

Passé l'étage sylvestre, ils atteignirent une grande plate-forme où s'étalait un territoire auquel Mallory ne trouva aucun sens.

Le terrain était inégal, grumeleux telle une soupe trop épaisse. Par endroits, des nappes de confettis arc-en-ciel le recouvraient. De longues tiges en jaillissaient, bleues, vertes, rouges ou jaunes. Inoffensives, elles les ralentissaient pourtant : ils devaient les contourner au lieu de les briser et offrir ainsi une piste trop évidente. De temps à autre, ils dérangeaient de gros vers bariolés qui s'éloignaient en rampant.

Tandis que Laorcq cherchait un passage vers le bas ou la zone habitable, Mallory le suivait, intriguée par l'étrangeté de la flore. Ce niveau n'avait rien de commun avec les autres. Elle supposa qu'il s'agissait d'une fantaisie des concepteurs ou d'un élément inachevé…

Après un moment à zigzaguer entre les bambous colorés, ils aperçurent une ombre au sol. À leur approche, elle devint une bouche d'accès vers l'aquarium géant qu'ils avaient remarqué auparavant.

Mallory se pencha au bord de l'ouverture et jeta un œil. Le sommet de la sphère était juste en dessous. Ondulant à l'infini, des rides concentriques troublaient le champ de force qui emprisonnait la parcelle d'océan. Seule une légère irisation à l'extrémité des vaguelettes qui parcouraient la bulle d'eau trahissait la présence de l'enveloppe énergétique.

Mallory interrogea Laorcq :
— On saute ?
— Oui. Pas le choix...

Fataliste, elle fit un pas dans le vide et se laissa tomber. Il l'imita dans la seconde. La boule aquatique les accueillit comme un gigantesque coussin. La masse liquide, prisonnière du champ de force, s'enfonça sous leur poids avant de reprendre lentement sa forme initiale. La surface de l'aquarium était glaciale et terriblement glissante.

À travers, Mallory contempla la population de la bulle. La soudaine baisse de luminosité instinctivement associée au danger, les grands mollusques rouges nageaient en tous sens.

Au fur et à mesure que la membrane constituée d'énergie pure redevenait sphérique, la pilote et son compagnon eurent de plus en plus de mal à rester au sommet. Le champ de force, invisible et élastique, fuyait d'une manière étrangement huileuse sous leurs doigts. En dépit de contorsions inélégantes, ils dérivaient irrémédiablement vers le bas.

Ils comprirent que leurs efforts étaient vains et cessèrent de lutter pour évaluer les abords immédiats. À l'évidence, Laorcq était coutumier de ce genre d'exercice. En quelques secondes, il avait fait le tour des possibilités qui s'offraient à eux :

— Puisqu'on va finir par tomber, autant choisir notre trajectoire. En visant bien, on atteindra les arches qui soutiennent l'aquarium.

Engourdie de froid et le cœur qui battait la chamade, Mallory objecta :
— Si jamais on les manque, on va se tuer contre une passerelle ou au fond de la tour !
— Et si on reste accrochés, on sera exécutés sans sommation. Allons ! C'est impressionnant, mais pas difficile.

Regarde...

Joignant le geste à la parole, Laorcq donna une impulsion d'une poussée de ses mains et dévala le long du globe. Il termina sa course sain et sauf, sur un des supports en acier. Mallory s'appliqua à reproduire ses mouvements et se lança. Hélas, l'exercice se déroula différemment dans son cas. Elle se rendit compte à mi-chemin qu'elle allait rater son but...

Alors qu'elle perdait le contrôle de sa trajectoire, elle vit Laorcq se jeter à plat ventre sur la charpente métallique et enrouler solidement ses jambes autour d'une poutre. Les bras tendus, il se préparait à la saisir au vol.

Le gouffre encombré de saillies meurtrières se précipita à sa rencontre. Terrifiée, elle arriva en hurlant à hauteur de Laorcq. Ses veines inondées d'adrénaline, elle parvint de justesse à influer sur sa chute. La course folle se termina quand elle s'accrocha aux poignets du balafré.

Il encaissa brutalement l'inertie accumulée par Mallory et bascula. Peu s'en fallut qu'elle ne l'entraînât dans le vide. Désormais, seuls les pieds de Laorcq, ancrés à l'une des arches de fer, les maintenaient suspendus au-dessus de l'abîme...

Gamor parvint rapidement au passage emprunté par ses cibles. Un genou à terre, il se pencha et étudia la parcelle d'océan. Que le champ de force ait conservé son intégrité l'ennuya : *il est intact, alors que mon EMP aurait dû bousiller toute l'électronique du bâtiment. Ça sent mauvais ! Si certains de leurs appareils ont résisté, les lézards vont se réorganiser en vitesse.*

Il bondit à travers le passage. Les gantelets aux pointes

effilées de sa tenue de combat lui permirent de s'agripper à la membrane énergétique sans la moindre difficulté. Il ne lui fallut qu'un instant pour se rétablir et apercevoir ses proies suspendues entre la vie et la mort. Il rit de bon cœur à ce spectacle. Finalement, les choses rentraient dans l'ordre.

Grâce à l'IA de son armure et aux multiples capteurs dont elle était bardée, il calcula la trajectoire idéale pour les rejoindre. Confiant dans la technologie de sa cuirasse, il se lança dans le vide et se reçut souplement à un pas de Laorcq.

Toujours accroché par les pieds à la passerelle, ce dernier ne pouvait rien tenter sans lâcher la pilote ou être entraîné avec elle. Gamor décida de les achever grâce aux électrodes placées entre les doigts de ses gants d'acier, comme il l'avait fait pour le vohrn. Avec détachement, il se demanda si la femme allait lâcher prise en premier ou si le balafré l'abandonnerait pour lutter contre lui…

Se délectant à l'avance du spectacle, il se prépara à lancer une décharge à pleine capacité. Dans un coin de sa visière, une icône d'avertissement clignotait. Puisqu'il n'avait pas pris la peine de configurer son armure ni d'en désactiver les sécurités superflues, il l'ignora. Le temps était compté, il n'allait sûrement pas s'interrompre pour si peu…

Il enclencha le système d'électrocution et s'apprêta à saisir la cheville du balafré. Le flux électrique satura les condensateurs logés dans ses gantelets. Simultanément, une brèche s'ouvrit dans le champ de force de l'aquarium sphérique : déjà mise à mal par la décharge EMP, le violent afflux d'énergie à proximité en avait brisé la stabilité.

Des milliers de tonnes de liquide furent soudain libérées. Surpris, Gamor fut happé comme une brindille dans un torrent. Avant qu'il ait pu réagir, le courant devint trop puissant. Il fut emporté à vive allure.

— Saloperie ! C'est pas vrai ! hurla le tueur en tombant.

Sa cuirasse métallique le protégea des premiers chocs contre les éléments des niveaux inférieurs. Il réussit à agripper une branche, mais sa poigne, combinée aux griffes

d'acier qui recouvraient ses doigts, fut telle qu'il la sectionna malgré lui.
Le flot déchaîné l'entraîna de plus en plus vite. Lorsque son ventre percuta un des câbles d'un pont suspendu, il manqua d'être coupé en deux et perdit connaissance. Il continua ainsi vers le bas, projeté avec violence d'un obstacle à l'autre, au gré du déferlement. Quand l'armure atteignit le fond du puits, elle ne contenait qu'une pulpe sanglante et des os brisés.

Laorcq et Mallory furent sauvés par leur position inconfortable. Lorsque la bulle creva, il se contenta d'affermir sa prise sur les poignets de la pilote. Accrochés au point de départ de la trombe d'eau glacée, ils n'eurent pas à supporter un courant important. Rompu à la pratique de l'apnée, il resta conscient, contrairement à Mallory. L'effort et la privation d'oxygène la plongèrent en syncope.
Enfin, le flux d'eau glacée s'épuisa. Laorcq craignait de ne pouvoir tenir longtemps. Des crampes lui tenaillaient cuisses et mollets. Millimètre après millimètre, les mains de la pilote glissaient des siennes. À l'idée de l'abandonner à la mort, il eut un dernier sursaut d'énergie et réussit à l'immobiliser. *Si on survit, je vais avoir mal aux bras pendant des semaines...*
Il commençait à désespérer, quand un groupe de vohrns vint les secourir. Suspendu à une mince corde, un extraterrestre au gabarit imposant descendit les récupérer. Lorsqu'il les agrippa chacun par le col, Laorcq ne réagit qu'à peine. Le froid et l'effort l'avaient épuisé, physiquement et mentalement.
Il se rendit vaguement compte qu'on le séparait de la

pilote. Allongé sur une civière flottante, il vit défiler les murs d'un couloir tandis que des sons étouffés lui parvenaient, incompréhensibles.

Quand Mallory retrouva sa lucidité, elle était installée dans un lit, une épaisse couverture bien calée sous le menton. Affaiblie, des courbatures la torturaient. Au rythme de sa circulation sanguine, une douleur sourde pulsait dans ses muscles.

Elle remua légèrement et sentit une intraveineuse plantée dans son bras droit. Parcourant son corps, ses mains rencontrèrent des protubérances rondes. Collés à même l'épiderme, une multitude de capteurs la recouvraient. Leurs fils se rejoignaient en une tresse qui zigzaguait au sol, pour relier Mallory à un appareil cubique.

Elle s'aperçut que les flancs de la machine se dilataient et se contractaient, comme si elle abritait un poumon hypertrophié. Dépourvue d'écran ou du moindre témoin lumineux, rien ne donnait un indice sur sa nature.

Malgré la souffrance, elle examina la pièce : des murs blancs, une table blanche, une chaise blanche, des draps blancs... Du blanc partout... *Si avec ça, je n'ai pas compris que je suis à l'hôpital...*

Seule une grande fenêtre permettait de voir quelques couleurs : un morceau de ciel mauve et une partie de la chaîne montagneuse qui bordait Gloria City s'y découpaient.

Mallory laissa ses yeux se refermer et céda à la fatigue. Les heures filèrent de nouveau. Quand elle se réveilla pour la seconde fois, inconfort et faiblesse avaient disparu. Se redressant, elle s'apprêtait à retirer le fatras de câblage lorsqu'un vohrn fit irruption.

Du point de vue de la pilote, Dahed aurait pu être le jumeau d'Hanosk. Une haute créature à peau de serpent, dont le large torse soulignait l'absence de tête. Il lui résuma rapidement la situation : le sauvetage à la dernière seconde, la progression du nouveau Smog au sein de son peuple. Mallory remarqua qu'au moins son traducteur fonctionnait correctement. Le remplaçant d'Hanosk termina la liste des mauvaises nouvelles :

— Nous avons dû livrer votre compagnon au lieutenant Lafora. Il est accusé d'avoir dérobé du matériel à l'ambassade terrienne. Normalement, nous aurions mis notre veto à son incarcération, mais nous voulons éviter d'attirer l'attention.

Mallory imagina sans peine le grand sourire de la policière au moment de menotter Laorcq. Elle se retrouvait seule, piégée dans un écheveau dont elle ne percevait qu'une infime partie.

Dahed entra ensuite dans le vif du sujet :

— La réapparition du Smog est tenue secrète pour l'instant. Puisque cette souche n'affecte que mon peuple, les déclarations du commandant Laorcq Adrinov n'ont pu être vérifiées par la police. Nous avons pu dissimuler l'existence de l'épidémie et prévenir une panique généralisée... Nous avons fouillé avec soin le domicile de Geekler. Des recherches sont en cours, basées sur les informations contenues dans les dossiers du docteur. Malheureusement, ces éléments sont insuffisants pour concevoir un vaccin assez vite.

— En gros, vous êtes engagés dans une course contre la montre, conclut Mallory.

L'alien acquiesça et poursuivit ses explications :

— Instable par nature, le Smog change à mesure qu'il infecte de nouveaux hôtes. Afin d'augmenter nos chances de réussite, il nous faut absolument apprendre comment cette variante spécifique à notre espèce a été développée. La seule solution consiste à retrouver quel laboratoire l'a créée.

Ensuite, il suffira de s'y introduire pour trouver les données dont nous avons besoin...

— Je ne connais pas vos coutumes, mais les terriens n'entrent pas chez les autres sans leur accord.

— Nous ne différons pas de vous sur ce point. Cependant, une plainte en bonne et due forme contre le PDG de l'Idernax n'aboutirait à rien. Il est inutile de nous rendre sur Terre pour réclamer justice.

Se remémorant comment le système judiciaire avait traité son père, Mallory poussa un grognement de dérision.

Incapable d'interpréter cette réaction, l'extraterrestre cru bon de s'expliquer :

— Nos rapports diplomatiques avec les humains sont anecdotiques. Vos dirigeants nous laisseront volontiers périr, s'ils obtiennent Procyon en échange.

Mallory confirma :

— Laorcq m'en a parlé. Nos politicards fermeront les yeux sur les manigances de Morsak. Il a parfaitement calculé son coup.

— À notre connaissance, vous et le commandant êtes les uniques terriens dont les intérêts rejoignent les nôtres. Nous sollicitons donc votre assistance...

La décision s'imposa à Mallory. Venir en aide aux aliens prenait le pas sur ses ennuis et la vengeance de Laorcq. *Pas question de regarder mourir tout un peuple sans rien tenter !*

Accepter était une chose, courir au suicide une autre. Mallory se rejeta dans le lit et lâcha :

— D'accord. Je veux bien vous prêter main-forte. Par contre, si vous me renvoyez seule sur Terre, autant rester couchée et attendre que les prochains propriétaires de Kenval me règlent mon compte... Au cas où vous ne le sauriez pas, je suis une simple capitaine de courrier. Affronter un milliardaire psychopathe et ses sbires dépasse mes compétences. Vous avez eu tort de remettre Laorcq à la police, le soldat c'est lui.

À la pensée de ne plus avoir à ses côtés le grand costaud

balafré, Mallory sentit l'anxiété lui nouer l'estomac. Comment allait-elle se débrouiller dans un milieu dont elle ne connaissait rien ? Un mois auparavant, elle n'avait jamais touché une arme et voilà qu'elle prenait le relais d'un professionnel de la guerre... Elle tenta une autre approche :
— Le système entier vous appartient ! Pourquoi vous soucier des apparences ? Tirez-le encore une fois des griffes de Lafora !
— Les choses sont plus compliquées que vous ne le croyez. Nous ne pouvons pas risquer de susciter la curiosité sur cette affaire. Tout est déjà prévu, ne vous inquiétez pas. Nous vous escorterons jusque sur la planète Mars, ensuite...
Lassée de subir les événements, la pilote imposa une condition :
— OK. Je marche avec vous, mais Torg m'accompagnera.
— Votre requête est acceptable. À propos de votre cybride, mes congénères et moi-même sommes étonnés. Depuis la destruction de Panja, leur monde d'origine, ils sont devenus extrêmement rares. Nous n'aurions jamais imaginé en rencontrer un en compagnie d'une humaine... S'il vous plaît, n'arrachez pas l'équipement de soins.
Mallory lâcha la poignée de cordons qu'elle venait de saisir.
— Ce n'est pas très poli d'observer les gestes d'une femme sous ses draps !
— Je ne vois pas où est l'impolitesse. Les palpeurs du *starganon* servent à rétablir votre santé. Ne les détériorez pas.
— Oui, maman, promis ! se moqua-t-elle.
Dahed hésita. Apparemment, les propos de l'humaine le déstabilisaient.
— Excusez-moi. Je dois me retirer pour donner à contrôler mon boîtier de traduction. À moins que vous ne m'ayez assimilé à un de vos géniteurs ?
— Absolument pas. Vous avez raison, faites-le réviser ! répliqua-t-elle avec un parfait aplomb.

Après avoir expliqué à Mallory qu'il devait également retourner s'occuper des préparatifs du départ, l'alien quitta la chambre. Elle souriait toujours de sa plaisanterie puérile, quand elle réalisa ce qu'impliquait un trajet vers Mars. À sa connaissance, aucun terrien n'avait eu le privilège de voyager à bord d'un navire vohrn. Soudainement impatiente d'embarquer, elle songea que cela promettait d'être instructif...

XVIII
VOYAGE

Après un bref transit via l'astroport de Gloria City, Mallory et le cybride quittèrent Kenval à bord d'une navette vohrne. À part les deux guerriers qui les escortaient, le petit navire était vide, constata-t-elle. Elle se félicita de la présence de Torg. Ces lézards-soldats lui paraissaient aussi coincés que des androïdes.

Pour son confort, on lui avait procuré une lampe issue de la *génotech* : l'ingénierie génétique selon les vohrns. Équipée d'un support à annulation de gravité, ce croisement entre bourdon et luciole la suivait comme un animal de compagnie. Il lui donnait le sentiment d'être constamment sous les feux d'un projecteur. Les reptiles extraterrestres se passant d'éclairage, leurs vaisseaux étaient plongés dans l'obscurité. Mallory devait s'en accommoder.

Interpellée par le côté organique de l'objet, elle demanda à son garde du corps :

— Torg ? Tu ne trouves pas que cette loupiote ressemble à un insecte obèse ?

Peu porté à la spéculation, le géant à fourrure attrapa la lampe et l'examina de ses grands yeux bleus.

— Elle est constituée de matière vivante, mais n'est pas autonome, conclut-il simplement, avant de la relâcher.

Mallory regarda à nouveau autour d'elle. Mêler biologique et artificiel semblait naturel chez ses hôtes. À l'image de leur tour creuse, où des couloirs d'une nudité strictement fonctionnelle menaient à des étendues de verdure. Ici, le pseudo-insecte brillant illuminait un intérieur bourré de gadgets high-tech.

Curieuse, elle effleura au hasard une des commandes logées dans le bras du fauteuil. L'assise s'agita, lui arrachant un hoquet de surprise :

— Oh là ! Dommage... Les sièges massants ne sont pas prévus pour une morphologie humaine.

Elle avait la sensation désagréable qu'on cherchait à lui pincer les fesses avec les coudes...

L'autre accoudoir dissimulait un distributeur de boissons. Au troisième jet de liquide visqueux, dans un gobelet trop long et étroit, elle décida de s'en tenir à l'eau plate.

Sur la cloison du compartiment passager, un écran reproduisait l'extérieur avec un réalisme saisissant. Le souffle coupé, Mallory découvrit le vaisseau qui allait les reconduire vers le système solaire.

Quand la navette approcha du navire vohrn, elle dut faire un effort pour ne pas se sentir écrasée. Il était immense, facilement cinquante fois le gabarit du paquebot Aldébaran qu'elle avait vu lors de son arrivée à Gloria City. Elle n'était pas étonnée de devoir le rejoindre en orbite. Aucun astroport n'était assez vaste pour l'accueillir...

Ce genre de titan naissait dans le vide spatial et ne le quittait jamais. Son fuselage ovoïde s'étirait en longueur, boursouflé d'excroissances hémisphériques.

D'un œil expert, elle l'examina de la proue à la poupe. Elle ne décela qu'un seul groupe synergétique, d'une taille colossale. Le tube de ce propulseur lui parut assez large pour avaler une lune.

— Un bloc pareil doit développer la puissance d'une nova, estima-t-elle, impressionnée.

L'absence de réacteurs auxiliaires, qui servaient à la gouverne sur les appareils terriens, prouvait que les vohrns maîtrisaient parfaitement cette technologie.

Incompréhensibles pour l'humaine, d'immenses symboles s'étalaient sur la coque du croiseur. Elle utilisa son navcom pour obtenir une traduction :

— *Lyoden'Naak*. Carnivore des cieux, lut-elle à voix haute, au profit de Torg. Voilà qui ne laisse aucun doute sur l'usage principal du bâtiment...

Le petit vaisseau de liaison approcha du navire de guerre, dont la masse finit par occuper entièrement l'écran. À l'image d'une grande cicatrice, un pont d'envol parcourait le flanc du *Lyoden'Naak*. La navette s'engouffra dans l'ouverture. En souplesse, l'alien aux commandes manœuvra pour atterrir entre deux chasseurs armés jusqu'aux dents.

Si Mallory préférait le *Sirgan*, elle ne les considéra pas moins d'un œil envieux. Aussi effilés que le croiseur était lourd, ces derniers pouvaient naviguer dans toutes sortes de conditions. Capables d'affronter le cœur d'une tempête jovienne ou le néant qui isolait les systèmes, ces appareils de combat surpassaient de loin les équivalents humains.

Le sas s'ouvrit. Le cybride et Mallory débarquèrent, encadrés de leurs deux cerbères. Elle réalisa soudain que rien ne les séparait du vide, du moins rien de visible... Afin de garder la passerelle d'envol pressurisée, les extraterrestres utilisaient un double champ de force.

Chaque « peau » était activée et désactivée l'une après l'autre en une fraction de seconde, permettant d'apponter comme si l'on se posait sur un banal astroport. Un gain indéniable en flexibilité, mais qui demandait une quantité d'énergie effarante.

Le sol s'arrêtait abruptement face au noir de l'espace. Sur fond d'étoiles, Kenval s'offrait à la vue. L'énorme sphère violacée dessinait un cercle parfait sur le tapis lumineux, tel un puits sur le point de les avaler. L'impression la perturba, provoquant une sorte de vertige horizontal. Pour y échapper, elle regarda vers l'extrémité opposée du pont d'envol.

Les chasseurs s'alignaient à perte de vue...

— Il doit y en avoir au moins une centaine, observa-t-elle. Heureusement, les vohrns ne sont pas aussi belliqueux que les orcants ou les nageks.

Un bras protecteur posé sur les épaules de Mallory, Torg acquiesça :

— Il ne faudrait pas longtemps à l'humanité pour être balayée.

— Morsak est complètement cinglé de s'en prendre à eux ! Il va nous faire tuer jusqu'au dernier ! s'écria-t-elle.

Trouvant là une motivation supplémentaire de participer à la chute du dirigeant de l'Idernax, sa résolution se raffermit. Elle avança d'un pas énergique, qui obligea le cybride et les soldats à accélérer. Une porte massive coulissa silencieusement à leur approche.

Elle réalisa alors qu'il n'y avait quasiment aucun son. Sur un bâtiment terrien, on aurait entendu les cris du personnel d'entretien essayant de couvrir le vacarme des machines, le fracas des outils ou le crépitement des arcs à soudure. Au contraire, un calme absolu régnait à bord du navire de guerre.

Une fois l'ouverture franchie, un des guerriers lui indiqua par gestes de suivre la luciole : ils ne l'accompagneraient pas plus loin.

Mallory attrapa un des gros doigts renforcés d'acier de son garde du corps et l'entraîna avec elle :

— Viens, Torg. Au moins, le *Lyoden'Naak* est si grand que tu ne souffriras pas de claustrophobie...

Laorcq passait une autre nuit en cellule. Cette fois, son « colocataire » n'était pas un singe de Sirius, mais un orcant affligé d'une mutation partielle. Installé sur la couchette du haut, le militaire l'observa avec dégoût. L'un des géniteurs de l'alien avait probablement contracté une forme bénigne du Smog avant sa naissance. Un phénomène banal chez eux. Aussi résistant que celui des blattes, leur ADN s'accommodait de nombreux changements.

Le résultat était pour le moins curieux. L'un de ses trois yeux s'agitait à l'extrémité d'un pédoncule cartilagineux. Fendue en de multiples endroits, sa carapace de chitine laissait jaillir de petits tubes verdâtres. Ils attiraient les insectes, les prenant au piège pour les digérer.

Si l'orcant possédait quatre membres inférieurs comme tous les siens, il était doté de six bras. Malheureusement pour Laorcq, la puanteur habituelle des extraterrestres avait augmenté en proportion. Il n'y pouvait rien. Qu'il l'assomme ou le tue, les relents du quadrupède resteraient vivaces... Avec colère, il grommela :

— Lafora a bien choisi. Un cadavre de trois semaines sentirait moins mauvais...

Il se pencha au bord du lit superposé et lâcha :

— Pas vrai, mon gros cafard ?

Incapable de comprendre, l'orcant émit un grognement souligné d'une série de flatulences.

Dépité, Laorcq se rallongea. Il tenta de faire le point.

Livré à la police de Gloria City par les vohrns, il avait demandé où se trouvait la pilote. Ce qu'il était parvenu à obtenir se limitait à une phrase :

— La capitaine Mallory Sajean voyage vers Mars, à bord d'un de nos croiseurs.

Laorcq connaissait de réputation ces vaisseaux gigantesques :

Dix ans auparavant, la flotte armée de l'oligarchie nagek avait affronté l'un d'entre eux. Selon les nageks, les panjiens bafouaient l'ordre naturel en créant des cybrides et devaient être châtiés. Alors que personne ne s'attendait à voir cette menace mise à exécution, l'oligarchie avait pris tout le monde de court et lancé une armada à l'assaut de Panja. La planète fut ravagée et son peuple anéanti.

En représailles, un croiseur de combat vohrn intercepta à lui seul la centaine d'appareils nageks et ne laissa qu'une poignée de survivants. Depuis lors, des légendes invraisemblables couraient sur ces bâtiments.

Laorcq s'en inquiéta : avec un navire pareil en route pour le système solaire, la moindre anicroche allait les mener à une catastrophe.

Toutefois, un problème nettement plus immédiat se posait : le tribunal. En dépit de ses états de service, le militaire risquait la détention à perpétuité.

Il s'était lancé aux trousses de Morsak en usant de ses prérogatives de gradé à titre personnel. Un acte déjà répréhensible. Pire encore, les choses avaient complètement échappé à son contrôle : il avait semé sur son chemin dégâts matériels et cadavres... À présent que Geekler était mort et le colis envolé, il n'avait aucune preuve des manigances de Morsak.

Imaginer le patron de l'Idernax s'en tirer indemne décupla sa colère. Il jura :

— Merde ! Hors de question. J'ai un dernier atout en main et je ne vais pas m'en priver !

Le lendemain, lors des cinq minutes légales où on l'autorisa à utiliser le navcom de la prison, il rédigea un message à l'attention du directeur des laboratoires Kaumann.

Sodoye, le mercenaire à l'origine de l'assaut sur le *Sirgan* entre Pluton et Kenval, n'avait rien lâché d'autre que ce nom. À la réflexion, Laorcq voyait en Kaumann un allié potentiel. Son raisonnement était simple : s'ils étaient en compétition avec l'Idernax, il pouvait les convaincre de s'associer avec lui.

Quelques jours passèrent et la réponse lui parvint. Il ne

s'agissait pas d'une vidéo ou d'un texte, mais d'une humaine. Vêtue d'un tailleur-jupe, de talons aiguilles et munie d'une carte de visite sur laquelle figurait la mention « Avocate »...

La luciole guida Mallory et Torg jusqu'à un corridor où sa faible lueur se perdait. Il traversait le navire de part en part, comme une colonne vertébrale creuse.

Tenant toujours la main du cybride, elle se rapprocha instinctivement de lui. Elle avait l'impression de progresser dans une caverne.

De temps à autre, un lézard bipède jaillissait dans la zone éclairée par la lampe flottante et disparaissait dans la foulée.

Mal à l'aise, la pilote murmura :

— Bonjour l'ambiance ! On dirait un vaisseau fantôme...

Après une centaine de mètres, elle s'aperçut que le croiseur se constituait d'une succession d'anneaux. L'aménagement intérieur suivait la philosophie de la tour où Laorcq et elle avaient manqué d'être assassinés. Sa seule particularité était un segment sur deux affecté aux équipements nécessaires à la navigation spatiale.

Mallory activa son navcom et prit à la dérobée des scans en trois dimensions des lieux. Cela intéresserait sûrement Jazz. Du moins, si elle restait en vie assez longtemps pour retrouver le *Sirgan*...

Ses pensées dérivèrent : à propos de survie, elle en connaissait un en plus mauvaise posture qu'elle. Laorcq l'avait entraînée dans cette histoire insensée : elle n'aurait pas dû s'inquiéter de lui. Néanmoins, elle lui devait la vie sauve...

Il lui fallait aussi admettre que si quelqu'un avait ordonné le massacre de ses collègues et tenté de la tuer, elle voudrait tout autant se venger.

Elle s'avoua également que la présence du balafré comportait de bons côtés. Torg et Jazz étaient adorables, cependant ils ne pouvaient remplacer un humain. En dépit de ses manières un peu raides, elle ferait volontiers équipe avec Laorcq. Qu'elle puisse disposer d'un associé fiable ne serait pas un luxe... En particulier s'il était agréable à regarder. À cette pensée, elle eut un sourire en coin.

La luciole stoppa devant un compartiment ouvert. Un vohrn les attendait à l'intérieur, assis sur ce qui devait être un lit : un plateau légèrement bombé sur sa longueur et recouvert d'une fourrure bleue.

L'alien paraissait mal en point. Sous la toge pourpre qu'il portait, la pilote entrevit un épais bandage. Il bougea avec précaution en se redressant pour les accueillir :

— Capitaine Mallory Sajean, cybride Torg. La bienvenue sur le *Lyoden'Naak*. Ici est la pièce où vivre.

Mallory détailla le reste de la cabine. Pas de chaise ni de table. Les murs s'habillaient d'un revêtement identique à celui du couchage. Dans une alcôve se trouvait le même distributeur de boissons qu'à bord de la navette. *Le temps va être long.*

Réagissant tardivement à la syntaxe catastrophique de son hôte, elle le reconnut soudain :

— Hanosk ? Je vous croyais mort...

— Presque. Heureusement rien de vital abîmé, l'informat-il. Je serai guide pour voyage, vous ne devez pas perturber marche du navire. Vous apprendrez base notre culture pour ne pas offenser.

— Je sais me tenir ! J'ai remis en main propre des colis à la famille royale de Vénus ! rétorqua la pilote, vexée.

Elle reprit son calme et demanda :

— Quel est le programme ? Mars ? Et ensuite ?

— Vous fatiguée et fragile, se contenta de répondre le vohrn.

Il lui tendit un paquet informe et ajouta :

— Ceci votre propriété. Dormez maintenant. Dans six heures, je vous instruirai. Moi professeur.

Le ballot contenait des vêtements de rechange et la paire de pistolets donnée par Laorcq. Hanosk quitta la cabine sans un mot de plus, laissant Mallory et son garde du corps en compagnie du lit poilu. Elle rangea ses maigres possessions dans un coin, se déshabilla et s'allongea.

À sa grande surprise, le sommier s'affaissa complètement sous son poids. Les bords du meuble se rejoignirent et l'enfermèrent dans un sac chaud et douillet. Passé les premiers instants de panique, elle apprécia ce confort inattendu. Elle s'assoupit rapidement, sous l'œil affectueux de Torg.

Le moment de répit s'écoula en rêves aussitôt oubliés. Fidèle à sa promesse, Hanosk vint tirer Mallory du cocon velu. Avec un regard envieux vers le cybride roulé en boule au pied du lit, elle renonça à le réveiller. Autant que l'un d'eux se repose un peu.

Elle découvrit avec plaisir que ses vêtements avaient été lavés durant son sommeil. Il en émanait d'ailleurs un léger parfum, à mi-chemin entre le sucré et les hydrocarbures... Décidée à ne pas se plaindre pour si peu, elle enfila le tout et sortit de la pièce.

Les cheveux en désordre et ses yeux noirs encore gonflés de fatigue, elle suivit le vohrn jusqu'à la passerelle du *Lyoden'Naak*.

Elle observa la dizaine d'aliens reptiliens affairés à leur poste. Chacun semblait indispensable, pourtant elle ne parvenait pas à saisir qui faisait quoi. Tout était bien trop inhabituel et la maigre lumière de la luciole, ajoutée au clignotement de divers moniteurs, n'aidait en rien.

Les pupitres se composaient du mélange organique et artificiel de la génotech, qu'elle commençait à trouver familier. L'agencement de la passerelle lui parut en contradiction flagrante avec les normes terriennes. Seul le large écran central ne la déroutait pas totalement. Les caractères étaient indéchiffrables, mais la pilote les ignora. Machinalement, elle interpréta le schéma qui indiquait la position du navire par rapport à l'étoile binaire Procyon.

Hanosk lui décrivit les capacités du croiseur, se gardant de divulguer la moindre information sensible.

À la joie de Mallory, quelqu'un avait enfin calibré correctement le traducteur de l'alien. Elle eut cependant un doute quand il lui annonça les performances du *Lyoden'Naak* :

— Une vitesse supérieure de cinquante pour cent à celle du *Sirgan* ?

— Oui. Les systèmes humains sont intéressants, toutefois leur rendement n'est pas optimum.

Elle n'en revenait pas. Le croiseur surclassait son vaisseau-courrier...

Intriguée par la bonne volonté qu'Hanosk mettait dans sa visite guidée, elle lui demanda :

— Pourquoi me traiter en invitée de marque ? Pourquoi vous fier à moi ? Vous me connaissez à peine. Je vais peut-être m'enfuir à la première occasion...

— Lors de notre contact physique, j'ai accédé à votre esprit. J'ai la certitude que vous n'abandonnerez pas le *Sirgan* ni l'idée d'innocenter votre père. Une fois mon peuple hors de danger, il nous sera facile de récupérer l'astéroïde où il a dissimulé ses ordres de mission. Si vous le souhaitez, nous poursuivrons également votre associé, Lebrane.

La première réaction de Mallory fut de la gêne. Elle n'appréciait pas qu'un inconnu sache tout d'elle aussi aisément. D'un autre côté, se raisonna-t-elle, c'était naturel chez les vohrns. Difficile de leur en vouloir, surtout s'ils la débarrassaient de son cher associé...

Elle imagina une horde d'aliens reptiliens aux trousses de l'escroc et sentit son moral remonter en flèche :

— Je ne le souhaite pas, j'en rêve !

Hanosk s'abstint d'évoquer une autre facette de la pilote. Si elle aimait voyager de monde en monde, la vie d'un transporteur de marchandises ne la contentait pas. Elle éprouverait beaucoup plus de satisfaction en aidant son peuple à déjouer les plans de Morsak.

Tandis qu'il décodait sa psyché, l'alien avait été surpris : la femelle humaine possédait des traits de caractère typiques des guerriers. Pour la terrienne, les risques qu'elle allait courir ajouteraient du piment à l'affaire…

XIX
MARS

Fascinée, Mallory écoutait Hanosk. Il lui résumait les grandes lignes de l'histoire vohrne :
— Notre société fonctionne sur un modèle similaire à votre Empire romain. Au début, nos deux peuples ont prospéré à la même période. Par contre, pendant que les hommes connaissaient ascension et chute à répétition, notre civilisation s'est stabilisée. Quand nous nous sommes lancés dans l'espace, nous formions déjà une seule nation...

Comme chaque jour, Mallory et Torg passaient un moment avec l'extraterrestre convalescent. Il avait organisé un programme qui s'étalait sur les deux semaines du voyage vers Mars. Au fur et à mesure, la pilote touchait du doigt l'ignorance des terriens au sujet des aliens. Hanosk était un excellent mentor, mais manquait de temps pour transmettre une telle somme de connaissances.

Il évoquait de multiples sujets, qui la surprenaient toujours. Par exemple, celui du tissu social : les statuts et positions accessibles aux vohrns se basaient sur des concepts totalement étrangers aux humains.

Ces cours de « xénoculture générale » se déroulaient au gré de balades dans les secteurs recréant des paysages naturels. Conçus en trompe-l'œil, ces parcs imitaient si bien la réalité que Mallory et le cybride oubliaient parfois être à bord d'un vaisseau.

Leurs hôtes s'accommodaient sans peine des ténèbres, néanmoins la majorité des végétaux originaires de Cébalraï, le berceau des vohrns, étaient photosynthétiques. En conséquence, les jardins baignaient dans la lumière simulée d'une naine blanche. La pilote et son garde du corps l'accueillaient avec joie. Sur les autres ponts du croiseur, ils devaient se contenter de la luciole génotech qu'on leur avait attribuée. Un peu trop vif pour la terrienne, le soleil factice restait plus agréable que la faible clarté émise par son lumignon volant.

Ils traversaient une forêt d'arbustes aux fleurs dorées, quand Hanosk aborda le sujet du travail :

— Les positions les moins recherchées sont celles qui nécessitent d'exécuter des tâches simples ou répétitives, expliqua l'alien. Heureusement, nous pouvons confier ce genre de corvées à des machines. La seule exception concerne l'administration, pour laquelle nous utilisons notre progéniture.

Doutant d'avoir entendu correctement, l'humaine demanda :

— Les enfants ? Votre boîtier traducteur fait encore des siennes...

— Non, le terme est exact. Il désigne la période qui précède le passage à l'état adulte. Les...

L'interprétation prit une ou deux secondes de plus qu'à l'accoutumée :

— Adolescents.

Mallory était incrédule :

— Dans ce cas, ils ne doivent pas avoir l'occasion d'aller à l'école...

— L'instruction a lieu en grande partie avant. Le travail public complète cet apprentissage. Faiblesses et talents se révèlent et permettent de choisir sa voie.

À imaginer le même principe appliqué aux humains, Mallory visualisa une troupe de gamins indisciplinés, chargés de recevoir des contribuables irascibles. Un tableau surréaliste... Sa question suivante n'arrangea rien :
— Et quelle est la profession la mieux considérée ?
— Celle de paysagiste, répondit Hanosk sans la moindre hésitation.

Elle cessa de marcher et se tourna vers son interlocuteur, se demandant s'il ne venait pas de se découvrir subitement le sens de l'humour.
— Alors que vous construisez des vaisseaux de guerre comme le *Lyoden'Naak* ? J'aurais plutôt pensé aux scientifiques ou aux militaires.
— Les paysagistes conçoivent les villes, le tracé des rues, la forme des immeubles et sélectionnent les végétaux nécessaires à un cadre optimum. Rien ne compte davantage que l'endroit où l'on vit et élève notre progéniture...

Un peu déconcertée, Mallory avoua :
— Pour tout dire, chez nous, ce métier est différent. Ils s'occupent uniquement des espaces extérieurs. Les architectes dessinent et aménagent chaque bâtiment indépendamment de ses voisins.
— Maintenant, je comprends pourquoi vos cités sont si laides ! Vous êtes capable de travailler en groupe, néanmoins la collaboration sur une vaste échelle semble hors de votre portée. Vous vivez en état de semi-conflit permanent et pourtant vous parvenez à progresser. Comment faites-vous ?
— Ça, on se le demande...

Le décalage dans les autres domaines se révéla à l'avenant. Les loisirs incluaient des paris sur des courses d'insectes géants génétiquement modifiés. Mallory vit ainsi ce qu'elle qualifia de « scolopendre-sauterelle » remporter cinq victoires de suite face à des « guêpes-araignées » et des

« libellules-crabes », avant de succomber aux assauts d'un « cafard-serpent » long comme le bras.

Les créations les plus inventives défiaient l'imagination. Chaque épreuve se déroulait dans une débauche de couleurs irisées et de bourdonnements d'ailes diaphanes. Même Torg, d'ordinaire impassible, apprécia ces étranges coureurs.

Après cette attraction, Mallory crut en avoir terminé avec les surprises, mais le sujet de la reproduction occulta les insectes :

Les vohrns disposaient de cinq sexes, dont trois aptes à engendrer une progéniture. Certains types étaient incompatibles et d'autres nécessitaient deux partenaires différents pour concevoir. Une complexité qui ne manqua pas d'intriguer l'humaine :

— Quand je pense aux problèmes que nous rencontrons avec deux genres...

Hanosk se méprit :

— Effectivement, le peu de possibilités me paraît frustrant. Votre agressivité naturelle doit provenir de là.

Mallory dut se mordre la lèvre inférieure pour ne pas éclater de rire. S'efforçant de garder son sérieux, elle tenta de s'expliquer :

— Oh ! Niveau combinaisons, on se débrouille. Non, les ennuis viennent avec les sentiments. Les terriens ont envie les uns des autres, parfois trop ou pas assez. Cela crée des... malentendus.

Intérieurement, elle se moqua d'elle-même : cette dernière phrase faisait d'elle la reine de l'euphémisme.

— Nous ne subissons pas ces désagréments, affirma l'alien. Nous nous accouplons en groupe d'au moins huit et changeons très souvent de compagnons. Aussi, nous n'avons rien d'équivalent au concept de désir insatisfait. Mais nous le connaissons bien, pour l'avoir observé chez certains animaux de notre monde natal...

Resté muet sur les sujets précédents, Torg choisit ce moment pour intervenir :

— Laorcq et toi ne vous comprenez pas toujours correctement. Est-ce lié à la sexualité ?

Embarrassée par la question candide du cybride, Mallory nia en bloc :

— Non ! Pas du tout. Ça vient de la différence d'âge...

Le claquement du verrou sorti Laorcq de ses réflexions maussades. Deux gardiens le tirèrent de sa cellule. Ils l'accompagnèrent jusqu'au parloir, où il marqua une hésitation à la découverte de son avocate. Voir une célébrité assurer sa défense était la dernière chose à laquelle il s'attendait.

Idole de la profession, Carenko avait sauvé des dizaines de malfrats d'une peine amplement méritée. Il en oublia ses déboires, impatient d'apprendre pourquoi elle se trouvait là, au lieu d'un commis d'office inexpérimenté...

Il s'assit face à une paroi en verre blindée, percée de trous à intervalles réguliers. La vitre coupait la pièce en deux et isolait ainsi les prisonniers de leurs visiteurs. La femme de loi s'installa à son tour. Laorcq examina ses traits délicats. Il était difficile pour lui de l'imaginer ne faire qu'une bouchée de ses adversaires dans les tribunaux.

— Commandant, salua-t-elle. Vous êtes en très mauvaise posture, même si vos états de service plaident en votre faveur.

Remontant ses lunettes d'une pression de l'index, elle lança :

— Vos exploits au cours de la guerre vous ont valu une décoration. Vous vous êtes à nouveau distingué lors de multiples missions contre les cartels de la drogue. Après la dissolution de votre unité, et une tentative d'assassinat dont vous avez échappé, vous avez pris votre retraite de l'armée et exercé à titre d'enquêteur privé.

L'avocate sortit un stylo de sa veste. Aussitôt, le navcom qu'il intégrait projeta des images et du texte. Les symboles lumineux se reflétèrent dans les verres de Carenko. D'une flexion du poignet, elle orienta les informations ainsi affichées vers Laorcq et poursuivit :

— Depuis quelques semaines, vous avez agi en dépit du bon sens, jusqu'à entraîner dans votre sillage une convoyeuse de fret, actuellement retenue par les vohrns. Les preuves manquent, mais vous avez été mêlé à un attentat sur Io, un enlèvement à Gloria City et, probablement, un double meurtre sur Pluton. Est-ce que vous m'écoutez ? s'interrompit-elle.

Indifférent au récit de sa propre vie, Laorcq avait laissé son esprit vagabonder. Quand on commençait à étudier l'avocate, il était difficile de s'arrêter. Le tailleur qu'elle portait valorisait ses atouts physiques et des lèvres pleines contrebalançaient la dureté de son expression.

— Excusez-moi, je pensais à autre chose…

— Vous feriez mieux de vous ressaisir, asséna Carenko. On m'a envoyée pour mettre toutes les chances de votre côté !

Laorcq nota que la modestie ne l'étouffait pas…

— Si vous ne faites pas l'effort d'être attentif, je m'en vais immédiatement, ajouta-t-elle. Je n'ai pas pour habitude de perdre mon temps, ni les laboratoires Kaumann.

— Vous travaillez pour eux ? Mon message a eu de l'effet…

L'avocate l'interrompit d'un regard à briser du marbre et de sa paume à plat sur la vitre du parloir :

— Ne dites rien qui pourrait être utilisé contre vous.

Le sous-entendu était clair : ils se trouvaient dans le dernier endroit où aborder des sujets sensibles…

Glissant de nouveau la main à l'intérieur de sa veste, elle en sortit une feuille et l'exhiba à son client.

Laorcq constata que rien n'y figurait, à l'exception des logos respectifs de Kaumann et du cabinet Carenko, imprimés dans les coins supérieurs. Elle expliqua :

— Ce document comporte les renseignements dont vous avez besoin. Pour les afficher, pressez le pouce droit au centre, pour que votre empreinte soit reconnue. Pour le rendre illisible, déchirez-le de haut en bas.

Du bout des doigts, elle poussa le papier dans une fente prévue à cet effet, en bas de la vitre.

Intrigué, Laorcq saisit le courrier et suivit les instructions de Carenko. Un texte apparut. Afin d'empêcher une indiscrétion par la vidéosurveillance, les caractères reflétaient la lumière sous plusieurs angles, ce qui compliquait la lecture. Son contenu assimilé, il détruisit le feuillet d'un geste sec. Il demanda ensuite à l'avocate :

— Si j'accepte, quand serai-je libre ?

Non sans une pointe de fierté, elle répondit :

— Maintenant ! Je dispose d'un rapide antarien. Ce vaisseau nous reconduira sur Terre en moins d'une semaine...

À bord du *Lyoden'Naak*, Mallory poursuivait son apprentissage de la culture vohrne. Assise à une place d'honneur, entre Hanosk et Torg, elle assistait à un match de *hong'sul*. Ce sport, très populaire chez les extraterrestres, lui semblait être un jeu de go en trois dimensions, où les participants remplaçaient les pièces.

Elle observa attentivement le « terrain » : des plateaux circulaires, reliés entre eux par des câbles métalliques enveloppés d'un rembourrage. Afin qu'elle et Torg puissent profiter du spectacle, les aliens avaient illuminé la structure.

Chaque joueur portait aux avant-bras des boucliers rectangulaires, faits d'un bois jaune orangé. Ils servaient à frapper autant qu'à parer, découvrit Mallory. Les règles étaient trop complexes à son goût, sauf sur un point : s'emparer d'une position consistait simplement à en éjecter l'adversaire...

D'ordinaire, elle n'appréciait pas vraiment la place du spectateur : pour elle, rester sagement assise en regardant les autres s'amuser était une véritable torture.

Cependant, l'intensité des combats la captiva. Sur chaque disque où elle posait les yeux, un duel aussi violent que maîtrisé se déroulait. Elle ne savait où donner de la tête. Les vohrns échangeaient des coups de boucliers à une allure incroyable, sous le fracas des armes qui généraient un tonnerre continu. À chaque victoire, un des opposants s'écrasait au sol de l'arène. La chute aurait tué un humain sur le coup, mais les extraterrestres se relevaient sans paraître incommodés.

La partie cessa d'un coup. Une des deux équipes n'était plus en possession d'aucun emplacement. Emporté par l'action, Mallory se leva, prête à crier « bravo ». Elle se retint *in extremis*. Autour d'elle, des centaines d'aliens, restés assis, pointaient leur rostre dans sa direction. Apparemment, acclamer les vainqueurs en se tenant debout ne figurait pas dans les habitudes des vohrns...

Cet interlude sportif marqua la fin du voyage. Au moment où le croiseur s'immobilisa à l'extérieur du système solaire, Mallory, que Torg ne lâchait pas d'une semelle, se trouvait sur la passerelle du vaisseau en compagnie d'Hanosk. Il déclara :

— On vient de m'informer que nous contenons toujours l'épidémie de Smog, nous avons encore un peu de marge.

Hanosk lança des ordres à l'équipage, puis reporta son attention sur Mallory :

— L'arrivée du *Lyoden'Naak* risquerait d'affoler les autorités terriennes. Il restera à l'écart de vos semblables, pour éviter qu'ils ne paniquent. De notre côté, nous allons séjourner à notre ambassade sur Mars. Une fois-là, avec l'aide de mes confrères, nous déciderons comment obtenir les données sur le virus créé par l'Idernax.

L'alien fit signe à Mallory et au cybride de le suivre. Il les mena sur le pont d'envol, où ils embarquèrent à bord d'une navette. L'appareil, à peine un canot de sauvetage à l'échelle du croiseur, atteignait quasiment la taille du *Sirgan*...

Le petit vaisseau traversa le système à une vitesse prohibée. Enfin, le vaste disque cuivré de Mars se dessina et se mua en horizon au fil de la descente. Pénétrant lentement l'atmosphère ténue, la navette approcha d'une mer de sable rouge : la vallée Kasei.

Grâce aux grands écrans de la cabine, Mallory put admirer l'immense vallon. D'une aridité absolue, il s'étirait sur près de trois mille kilomètres, avant de se diviser en deux parties. Dans l'une d'elles se situait leur destination : une langue de pierre qui surplombait l'étendue stérile.

Deux décennies auparavant, l'apparition des vohrns avait mis un terme à la guerre que se livraient hommes et orcants. Lorsqu'un traité de paix fut signé, cet endroit fut désigné pour recevoir l'enclave diplomatique des aliens reptiliens au sein du territoire humain. Une plate-forme naturelle, longue d'une centaine de kilomètres et large de vingt, qui formait une île au milieu d'une rivière de poussière safran.

À contempler le bloc de granit planté dans le désert martien, Mallory eut soudainement honte : le peuple d'Hanosk avait permis l'armistice avec les gros cafards et, pour le remercier, les terriens lui avaient donné un bout de caillou...

La navette se posa au beau milieu de l'ambassade. Comme un bruit dont on ne perçoit l'existence que lorsqu'il s'arrête, la vibration des propulseurs s'évanouit.

Un double champ de force, couvrant l'ensemble de la zone d'atterrissage, emprisonnait une atmosphère viable. L'un après l'autre, les trois passagers débarquèrent. Mallory constata que les vohrns s'étaient joués des conditions difficiles et avaient transformé le socle rocailleux en oasis. Les tempêtes martiennes rendaient impossible l'édification de hauts bâtiments. Faute de pouvoir construire vers les cieux, les reptiles avaient remédié au problème de façon simple : ils s'étaient tournés vers le sol.

Au côté de Torg, Mallory progressait dans le sillage de l'alien quand elle aperçut des puits de trois cents mètres de diamètre, forés dans le roc. Hanosk anticipa sa question :

— Ils sont aménagés de façon à contenir de multiples biosphères, comme notre tour à Gloria City. Quel que soit le lieu dont il est originaire, chaque vohrn peut y retrouver la faune, la flore et le climat de son monde natal. Les niveaux les moins profonds sont réservés aux représentants consulaires de passage.

Une fois descendue à l'intérieur d'un de ces gratte-ciel inversés, Mallory avisa des galeries qui permettaient d'observer l'extérieur. Creusées à même le granit, elles débouchaient sur les pentes abruptes du plateau. Ils empruntèrent l'une d'elles.

Le tunnel se terminait devant de grands panneaux cristallins. Derrière l'abri des hautes vitres, Mallory put admirer une immense arène grenat, constituée de la vallée et des falaises l'encerclant. Le firmament rosâtre servait de terrain de jeux à de féroces tempêtes. Balayés par les rafales de sable, des îlots de roche affleuraient ici et là à ce paysage dur et aride.

Ses doigts caressant la fourrure noire et rouge de Torg, elle remarqua :

— Les vohrns installent partout leur écosystème, mais ces belvédères prouvent qu'ils savent aussi apprécier leur terre d'accueil...

Elle se remémora alors avec tristesse la situation mortelle des vohrns et abandonna le panorama. L'heure n'était pas à la sociologie. La parenthèse du voyage sur le *Lyoden'Naak* brutalement effacée, la réalité s'imposait de nouveau à elle.

Manipulés par Morsak et Lebrane, elle et Laorcq avaient déclenché une catastrophe qu'il fallait à tout prix étouffer dans l'œuf...

XX
STRIP-TEASE

La visite de l'ambassade terminée, Mallory et Torg furent poliment, mais fermement, conduits à leurs nouveaux quartiers. Elle constata qu'ils se résumaient à une chambre de trois mètres par trois, équipée du maintenant familier lit « sac-en-fourrure ». Derrière une porte à peine visible, semblable à celle d'un placard, elle découvrit des commodités exiguës.

— Pour un endroit destiné à des diplomates, la place est plutôt comptée, nota-t-elle.

— C'est minuscule, oui ! renchérit Torg avec dépit.

Il disposait d'une pièce similaire, située juste en face.

Avec un soupir dû à la fatigue, Mallory abandonna son maigre bagage dans un coin. Elle s'allongea sur la couchette et laissa la toison rectangulaire l'envelopper.

Le logement était au ras de la surface. Découpée dans le plafond, une fenêtre étroite permettait d'observer le ciel martien et les deux lunes aux formes irrégulières qui l'occupaient.

Mallory ne prêtait pas attention aux satellites. Elle songeait au brusque virage de sa vie. Des années durant, établir l'innocence de son père lui avait paru un but éloigné. Une quête personnelle, dont le succès importait moins que les raisons de la poursuivre.

Enfouies dans un astéroïde en territoire orcant, les preuves attendaient. Malheureusement, à moins d'une modification drastique de l'équilibre politique, le roc resterait aussi inaccessible pour elle que s'il se situait dans une autre galaxie. Si elle ajoutait à cela le chantage permanent exercé par Lebrane, ses chances de réussites avoisinaient le zéro...

Désormais, la partie se jouait à quitte ou double : soit les vohrns survivraient avec son aide et la débarrasseraient de ses ennuis en remerciement, soit ils finiraient décimés et les espoirs de Mallory brisés.

Sur une note d'humour noir, elle récapitula : *sauver une espèce extraterrestre, laver l'honneur de ma famille et m'affranchir d'un maître-chanteur. Et dire que je trouvais ma vie un brin routinière...*

Son bracelet émit une série de bips, signalant un bref message d'Hanosk. Il réclamait sa présence. Joint au texte, elle découvrit un plan détaillé du bâtiment enfoui dans la roche. Dès qu'elle activa la carte, le navcom intégré au bijou projeta sur le sol une succession de gros points verts.

Elle jaillit de la couchette et se mit en devoir de suivre ce fil d'Ariane. Quatre couloirs et deux escaliers plus loin, elle déboucha devant une porte à double battant. Ceux-ci révélèrent une large salle.

Mallory lui trouva une étrange ressemblance avec un opéra, exception faite de l'absence de sièges. Une vingtaine de vohrns se tenaient au centre. Comme un seul homme, les aliens se tournèrent vers la nouvelle venue. Elle se sentit telle une grenouille sur le point d'être disséquée...

Hanosk figurait au milieu du groupe. Le traducteur qu'il portait transmit ses paroles par le navcom de la pilote :

— Bienvenue, capitaine Mallory Sajean.

— Euh... Merci... laissa maladroitement échapper l'intéressée.

Gênée, elle se réprimanda silencieusement : *quelle éloquence ! Une vraie ambassadrice...*

Au moment où elle ouvrait la bouche pour tenter de se rattraper, une projection vidéo apparut entre elle et les vohrns. Elle reconnut une représentation en trois dimensions du système de Procyon. Sans préambule, le dirigeant extraterrestre exposa des faits nouveaux pour elle :

— Dix de nos cycles de temps auparavant, soit environ deux ans pour vous, capitaine, nous avons subi plusieurs intrusions sur les mondes de Procyon. Nous avons déploré l'enlèvement de trois de nos scientifiques, embarqués de force à bord d'un vaisseau non identifié. Il s'est enfui en se dissimulant dans le trafic spatial. Depuis que ce système nous appartient, rien de pareil ne s'était jamais produit. Des espions ont également visité nos exploitations industrielles sur les lunes des géantes gazeuses Laryl et Almar.

Les astres en question défilèrent à l'image et des caractères vohrns s'inscrivirent dans la partie inférieure. Hanosk continua, au bénéfice de ses compatriotes :

— Aujourd'hui, Jonas Morsak, un humain à la tête d'une puissante firme, cherche à nous détruire. Son but est vraisemblablement de profiter de la panique créée par une épidémie de Smog pour s'emparer de Procyon. Il est probable qu'il soit à l'origine des incursions.

Mallory fut impressionnée malgré elle : Morsak n'avait pas lésiné sur les moyens ! La valeur de ce coin de la galaxie devait dépasser l'imagination.

Le dirigeant vohrn poursuivit :

— Nous avons toujours cru que nos adversaires recourraient à la guerre pour nous prendre Procyon. Morsak a trouvé une autre solution : nous exterminer grâce à un virus sélectif...

Changeant de sujet, il interpella Mallory à travers l'hologramme. Il lui expliqua ce que son peuple attendait d'elle :

— Vos congénères utilisent les réseaux de données sans aucun discernement. Une négligence qui nous a permis d'examiner les habitudes des employés de l'Idernax. Nous avons identifié un individu sur lequel faire pression pour obtenir des renseignements. Vous nous aiderez à entrer en contact avec lui. Archiviste dans un centre de recherche, il réside à Nogartha. Le départ aura lieu ce soir.

L'étrange assemblée se dispersa en silence. Restée seule, Mallory rejoignit ses quartiers. Elle se rappela que Torg détestait cette ville. Il allait être ravi de retourner là-bas !

La journée tirait à sa fin, quand le Hanosk les convoqua. Ils suivirent une nouvelle fois un itinéraire préétabli et débouchèrent dans une excavation qui s'ouvrait à flanc de falaise.

Coupée de l'atmosphère martienne par un champ de force double, la grotte abritait la navette du *Lyoden'Naak*. La soute du petit vaisseau était béante. Mallory et Torg en découvrirent avec surprise le contenu : l'aéroglisseur de l'assassin lancé à leurs trousses sur Kenval.

Dans un ronronnement rageur, le véhicule rouge plana sur quelques mètres pour stopper à leurs pieds. Une portière en élytre bascula pour révéler Hanosk. Interloquée, Mallory lui demanda :

— Vous comptez rallier la Terre avec ce truc ? J'ai dû oublier de vous dire que Torg est claustrophobe…

Elle se tourna vers le cybride, en quête de soutien. Ce dernier se contenta de marmonner :

— Humains ou vohrns, tous fous…

À travers son traducteur, l'alien s'expliqua :

— Nous avons amélioré cet appareil. Il est désormais capable de quitter une planète et de se propulser dans le vide. Sa petite taille est un atout : nous pourrons nous glisser discrètement entre les couloirs aériens qui quadrillent l'atmosphère terrienne.

Hanosk libéra la place du conducteur et invita Mallory à le

remplacer :

— Prenez les commandes. Je suis certain que vous serez satisfaite de son fonctionnement.

Elle sentit l'excitation la gagner. La remarque de leur hôte était pleine de promesses...

Une fois installée, l'extraterrestre à sa droite et Torg casé tant bien que mal à l'arrière, Mallory examina les instruments de navigation. Trouvant prestement ses marques, elle lança le véhicule en forme de larme à l'assaut du ciel martien.

Foudroyante, l'accélération fut de loin supérieure à ce qu'elle attendait. Décidément, Hanosk et les siens plaisaient de plus en plus à Mallory : ils savaient fabriquer de jolis jouets ! Un grand sourire aux lèvres, elle rassura son cybride :

— T'en fais pas, Torg. À une telle allure, nous serons arrivés avant que tu te sentes mal !

Les pensées de Daniel Lanca se focalisaient sur la nouvelle fille du *Copal*, un bar à hôtesses. Après sa journée de travail aux archives de l'Idernax, il avait décidé de s'offrir du bon temps. L'homme attendait un cocktail dont il n'avait pas retenu le nom, que préparait une serveuse à la mine résignée. Quand elle lui tendit le verre, son regard glissa sur cet individu au physique banal, s'arrêtant à peine sur les orbites trop rapprochées et l'épaisse moustache noire qui constituaient ses seuls signes distinctifs.

Une ambiance franchement malsaine imprégnait le cabaret. Cela ne gênait pas Lanca. La veille, de retour chez lui, il avait eu la surprise de découvrir dans sa messagerie les photos d'une grande blonde aux yeux verts. L'incarnation de ses fantasmes.

Il ne connaissait pas le *Copal*, mais les clichés étaient venus à bout de sa méfiance. Discrètement apposée en bas de chaque image, figurait la mention « dispo ». Ce code indiquait que, sous réserve de paiement, il aurait droit à une prestation très intime...

Ainsi, le moustachu faisait abstraction des tabourets à l'assise défraîchie et du bar pas très net. Tout juste accorda-t-il un regard à la salle : il était le seul client. Cela ne l'étonnait pas qu'ils inondent les réseaux de pub.

Grassement rétribué par le propriétaire des laboratoires Kaumann en échange de l'accès aux données normalement confidentielles de l'Idernax, il était habitué à fréquenter des établissements de standing. Il observa avec dédain les tables en faux marbre :

— La déco n'est pas le point fort de l'endroit... Comment ont-ils réussi à débusquer une fille si belle ? J'espère qu'ils n'ont pas trafiqué les photos.

Au-dessus d'un alignement de portes numérotées, des écrans poussiéreux diffusaient des saynètes artistico-pornographiques, parfois interrompues pour afficher la disponibilité des « danseuses ».

Lanca allait commander un autre tord-boyaux, quand l'image changea pour vanter les mérites d'une hôtesse, clichés suggestifs à l'appui. Il sentit soudain l'excitation lui brûler les tripes. *La voilà !* constata-t-il fébrilement. *La nana de la pub, au corps de déesse...*

Un numéro clignota en surimpression : le box où la strip-teaseuse attendait son prochain client. Sa précipitation cachée avec maladresse, il abandonna le verre à moitié plein. Sur un dernier coup d'œil en arrière, comme si quelqu'un risquait de le devancer, il se dirigea vers le battant orné du chiffre indiqué.

Il pénétra dans une pièce minuscule, sans fenêtre. À la découverte d'une brune en combinaison de pilote noire et veste en cuir bordeaux, la colère l'envahit :

— C'est une plaisanterie ? Où est la grande blonde ?

Décidé à faire valoir ses droits de consommateur, il ferma la porte derrière lui et s'apprêta à créer un esclandre :
— Je veux voir le patron, immédiatement ! Je n'ai pas fait le chemin pour une petite brunette avec des ronces dessinées sur les mains !
La femme haussa les épaules :
— Si vous y tenez... Hanosk ? interrogea-t-elle. Monsieur souhaite vous parler...
Outragé, Lanca prépara une réplique cinglante.
Au fond de la chambre, un panneau coulissa pour révéler l'entrée des « artistes ». Quand l'alien la franchit, les mots moururent dans la gorge de l'homme. Cherchant le salut dans la fuite, il esquissa un pas vers la sortie.
D'un mouvement fluide, la fille tatouée retira un revolver à l'aspect étrangement organique de sa veste. Elle braqua l'arme en plein vers la poitrine de son « client » et tira.

À peine jaillie du canon, une bille d'un centimètre se transforma en une grande sphère gélatineuse qui frappa brutalement Lanca. Le projectile l'envoya contre le mur. Sonné par le choc, il s'affaissa jusqu'au sol.
Aussi soudainement qu'elle était apparue, la matière qui composait la boule se liquéfia, puis s'évapora sans laisser la moindre trace.
Hanosk prit enfin la parole :
— Parfait, je vais pouvoir l'interroger facilement.
Le plan de l'alien accompli, Mallory se permit une remarque :
— Franchement, pourquoi ne pas demander à Torg de l'assommer dans la rue ? On l'aurait ensuite embarqué pour le cuisiner tranquillement, dans un endroit au calme.

— Nous ne pouvions pas perdre notre temps à le suivre avec l'espoir qu'il passe dans une zone sans surveillance vidéo...

Sur cette explication, il dévêtit brutalement son torse et se pencha sur le moustachu.

Curieuse, Mallory observa la scène, devinant qu'elle allait découvrir comment l'alien s'y était pris pour extraire des informations directement dans son esprit et celui de Laorcq. Elle vit avec surprise le rostre d'Hanosk se décalotter avant de se coller contre la tête de l'archiviste. Un cri s'échappa de sa bouche quand il reprit connaissance au contact du vohrn. Dans la foulée les sphincters de l'homme se relâchèrent et une odeur nauséabonde envahit l'air.

Sans obligation de supporter la puanteur, Mallory quitta la pièce. Sous le regard à peine intéressé de la serveuse, elle traversa la salle du club et emprunta la sortie.

Une fois dans la rue, Torg l'accueillit d'une étreinte. Il avait veillé à ce qu'aucun autre client ne pénètre dans le bar.

Le nez dans la fourrure de son nounours géant, elle retrouvait le sourire, quand une voix morne la fit sursauter :

— Nous pouvons partir.

Le vohrn se mouvait sans un bruit, ce qui la surprenait à chaque fois.

— Ah ? Et où allons-nous maintenant ?

— Rendre visite à Wulgis.

— Wul... quoi ? Ça ne me dit rien. Il est important ?

— Oui. C'est le responsable et actionnaire majoritaire des laboratoires Kaumann, annonça l'alien.

— Les commanditaires des pirates qui nous ont attaqués en chemin pour Kenval ! se rappela-t-elle.

— Exact... Lanca est le lien entre eux et l'Idernax.

Tout en discutant, ils rejoignirent l'aéroglisseur garé à proximité. Quand ils montèrent à bord, Torg manqua d'arracher le dossier du siège conducteur alors qu'il se faufilait aux places arrière.

Les portières refermées, Mallory jeta brusquement

l'appareil au milieu de la circulation dense, suscitant un concert de klaxons irrités...

Tandis que la pilote menait l'aéroglisseur à tombeau ouvert au-dessus d'une voie rapide, Hanosk transmettait des ordres avec concision et recevait des rapports de ses services de renseignement. Il communiquait grâce à un navcom sphérique, perdu parmi la douzaine de doigts qui terminaient sa main écailleuse. Apparemment débranché, son boîtier traducteur restait muet. Il n'avait pas jugé nécessaire que Mallory et le cybride comprennent ses échanges.

— Alors, demanda-t-elle, on a une adresse ?

Hanosk reconnecta son gadget bilingue et répondit :

— Nous devons aller sur le satellite de cette planète. Wulgis y séjourne actuellement, dans une propriété privée.

— La Lune... soupira Mallory. Il n'y a que des mégalos pour habiter là-bas...

Afin de se rendre chez le magnat des labos Kaumann, ils durent emprunter la navette du soir, qui reliait Nogartha à Mare Tranquilitatis en trente minutes.

— Hors de question de débarquer sur la Lune comme sur Terre, expliqua Mallory. Les véhicules autonomes n'y sont pas autorisés...

Des porte-conteneurs assuraient l'aller-retour plusieurs fois par jour. Ils se composaient d'un ensemble de boîtes métalliques, cloisonnant les individus en fonction de leur classe sociale. Certaines étaient aménagées en de luxueux salons, d'autres en bureaux. Les voyageurs les moins bien lotis devaient se contenter de rangées de sièges étroits.

Les occupants des box économiques ne manquaient pas : personnel chargé de la bonne marche des systèmes environnementaux, ouvriers embauchés sur les chantiers en cours, employés de maison… Mallory repéra même des hommes et des femmes dont le maquillage criard ne laissait que peu de doute quant à la profession exercée.

Assise entre Torg (qui tenait deux places à lui seul) et Hanosk, elle s'étonna :

— Je craignais qu'on ne vous remarque, mais à part quelques regards en coin, on s'en sort bien…

Habitués aux lubies des résidents excentriques du satellite, les autres passagers avaient à peine noté l'extraterrestre et le cybride.

Son rostre orienté vers elle, le vohrn l'interrogea :

— Il semble que la Lune ait un statut particulier. Pouvez-vous m'expliquer ?

— Cela remonte à une cinquantaine d'années. Tout a commencé quand un original a décidé de s'installer dans un des cratères. À l'aide d'une immense verrière, il a fermé le cercle rocheux pour créer une sorte de monde miniature sous cloche. La presse s'est emparée de l'histoire et du jour au lendemain, posséder un « univers privé » devint un symbole de réussite…

Mallory s'interrompit pour siroter une boisson rose fluo achetée à l'embarquement puis termina :

— Les promoteurs se sont jetés sur ce qu'il restait. Aujourd'hui, la Lune est une banlieue de luxe…

Toujours aussi direct, Hanosk déclara :

— Une autre illustration de vos capacités en tant qu'individus, et de votre manque de jugement à une échelle collective. Très étrange.

La réflexion de l'alien éveilla un écho chez elle :

— D'une certaine façon, mon père a été victime de ces tendances conflictuelles. Il avait beau agir de son mieux et dans les règles, il a été sacrifié au nom des intérêts de politiciens véreux.

La discussion lui rappela les déboires d'une autre personne. Elle demanda :

— Et Laorcq ! Avez-vous une idée de ce qui va lui arriver ?

— Votre préoccupation ne me surprend pas…

Un brin agacée, Mallory se remémora qu'Hanosk avait accédé à son esprit. Sur ses bras et ses mains, les fleurs tatouées se muèrent brièvement en épines avant de réapparaître sous la forme de boutons de roses.

Son inquiétude pour le balafré était réelle, se rendit-elle compte : Laorcq était encore plus tête de mule que pouvait l'être son oncle Max, mais il lui manquait. Elle soupira. Si elle en arrivait à lui trouver des similitudes avec son oncle, autant admettre qu'elle tenait à lui…

Comme s'il avait marqué une pause à dessein, Hanosk poursuivit :

— Notre visite chez Wulgis devrait nous apprendre ce que Laorcq devient. D'après mes informations, il a contacté le propriétaire des laboratoires Kaumann, qui a aussitôt envoyé un avocat le libérer. Reste à savoir pourquoi…

XXI
PLEINE LUNE

Le choc de l'atterrissage fut suivi d'une secousse inattendue. Mallory s'accrocha par réflexe aux accoudoirs de son siège. Réalisant ce qu'il se passait, elle se détendit aussitôt : une machinerie complexe se chargeait des conteneurs, pour les placer sur un tapis roulant. Dans un ballet parfaitement orchestré, les boîtes se succédaient face à un sas, le temps de déverser leur flot humain.

Après s'être extraite du compartiment bondé avec soulagement, elle découvrit un astroport conçu pour que personne ne s'y attarde : une vaste étendue bétonnée, sise au milieu d'une mer de sable lunaire. L'unique terminal se constituait d'un bâtiment circulaire, pourvu de deux étages ceinturés de hublots. L'architecte s'était inspiré des « soucoupes volantes », les vaisseaux tels qu'on les imaginait jadis.

À travers les vitres épaisses, Mallory aperçut des véhicules qui allaient et venaient, suspendus un demi-mètre au-dessus de l'océan poussiéreux. Le port spatial servait également de gare routière.

Flanquée de Torg et Hanosk, elle voyait les autres voyageurs garder une distance respectueuse entre eux et elle. Avec deux non-humains pour veiller sur elle, ils devaient la prendre pour une personne à éviter. Elle songea amèrement que ce n'était pas faux, vu les catastrophes qu'elle accumulait en chemin...

Emporté par le flot de voyageurs, l'improbable trio traversa les lieux et parvint à la station de taxis. Mallory identifia rapidement le mode de propulsion des engins aux airs de galets fuselés :

— Des *maglevs* ! s'exclama-t-elle, ses pensées négatives oubliées. Je les croyais tous au musée...

Dotés d'un charme désuet, ces véhicules qui utilisaient la lévitation magnétique sur rails avaient obtenu les faveurs des propriétaires de la Lune.

Une de ces voitures s'arrêta en silence devant Mallory et ses compagnons. Une portière se releva telle une aile de papillon. Ils eurent la surprise de découvrir un humain à l'intérieur. D'une voix empreinte d'impatience, il lança :

— Les Intelligences Artificielles sont programmées pour optimiser le nombre de passagers par trajet. Si vous allez à Copernicus, montez. Sinon, prenez le suivant.

— Nous montons, répondit Hanosk.

Cette destination n'était pas du tout la leur, mais Mallory ne cilla pas. Elle s'y attendait plus ou moins : l'IA risquait d'appeler Wulgis pour le prévenir de l'arrivée de visiteurs...

Le regard éteint, l'homme observa la femme brune, le colosse à fourrure et le bipède à peau de serpent s'installer sur les sièges libres.

Le maglev s'engagea dans le sas de sortie et ses portières se verrouillèrent automatiquement. Un lourd battant coulissa derrière eux. Dans un ronronnement métallique, des pompes à air vidèrent l'endroit de son atmosphère.

En face du véhicule, le panneau extérieur se souleva au

bout de quelques secondes. L'IA de pilotage accéléra en douceur et l'astroport disparut rapidement derrière eux.

De sa toge pourpre, le vohrn en tira un objet semblable à un stylo. Il en toucha la nuque du passager. Le résultat fut sans appel : l'homme s'évanouit comme si son cerveau était pourvu d'un interrupteur.

Hanosk posa l'extrémité de son étrange appareil contre le tableau de bord du maglev et provoqua la mise en veille de l'IA avec la même facilité. La voiture à lévitation ralentit et finit par s'arrêter au milieu du désert lunaire.

Le vohrn s'adressa à Torg :

— Pendant que Mallory Sajean et moi porterons des masques respiratoires, vous allez ouvrir les portes et loger le terrien mâle dans le compartiment à bagage.

Outrée, elle objecta :

— Il va mourir ! Être inconscient ne protège pas les humains du vide !

Elle songea après coup à elle-même et ajouta :

— Un simple respirateur non plus…

Hanosk réfléchit un court moment et s'expliqua :

— J'avais oublié cette faiblesse. Dans ce cas, vous devez échanger vos places à l'intérieur de l'habitacle. Votre congénère occupe celle destinée à l'usage des commandes manuelles.

Torg s'efforça de rassurer Mallory :

— Relaxe-toi. Je ne permettrai jamais à quelqu'un de t'exposer au vide spatial ! affirma-t-il avant de lui ébouriffer les cheveux.

Elle attrapa l'un des gros doigts de Torg et lui lança sur un ton faussement agacé :

— Laisse ma tête tranquille ! Aide-moi plutôt à bouger monsieur l'endormi…

Torg la gratifia d'une étreinte maternelle en guise d'acquiescement et lui plongea le visage dans sa fourrure tigrée. Puis, d'une main, il extirpa le pauvre homme de son siège.

— Ne vous comportez pas en enfants, nous prenons du retard, déclara Hanosk.

La sécheresse de l'alien mise sur le compte de l'inquiétude, Mallory se glissa aux commandes du véhicule. Tandis que le cybride en terminait avec l'infortuné passager, elle utilisa son navcom pour obtenir un itinéraire vers la demeure de Wulgis. Ils repartirent sur-le-champ et le maglev survola à vive allure la mer d'argent terni.

Grâce au large pare-brise panoramique, Mallory découvrait la conséquence la plus remarquable de l'aménagement si spécial de la Lune : elle paraissait aussi vierge qu'avant l'arrivée des humains. Circulant au niveau du sol, la pilote et ses compagnons ne voyaient que des pierres, du sable gris et le pointillé de la ligne magnétique. Les habitations se dissimulaient habilement au cœur des cratères. Malgré la présence de la Terre dans le ciel étoilé, elle trouva l'impression de solitude saisissante. Imaginer des havres à usage privé derrière les parois rocheuses lui demandait des efforts. Elle décida de profiter du calme : elle risquait bientôt de regretter la tranquillité des plaines lunaires…

Le navcom de Mallory les avertit qu'ils étaient parvenus à destination. Conformément aux directives d'Hanosk, elle évita l'entrée principale. Elle mena discrètement le véhicule face à un sas réservé à l'entretien du domaine. Sans un mot, l'extraterrestre sortit un autre objet de sa toge.

Elle reconnut le communicateur en forme de grosse bille qu'il avait utilisé précédemment. Les longs doigts de l'alien parcoururent la surface sphérique. Devant eux, l'épaisse porte métallique s'escamota comme par magie. Mallory jeta un œil interrogateur au vohrn :

— Je suppose que vos « informateurs » ne se sont pas contentés de retrouver son adresse, n'est-ce pas ?

Il répondit à la question par un ordre :

— Conduisez-nous à l'intérieur, s'il vous plaît.

Elle mit un frein à sa curiosité et s'exécuta. La pression égalisée, le sas s'ouvrit pour révéler un paysage sublime.

Le mont qui occupait habituellement le centre des cratères avait été dynamité pour devenir un lac circulaire. Recouvrant l'intégralité du terrain, un jardin japonais de deux kilomètres de diamètre lui servait d'écrin. L'eau cristalline offrait à la vue des dizaines de koïs, une variété de poisson rouge d'un bras de long. Au-dessus, presque invisible, un assemblage de vitrages hexagonaux protégeait les lieux du vide.

Ils abandonnèrent le véhicule et se dirigèrent vers la superbe maison construite près de l'étang. En approchant, Mallory examina le bâtiment avec émerveillement : tout en rondeurs et habillée de moulures aux formes lascives, la demeure paraissait issue d'un conte de fées. Elle identifia sans peine cette architecture inspirée du monde végétal :

— Une villa Art Nouveau ! s'exclama-t-elle. Je ne m'attendais pas à ça...

Hanosk et Torg marquèrent un temps d'arrêt. En dépit de leurs concepts esthétiques étrangers, la beauté de l'édifice les touchait.

— Ce domaine nous fournit un moyen de pression sur Wulgis, lâcha le vohrn.

— Vous n'allez quand même pas menacer de le détruire ? s'écria Mallory, choquée par l'idée.

Les bras de l'alien ondulèrent, signe d'exaspération chez les siens :

— Non ! Nous ne sommes pas des barbares. J'ai été informé que la situation financière de Wulgis est très mauvaise. La raison en est simple : il a investi l'intégralité de ses revenus ici. Après tant d'efforts consacrés à une seule réalisation...

— Il sera prêt à tout ou presque pour éviter de la perdre,

compléta Mallory. Vous commencez à bien connaître les humains…

Ils avancèrent rapidement, prenant garde de ne pas déranger quoi que ce soit : maltraiter une végétation si soignée tenait du sacrilège. Les abords de la maison étaient déserts. Au dernier étage, une ombre se découpa sur une fenêtre éclairée et indiqua la présence d'au moins une personne.

Le trio s'approcha sans bruit d'une baie vitrée conçue pour profiter de la vue sur le lac. Le panneau coulissant était pourvu d'une barre en acier sur sa hauteur. À la fois ornement et poignée, elle représentait une tulipe.

Le cybride l'agrippa solidement. Le verre épais et le cadre métallique qui le maintenait en place semblaient indestructibles. Pourtant, sous la pression des muscles renforcés du colosse, le mécanisme se mit à gémir. Il céda finalement dans un craquement sourd qui brisa le silence absolu. Le son agit tel un coup de feu sur les nerfs de Mallory. Aucune alarme ne retentit, mais cela l'aurait étonnée que leur arrivée soit passée inaperçue. Elle conclut que la subtilité n'était plus au programme.

Hanosk se glissa le premier à l'intérieur, suivi de près par l'humaine et son garde du corps.

Une fois traversé un salon aménagé en accord avec le style de la villa, ils empruntèrent un escalier qui les mena droit vers la pièce occupée. La porte en était entrouverte.

Le bracelet de Mallory vibra légèrement. Il projeta un message émis depuis le navcom implanté dans le cortex de Torg :

« *J'entre en premier.* »

Elle approuva de la tête. Le cybride envoya valdinguer le battant contre le mur et se jeta à l'intérieur. Son corps renforcé d'acier en guise d'écran à une éventuelle arme à feu, la pilote et le vohrn s'engouffrèrent derrière lui.

Une entrée théâtrale, gâchée par l'absence de réaction d'un homme tranquillement assis à son bureau.

Mallory l'examina. Une chevelure brune, tirée en catogan, faisait ressortir un visage taillé à la serpe. Ni ses traits ni son attitude ne trahissaient la moindre émotion. Impossible de savoir s'il les attendait vraiment ou cachait sa surprise. Il portait une simple chemise blanche, dont le col montrait les marques imputables au port récent d'une cravate. Bien qu'il fût confortablement installé dans un fauteuil, elle le devina très grand. Il détailla ses « invités » en retour et déclara :

— Vous n'avez pas perdu de temps…

Mallory, Hanosk et Torg se tenaient sur leurs gardes. La passivité de Wulgis était inattendue.

Il indiqua les sièges disposés en face de lui :

— Prenez place. Vous n'avez pas fait un si long chemin pour rester debout…

La pilote et ses compagnons ignorèrent la proposition. Il haussa les épaules :

— Vous n'êtes pas d'humeur à vous détendre, constata-t-il. Allons droit au but, alors.

Il posa lentement les coudes sur la surface du bureau et croisa les doigts sous son menton avant de s'expliquer :

— Laorcq Adrinov m'a prévenu de votre probable visite. Cela n'a pas été facile, néanmoins j'ai réussi à le faire libérer. Il devrait nous rejoindre bientôt…

À l'idée de revoir le balafré sain et sauf, Mallory sentit un soulagement teinté de doute l'envahir. Elle se demanda à quoi il jouait : pourquoi avertir Wulgis ?

Loin de ces considérations, l'alien rétorqua :

— Nous sommes déjà informés de ce fait. Nous avons également interrogé Lanca.

— Je vois… Vous êtes franchement efficaces, lâcha

Wulgis sur un ton admiratif. Je suppose que vous voulez assembler les pièces du puzzle. L'histoire est plutôt simple en vérité, le plus difficile sera d'y croire...

Mallory contint mal une violente colère au souvenir de l'abordage du *Sirgan* par Sodoye et ses sbires :

— Du baratin ! Vous avez payé des truands pour me voler et me tuer, c'est tout !

Wulgis porta les mains à ses tempes et les massa en soupirant :

— Décidément c'est un vrai fiasco, dit-il sans s'adresser à personne en particulier.

— Nous ne comprenons pas vos propos, émit Hanosk au moyen de son traducteur. Précisez votre pensée.

Wulgis eut soudain l'air fatigué. Il s'expliqua comme à regret :

— Mes laboratoires ont essuyé de nombreux revers. J'ai besoin de capitaux pour financer la recherche de nouveaux produits et affronter une concurrence accrue. Lorsque j'ai soudoyé Lanca, j'espérais lui soutirer des informations pour m'enrichir en bourse aux dépens de l'Idernax.

Continuant sur sa lancée, il leur raconta la façon dont il s'était assuré de la collaboration de l'archiviste. Il évoqua la découverte d'un projet de traitement contre le Smog. Très intéressé, il avait poussé Lanca à en apprendre un maximum.

— J'ai su ainsi que Morsak en personne s'était chargé d'organiser le transport d'échantillons de test, poursuivit-il. Impossible de connaître la destination exacte. Néanmoins, l'archiviste obtint le lieu de transfert de la marchandise : Io, un des satellites de Jupiter. Toute prudence oubliée à l'idée de me procurer la formule du vaccin, j'ai décidé d'employer des mercenaires.

Piteusement, l'industriel conclut :

— Je n'ai consacré ma vie qu'à deux choses : mon entreprise et cet endroit. Le risque de les perdre, faute d'argent, m'a rendu aveugle aux conséquences de mes actes. Ce traitement si prometteur pouvait sauver ma firme du

désastre, je devais me l'approprier par n'importe quel moyen.
Le ton de l'homme n'attendrit pas Mallory :
— Donc, vous êtes un esthète obnubilé par son chef-d'œuvre, se moqua-t-elle. Si vous avez envoyé à mes trousses Sodoye et ses trois soudards, c'est par simple inadvertance. Vous pensiez à vos prochains cerisiers à fleurs peut-être ?
— Il n'existe aucun traitement, cela n'a jamais été le but de l'Idernax, affirma Hanosk. Vos paroles ne reflètent en rien la réalité.
À travers le boîtier traducteur, aucune inflexion ne transmettait l'état d'esprit du vohrn. Quelque peu déstabilisé, Wulgis poursuivit :
— Non… si, s'emmêla-t-il à tenter de répondre à Mallory et l'alien à la fois. Je veux dire… J'avais confiance dans les dossiers que consultait Lanca, et falsifiés par le PDG de l'Idernax. J'ai compris après coup dans quel guêpier je m'étais fourré, grâce à une avocate, Maître Lucie Carenko. Plus tard, un appel de Laorcq a fini de m'ouvrir les yeux. Il venait de se retrouver en prison, et demandait mon aide pour assigner Morsak en justice. En échange, il promettait de détruire les preuves qui me reliaient à toute l'histoire. Une fois sûr qu'il tiendrait parole, j'ai immédiatement fait le nécessaire pour le libérer.
— À ce sujet, l'interrompit Mallory, comment a-t-il pu sortir après la pagaille que nous avons semée sur Io et à Gloria City ? Et Pluton, ajouta-t-elle, en se remémorant l'escroc obèse abattu par Laorcq.
— Oh, très simplement en fait. Maître Carenko est une des meilleures avocates du moment. Je l'ai envoyée sur Kenval, chargée de la libération du commandant, et ce, coûte que coûte. Elle a réussi, mais non sans se mettre à dos la police locale. Une certaine lieutenante Lafora a d'ailleurs menacé de porter l'affaire en haut lieu. Heureusement, ils ne savent pas là-bas que nous employons Carenko… Mes laboratoires sont assez mal en point sans perdre un marché comme celui de

Kenval.

Quand Hanosk reprit la parole, son traducteur trahit pour la première fois de l'impatience :

— Votre moyen de subsistance nous importe peu. Vous avez cherché à vous emparer de souches du Smog pour en tirer profit.

— Encore une fois, je pensais obtenir un vaccin... Et si cela ne fait pas de moi un honnête citoyen, je ne joue pas du tout dans la même cour que Morsak.

— Rien ne prouve vos propos, contra le vohrn.

— Il suffit de consulter les archives dont je vous parlais. Je peux forcer Lanca à en faire des copies ou à nous donner accès pour les parcourir.

Mallory trouvait l'idée acceptable, contrairement à l'alien. Il s'adressa au cybride :

— Torg, veuillez vous saisir de cet individu et le maintenir debout.

Comme il n'y voyait là aucun danger pour sa protégée, il obtempéra. L'industriel se débattit bravement, mais en vain. Le cybride s'assura de lui sans difficulté et l'emprisonna dans l'étau de ses bras.

Hanosk écarta les pans de sa toge et s'approcha de l'homme. Lui immobilisant le crâne, le vohrn plaqua son rostre contre le front de l'humain.

Le cri ne fut pas aussi fort que Mallory s'y attendait. L'étrange interrogatoire dura près d'une minute. Une fois satisfait, le reptile laissa sa victime s'avachir entre les mains de Torg. Wulgis avait pâli et une pellicule de sueur lui couvrait le visage, mais il était resté conscient.

— Vous n'êtes pas tombé dans les vapes. Je ne vous aurais pas cru si coriace, commenta la pilote.

Elle se tourna vers Hanosk :

— Alors ?

— Contrairement à ce que je pensais, il nous a dit la vérité.

— On peut donc le faire témoigner contre Morsak.

— Cela prendra trop longtemps. Le Smog nous aura tous tués avant la fin des procédures judiciaires humaines...

L'extraterrestre parla ensuite à Wulgis :

— Je vous offre une chance de préserver vos biens. Vous allez faire pression sur Lanca pour qu'il emploie Mallory Sajean sous une fausse identité. Elle pourra ainsi s'emparer des informations nécessaires à notre survie.

La pilote regarda Hanosk avec stupeur et se demanda s'il plaisantait. Elle se rendit vite compte qu'il n'avait toujours pas acquis le sens de l'humour... Pour conjurer le mauvais sort, elle essaya de le raisonner :

— La sécurité de l'Idernax connaît mon visage. Jamais ils ne m'autoriseront à entrer !

Opportuniste, Wulgis sauta sur l'occasion de démontrer sa bonne volonté :

— Ne vous inquiétez pas ! Nous venons de lancer une gamme complète de cosmétiques. Correctement utilisés, ils feront de vous une autre femme...

XXII
MÉTRO, BOULOT...

Hanosk et Wulgis peaufinaient leur plan pour introduire Mallory au sein de l'Idernax. En attendant, elle et Torg visitaient le domaine lunaire. La beauté quasi irréelle des lieux avait un effet apaisant. Arbres et buissons en fleurs, rochers disposés artistiquement et sentiers pavés d'ardoises formaient un paysage onirique. Elle en oubliait presque la menace d'extinction qui pesait sur les vohrns.

Devinant le tour que prenaient les pensées de sa protégée, Torg lui posa un bras sur les épaules et la serra contre lui. Elle accueillit l'étreinte avec un soupir d'aise.

Malheureusement pour elle, un bip et une vibration de son bracelet navcom firent aussitôt éclater la bulle de calme qui les entourait. Devant les yeux de Mallory, un message de Laorcq s'afficha. Elle le lut à voix haute :

— Je suis revenu sur Terre à bord d'un rapide antarien loué par l'avocate de Wulgis. Je vous attends dans un hôtel à Nogartha.

Son entrain retrouvé à cette nouvelle, elle ajouta :
— Le moment est venu de se déguiser.
Sur les ordres de Wulgis, une employée s'était présentée au domaine lunaire. Compétente jusqu'au bout des ongles, elle entraîna Mallory dans une grande salle de bains. La femme, à la fois styliste et maquilleuse, déballa de multiples accessoires et vêtements et se chargea du cas de la pilote.

Mallory et Torg quittèrent l'industriel et le vohrn pour retourner à Nogartha. Une course en taxi autopiloté plus tard, elle frappait à la porte de la chambre occupée par Laorcq.

Le battant coulissa devant elle. À l'intérieur, elle découvrit Laorcq en train d'abandonner le lit sur lequel il était couché. En apercevant Mallory, le doute s'afficha clairement sur son visage. Elle retint un sourire : l'employée de Wulgis avait fait de l'excellent travail. La pilote arborait désormais une chevelure blonde jusqu'aux épaules. Elle portait un ensemble en tissu blanc, parcouru de fils argentés. Veste cintrée et jupe longue fendue magnifiaient sa silhouette.

Elle était certaine que sans la présence du cybride à ses côtés, le balafré ne l'aurait pas reconnue. En examinant de plus près cette nouvelle version d'elle, il ne put s'empêcher de s'attarder sur sa poitrine habilement mise en valeur.

Ce soudain intérêt l'agaça. Avec un profond soupir, elle compara la réaction masculine à la vue de seins avec celle des alcooliques en face d'une bouteille. *Plus elle est grosse, plus ils savourent à l'avance...*

Laorcq contrebalança cette fausse note d'un franc sourire, lui laissant clairement comprendre que, même affublée d'une perruque, la retrouver lui faisait plaisir. Elle entra dans la chambre, Torg sur ses talons. Un peu moqueuse, elle lui jeta :

— Puisque tu apprécies tant les décolletés, tu devrais éviter d'aller si souvent en prison.

Redevenue sérieuse, elle lui demanda :

— Honnêtement, je sais que Morsak a failli te tuer, mais la vengeance vaut-elle vraiment la peine de finir ta vie en cabane ?

Les larges épaules de Laorcq s'affaissèrent lorsqu'il répondit :
— Pour me liquider, l'assassin engagé par Morsak a piégé ma maison avec des explosifs. J'ai survécu, car la déflagration m'a projeté à travers une fenêtre. Ma femme et mon fils n'ont pas eu autant de chance : ils sont morts sur le coup.

Maudissant sa curiosité, Mallory s'approcha du grand balafré. Elle posa une main hésitante sur son bras et s'excusa :
— Je suis désolée, je voulais juste comprendre.
— Tu n'y es pour rien. Il est temps que j'en termine avec Morsak, et pour toi d'être débarrassé de Lebrane. Nous avons du boulot. À ce sujet, où se planque Hanosk ?
— Il est toujours sur la Lune. Selon Wulgis, les vohrns se remarquent beaucoup trop sur Terre.
— Ça se tient, admit Laorcq. À toi de me résumer vos aventures.

Elle récapitula les récents événements en quelques phrases, agrémentées des commentaires de Torg. Le voyage à bord du *Lyoden'Naak*, Mars et enfin Lanca :
— Ce nullard représente notre point d'entrée chez l'Idernax. Reste à lui forcer la main.

Le sujet ne tracassa pas Laorcq :
— Obliger un petit bureaucrate à t'introduire sur son lieu de travail sera un jeu d'enfant. Un simple appel et la menace de dévoiler à tout le monde ses escapades nocturnes suffiront largement.

Ce « détail » réglé, Mallory se mit en route. Mal nécessaire, l'épiderme artificiel qui dissimulait ses tatouages la démangeait. Par contre, elle trouvait discutable de porter un soutien-gorge aux bonnets deux tailles au-dessus de la sienne. Inconfortable, il contenait un gel à mémoire de forme destiné à combler la différence. L'épais liquide réagissait étrangement lorsqu'elle bougeait, comme si des doigts invisibles s'étaient glissés à l'intérieur pour palper l'orbe de ses seins. Sans parler des lentilles de contact bleues irritant ses yeux et des chaussures à talons qui lui donnaient l'impression de marcher avec des échasses...

Quitter la rue de l'hôtel demanda quinze minutes. Elle eut à se frayer un chemin entre mendiants et vendeurs à la sauvette. En dehors des passages protégés, traverser le flot ininterrompu de véhicules était impossible. Le vacarme de la circulation terrestre et aérienne se combinait à la rumeur des publicités vidéo scotchées à chaque poteau.

— J'avais oublié à quel point Nogartha est bruyante. Je m'entends à peine penser ! Et l'odeur... On dirait que les égouts sont à ciel ouvert ! s'exclama-t-elle en fronçant le nez.

Pour attirer la clientèle, les restaurants diffusaient des arômes artificiels. Ces vapeurs se mêlaient aux relents de la ville surpeuplée : déchets, sueur, urine et arrière-goût de produits chimiques.

Après une bousculade pour atteindre l'autre bord de la chaussée et une centaine de mètres laborieuse, Mallory parvint à l'entrée du métro.

Quatre cents mètres d'escalier mécanique en pente raide et plus ou moins en état de marche la menèrent à un quai gluant de saleté. Piégée au sein de la foule, elle fit de son mieux pour ne pas être jetée sur les rails, pendant que les express filaient à pleine vitesse sur les voies centrales.

Suite à une séance d'une heure façon sardines en boîte, dans une rame qui émettait des grincements effrayants, Mallory mit enfin les pieds dans le quartier des affaires. Un pied en fait, le second ayant plongé dans une déjection translucide de taille respectable. L'excrément dégagea une odeur d'œuf pourri, typique des gaz sulfureux.

Son accoutrement inconfortable et les transports en commun l'agaçaient déjà bien assez. Elle pesta :

— De mieux en mieux ! Je croyais les secteurs souterrains interdits aux extraterrestres non éducables hygiéniquement !

Une fois hors du métro, les choses s'améliorèrent : cette partie de la ville était beaucoup moins fréquentée et les passants ne s'y attardaient pas.

Les vidéos-pubs collées au petit bonheur avaient disparu, comme repoussées par l'agencement rigoureux de l'endroit. Suivant les trottoirs mécaniques parallèles à une grande avenue, Mallory parvint au centre de recherche de l'Idernax. En guise d'immeuble, elle découvrit un gigantesque cube dont les faces alternaient béton et acier :

— Un vrai blockhaus. Et je vais devoir me frayer un chemin à l'intérieur...

Avec un malaise presque palpable, Lanca accueillit Mallory à l'entrée. Ils durent franchir différents points de contrôle. Glissée dans son rôle de nouvelle employée avec une facilité qui la surprit elle-même, elle eut ensuite droit à une brève visite des lieux.

Elle s'aperçut que les bureaux se situaient au ras des façades. Au contraire, vers le cœur du bâtiment, des secteurs à l'accès de plus en plus restreint s'empilaient telles les couches d'un oignon. Les laboratoires et les archives électroniques se nichaient au centre. La forme de l'édifice ne devait rien au hasard. L'aspect monolithique qu'elle lui conférait illustrait parfaitement les précautions prises pour l'isoler de l'extérieur.

Ces formalités achevées, Mallory se retrouva assise face à un terminal. Au gré de la tâche élémentaire assignée par l'archiviste moustachu, elle tenta de fouiner un peu. Sans surprise, elle réalisa l'inutilité de ses efforts. Les données accessibles à de banals salariés ne trahissaient rien des manigances de Morsak.

Quant aux « larges » autorisations de Lanca, elles existaient pour la parade. Le dossier du Smog était falsifié.

D'ailleurs, elle constata avec dépit que les archives étaient remplies de faux documents. Ces fichiers ne devaient servir qu'à leurrer les inspecteurs des impôts et les investisseurs.

Lorsque la pause de midi arriva enfin, elle rejoignit Laorcq et Torg à plusieurs rues de là, pour avaler un vilain sandwich dans un resto rapide.

Petit et bondé, il avait le mérite d'accueillir une clientèle parmi laquelle Mallory, façon « employée de bureau », se mêlait facilement. Dernier atout, l'endroit était couvert du sol au plafond de papier vidéo qui diffusait des clips érotiques, ce qui évitait aux curieux de s'attarder sur le cybride.

— Impossible de mettre la main sur quoi que ce soit, commença-t-elle entre deux bouchées. Pas étonnant si Wulgis s'est planté dans les grandes largeurs avec les tuyaux de Lanca.

Laorcq haussa les épaules et répondit :
— Aucun d'entre nous ne pensait réellement que ce serait aussi simple. Tu vas devoir finir ta journée comme tout le monde. Il ne faut pas éveiller de soupçons si nous voulons régler cela tranquillement.

— Ce n'est pas toi qui viens de passer quatre heures avec un vieux pervers, à faire un boulot d'un ennui mortel, rétorqua-t-elle.

À ces mots, Torg se raidit :
— S'il te touche, je le réduis en bouillie !

Mallory se pencha vers son nounours guerrier et le rassura :
— Tu es un amour, mais je peux m'occuper de lui d'une seule main.

Sans parvenir à cacher son amusement face à la relation quasi fraternelle entre elle et son garde du corps, Laorcq poursuivit :
— Je vais contacter Hanosk. Pour employer la manière forte, nous avons besoin d'un moyen de transport et de divers outils. Torg et moi te retrouverons ce soir.

Son repas expédié, Mallory retourna « au travail ». Les

heures s'écoulaient avec une lenteur désespérante. Pour ne rien arranger, sa présence perturbait Lanca. Il sursautait dès qu'on lui réclamait un document ou lui soumettait une demande de recherche. Ses collègues ne lui prêtaient pas la moindre attention, heureusement. Sinon, ils n'auraient pas mis longtemps à s'apercevoir que quelque chose ne cadrait pas.

Mallory supportait difficilement de le voir rôder autour d'elle, angoissé au point d'en oublier parfois de respirer. Elle s'en inquiétait : il allait finir par craquer et courir avertir la sécurité !

La torture se poursuivit jusqu'au moment où elle sortit du bâtiment avec lui.

Torg et Laorcq attendaient un peu plus loin. Quand l'archiviste parvint à leur hauteur, ils le stoppèrent net en se plaçant devant lui.

À son grand soulagement, elle sentit la tension accumulée au cours de la journée diminuer. Elle pressa le pas pour les rejoindre.

Le balafré n'eut même pas besoin d'exhiber une arme, la présence de Torg suffisait amplement. Lanca les regarda avec l'air penaud d'un écolier réprimandé pour avoir soulevé la jupe d'une fille. Ils l'escortèrent jusqu'à un véhicule rouge sang : en réponse à la requête de Laorcq, Hanosk lui avait confié l'aéroglisseur modifié.

Aidé de Torg, il jeta l'archiviste dans le coffre, avant de l'endormir d'un crochet du droit. Il ouvrit la portière en élytre et lâcha :

— Décidément, ça devient une habitude d'avoir un type groggy à l'arrière de la voiture...

— Tu ne crois pas si bien dire, acquiesça Mallory qui repensa avec une pointe de culpabilité à son passage sur la Lune et au malheureux inconnu croisé à bord du maglev.

Fouillant derrière le siège du conducteur, Laorcq en ressortit un sac à dos rose bonbon. Il fit l'inventaire de son contenu :

— Un tube à tenue de combat épidermique. Un pistolet à balles hypertrophes, chargé jusqu'à la gueule.

Mallory lui prit le revolver cracheur de grosses boules gélatineuses des mains, soupesant l'objet avant de lui rendre.

— Au moins, je ne risquerai pas de blesser quelqu'un accidentellement, se rassura-t-elle.

Laorcq glissa l'arme dans le sac et continua sa vérification :

— De la part des vohrns, une luciole flottante et un stockeur d'informations. Enfin, un microgénérateur, pour disposer d'une réserve d'électricité.

Il tendit discrètement l'ensemble à Mallory.

— Voilà tout ce dont tu auras besoin. Le plan d'Hanosk et Wulgis est cohérent. Avec ton déguisement et les gadgets des aliens, cela va être un jeu d'enfant.

Elle fit la moue, loin de partager son optimisme :

— Tu es sûr que la chambre forte s'ouvrira quand le courant aura sauté ? Ce système me paraît un peu stupide.

— Pas vraiment. C'est une norme imposée avec les centres de données de ce type : s'ils restent fermés pendant que la ventilation est coupée, ils surchauffent et risquent d'être définitivement endommagés. D'ordinaire, les générateurs de secours et l'équipe de sécurité suffisent pour compenser cette faiblesse, expliqua Laorcq.

Incapable de retenir un grand sourire, il ajouta :

— Nous avons ce qu'il faut pour régler le problème de l'énergie. Je compte sur tes nouveaux atouts pour celui des gardiens…

Le vigile en poste à l'entrée du laboratoire s'ennuyait ferme. Engagé depuis peu par la filiale sécurité de l'Idernax,

Omega Sec, il se sentait frustré de passer ses nuits à observer le hall d'un bâtiment aussi cubique que barbant. L'endroit ne recelait rien de spécial, sauf une poignée de jolies filles. Au moins, grâce aux moniteurs de surveillance, il pouvait les détailler sans se priver.

Pour s'occuper, il imaginait des scénarios improbables, où l'une d'elles se retrouverait dans une situation fâcheuse. Grâce au talent acquis lors d'un stage de trois jours de self-défense, il lui porterait secours et elle le remercierait d'une invitation à terminer la soirée chez elle...

Il lui restait six heures à tuer, quand la chance lui sourit enfin. La nouvelle qui avait attiré son attention à l'heure de la sortie, la blonde à la poitrine presque trop grosse, était de retour.

— La petite écervelée a sûrement oublié un truc. Toi, ma chérie, tu ne repartiras pas sans m'avoir laissé ton adresse navcom, marmonna-t-il, certain de lui.

Mallory arrivait à grands pas : quitte à liquider une corvée, autant ne pas perdre de temps. Derrière la vitre du box où officiaient les agents de sécurité, elle distingua le visage du garde :

— Et en avant la musique... soupira-t-elle.

Elle tira sèchement sur son chemisier pour en faire sauter un bouton. Le décolleté déjà profond se transforma en Grand Canyon. Elle salua l'homme et elle franchit la porte du local de surveillance. Avec un air intimidé, elle s'approcha du pupitre prévu pour l'accueil des visiteurs.

Pour Mallory, dont le caractère était bien trempé, la conversation qui suivit fut un véritable morceau de bravoure. Le gardien entama les hostilités :

— Mademoiselle, que puis-je pour vous ? questionna-t-il, avec toutes les difficultés du monde à ne pas scruter les courbes de son interlocutrice.

— J'ai besoin de votre aide, expliqua-t-elle en minaudant... Sinon, j'ai peur de devoir passer la nuit dehors. *Il faudrait qu'il soit homo pur et dur pour ne pas mordre à un appât aussi évident*, songea-t-elle. Afin de pousser son avantage, elle enchaîna :

— J'ai oublié la carte-clef de mon studio et les doubles sont dedans. Quelle idiote je fais ! Je suis nouvelle en ville et je n'ai personne pour m'héberger...

Ce fut le moment du sourire un peu niais. Extrêmement difficile pour la capitaine du *Sirgan*. Elle s'en sortit honorablement. Croyant flairer une bonne affaire, monsieur sécurité insista :

— Je suis vraiment navré, mademoiselle. Votre autorisation n'est valide qu'en journée. Vous devez comprendre, je ne peux pas vous permettre de passer. La nuit, ce bâtiment est sous haute surveillance !

Mallory ne se fit pas prier pour entrer dans son jeu. Elle s'accouda sur le mobilier qui la séparait de lui. Vaincu d'avance, l'homme admira sa poitrine débordante. Elle continua sur le thème de la petite nouvelle, avec l'espoir que son balconnet *high-tech* ne la trahisse pas à cette étape critique.

À peine deux minutes plus tard, le garde enregistrait minutieusement une fausse adresse dans son navcom et Mallory pénétrait dans le cube de béton. Elle se dirigea aussitôt vers le bureau de Lanca.

Une fois à l'intérieur, elle se débarrassa de sa perruque. Les dents serrées, elle arracha la peau synthétique qui dissimulait ses tatouages. Elle ôta également ses vêtements et les talons aiguilles lui meurtrissant les pieds. Pour finir, elle jeta dans un coin le pénible soutien-gorge. Elle le remplaça d'un modèle à sa taille, qu'elle avait pris soin d'emporter.

Du sac à dos confié par Laorcq, elle sortit le revolver et le tube qui contenait la combinaison de combat.

Au moment où elle allait l'activer, elle réalisa qu'on l'observait. Un agent d'entretien venait d'ouvrir la porte de la petite pièce, pour rester bouche bée devant le spectacle…

Instinctivement, elle attrapa son arme et pressa la détente en visant au jugé. La masse de gélatine jaillie du pistolet envoya le pauvre homme s'assommer contre un mur.

Une vague de remords monta en Mallory : laver les locaux de l'Idernax ne devait pas être spécialement passionnant, alors se faire tirer dessus en prime.

Abstraction faite de cet état d'âme, elle libéra la tenue de protection. Tandis que l'enveloppe bleue la recouvrait d'une illusoire sensation d'invincibilité, elle se dit :

— Un plan simpliste et exécuté à la va-vite, pour forcer le laboratoire d'un mégalomaniaque. Tout va se passer sans accroc, aucun doute !

XXIII
PIRATAGE

Assis devant ses écrans de surveillance, le gardien s'imaginait chez lui, en compagnie de la petite nouvelle. Un concert de klaxons rageurs le tira de sa rêverie. Agacé, il parcourut les moniteurs du regard. Il buta sur une image transmise par une caméra extérieure : un aéroglisseur rouge aux formes arrondies zigzaguait dans la rue. Affichant les symptômes de la conduite en état d'ébriété, le chauffeur fit un écart pour éviter une voiture qui circulait en sens inverse. Son système antigravité brusquement coupé, le véhicule se posa avec fracas devant l'entrée principale et raya le dallage en marbre.

Stupéfait, le vigile vit un grand type avec une cicatrice à la tempe s'en extirper. L'homme tituba jusqu'au mur de l'immeuble, où il s'appuya des deux mains. Des spasmes le secouèrent brièvement, puis il retourna sur ses pas. Il alla s'asseoir sur le capot de l'auto volante, les bras ballants, et la tête si penchée que son menton lui touchait le torse.

La surprise passée, le gardien jaillit sur le palier et houspilla l'intrus :
— Où tu te crois ? Dégage avant de te prendre une raclée ! rugit-il de sa plus grosse voix.

Avec l'espoir que la blonde plantureuse surgisse pour l'admirer en pleine action, il posa la main sur l'épaule du poivrot. Ce dernier paraissait prêt à vomir sur les dalles de l'entrée.

Le vigile eut un moment de doute : l'ivrogne était solidement bâti. Pour se rassurer, il se dit qu'il était trop cuit pour poser problème.

Revenu à sa préoccupation principale, il jeta un coup d'œil à l'intérieur de l'immeuble cubique et se demanda :
— Et si j'attendais carrément que la fille ressorte pour éjecter ce type devant elle ?

Frappant sa mâchoire inférieure, un uppercut asséné par le supposé ivrogne coupa net le fil de ses pensées. Le choc brisa les dents du gardien les unes contre les autres. Un air d'incompréhension sur son visage, il bascula en arrière. Sa tête heurta violemment le sol, où il resta étalé et inconscient.

Sans perdre une seconde, Laorcq retourna dans l'aéroglisseur et déclencha l'émetteur d'ondes électromagnétiques installé à bord. En pleine ville, l'effet fut saisissant. Non seulement le bâtiment de l'Idernax se trouva plongé dans le noir, mais un calme soudain s'empara du quartier.

Pour un court instant, tout sembla suspendu. Les voitures continuèrent sur leur lancée, les hologrammes en devanture de boutique tremblotèrent une dernière fois, les lampes des réverbères faiblirent doucement. Vinrent ensuite les collisions entre automobilistes qui n'avaient pas réalisé que les IA de guidage ne répondaient plus. Les altercations entre conducteurs suivirent. Sans lumière artificielle, la rue s'était transformée en canyon de béton au fond duquel se dessinait une superbe pagaille. La circulation dense alimentait la cohue.

— Un véritable chaos, encore mieux que prévu, observa Laorcq.

À l'arrière du véhicule, Torg n'avait rien perdu du spectacle. Il ne partageait pas son enthousiasme. Sur un ton inquiet, il lâcha :

— La panique ne durera pas. Mallory risque de ne pas sortir assez vite…

Laorcq chercha l'heure des yeux, pour s'apercevoir que son navcom figurait parmi les victimes de l'impulsion magnétique. Il estima le temps écoulé depuis l'entrée de la pilote dans l'immeuble :

— Quatre ou cinq minutes. Elle doit être en marche vers le centre de données. Trop tôt pour s'angoisser, se rassura-t-il, avec la fâcheuse impression de mentir…

Dans un labyrinthe de corridors obscurs, Mallory courait à en perdre haleine. L'architecture particulière des lieux la forçait à de nombreux détours. Tel un gros bourdon apprivoisé, la luciole vohrne qui la suivait éclairait son chemin.

À l'angle d'un couloir, elle se retrouva nez à nez avec un des vigiles. Pensant rencontrer un collègue, il s'était rué en direction de la lumière. À la place, il avait trouvé un intrus lancé à pleine vitesse et couvert de la tête aux pieds d'une étrange substance bleue.

Le gardien dégaina. Revolver au poing, Mallory le devança. Balayé par la boule gélatineuse, il valdingua plusieurs mètres en arrière, KO et trois côtes brisées. L'arme de la pilote projetait des sphères liquides à près d'un kilomètre par seconde. Cette vélocité leur conférait la texture d'un morceau de bois lors de l'impact.

Au fil de son incursion, Mallory dut ensuite dévaler des escaliers de secours sur cinq niveaux. Elle aboutit devant le sas qui séparait les bureaux des locaux de recherche. Elle en profita pour reprendre son souffle et régla le revolver sur la puissance maximale. Lorsqu'elle tira, l'épaisse plaque d'acier se tordit dans un grincement plaintif, sans céder pour autant.

Mallory ouvrit de nouveau le feu, gardant le doigt pressé sur la détente. Une rafale jaillit de l'arme. Elle eut raison du premier battant, mais également du second.

Elle franchit le sas éventré avec prudence. Elle découvrit que la salve avait projeté les grands panneaux de métal au travers des lieux et démoli des rangées d'instruments délicats.

— Génial, tout en finesse ! ironisa-t-elle.

Après une dernière porte fracassée, elle arriva dans la zone à l'accès strictement restreint. À moitié occultés par la pénombre qui dévorait les murs, les appareils scientifiques se transformaient en monstres de fer et de céramique.

Au centre, sous des bulles de Plexiglas, gisaient les carcasses de mutants victimes du Smog. La plupart étaient soigneusement disséqués. Mallory nota que des échantillons de tissus avaient été prélevés dans les muscles, la peau et les os.

Des fluides suintaient des dépouilles. Sous la lumière tremblotante de la luciole, elles luisaient d'un éclat malsain. Une odeur de chair pourrie mal masquée par un parfum de désinfectant flottait dans l'air. Sans les petites diodes et le ronronnement des robots d'analyse, les lieux ressemblaient moins à un laboratoire qu'à un charnier dissimulé au fond d'un bunker.

Un peu plus loin, derrière une paroi transparente, Mallory vit deux plateaux en inox. Sur l'un d'eux était étendu un vohrn, dont le torse avait été ouvert et refermé à de multiples endroits. Quand le faisceau lumineux toucha son corps, il s'agita violemment...

Les nerfs tendus, elle sentit son doigt se crisper sur la détente de son arme. Le projectile sphérique pulvérisa le verre entre elle et l'alien. Ironiquement, ce dernier dut son salut aux entraves qui le maintenaient attaché à la table d'opération. En se redressant de quelques centimètres, il aurait été frappé de plein fouet.

— Merde ! jura-t-elle.

Puis, se contrôlant, elle s'excusa :

— Heuh, je veux dire... Désolée, le coup est parti tout seul. Vous m'avez fait peur.

L'alien émit une suite de sons inintelligibles et força à nouveau sur ses liens.

— OK, j'ai compris, calmez-vous... lui répondit Mallory, en accompagnant ses paroles de signes destinés à le rassurer.

Elle enjamba précautionneusement le rebord de la vitre brisée et s'approcha pour libérer le vohrn. Elle constata qu'il agonisait.

Tandis qu'elle défaisait les sangles l'emprisonnant, il lui indiqua avec insistance un meuble métallique placé près d'eux. Consciente à la fois du délai à tenir et de son obligation envers l'alien, elle en fouilla les tiroirs. Elle y dénicha un boîtier traducteur identique à celui utilisé par Hanosk, qu'elle installa rapidement sur le rostre de l'extraterrestre :

— Moi Nanesil. Vous avertir peuple mien. Danger et mort. Idernax reconstruire Smog contre nous. Vous inconnue ?

En dépit du mauvais réglage de l'interprète, la peur et l'urgence étaient tangibles. Prise au dépourvu, Mallory posa une main là où se situerait l'épaule chez un homme, espérant que Nanesil comprenne ce geste de réconfort typiquement

terrien.
— Je m'appelle Mallory Sajean. Je suis ici à cause de cela. Ne vous inquiétez pas. Je travaille pour Hanosk, vous le connaissez peut-être ?
— Incertain. Ne pense pas... la phrase s'interrompit dans un râle. Donner preuve miens informés.
Mallory sentit un frisson glacé lui parcourir l'échine, elle voyait exactement où il voulait en venir. Elle s'empressa d'ajouter :
— Regardez, il m'a confié du matériel vohrn : la luciole et un stockeur...
Avec le plus de conviction possible, elle montra du doigt la première et exhiba le second. Ce fut insuffisant :
— Besoin contact. Objets peuvent être volés.
Mallory le regarda avec tristesse : *et alors ? Dans l'état où tu es, que peux-tu faire ?*
Elle porta la main au réceptacle de la combinaison pare-balles fixé le long de sa cuisse. Deux brèves pressions sur le tube activèrent le mode d'attente. L'épaisse membrane bleue se rétracta partiellement pour dénuder les bras et le visage de la pilote.
Nanesil retira le traducteur de son rostre. La peau écailleuse de l'organe se recroquevilla afin de découvrir une masse de chair rosâtre. Avant que Mallory ne puisse bouger, le vohrn lui saisit le poignet droit et l'attira vers lui.
Malgré l'appréhension, elle se laissa aller à un peu de dérision : *Entourée de cadavres monstrueux, je m'apprête à plonger les doigts dans le corps d'un extraterrestre. Pilote de vaisseau c'est un boulot plein de surprises !*
Au début, elle eut l'impression de toucher un morceau de cartilage humide. Ensuite, une vague de chaleur l'envahit. Elle chemina à travers la paume, le long du bras, se diffusa dans le crâne de Mallory. Soudain, une douleur fulgurante emprunta le même chemin, comme une giclée de feu liquide vers son cerveau. Son organisme capitula : elle perdit conscience.

Lorsqu'elle revint à elle, la panique la submergea : combien de temps ?
— Pas supérieur une minute.
Le vohrn, à nouveau équipé du traducteur, avait anticipé sa question. Pas étonnant, puisqu'il venait de lire en elle à livre ouvert.
Vaguement nauséeuse, elle se releva avec peine et réactiva sa combinaison. Les « présentations » terminées, Mallory voulut reprendre les choses en main :
— Nous devons nous dépêcher, je suis en retard.
Elle esquissa un mouvement pour aider Nanesil à se mettre debout, mais il la repoussa sèchement.
— Non. Moi condamné. Confiance en vous. Je connais votre mission maintenant. Continuez seule.
— Sûrement pas ! Si Hanosk apprend que je vous ai abandonné...
— Lui comprendre. J'ai écrit en vous.
— Je ne suis pas certaine...
Elle s'interrompit et réalisa soudain :
— Eh ! Vous avez fait quoi ?
L'alien ne répondit pas. Il planta brutalement un objet dans son abdomen et se figea. Mallory fut prise au dépourvu. Bizarrement, l'explication parut s'imposer à elle : prisonnier depuis des mois, Nanesil savait exactement où était rangé chaque instrument. Pendant qu'elle était évanouie, il avait utilisé ses dernières forces pour s'emparer d'une seringue et la remplir d'une substance létale pour les vohrns. Elle comprit qu'elle ne pouvait avoir deviné cela. En plus du message à destination des siens, il lui avait transmis ses intentions.
Ses questions sur l'étrange capacité des vohrns gardées de côté, elle ressortit par la vitre brisée et continua vers le cœur de l'immeuble...

Mallory parvint finalement au centre de données. Vaste cube d'acier, il constituait une véritable chambre forte. Au sol, des grilles métalliques dévoilaient des centaines de câbles. Ils circulaient sur de multiples niveaux, organisés en parcours géométriques. Réparties à intervalles réguliers, de grandes et minces colonnes à section carrée s'élevaient vers le plafond. Remplies de liquide, elles émettaient une lueur blanche et des vagues de chaleur.

— On se croirait dans un sauna ! Je comprends pourquoi la porte s'ouvre en cas d'arrêt de la ventilation...

Regardant attentivement, elle remarqua que les fils convergeaient vers l'un des piliers lumineux. Elle se remémora les instructions de Laorcq :

« *Suite à une coupure, le contrôleur principal vérifie systématiquement l'intégrité des informations. Intercalé entre les câbles et le connecteur standard, le stockeur enregistrera tout au fur et à mesure...* »

Elle souleva l'une des grilles et se hâta de l'installer. Cet accessoire fourni par les vohrns emmagasinait les informations dans des millions de structures semblables à des brins d'ADN. Bien qu'assez petit pour tenir dans une main, il pouvait mémoriser l'équivalent d'une décennie de recherches scientifiques.

Restait un dernier problème : le temps de copier les fichiers, il fallait une source d'énergie pour alimenter le centre.

Espérant que l'objet non humain soit efficace, Mallory activa le microgénérateur. D'après Laorcq, il suffisait de le raccorder n'importe où sur le circuit électrique. Il ranimerait alors le centre pendant une dizaine de minutes. Elle repéra une prise dans un coin de la salle, à laquelle elle brancha

l'appareil réglé au maximum.
En une fraction de seconde, les différents composés qu'il contenait se mélangèrent. La réaction chimique engendra une fournaise de cinq mille degrés, instantanément convertie en électricité. Cependant, son enveloppe tiédit à peine, autre preuve de l'excellence technique des vohrns.

Les lieux revinrent à la vie : lumière, ventilation, puis sirènes d'alarme se déclenchèrent. Dès que la température chuta, la porte blindée se ferma dans un claquement sourd, suivi du son sec du verrouillage.

Inquiète, Mallory surveillait le stockeur. Il travaillait trop lentement à son goût.

— Plus vite, plus vite ! Bon sang... l'encouragea-t-elle.

Après un temps qui lui parut infini, la sangsue numérique changea de couleur. Le noir vira au vert : le processus de copie était fini. Mallory s'en saisit et alla récupérer le générateur.

Sur le point de le débrancher, elle s'aperçut que quelque chose ne collait pas : il était à plat, pourtant la soufflerie et l'éclairage fonctionnaient toujours ! Le cœur au bord des lèvres, elle le déconnecta. Confirmant sa crainte, rien ne se produisit : pas de coupure de la ventilation, donc pas de chaleur et surtout...

— Pas d'ouverture de la saloperie de porte blindée ! lança-t-elle avec colère.

Elle ignorait ce qui avait pu advenir, mais le résultat était là. Elle se retrouvait piégée dans un gros coffre-fort. Obstinée, elle tenta de briser le verrou avec son arme. Le chargeur se vida en pure perte. Elle essaya de se calmer : elle devait trouver une solution, Laorcq et les vohrns comptaient sur elle !

Elle pensa au conduit d'aération, toutefois cela ne tenait pas debout. En admettant qu'elle trouve moyen de passer au travers des pales du ventilateur, elle ne savait pas où il menait. Elle jeta un œil quand même, songeuse : si elle grimpait sur cette colonne et s'appuyait sur celle-là... Oui, c'était possible. Par contre, la suite n'allait pas être facile.

Elle désactiva complètement sa combinaison pare-balles, qui se logea au fond de son tube. Elle déposa l'enregistreur dans un coin de la pièce.

En sous-vêtements, et le réceptacle de la tenue de combat entre les dents, elle grimpa à l'un des piliers lumineux comme à une corde. Le contact de la surface lisse et brûlante était à la limite du supportable. Progressant laborieusement, elle essayait de ne pas penser à la résistance des matériaux employés pour le stockage de données.

Quand son menton parvint au sommet, elle força sur ses bras pour gagner en hauteur. La jambe droite tendue, elle plaça le pied au faîte de la colonne la plus proche. Grâce à cet appui supplémentaire, elle libéra une main. Elle ôta ensuite le cylindre métallique de sa bouche.

À exécuter une telle gymnastique quasi nue, elle se sentait ridicule. Elle s'encouragea en se disant que c'était pour la bonne cause.

Dans un dernier effort ponctué d'un grognement, elle étira son corps pour atteindre le plafond et toucher la grille du ventilateur avec le tube. Les muscles tétanisés et en équilibre précaire, elle déclencha le déploiement de la combinaison. Ainsi qu'elle l'espérait, celle-ci recouvrit l'aération et interdit à l'air de circuler. La température s'éleva aussitôt.

Poussés à bout, les membres de Mallory la trahirent : son pied droit glissa soudainement, la laissant pour une seconde angoissante suspendue dans le vide. Elle se rattrapa de justesse. Sa hanche vint cogner contre le pilier lumineux. La colonne oscilla dangereusement et des craquelures apparurent sur l'ensemble de sa surface.

La gorge nouée de peur, elle redescendit en catastrophe. Sentant le pilier se fracasser, elle se jeta en arrière et lâcha prise. Elle évita *in extremis* les pointes acérées des éclats qui dépassaient de la colonne brisée. L'atterrissage lui meurtrit la plante des pieds. Déséquilibrée, elle tomba sur les fesses. Le plancher grillagé y imprima un superbe quadrillage rouge...

Massant les parties maltraitées de son anatomie, elle récupéra le stockeur. Elle s'approcha de la porte et attendit que la chaleur entraîne à nouveau son déverrouillage.

— Avec ma séance d'escalade, je suis déjà en nage. Et maintenant la pièce se transforme en four ! À quelle température l'ouverture se déclenche ? se demandait-elle, lorsque le battant pivota enfin.

L'air frais lui fit l'effet de la pluie après une journée en plein désert. Elle jeta un regard nostalgique à sa combinaison qui obstruait la ventilation, mais abandonna l'idée de la récupérer : impossible de grimper une deuxième fois, elle allait devoir se débrouiller sans.

Mallory fila jusqu'à un ascenseur. Elle risquait de se faire piéger bêtement en l'utilisant, néanmoins elle ne pourrait jamais retraverser nu-pieds le laboratoire détruit en chemin. Il était jonché d'éclats de verre, d'acier et de produits suspects.

Maudissant son manque de prévoyance, elle pressa le bouton d'appel. Tandis que les chiffres défilaient, elle se plaqua sur un côté de l'ouverture. Elle se dit sans y croire :

— Avec un peu de chance, la cabine ne sera pas occupée...

XXIV
STRANDA

Le dos plaqué contre le mur, Mallory se raidit lorsqu'un signal sonore indiqua l'arrivée de l'ascenseur. Décidée à sonner d'un bon coup de crosse un éventuel occupant, elle entendit les portes s'écarter. Les secondes s'écoulèrent sans un bruit. À bout de patience, elle conclut qu'il n'y avait personne à l'intérieur et tenta sa chance.

Elle se retrouva face au museau béant d'un pistolet. Brandie à deux mains par un garde, l'arme lui touchait presque le nez. Heureusement pour elle, une brune tatouée en sous-vêtements et trempée de sueur était la dernière chose à laquelle s'attendait un agent de sécurité. Ébahi, il baissa les bras et demanda :

— Qui êtes-vous et d'où sortez-vous ?

Distrait par ses courbes, le vigile ne vit pas le revolver de Mallory. Elle le dissimula dans son dos, regrettant d'en avoir vidé le chargeur dans le centre de données.

Les yeux de l'homme s'attardèrent sur la luciole qui flottait toujours au-dessus d'elle.

— Et c'est quoi ce truc ? l'interrogea-t-il.
— Ma lampe volante ? répondit-elle en saisissant l'objet de sa main libre. Un animal de compagnie...
Elle fracassa la luciole contre le visage du garde. Avant qu'il ne réagisse, elle enchaîna en lui flanquant un violent coup de pied dans l'entrejambe. Concentrée sur l'arme dont elle devait s'emparer coûte que coûte, elle se jeta sur lui.
Ils s'écroulèrent au sol, contre le fond de la cabine. Au prix d'une lutte acharnée, elle parvint à immobiliser le poignet du vigile. Tout en l'empêchant de pointer le pistolet vers elle, elle le mordit sauvagement au pouce.
De son côté, l'agent de sécurité, bien qu'aveuglé par le sang qui lui dégoulinait dans les yeux, attrapa les cheveux de Mallory et tira brutalement. En dépit de la douleur, elle serra les mâchoires. Un cri de souffrance s'échappa des lèvres de son adversaire. Prenant appui sur un pied, elle s'arc-bouta et percuta le plexus du garde d'un coup de genou.
Suffoqué par l'impact et dépassé face à la vivacité de la pilote, il abandonna le combat. Elle arracha l'arme au vaincu et lui colla le canon contre la gorge :
— Écarte les mains ! Ou je te fais une deuxième bouche, menaça-t-elle.
L'homme obtempéra piteusement. Sans cesser de le viser, elle se releva et pressa la commande de l'ascenseur. Les portes se refermèrent et il commença à s'élever. Pendant ce temps, le cœur de Mallory se remettait de la brusque montée d'adrénaline et sa respiration se calmait.
— Lève-toi et place-toi face à la sortie, ordonna-t-elle. Et pas de blague, je ne suis vraiment pas d'humeur !
Il la fixa haineusement, cependant il obéit. Si l'Idernax pouvait beaucoup de choses, susciter des vocations de martyr n'en faisait pas partie...
Au moment où la cabine s'ouvrait, Mallory se glissa dans le dos du garde. Protégée par ce bouclier humain, elle vérifia que personne ne les attendait. Elle força l'homme à avancer d'une bourrade. L'endroit était désert. Rassurée, elle annonça

à son prisonnier :
— Désolée, je n'ai pas besoin de toi en fin de compte...
Non sans grimacer au son mat du choc, elle l'assomma d'un coup de crosse sur le crâne. Il s'effondra en silence, tandis qu'elle se reprochait : *encore une victime des circonstances. Je m'en serais volontiers passée. Il faisait juste son boulot...*
Sachant parfaitement à qui elle devait sa situation, elle ajouta à voix haute :
— La fin justifie peut-être les moyens, mais quand je tiendrai Lebrane, il aura droit à un échantillon de chaque coup que j'ai reçu et donné !
D'une inspiration à pleins poumons, elle refréna sa colère : le règlement de compte devait attendre. Mettre un terme à la folie de Morsak rendait insignifiantes les magouilles du petit truand. Surtout si les vohrns l'aidaient ensuite à prouver l'innocence de son père...
Continuant sa partie de cache-cache avec les vigiles, elle remarqua qu'ils ne la poursuivaient plus. Au contraire, ils convergeaient vers le hall. Au lieu de lui courir après, ils avaient décidé de bloquer l'issue.
Elle réalisa que les choses s'annonçaient mal. Même si elle fonçait, ils seraient trois ou quatre quand elle arriverait. Elle avait beau avoir un flingue, elle allait prendre une dérouillée...
Son navcom étant hors d'usage suite à la déflagration magnétique, elle ne pouvait réclamer de l'aide à Laorcq ou au cybride. Elle devait trouver moyen de s'approcher assez d'eux pour appeler Torg à la rescousse, sinon elle était morte...

Dans l'aéroglisseur, Laorcq et le cybride s'inquiétaient. Ce dernier s'agitait de plus en plus, torturant la banquette arrière de ses deux cents kilos. Il maugréa :
— Mallory devrait déjà être là. J'aurais dû l'accompagner.
— Excellente idée ! Je suis sûr que le garde t'aurait trouvé assez mignon pour te laisser entrer, se moqua le balafré.
Têtu, Torg opposa un argument imparable de son point de vue :
— Il suffisait de l'assommer.
Laorcq étouffa un rire. Évoquer la subtilité en discutant avec le géant noir et rouge était un véritable défi.
Le courant rétabli dans le quartier, la circulation reprenait lentement. D'ici peu, l'endroit grouillerait d'agents d'Omega Sec, le service de sécurité de l'Idernax. Laorcq songea à réutiliser le générateur d'ondes magnétiques. Toutefois, deux coupures électriques de suite attireraient immanquablement l'attention. Il n'avait pas envie de voir la police de Nogartha grossir les rangs de leurs poursuivants.
Une soudaine agitation dans le hall retint son regard. Un vigile, à la carrure anormalement frêle pour sa profession, se précipitait vers eux. Il cria en gesticulant :
— Torg ! Vite ! J'ai du monde derrière moi !
Admiratif face à la capacité d'improvisation de Mallory, Laorcq compris tout de suite qu'elle avait endossé la tenue d'un des gardes pour mieux se jouer d'eux.
Jaillissant de l'aéroglisseur, le cybride repoussa brusquement le siège du conducteur. Le dossier se plia et envoya la tête de Laorcq contre le pare-brise.
Plutôt que de pester contre la brutalité de Torg, il relança les propulseurs de l'aéroglisseur. Les mains crispées sur les commandes et les yeux sur ses compagnons, il se tint prêt à décoller, confiant dans les capacités du cybride à se débarrasser des gardiens.
Derrière Mallory surgirent quatre agents de sécurité. Ils marquèrent un arrêt lorsque Torg s'interposa. Du courage puisé dans l'avantage numérique et leurs armes, ils

cherchèrent à le contourner pour la capturer.

D'un revers de son poing renforcé d'acier, Torg balança l'un des vigiles à plusieurs mètres de là. Aussitôt, ses collègues entreprirent de cribler de balles le cybride. Les projectiles de faible calibre ne firent que l'égratigner.

Un des gardes réussit à agripper Mallory par le col de sa veste. Heureusement, elle n'en avait pas remonté la fermeture éclair. Lorsque l'agresseur voulut l'attirer vers lui, elle détendit ses bras et avança d'un pas. Elle se retrouva en soutien-gorge et l'agent de sécurité avec le vêtement à la main. En la découvrant si peu habillée, il eut un moment d'hésitation.

Torg en profita pour lui attraper le poignet et le souleva comme un vulgaire sac.

Laorcq ne s'en étonna même pas : qu'on ose s'en prendre à sa protégée sous son nez avait déchaîné le cybride. Il rejeta son fardeau humain en arrière avant de pivoter brusquement, puis s'en servit pour balayer les deux vigiles toujours debout.

D'autres gardes émergeaient du bâtiment. Empêchant Torg de poursuivre son jeu de massacre, Mallory lui cria :

— Pas le temps ! Grimpe dans l'aéro !

Ils tournèrent le dos aux nouveaux arrivants et franchirent les derniers mètres qui les séparaient de l'aéroglisseur. Elle embarqua côté passager. Torg se faufila à l'arrière, bousculant une fois encore Laorcq.

Gardant ses questions pour plus tard, il poussa le réacteur à plein régime et décolla sans laisser Mallory refermer la portière. Il lança l'appareil en chandelle, sur un commentaire amusé :

— C'en est fini de la discrétion…

Au mépris des règles de circulation aérienne, le véhicule jaillit de la mégalopole tel un bouchon de champagne. Les deux mille mètres d'altitude furent atteints en un instant. Au sol, Nogartha se résumait à une grande tache lumineuse. Laorcq dut hausser la voix pour couvrir le grondement des moteurs :

— Mission accomplie ou non ?

Il réalisa qu'elle ne portait pas grand-chose en dehors de ses tatouages et d'un pantalon :

— Tu leur as fait un strip-tease et ils n'ont pas aimé ?

Occupée à s'installer correctement, elle ignora la plaisanterie douteuse. Une fois sanglée dans son siège, elle brandit le stockeur et déclara :

— Les données sont ici. Merci de me demander comment je vais !

— Eh bien, hormis quelques petites égratignures, tu m'as l'air en forme… répondit-il avec un sourire en coin.

— C'est ça, moque-toi de moi ! J'ai subi une véritable séance de torture là-dedans ! J'espère que nos amis les aliens sans visage seront satisfaits : hors de question de refaire un truc pareil !

— Ces « sans visage » disposent d'assez de puissance de feu pour dévaster l'ensemble des colonies humaines, lui rappela le militaire. Et ferme la portière, s'il te plaît. Tu vas prendre froid, ça nous empêche de quitter l'atmosphère et j'en ai marre de crier !

Une fois le silence rétabli, ils eurent un bref moment de répit, qu'interrompit le navcom de l'aéronef. Hanosk cherchait à les joindre au moyen du seul appareil de communication encore en état de marche.

Prenant l'appel, Laorcq lui confirma leur réussite. Le vohrn poursuivit :

— Je suis toujours chez Wulgis. Il a dérouté un cargo sous contrat avec son entreprise. Celui-ci attend en orbite basse, il vous amènera discrètement à l'astroport de la Lune.

L'alien transmit les coordonnées du rendez-vous et conclut :

— Nous avons prolongé le contrat du rapide antarien loué par Maître Carenko pour revenir de Procyon. Afin de réduire la durée du trajet, nous retournerons là-bas à son bord…

Passé la curiosité professionnelle pour le rapide, Mallory trouva le voyage à son bord ennuyeux à mourir.

Comme sur la majorité des navires, un groupe synergétique assurait la propulsion. En revanche, sa configuration était inhabituelle. Il formait un tube dont la largeur surpassait la longueur, sacrifiant confort et charge utile à la performance.

Arpentant pour la énième fois l'unique coursive, elle soupira :

— Face à un tel dépouillement, le *Sirgan* passe pour un véritable yacht...

Disposés en fonction des contraintes techniques le long de l'énorme réacteur, un cockpit et une dizaine de petits compartiments constituaient tout l'espace de vie. La silhouette du vaisseau évoquait un anneau épais et bosselé.

Pour ne rien arranger, les compagnons de Mallory demeuraient souvent isolés.

Hanosk décortiquait les données piratées dans le laboratoire de l'Idernax. De son côté, Laorcq alternait exercices et lecture. Cet environnement réduit étant incompatible avec le cybride claustrophobe, il avait accepté de voyager en animation suspendue. Sous la surveillance d'une IA médicale, il dormait dans un état proche de l'hibernation...

Un seul événement rompit la monotonie du trajet : le moment où Mallory se souvint de Lanca. Installée dans une des minuscules cabines, elle se remémorait sa journée de travail chez l'Idernax. Soudainement, elle s'exclama :

— Merde ! On a oublié Lanca... Il est resté dans le coffre de l'aéroglisseur !

Elle jaillit hors de son compartiment, franchit les trois pas qui la séparaient du vohrn et tambourina à sa porte. L'alien accueillit la nouvelle avec indifférence. L'envoi d'un message à ce sujet mit un terme à l'épisode le plus palpitant de la traversée.

Heureusement pour elle, le rapide antarien n'usurpait en rien sa dénomination. Il établit la jonction depuis la Terre vers le système de Procyon en moins d'une semaine, à trois fois la vitesse de pointe du *Sirgan*.

Quand vint le moment de quitter le vaisseau pour une navette de liaison, Mallory découvrit avec stupéfaction que leur destination n'était pas Kenval.

Au lieu du disque violacé de la troisième planète, elle voyait à travers un hublot un astre orange pâle, agrémenté de plusieurs océans aux reflets verts. S'adressant à l'extraterrestre, elle demanda d'une voix suspicieuse :

— Hanosk ? Peut-on savoir où nous sommes ?

Aussi interloqués qu'elle par ce changement de programme, Laorcq et Torg, tout juste tiré de son profond sommeil, se tournèrent vers le vohrn. Il déclara :

— Nous sommes en orbite autour de Stranda, le deuxième monde de Procyon. En temps normal, seuls les membres de mon peuple sont autorisés à s'y rendre.

Mallory prit ses compagnons à témoin :

— Décidément, on va de surprise en surprise.

Laorcq enchaîna :

— Je croyais qu'il était urgent de revenir sur Kenval avec les informations concernant le Smog. Pourquoi ce détour ?

— Stranda est le meilleur endroit pour développer un traitement, se contenta de répondre l'alien.

Cinq minutes de vol plus tard, l'appareil de liaison les abandonna au milieu d'une vaste plaine rocailleuse.

En dépit de la tournure imprévue des événements, Mallory accueillit de bon cœur la possibilité de se dégourdir les jambes. Arpentant le terrain rocheux en compagnie de Torg, elle repensa à son navire et Jazz. L'un et l'autre lui manquaient. Elle en savait assez sur les vohrns pour ne pas douter de revoir le *Sirgan* et l'Intelligence Naturelle, mais cela ne l'empêchait pas de s'inquiéter. L'immobilité forcée était mauvaise pour le vaisseau-courrier et surtout pour le cerveau de Jazz. *Il va être pénible durant des semaines…*

Elle fut tirée de ses réflexions quand un camion qui volait à hauteur d'homme apparut à l'horizon. Il fila droit sur eux et stoppa devant Hanosk et Laorcq. Massif, l'engin ressemblait à un baril pourvu d'une demi-sphère à chaque extrémité. Une portière coulissa au niveau de la cabine, tandis qu'une échelle métallique se déployait jusqu'à terre.

Sans hésiter, Laorcq et l'alien grimpèrent et prirent place près du conducteur. Mallory et Torg s'empressèrent de les rejoindre. L'utilitaire démarra et traversa l'étendue déserte en direction du sud.

Quand ils furent suffisamment loin, la navette décolla, franchit avec fracas le mur du son et disparut dans les cieux.

En chemin, le camion survola à grande vitesse une route qui serpentait le long d'une forêt. À travers les vitres, Mallory distingua une étonnante espèce végétale : de hauts arbres aux troncs droits comme des poteaux, habillés d'une écorce composée d'écailles rectangulaires. Dépourvus de cimes, ils passaient par toutes les couleurs du spectre. Elle constata qu'ils perdaient une partie de leur enveloppe en grandissant. Les résidus recouvraient le sol d'un tapis multicolore.

Ce panorama éveilla un vague écho dans son esprit. Comprenant le premier, Laorcq lui donna un indice :

— Mallory… Rappelle-toi. Quand nous avions le tueur à nos trousses dans la tour de Gloria City. Le niveau que nous avons traversé juste avant de plonger dans la sphère aquatique ?

— Oui, je me souviens.

Elle regarda attentivement la forêt de pylônes végétaux et saisit enfin ce qui la tarabustait. Elle observait maintenant en réel le contenu de l'étage si étrange du gratte-ciel vohrn. Incrédule, elle reprit :

— D'accord. C'est très joli et impressionnant en vrai. Mais si les tiges colorées sont en fait des arbres...

Revoyant les vers ramper parmi les brindilles du paysage à échelle réduite, elle s'exclama :

— Alors les bestioles bariolées font la taille d'un bœuf !

— L'espèce dont vous parlez m'est inconnue, glissa Hanosk. Cependant, les *jufinols* atteignent des dimensions supérieures à celle de notre véhicule.

Il endossa de nouveau son rôle d'instructeur :

— Les jufinols sécrètent du mucus lorsqu'ils se nourrissent des débris de la flore. En retour, le liquide répandu fertilise la terre et permet aux végétaux de croître.

L'imagination de Mallory lui montra un troupeau de monstrueux invertébrés mous et gluants. Elle conclut :

— Après les mercenaires, les orcants, les mutants et le métro de Nogartha, des asticots baveux de quatre mètres de haut ! Parfait !

XXV
U-BARG

Morsak saisit le verre en cristal ciselé posé devant lui et le jeta violemment contre un mur, où il vola en éclats. Il fut aussitôt accompagné par la carafe assortie.

Cela ne le calma pas pour autant. Au-dessus de son bureau était projetée une vidéo, où l'on distinguait Mallory. Il la regarda s'introduire dans le centre de données de l'Idernax et copier les trois dernières années de travail de son département de recherche.

La vue de la pilote se livrant à des acrobaties en sous-vêtements, en particulier le moment où elle brisa une des colonnes lumineuses, lui arracha un cri de dépit. D'un geste rageur, il coupa l'image.

— La petite traînée… cracha-t-il entre ses dents serrées par la fureur. Et avec l'aide de Laorcq Adrinov et de ces saletés de peaux de lézard !

Il rédigea rapidement une note qu'il envoya au directeur de la division sécurité de sa firme. Faute de pouvoir exiger leur exécution immédiate, il donnait ordre de licencier les gardes du laboratoire et de les poursuivre pour négligence caractérisée. Une fois défoulé, sa colère devint plus froide. Il étudia les options qui s'offraient à lui : faire tuer le militaire et la pilote ? Oui, mais comment ? Ils avaient quitté la Terre sans laisser de trace. Impossible de les retrouver. Sauf si... évidemment ! Ils n'avaient pas le choix ! S'ils voulaient sauver les vohrns, il leur fallait développer un traitement et soigner les premiers infectés. Ils étaient forcément en route vers Procyon.

Morsak activa son navcom et passa un appel. Quelques secondes s'écoulèrent et le visage de Lebrane apparut devant lui. Il jeta :

— J'ai décidé de relancer le projet U-Barg. Il me faut un volontaire.

Les yeux verts du sous-fifre s'écarquillèrent :

— Maintenant ? Vous...

— Ne discute pas, coupa sèchement Morsak. Tu n'as qu'à récupérer une de ces épaves qui dealent le jokal dans les bas quartiers. Par exemple, cet imbécile drogué jusqu'à l'os... Quel est son surnom déjà ? Zombie ?

— Macchabée ?

— Voilà ! Je suis sûr qu'il conviendra.

— Et s'il ne veut pas ?

— Facile : bourre-le de came. Tu pourras en profiter pour essayer notre nouvelle variante de jokal.

Pour une fois, Lebrane s'abstint de rechigner à la tâche :

— D'accord, je m'en occupe. Autre chose ?

— Oui, affrète un transport urgent en direction de Procyon. Et cette fois, choisis une personne fiable ! Pas une gamine victime de tes petites magouilles. Je t'indiquerai le lieu de livraison définitif plus tard, dès que j'aurai appris où ils se sont planqués.

Lebrane acquiesça et coupa la communication. Morsak appela ensuite l'Autorité de Régulation Spatiale.

L'ARS délivrait les permis d'entrée et de sortie du

système solaire. Réputée à juste titre pour être un nid de fonctionnaires corrompus, cette administration prélevait au passage des taxes qui l'autofinançaient.

Un état de fait servant parfaitement les desseins de Morsak. Il avait dans la poche plusieurs employés de l'ARS. En échange de pots-de-vin, ils remettaient les autorisations aux navires de l'Idernax sans poser de questions.

— L'un d'eux me fournira bien la liste des vaisseaux en partance et leur destination exacte, marmonna-t-il.

Une fois ce détail réglé, il s'attela à dégeler discrètement U-Barg.

À l'époque, la prudence lui avait dicté de stopper les travaux sur les humains modifiés. Cependant, il s'était arrangé pour conserver l'ensemble du matériel et le descriptif complet d'U-Barg. Soigneusement scellé dans les sous-sols d'un des nombreux bâtiments de sa société, le tout ne demandait qu'à revenir à la vie.

Morsak se félicitait aujourd'hui de sa clairvoyance. Le projet avorté devenait la dernière chance de retourner la situation à son avantage. Et si cela contrevenait aux accords signés par la totalité des espèces intelligentes, il s'en moquait : il suffisait d'utiliser une des entreprises qui lui servaient de couverture et personne ne pourrait remonter jusqu'à lui...

À l'autre bout de Nogartha circulait une limousine dégoulinante de luxe. Installé à l'arrière, Lebrane s'inquiétait. Et pour cause : il venait également de visionner les exploits de Mallory et s'était attendu à l'appel de son patron. Il avait débarqué de justesse les deux femmes à l'élégance douteuse qui l'accompagnaient. Avec amertume, il songea que Morsak aurait été capable de discuter de leurs affaires devant elles et de lui ordonner ensuite de les tuer pour éviter les indiscrétions !

Il frappa la portière du poing pour évacuer sa frustration : U-Barg ! Morsak lui-même le jugeait trop dangereux et voilà qu'il en parlait ouvertement. Il était en train de péter les plombs !

Dans une bouffée de colère, Lebrane grogna :

— Si je n'étais pas grassement payé… Et surtout, si ce vieux barbu prétentieux ne pouvait pas me briser du jour au lendemain, je l'aurais envoyé balader depuis un bail.

Son instinct de conservation lui soufflait que cette histoire allait très mal finir. Le moment était venu de réaliser quelques transferts d'argent avec discrétion, loin de la sphère d'influence de son patron…

Réfléchissant au meilleur moyen de disparaître, il modifia la programmation de la limousine. Il avait besoin de temps pour ses préparatifs. En attendant, il devrait suivre tranquillement les ordres.

Il soupira avec lassitude :

— Allons mettre la main sur ce cher Macchabée !

Dans le but d'apercevoir un jufinol, Mallory scrutait l'étrange végétation de Stranda à travers la vitre du camion. Elle était curieuse de voir à quoi ces vers géants pouvaient ressembler.

À son regret, le trajet se poursuivit sans lui en offrir l'occasion. Suivant les lacets de la chaussée, l'utilitaire ballottait ses passagers de droite et de gauche. L'antigrav du véhicule était réglé un peu trop souplement à son goût :

— On se croirait sur un bateau… observa-t-elle.

Laorcq ne put s'empêcher de relever :
— Ne me dit pas que tu souffres du mal de mer ! lança-t-il.
— Moi ? Non. Torg, par contre... As-tu une idée de la quantité de vomi qu'un cybride malade peut cracher ?

L'envie de plaisanter quitta immédiatement le balafré et son visage se fit sérieux. Il détailla le colosse, essayant de lire un éventuel malaise dans ses énormes prunelles bleues.

Mallory éclata de rire, et lui jeta :
— Tu devrais voir ta tête !

Torg commenta :
— Je suis un peu claustrophobe, pas fragile de l'estomac...

Laorcq s'apprêtait à répliquer, quand le camion déboucha au ras d'une falaise. Au-delà du bord à pic, Mallory découvrit un océan aux reflets émeraude qui s'étendait à perte de vue. Ses vagues venaient se briser contre la paroi de granit.

Longeant la barrière naturelle, la route aboutit à un bâtiment hémisphérique construit en porte à faux sur le précipice. La moitié de l'ouvrage reposait sur de longs pilotis qui plongeaient dans les flots.

Après avoir passé des semaines en compagnie d'humains, Hanosk reconnut sans peine la curiosité sur ses traits. Il prit la parole :

— Devant vous se trouve l'unique marque visible de notre présence sur cette planète. L'intégralité de l'exploitation a lieu dans des tunnels ou sous l'eau. Nous avons revendiqué la concession exclusive de Stranda pour sa faune et sa flore. La sève des arbres-colonnes et le corail qui peuple les mers font merveille sur nos organismes... Du point de vue des terriens, ce monde n'a aucun intérêt, mais pour nous c'est un véritable trésor.

Mallory observa attentivement le dôme. Elle vit qu'un monte-charge descendait depuis la partie en surplomb de l'océan pour plonger dans l'eau écumante. À l'évidence, la section ancrée à la roche recouvrait l'accès aux galeries mentionnées par Hanosk.

Le camion s'arrêta devant un grand portail. Sans un bruit, le panneau métallique coulissa. Aussitôt à l'intérieur, le chauffeur coupa les moteurs et s'en alla vaquer à d'autres tâches.

Mallory cédait à l'impatience. Elle éprouvait l'impression d'être une vulgaire marchandise, baladée à droite et à gauche. Maintenant qu'elle était venue en aide aux vohrns, elle avait hâte de régler ses affaires en suspens. Une fois son père innocenté et débarrassée de Lebrane, elle pourrait enfin goûter à la liberté…

Elle décida de rappeler à l'alien qu'il devait honorer leur marché :

— Hanosk, j'ai rempli ma part du contrat. Vous avez de quoi fabriquer un antidote au Smog. En échange, vous devez me donner un coup de main…

— Nous ne pouvons pas vous escorter dans le système d'Éridane-E pour le moment, répondit l'extraterrestre. L'évolution du virus est à un stade critique. Sans soins, une grande partie de mon peuple sera décimée. Vous resterez avec nous tant que le traitement ne sera pas répandu.

Le vohrn descendit du véhicule et les invita à le suivre.

— Répandu ? reprit Mallory en posant le pied à terre. Dites, votre boîtier de traduction recommence à dérailler… J'accepte d'attendre, mais je veux récupérer le *Sirgan* ! Vous n'avez jamais eu à naviguer avec une Intelligence Naturelle qui va se plaindre pendant des jours d'avoir été débranchée !

— Votre vaisseau est ici, rassurez-vous. Très bientôt, nous vous rendrons à vos activités habituelles.

Torg et Laorcq quittèrent le camion à leur tour. Alors qu'ils emboîtaient le pas à l'alien, une pensée frappa Mallory telle la foudre : elle ne souhaitait absolument pas revenir à « ses activités habituelles ».

Ces dernières semaines avaient été mouvementées. Elle s'était frottée à la mort plusieurs fois. Néanmoins, elle avait rencontré Laorcq, visité de nouveaux mondes, voyagé en compagnie des vohrns... *Si je retourne caboter entre Vénus et Mercure, je vais crever d'ennui ! Je devrais peut-être proposer mes services de transport à Hanosk...*

Devant elle, l'extraterrestre progressait d'une démarche rendue étrange par ses genoux articulés à l'inverse des humains. Il déclara subitement :

— Je dois lire les informations inscrites en vous, capitaine. J'aurais préféré que vous me le suggériez, mais je ne peux pas attendre.

Mallory sentit ses tripes se liquéfier : comment avait-il su ? Elle s'était gardée de mentionner son entrevue avec Nanesil dans le labo. *Et merde ! Il va me fouiller le cerveau encore une fois !*

Morsak décida de se déplacer en personne pour superviser les dernières étapes d'U-Barg. Un jet monoplace aux formes bulbeuses le transporta en ligne droite depuis le siège de l'Idernax jusqu'à son but. Gêné par son embonpoint, il dut se contorsionner pour sortir du cockpit. Il finit de s'en extraire avec force imprécations contre les concepteurs de l'appareil.

Ajustant son costume froissé, il contempla le bâtiment qui se dressait devant lui : une clinique constituée d'un grand bloc de béton, au milieu d'un parc arboré.

Il songea à ce qu'elle abritait et un sourire naquit sur ses lèvres. Il franchit d'un pas léger les portes de l'établissement médical.

L'intérieur était immaculé : murs, dallage et plafond possédaient l'éclat du neuf. Le long des couloirs, des traits de couleurs peints à un mètre de hauteur permettaient de trouver son chemin vers les différentes sections.

— Pas bête, se dit-il. Vu les imbéciles à mon service, je

devrais en faire autant dans chaque endroit, pour éviter qu'ils ne s'égarent...

Grâce à un budget confortable, les préparations avaient pris moins d'une semaine. Aux employés triés sur le volet de la clinique, s'ajoutait une vingtaine de spécialistes. Cantonnés à des tâches très précises, ils ignoraient totalement à quoi ils participaient. Cela ne les empêchait pas d'être efficaces : tout était parfaitement orchestré. Chacun fournissait ses résultats sans avoir une vision d'ensemble.

Une rapide inspection effectuée, Morsak décida de rendre visite au responsable du projet : le docteur Lovaert.

Il pénétra dans son bureau pour découvrir les lieux vides. Le chirurgien devait être au sous-sol. Cette partie de la clinique lui était réservée.

Attendant que son chef de projet remonte, il se mit à l'aise. Il était chez lui, non ?

Lorsque Lovaert arriva, Morsak se trouvait confortablement assis dans son fauteuil à lire ses fichiers. Rapports et autres diagrammes défilaient sur l'écran qui occupait la surface du bureau. Il balaya les dossiers d'un geste de la main et s'adressa au chirurgien sur un ton faussement amical :

— Doc !

Il remarqua avec une joie mauvaise que Lovaert appréciait peu d'être appelé ainsi. Il continua sans lui laisser l'occasion de parler :

— J'ai constaté que vous avez utilisé à bon escient les fonds octroyés à notre projet. Cela me change agréablement, croyez-moi.

Morsak prenait grand plaisir à déboussoler le médecin en passant de l'irrespect au compliment.

Nouvel employé de l'Idernax, Lovaert ne l'avait jamais rencontré. Il opta pour un professionnalisme prudent :

— Merci, monsieur. Je dois vous informer, au sujet du volontaire...

Tandis qu'il hésitait, Morsak le détailla. Petit et

grisonnant, il possédait un physique banal. Il semblait être du genre à se reposer sur son statut et son expérience pour compenser. Sous le regard insistant de Morsak, sa confiance s'envolait.

Le patron de l'Idernax n'avait pourtant rien pour impressionner. Sa courte barbe parvenait de justesse à donner un peu de dignité à sa silhouette empâtée.

En fait, il s'imposait par sa capacité à mettre les autres mal à l'aise. Inconsciemment, le chirurgien devait sentir le profond mépris qu'il éprouvait envers ses subordonnés et leurs vies. Il le considérait comme un outil jetable.

— Je vous écoute, doc. Quel est le problème à propos de notre futur... protégé ?

Il avait prononcé ce dernier mot avec délectation. Sa gaieté persistait. À l'idée d'employer U-Barg pour achever les extraterrestres reptiliens, il exultait.

— Les chances de survie ne sont pas très élevées, indiqua le médecin. Les notions de technologie vohrne dont nous disposons sont incomplètes. Nous ferons de notre mieux, mais je ne puis garantir la viabilité du résultat à long terme.

Cette fois, Morsak lui accorda toute son attention.

— Soyez clair. Combien de temps sera-t-il opérationnel au minimum ? questionna-t-il sèchement.

— Une quinzaine de jours à cent pour cent. Passé ce délai, l'ADN du sujet va se dégrader. Les cinq suivants il ne sera plus qu'à soixante-dix pour cent de ses capacités, ensuite...

Le PDG lui coupa la parole :

— C'est largement suffisant ! Cessez de vous tracasser avec de tels détails, doc.

Une sonnerie discrète retentit. Le regard vague, Morsak consulta son navcom :

— Parfait ! Notre cobaye est en route. Vous allez pouvoir passer à la pratique...

XXVI
CHIRURGIE

Lebrane se sentait un peu mieux. Finalement, il n'avait pas eu beaucoup de mal à dégoter son cobaye. Widen, connu des petites frappes de son quartier sous le sobriquet de Macchabée, était dans un état de manque avancé au moment de leur rencontre. Il avait accepté sans rechigner de participer à un « test clinique » en échange d'une dose de jokal.

Désormais affalé dans la limousine de Lebrane, il bavait en affichant un air béat. Le bras droit de Morsak considéra froidement le toxicomane assis en face de lui. Un corps d'une maigreur révulsive, sale et couvert d'ecchymoses...

En échange de tabac garanti non cancérigène, un gamin du coin avait appris à Lebrane que le dealer s'était fait rosser par un de ses clients. Le truand supposa qu'il avait dû lui revendre de la came un peu trop coupée.

Comme chez tous les drogués de longue date au jokal, l'extrémité des membres de Widen se nécrosait. Il lui manquait une phalange à un doigt et ses oreilles se réduisaient à de petites excroissances blanchâtres. Le spectacle qu'il offrait écœurait Lebrane. Heureusement, ses fringues crasseuses dissimulaient le reste. D'ailleurs, des lentilles ou des verres fumés n'auraient pas été un luxe. Exorbités et injectés de sang, ses yeux aux pupilles dilatées donnaient envie a Lebrane d'y planter une lame.

Il avait grandi entouré de types de ce genre, des épaves humaines à peine dignes de son mépris.

Tout juste adolescent, il s'était déjà rendu compte qu'il pouvait se servir d'eux telles des marionnettes. Il suffisait de leur promettre une dose du bon produit. Une activité à laquelle il excella durant des années, jusqu'à tenir les rênes de trois bandes de dealers. Une « carrière » réussie, qui l'amena à collaborer avec le PDG de l'Idernax. Rétrospectivement, il se demandait s'il n'avait pas commis là une grosse erreur…

Il chassa cette pensée désagréable et revint à son passager, dont il jaugea la condition d'un coup de pied dans le tibia. Ne constatant aucune réaction, il lui jeta :

— Tu ne sens rien. Je suppose que tu n'entends rien non plus. Profites-en, tu es au paradis des abrutis pour la dernière fois…

Conforté par l'état catatonique de Widen, il continua à soliloquer :

— Si j'avais été un peu moins malin, j'aurais fini à ta place. Tu vas regretter d'avoir survécu, au lieu de pourrir au fond de la ruelle où je t'ai trouvé. Avec les plans de mon patron, tu envieras bientôt les morts, Macchabée…

Souriant à ce mauvais jeu de mots, il se servit un whisky. Confortablement calé dans son siège, il se concentra sur les immeubles qui défilaient derrière la vitre teintée. Le temps d'ingurgiter cinq verres, la voiture parvint à la clinique privée qui abritait le projet U-Barg. L'IA aux commandes de la limousine le sortit de la torpeur induite par l'alcool :

— Nous sommes arrivés, monsieur.

Le véhicule stoppa devant l'entrée principale et la portière s'ouvrit. Lebrane découvrit un comité d'accueil : Lovaert et une infirmière, debout à côté d'un fauteuil roulant. Il lorgna la femme en blouse blanche de haut en bas avec un grognement approbateur.

Focalisé sur son nouveau patient, le petit docteur se contenta d'un vague salut de la tête. Aidé de son assistante, il s'empara prestement du toxicomane, l'installa dans le fauteuil et l'emmena vers l'intérieur.

Livré à lui-même, Lebrane décida de se dégourdir les jambes dans le parc qui entourait le bâtiment. Il parcourut une allée et s'arrêta pour uriner contre un chêne centenaire. Plus léger, il revint ensuite sur ses pas.

Avisant Morsak assis sur le capot de la limousine, il marmonna :

— Évidemment. Impossible de savourer un moment de tranquillité…

Il s'avança vers son patron et saisit sa main tendue, avec un malin plaisir à la serrer alors qu'il venait juste de se soulager.

D'un ton condescendant, Morsak lança :

— Cela valait la peine de te secouer un peu, Lebrane… Tu as retrouvé ton efficacité ! Je ne m'attendais pas à te voir ramener notre ami Macchabée si vite.

Lebrane afficha une expression parfaitement neutre. Une fois encore, son patron s'amusait à l'asticoter. Peu d'humeur à se laisser entraîner dans ce petit jeu, il resta muet, forçant Morsak à poursuivre :

— Laorcq et ta chère Mallory ont quitté le système à bord d'un rapide antarien. Dans leur hâte, je doute qu'ils aient pu berner la régulation spatiale. Ils ont déclaré se rendre sur Stranda et ont dû s'y tenir.

Morsak fixa le truand pour s'assurer d'avoir toute son attention :

— Le transporteur que tu as choisi livrera notre surprise là-bas. Il la larguera depuis une orbite basse, et devra déguerpir aussitôt. S'il ne respecte pas ces conditions, il ne

touchera pas un rond.
Lebrane rétorqua :
— Et s'il refuse ou me pose trop de questions ?
— Propose-lui cinquante pour cent de prime... L'argent devrait suffire à le motiver.
Morsak lui donna quelques instructions supplémentaires et s'en retourna dans la clinique.
Lebrane était suffoqué : *Une prime ! Quelle blague. Ce plan foireux va mal tourner.* Un flic sorti de l'école pourrait remonter jusqu'à eux. Morsak traitait cette affaire comme une petite magouille. C'était du suicide.
Lebrane soupira de lassitude. S'il voulait s'en tirer sain et sauf, il n'avait pas le choix : il devait fuir.
— En fait, ce contrat de transport tombe à point, se dit-il. Je vais en profiter pour déguerpir, quitte à ne jamais revoir la Terre...

Pendant qu'Hanosk guidait les humains et le cybride dans les sous-sols de Stranda, Mallory pensait avec appréhension à la torture qui l'attendait. Elle se serait bien passée de transporter le courrier des vohrns gravé dans sa cervelle. La dernière fois, elle avait souffert encore plus longtemps avant de tomber dans les pommes... Son corps devait s'accoutumer. *Au prochain interrogatoire, je vais déguster durant toute la séance !*
Le décor ne risquait pas de lui changer les idées : seule la faible lueur projetée par les navcoms des humains éclairait les galeries uniformes.
Un tunnel en colimaçon les mena jusqu'à un niveau où les racines des arbres-colonnes tissaient une toile épaisse et noueuse au plafond. Ils traversèrent ensuite une large caverne

qui faisait office de hangar.

Fidèles à leurs habitudes, les vohrns s'y affairaient dans un silence absolu. Dans la pénombre, Mallory remarqua une pile de conteneurs cylindriques. Massifs et dépourvus de la moindre inscription, elle se demanda à quoi ils pouvaient servir. À l'instar de la pilote, Laorcq fut intrigué par les énormes cylindres et interrogea Hanosk à leur sujet.

Alors qu'elle s'attendait à une réplique évasive, elle eut la surprise d'entendre le vohrn répondre précisément :

— Nous récoltons la sève des arbres-colonnes. Elle est transportée par le réseau souterrain qui s'étend sous la totalité de la forêt. Une fois traitée et conditionnée, nous expédions la majeure partie de la production vers Cébalraï.

Laorcq se pencha vers Mallory :

— Le système d'origine des vohrns. Un voyage de plusieurs mois en rapide et de près d'un an en cargo. S'ils acceptent de couvrir une distance pareille pour exploiter les ressources de Procyon, pas étonnant que Morsak aille jusqu'au génocide pour tenter de s'approprier ce système.

Cette notion la laissa songeuse : elle avait oublié à quel point les vohrns venaient de loin.

Le front de Laorcq se plissa comme s'il était plongé dans ses réflexions, puis il déclara :

— Si Morsak est autant intéressé, il doit avoir obtenu des informations précises sur les possibilités de chaque planète. Je me demande comment…

Mallory le renseigna :

— Quand j'étais sur Mars, Hanosk a parlé d'espionnage industriel et de l'enlèvement de scientifiques vohrns.

Il hocha la tête :

— Évidemment, tout s'explique ! Tu aurais pu m'en parler plus tôt.

— Ah ? Désolée, entre le cambriolage et la fusillade, j'avais oublié ce détail, se moqua-t-elle, en gratifiant le militaire balafré d'un large sourire.

Tandis que les deux humains discutaient sous le regard

protecteur du cybride, Hanosk les mena dans une pièce où ils retrouvèrent la lumière du jour.

Deux hautes fenêtres s'ouvraient sur l'océan. À l'opposé, Mallory reconnut un ensemble d'appareils génotech, semblables aux équipements du *Lyoden'Naak*.

Le vohrn s'entretint brièvement avec deux de ses congénères. Il leur remit le stockeur qui renfermait les données récupérées par la pilote. Accédant aux dossiers de l'Idernax, ils entreprirent immédiatement de les étudier. Le Smog continuait son œuvre de mort, chaque seconde était précieuse.

Presque indiscernable des autres, un alien se présenta devant Laorcq et Torg :

— Veuillez me suivre, je vous prie, annonça-t-il.

Le vohrn s'engagea dans un couloir sans s'assurer qu'ils l'accompagnaient. La pilote allait lui emboîter le pas, quand Hanosk s'interposa :

— Capitaine Mallory Sajean. Permettez-moi d'insister. Je sais que le processus est douloureux pour les humains, cependant il est impératif pour moi de lire à nouveau votre mémoire. Si l'un des miens a risqué d'y inscrire des informations, elles sont forcément importantes.

Elle se résigna. Tant qu'il n'aurait pas eu satisfaction, il ne la laisserait pas tranquille.

— D'accord, capitula-t-elle. Par contre, c'est la première et dernière fois que l'un de vous se sert de moi pour gribouiller des notes !

— Je comprends, répondit l'extraterrestre. Nous vous offrirons une compensation pour ces désagréments.

— Pas besoin. Retenez juste que pour les terriens, l'esprit c'est « propriété privée » !

Hanosk l'escorta au sein du complexe. Perchée sur l'épaule droite de Mallory, une luciole génotech lui permettait de se repérer. Un cadeau de l'alien, particulièrement utile dans ces locaux dépourvus d'éclairage.

Il la mena dans une petite pièce. Sous la pâle lumière de la luciole, elle découvrit cinq fauteuils disposés en cercle. Mallory pensa à un salon pour vohrns.

Elle s'installa dans un des sièges. Il n'épousait pas du tout les formes de son corps, mais au moins elle ne s'écroulerait pas au sol en cas de malaise...

— OK, finissons-en, dit-elle.

Hanosk s'assit à côté d'elle et dénuda son rostre :

— Vous devez vous détendre. La douleur devrait être moins prononcée que lors de l'écriture.

Sous l'appréhension, ses tatouages sensitifs se transformaient. Ses bras et le dos de ses mains se couvrirent d'un entrelacs de ronces noires. Se dominant, elle lança :

— Merci, vous avez un véritable don pour me mettre à l'aise...

Le vohrn ne saisit absolument pas l'ironie. Avec un léger soupir, elle ferma les yeux. Hanosk s'empara de son poignet. Au contact des doigts longs et froids comme des câbles en acier, Mallory frissonna.

Avec une délicatesse inattendue, il dirigea la main de la pilote vers son rostre. Quand sa paume toucha l'organe sensible de l'extraterrestre, elle poussa un cri de souffrance. Une vague brûlante courut le long de ses veines. La traînée de feu se répandit jusqu'à son crâne et la plongea dans le néant.

Explorant le subconscient de la terrienne, le vohrn isola rapidement les souvenirs de son compatriote.

D'abord, son identité : Nanesil, membre d'une délégation envoyée sur Terre. Les circonstances de son enlèvement : en pleine rue de Nogartha, sous le regard indifférent des badauds.

La suite aurait glacé le sang d'un humain :
Trois années durant, il servit de cobaye aux scientifiques de l'Idernax dans leurs recherches en génotech. Pendant ce calvaire, il apprit une foule de détails sur les intentions de Morsak. Personne ne prenait la peine de tenir sa langue devant un alien condamné et sans boîtier traducteur. Une négligence. Les vohrns qui séjournaient dans le système solaire s'initiaient au langage des Terriens, même s'ils étaient incapables d'en émettre la moindre syllabe…
Hanosk étudia chaque fragment de mémoire. Ils confirmèrent ses soupçons. Morsak avait tout orchestré, des incursions sur les mondes de Procyon jusqu'à l'utilisation du Smog.
Un dernier élément retint l'attention de l'extraterrestre. La vision de non-humains d'origine inconnue, penchés sur le corps de Nanesil. Rompant le contact, il conclut que le dirigeant de l'Idernax avait bénéficié du soutien d'un autre peuple. Il devait découvrir pourquoi et, surtout, qui ils étaient…

À mille lieues des états d'âme de Lebrane, Morsak avait hâte de voir son nouveau jouet prendre forme. Il suivait avec attention les différentes étapes de la création du premier U-Barg. Le « volontaire » subit une série d'analyses. On lui injecta un cocktail d'hormones et de drogues de synthèse, autant destiné à régénérer son organisme qu'à rendre sa psyché malléable.
Enfin, on le transféra au bloc opératoire aménagé dans le sous-sol. Assisté de deux personnes, dont Morsak avait prévu l'assassinat pour éviter une éventuelle indiscrétion, Lovaert se mit à l'ouvrage.

Confortablement installé dans le bureau du docteur, le PDG les observait grâce aux caméras dont le bâtiment était truffé. La chair de Widen fut découpée et modifiée, des éléments issus de la génotech vohrne insérés dans ses membres et son abdomen.

À la troisième intervention, il devint difficile d'associer la silhouette anguleuse du corps reconstruit à celle d'un humain.

À la septième, on ne voyait plus qu'une masse d'acier, de cartilage et d'os.

Le docteur ôta ses gants et contempla le résultat de son travail. Apparemment satisfait, il sortit pour s'accorder un peu de repos.

Morsak descendit pour admirer de ses propres yeux l'aboutissement d'U-Barg. À travers la vitre qui séparait le couloir de la salle d'opération, il examina la forme étendue sur la table en inox. Impressionné par son aspect, il souffla :

— Dommage que sa durée de vie soit limitée, mais je pourrai toujours en créer d'autres…

À regret, il se rendit au siège de l'Idernax. Les affaires courantes requéraient sa présence. Entre autres, il devait visiter un centre de soin pour les démunis, financé par sa firme. Ces corvées expédiées, il s'octroya quelques heures de sommeil.

Dès le lendemain, il retourna à la clinique. Lovaert allait briser définitivement l'esprit de Widen pour le transformer en une créature soumise. Il ne voulait pas en perdre une miette.

En compagnie du docteur, il pénétra dans le bloc opératoire. Lovaert ranima le toxicomane en lui injectant de quoi réveiller un mort.

Quand il revint à lui, le cobaye ressentit une douleur lancinante dans le dos, les bras et les jambes. Forcé d'endurer cette souffrance aiguë, il constata que ses sens ne lui avaient pas transmis d'informations aussi nettes depuis une éternité.

Il ouvrit les yeux avec peine et découvrit qu'il était allongé dans une pièce aux murs carrelés de blanc. L'air sentait le désinfectant. Émise du plafond, une lumière crue lui blessa les rétines jusqu'à ce qu'un voile sombre s'interpose pour le soulager.

Ajoutant à la confusion, un besoin intense le taraudait. Son système nerveux réclamait une dose de jokal. Il tenta de se raisonner : *vu ce que je me suis envoyé la veille, je ne peux pas déjà être en manque, impossible !*

Des images lui revinrent : l'endroit sordide où il s'était dissimulé après s'être fait tabasser, Lebrane, l'intérieur bardé de cuir d'une voiture de luxe. Il se rappela des sensations. Un froid glacial le long de ses nerfs et le bien-être qui avait succédé à l'injection. Enfin, il se souvint de paroles échangées au sujet d'une opération et de la promesse d'une livraison régulière de jokal.

Le ronronnement d'un moteur électrique retentit, suivi d'un bruit de pas. Il essaya en vain de tourner la tête ou de bouger. La table sur laquelle il était sanglé bascula à la verticale. Devant lui se tenait un homme au visage caché derrière un masque hygiénique et des lunettes enveloppantes. Une blouse verte le désignait chirurgien, pourtant un fluide brun sombre maculait ses mains gantées. Il tendit les bras et manipula sèchement certaines parties du corps de Widen, amplifiant sa souffrance. Sans se rendre compte qu'il ne pouvait plus parler, il posait des questions inaudibles :

— Que m'avez-vous fait ? Pourquoi je suis paralysé ? Répondez-moi !

Le chirurgien fouilla dans sa blouse. Comme pour s'assurer de l'attention de son « patient », il le regardait fixement dans les yeux. Une petite lampe sortie de sa poche, il la braqua vers l'œil droit, puis le gauche.

Malgré l'éblouissement, Widen aperçut un autre homme, barbu et vêtu d'un élégant costume. Un inconnu. Toujours inconscient de son mutisme, le drogué s'adressa à lui :
— Qui êtes-vous ? Où est Lebrane ? Il m'a promis que tout irait bien.

Le docteur s'éloigna et se plaça près de la grande vitre au fond de la salle, où il actionna un interrupteur. Le panneau de verre se changea en miroir. Sombrant dans la démence, le cobaye observa son reflet :

Une monstruosité gainée d'acier...

XXVII
ASSAUT

Le crâne lanciné d'une vive douleur, Mallory ouvrit les yeux dans la cabine d'un navire. Elle tourna la tête à droite et à gauche avec précautions. Reconnaissant chaque égratignure des parois, elle sut qu'elle se trouvait à bord du *Sirgan*. Ce brusque retour à la normale la désorienta. Elle se demanda si ce n'était pas un autre effet de l'interrogatoire selon la méthode vohrn. Avec un grognement de souffrance, elle se massa les tempes. Ce geste ne lui procura qu'un médiocre soulagement.

Elle se força à mettre les pieds au sol et tituba jusqu'à la douche. L'eau brûlante lui fit le plus grand bien. Ses muscles se détendirent et sa migraine diminua d'un cran. Abusant volontairement du distributeur de savon, elle finit recouverte d'une épaisse couche de mousse. Elle savoura un moment le contact des bulles sur sa peau.

J'ai enfin récupéré mon vaisseau ! Dès qu'Hanosk et ses chercheurs auraient mis au point un traitement contre le Smog, elle pourrait foncer vers Éridane-E. Après tout ce temps, elle allait réussir à innocenter son père. Cette idée suffit à lui redonner de l'énergie.

Elle termina sa toilette et s'habilla, passant avec plaisir une combinaison de bord noire et une solide paire de bottes. Les cheveux encore humides, elle remonta prestement la coursive jusqu'au cockpit.

Dans le siège du copilote, Laorcq était plongé dans un livre projeté par sa montre navcom. Il paraissait inconscient de sa présence. Sur la pointe des pieds, elle se glissa derrière lui. Elle tendit la main et lui agrippa le cou :

— Salut !

Sa tentative pour le surprendre échoua lamentablement : il ne cilla même pas. Il interrompit sa lecture et se dressa face à elle.

— Mallory. Tes gros brodequins ne sont pas discrets.

— Je devrais pouvoir faire mieux, répondit-elle en haussant les épaules, mais j'ai l'impression que l'on m'a passé la cervelle à l'attendrisseur…

Une voix familière jaillit des haut-parleurs de bord :

— Moi aussi, j'ai mal aux neurones !

— Jazz ? Qui t'a remis en service ?

— Laorcq. D'ailleurs, ton copain n'est pas très causant.

Sur un ton faussement plaintif, il continua :

— Je lui ai arraché à grand-peine quelques phrases sur vos aventures depuis votre lâche abandon sur Kenval…

Elle retint un sourire. Se chamailler avec Jazz devrait attendre que les vohrns soient hors de danger.

Accompagnée de Torg et de Laorcq, elle s'en alla retrouver Hanosk. Il se tenait dans une longue salle, où s'affairait une dizaine de ses congénères. L'endroit débordait d'équipement génotech.

— Capitaine Mallory Sajean. Merci de m'avoir restitué les souvenirs de Nanesil, déclara l'extraterrestre en guise d'accueil.

Il devança la question de la pilote :

— Nous serons prêts dans sept de vos unités de jour.

N'ayant aucune envie de tourner une semaine en rond dans les sous-sols de Stranda, elle suggéra au vohrn :

— Avec une douzaine de vos chasseurs en guise d'escorte, je pourrai me rendre dans Éridane-E. Leur présence empêchera les orcants de s'attaquer au *Sirgan*. Je récupérerai les preuves dont j'ai besoin et reviendrai vous aider.

— Je comprends votre hâte. Cependant, nous devons d'abord déployer le traitement à Gloria City. Son efficacité doit être démontrée pour envisager de nous séparer de plusieurs vaisseaux.

Pour une fois, Laorcq partageait l'impatience de Mallory. Ce contretemps contrariait ses plans :

— La survie de votre peuple est prioritaire, je l'admets. Seulement, si vous continuez à prendre autant de précautions, Morsak va pouvoir éliminer tranquillement ses traces et se mettre à l'abri ! s'emporta-t-il.

— Ne laissez pas votre inquiétude vous aveugler. Il a été beaucoup trop loin dans sa tentative de nous exterminer. Il s'obstinera, j'en ai la certitude.

Mallory remarqua que Laorcq serrait les poings à s'en faire blanchir les jointures. Elle comprit qu'il bouillait intérieurement. Après des années, il avait enfin une chance de venger le massacre de sa famille. Repousser l'échéance devait lui être une véritable torture.

— J'aimerais être aussi confiant, grogna-t-il. Morsak est plus retors que vous ne le pensez.

— Ce délai ne changera rien, insista Hanosk. Nous devons guérir les nôtres avant qu'ils ne succombent par milliers. Des symptômes sont déjà apparus chez les premiers infectés.

Laorcq fit un effort visible pour se maîtriser, comme s'il se rappelait soudain que la vengeance ne ramènerait jamais sa femme et son fils. Il redevint le soldat calme et professionnel que Mallory avait appris à aimer :

— Des millions de vohrns sont contaminés par le Smog. Comment les soigner assez vite pour endiguer sa propagation ?

L'explication d'Hanosk laissa les deux humains et le cybride pantois :

— Nous utilisons les *cocigs*, des micro-organismes avec lesquels nous vivons en symbiose. Leur cycle de vie comporte trois phases. Ils naissent et meurent en milieu aquatique, mais demeurent majoritairement dans nos corps. Pour traiter une maladie contagieuse, nous inoculons le vaccin à des œufs de cocigs. Nous les injectons ensuite dans les circuits d'eau potable. En se développant dans notre système digestif, ces symbiotes nous transmettent les antigènes qui permettent de lutter contre le virus…

Mallory se remémora son voyage vers Mars, à bord du *Lyoden'Naak*. Stoïque, elle marmonna :

— Maintenant, je sais d'où venait l'arrière-goût de la flotte !

Alors que les aliens achevaient l'étrange vaccin, un navire viola l'espace aérien de Stranda.

À son bord, Lebrane soupira de soulagement. Abattre la distance entre la Terre et le système de Procyon n'avait pris qu'une semaine. Malgré un coût prohibitif, louer un cargo aussi rapide s'était avéré un bon choix. Heureusement, Morsak ignorait qu'il avait financé sa fuite, il aurait été capable de mettre sa tête à prix.

Dans un éclair de génie, Lebrane s'était assuré de suivre à la lettre les autres instructions de son patron. Obnubilé par sa chasse aux vohrns, Morsak l'oublierait.

Lebrane se rendit sur la passerelle. Le capitaine, un homme dans la cinquantaine aux traits burinés, l'accueillit fraîchement :

— Je savais que j'aurais dû vérifier la cargaison ! lança-t-il avec colère.

Désignant du doigt un écran, il ajouta :

— Si j'avais vu quelle saloperie se cachait dans votre conteneur, vous l'auriez livré seul !

L'image montrait la soute, où le reste de l'équipage se préparait au largage de leur colis.

Au centre du moniteur, Lebrane découvrit un cyborg bipède de trois mètres de haut et deux de large. Des plaques d'alliage métallique et de composite le recouvraient d'une carapace noire. Ses six bras étaient garnis de lames et d'une paire de mitrailleuses. Illuminé d'une lueur rouge pulsée, un anneau ceignait sa tête ovale et massive : un appareil d'optique à trois cent soixante degrés. Du torse et des épaules de la machine à tuer dépassaient les pointes d'une ossature jaunâtre.

Lebrane abandonna la vision cauchemardesque transmise par la vidéo et riva ses yeux verts à ceux du capitaine :

— Vous pensiez peut-être que je vous offrais une prime pour le plaisir ? se moqua-t-il. Larguez-moi ce truc et mettez plein gaz, direction le système de Capella.

L'homme aux traits ravinés grogna un assentiment et relaya les ordres de son commanditaire.

Comme s'ils étaient conscients d'effectuer une sale besogne, les manutentionnaires s'acquittèrent avec un peu trop de hâte de leur travail. Alors que le cargo s'enfuyait, l'U-Barg plongea dans le ciel orangé de Stranda selon un angle de pénétration trop prononcé.

L'entrée brutale dans l'atmosphère malmenait les panneaux d'acier et de céramique. Ils tremblaient et viraient au rouge, mais peu importait à Widen. Sous sa nouvelle forme, il aurait pu résister à une trajectoire bien plus mauvaise.

Seule sa prochaine dose de jokal le préoccupait. À l'intérieur de son corps se trouvait un récipient contenant assez de drogue pour deux vies. Implantée à la place de son poumon gauche, une Intelligence Artificielle gérait les fonctions avancées de l'U-Barg. Elle veillait à ce qu'il ne s'écarte pas de ses directives principales. Une fois sa mission accomplie, elle lui injecterait le précieux liquide.

Affichant des clichés d'une femme brune aux bras tatoués et d'un homme à la tempe balafrée dans son champ de vision, l'IA lui rappela ses ordres :

— Retrouver ces deux personnes. Les mutiler, puis les abattre. Conserver la tête de l'homme. Aucune restriction sur l'usage des armes et les dégâts potentiels. Traquer et éliminer les vohrns. Détruire leurs installations.

La mémoire du cyborg remontait à peine à une semaine en arrière. Il lui semblait que des événements s'étaient produits avant. Là encore, l'envie de jokal surpassait cette interrogation.

La terre approchait dangereusement. Déployant deux de ses bras métalliques, il s'en servit pour influer sur sa trajectoire. Il esquiva ainsi le sommet d'un pic rocheux et s'orienta vers une plaine. Dans un nuage de poussière, il la marqua d'un profond sillon et s'immobilisa.

Sa carcasse émettait les cliquetis caractéristiques de la tôle qui refroidit brutalement. Il se redressa et utilisa les nombreux équipements de détection à sa disposition. La zone où il se trouvait soigneusement balayée, il se tourna vers la végétation qui s'étendait au loin.

— Contact. Multiples formes de vie en sous-sol, annonça l'IA.

En surimpression à la vision circulaire de Widen, un schéma s'afficha. L'Intelligence Artificielle s'efforçait de reconstituer un plan du réseau de grottes recouvert par la forêt.

Un peu maladroit à ses premiers pas, l'U-Barg prit très vite de l'assurance et accéléra. Il parvint à l'orée de la masse verdoyante. Ses capteurs repérèrent un tunnel courant juste à un mètre sous les arbres. D'une salve de ses fusils-mitrailleurs, il éventra le sol et se jeta dedans.

Une fois à l'intérieur, l'IA termina son travail de cartographie. Taillées dans la roche avec soin, les galeries étaient larges et propres. La voûte disparaissait derrière un tissu de racines épaisses et noueuses. Elles formaient des arcades naturelles qui étayaient la structure souterraine. De loin en loin, Widen aperçut des citernes équipées de pompes. Reliées à des tubes plantés dans les tiges les plus volumineuses, elles permettaient d'en extraire la sève.

Se moquant de l'usage habituel des tunnels, il broya sans le moindre remords les créatures situées sur son chemin. Avec un plaisir sadique à répandre le sang et briser les os de ses victimes, il se rapprochait inéluctablement du cœur de la colonie...

La brutalité de l'assaut prit Hanosk au dépourvu. Quand il s'aperçut de l'intrusion, l'U-Barg s'était beaucoup trop approché du centre des installations. Les incubateurs de cocigs risquaient d'être détruits et les chances d'éradiquer le Smog réduites à néant.

Aussitôt, l'alien lança une escouade de soldats contre l'agresseur. Suivant ses ordres, quatre guerriers se hâtèrent de l'intercepter. Isolée et exclusivement occupée par les vohrns, la planète Stranda comptait peu de militaires. Hanosk avait jugé qu'envoyer plus de monde rendrait les quartiers habités vulnérables.

En communication permanente avec l'escouade, il décida

de tendre une embuscade à l'intrus. Ses subordonnés prirent position à l'intersection de trois galeries.

— L'assaillant passera forcément ici, affirma-t-il.

L'un des soldats posa une boîte à terre, dont il fit sauter le couvercle avant de la renverser. Fruit de l'ingénierie génétique vohrn, une horde de minuscules décapodes s'en échappa. Grâce aux navcoms solidement accrochés à leur rostre, Hanosk et les guerriers recevraient les images captées par ces insectes qui servaient d'éclaireurs.

Lorsqu'il aperçut l'U-Barg, Hanosk oublia qu'il était installé dans un fauteuil et eut un involontaire mouvement de recul. À travers le regard des décapodes, la machine à six bras évoquait un monstrueux prédateur.

Le dirigeant vohrn se rendit à l'évidence : les informations de la jeune humaine étaient hélas correctes. L'Idernax avait réussi, au moins en partie, à maîtriser la génotech. Cumulée au génie des terriens pour concevoir des armes, cette nouvelle connaissance ne pouvait qu'aboutir à un résultat catastrophique.

— Inutile de manœuvrer avec subtilité, indiqua-t-il aux soldats. Vous devez attaquer de front et tenter de l'immobiliser.

Le sous-entendu était clair : ils avaient peu de chances de survivre à la confrontation.

Pourtant, aucun ne songea à réclamer des renforts ou à abandonner sa position. S'ils tenaient à la vie, les vohrns n'hésitaient pas à la mettre en jeu lorsque leur peuple se trouvait menacé.

Figés telles des statues, ils attendirent la machine de mort.

Continuant sa progression meurtrière dans les sous-sols de

Stranda, Widen savourait les capacités de son corps modifié. Au fond de lui, il sentait qu'il avait été une créature pitoyable, souffre-douleur de ses congénères. Maintenant, il pouvait sans effort broyer un humain entre ses griffes.

Cette impression de puissance ne gommait pas le besoin de jokal. D'où une impatience à tuer Mallory Sajean, car une faible dose lui serait administrée pour le récompenser.

Vaguement conscient d'avoir été un homme, peu lui importait sa transformation en un hybride de véhicule blindé et d'androïde d'abattoir. Il était même très curieux de ressentir les effets de la drogue avec ses sens exacerbés…

Dans une galerie assez large pour servir de hangar, Widen croisa un ver pachydermique que l'IA identifia comme un jufinol. Les anneaux aux couleurs arc-en-ciel de son corps et ses grands yeux à l'air innocent le mirent étrangement en rage. Sans l'en informer, l'Intelligence Artificielle lui injectait des hormones le stimulant en vue du combat.

— Je vais te découper en morceaux, sale tas de viande ! cracha-t-il hargneusement.

Quand il en eut terminé, les fluides et les organes de l'animal éventré s'étalaient sur des dizaines de mètres.

Lorsqu'il repéra les quatre guerriers vohrns, il décida de les tuer à l'arme blanche. Repliant ses membres équipés de fusils, il ralentit à proximité du carrefour. Il laissait l'initiative aux extraterrestres.

L'intersection formait un cercle, dont le centre était occupé par un amas de racines. Elles reliaient le plafond au sol en un pilier torsadé.

Les vohrns ouvrirent le feu à l'instant où l'U-Barg déboucha du tunnel. Les projectiles ricochèrent sans dommage sur sa carcasse métallique. Néanmoins, les aliens s'obstinèrent.

D'un des bras intermédiaires du cyborg jaillit une longue lame au fil dentelé. Il s'avança pas à pas vers le soldat le plus proche. Son arme levée haut, il l'abattit avec une telle violence qu'il trancha le vohrn en deux parties.

En dépit de sa masse, il possédait l'aisance d'un félin. Il pivota brutalement et infligea un sort identique au guerrier positionné derrière lui. Dans la foulée, il coupa la colonne de racines noueuses, projetant des éclats de bois et du sang contre les murs.

En proie à une fureur artificielle, Widen hurlait intérieurement :

— Saloperie de lézards sans tête, je vous hais !

Au désespoir, les survivants se jetèrent sur lui.

L'un d'eux parvint à esquiver la lame. Il s'approcha suffisamment pour tirer à bout portant contre le blindage de l'U-Barg, où deux plaques de métal se rejoignaient. Pour le récompenser de sa témérité, le cyborg le broya entre ses six bras. Le craquement de ses os retentit avec un écho sinistre dans la galerie.

Le dernier soldat réussit à frapper l'optique circulaire de Widen avant de succomber, cinquante centimètres d'acier plantés au travers du corps.

D'un geste brusque, l'U-Barg retira l'arme du cadavre. En se sacrifiant, tout ce qu'avaient obtenu les vohrns se résumait à une brèche dans la carapace du cyborg et un petit angle mort dans sa vue latérale gauche.

— Dommages huit pour cent. Réparations recommandées, lui indiqua son IA.

Ce conseil négligé, Widen poursuivit sa course. Les tunnels cédèrent la place à des couloirs et la roche au béton, ce qui facilita la tâche des capteurs.

— Je touche au but ! constata-t-il avec une joie mauvaise.

Au sein des informations projetées par son navcom, deux formes de vie se signalaient différemment : les humains qu'il cherchait…

XXVIII
ADOPTION

Lorsque les sirènes d'alarme de la base vohrn se mirent à hurler, Mallory était attablée dans la cambuse. Elle terminait un repas léger en compagnie de Laorcq et Torg.

Le son était étrange pour elle, mais ne laissait aucun doute : il s'agissait bien d'une alerte. Son navcom vibra : elle recevait un appel d'Hanosk.

— Vous tombez bien, lui répondit-elle. Est-ce que vous pouvez nous expliquer pourquoi les sirènes braillent en continu ?

— Morsak a réagi plus vivement que nous le pensions. Nous risquons de perdre le fruit du travail accompli ensemble.

Après une semaine à se morfondre pendant que les extraterrestres élaboraient le vaccin, la pilote croyait en avoir terminé. Elle envisageait de se rendre dès le lendemain dans le système d'Éridane-E et récupérer les informations laissées par son père. Ou, éventuellement, se charger de Lebrane d'abord, avec l'aide de Laorcq et des vohrns. Réaliste, elle se raisonna : depuis des années qu'elle attendait, elle pouvait continuer quelques jours…

Maîtrisant son impatience face au langage cryptique de l'alien, elle demanda :

— Vous pouvez me dire ce qu'il se passe exactement ?

Hanosk envoya une copie de la transmission vidéo des insectes éclaireurs. Pendant que Mallory et ses compagnons découvraient les images projetées par son navcom, l'alien commenta :

— Un cyborg de combat s'est introduit dans le réseau de récolte souterrain. Mes guerriers sont impuissants face à lui. Pour compliquer les choses, les œufs de cocigs ne sont pas assez développés. Si nous abandonnons les lieux sur-le-champ, nous ne pourrons pas traiter la totalité des vohrns sur Kenval. Encore moins la population des autres mondes. Il nous faut encore quatre heures pour obtenir la quantité minimale.

D'un ton intrigué, Mallory rétorqua :

— Je suis surprise. Vous n'avez rien en stock pour vous défendre ? Ça ne vous ressemble pas.

— Nous n'avons pas beaucoup de soldats sur Stranda. Apparemment, cet engin possède des caractéristiques génotechs qui le rendent résistant à nos armes. Nous ne pouvons le détruire sans endommager nos installations, donc j'ai besoin de vous pour l'attirer dehors.

— En clair, vous nous demandez de jouer les appâts…

Hanosk confirma :

— Vous n'avez pas le choix. Vu sa trajectoire, il est évident que la machine vous a pris pour cibles. À la vitesse où elle se meut, vous ne pourrez décoller avec le Sirgan avant qu'elle ne soit dans le hangar.

— Quoi ? Bordel de merde ! jura-t-elle en raccrochant.

Torg et Laorcq n'avaient pas perdu un mot de l'échange. Le balafré réagit promptement. Face à l'urgence, ses réflexes de militaire reprirent le dessus. Ordonnant à Mallory et son garde du corps de le suivre, il courut jusqu'à la cabine qu'il occupait.

Solidement arrimé à une paroi, se trouvait son seul bagage. Une mallette en acier, épaisse d'une douzaine de centimètres. Avec des gestes rapides et sûrs, il la détacha et l'ouvrit. Elle contenait une paire d'armes de poing et un fusil démonté, accompagnés de munitions. Mallory nota deux tubes. Les réceptacles de combinaisons de combat.

— Torg n'a pas droit à une tenue pare-balles ? reprocha-t-elle à Laorcq.

— Non. De toute façon, elles ne sont pas conçues pour un tel gabarit.

Il s'empara des pistolets :

— Pas le temps d'assembler le gros calibre. On se débrouillera sans.

Il lui tendit l'un d'eux. Elle le saisit avec appréhension. Cette fois, ce n'était pas un jouet qui se contentait d'assommer un éventuel agresseur...

Il glissa les chargeurs dans sa veste et reprit la parole :

— J'avais réservé ce matériel pour m'occuper de Morsak. Ne te fie pas à sa taille, il est aussi efficace que les armes des vohrns. Et maintenant, on dégage. Ton navire n'est pas prévu pour subir l'assaut d'un cyborg, si on reste coincés dedans, nous sommes foutus !

Le cybride quitta le vaisseau en premier et s'assura que la voie était libre. Recouverts par les tenues de protections bleues et revolver au poing, les humains lui emboîtèrent le pas. Mallory s'aperçut que d'épais panneaux blindés bloquaient toutes les issues sauf une. Apparemment, on leur imposait un itinéraire.

Elle contacta de nouveau Hanosk, qui confirma :

— Il vous suffit d'aller droit devant vous. J'ai ordonné la fermeture des autres passages. Quand vous arriverez au terme du tunnel, la surface sera accessible.

Interrompant la conversation, des coups retentirent à

l'extrémité opposée du hangar creusé dans la falaise. D'une violence inouïe, ils ébranlaient une des portes. L'acier se déformait comme une vulgaire feuille d'aluminium et cédait petit à petit. Un premier bras passa au travers, un deuxième, puis un troisième. Chacun muni de griffes à faire pâlir de jalousie un collectionneur de poignards. Peu pressé de rencontrer le propriétaire de ces serres tranchantes, l'équipage du *Sirgan* s'enfuit par la seule galerie ouverte.

Mallory entendit un dernier froissement métallique : le cyborg venait de jaillir à l'intérieur du hangar pour se lancer à leur poursuite.

Le tunnel désigné par Hanosk s'avéra être un choix judicieux. Étroit et tortueux, il ralentit la machine à tuer mieux que n'importe quel guerrier. Malgré cela, elle gagnait du terrain...

Lorsqu'il devint évident qu'ils n'atteindraient jamais la sortie sans être rejoints, Laorcq ordonna au cybride et à Mallory de le devancer. Inquiète pour lui, elle protesta vigoureusement :

— Ce truc va te réduire en charpie ! Rien à voir avec un mutant qu'on liquide d'une balle entre les yeux, ajouta-t-elle, en référence à leur expédition dans les plaines dévastées de Kenval.

— Je ne suis pas suicidaire, rassure-toi. Je compte juste le ralentir. Allez, dégagez ! Je vous rattraperai facilement.

Sur ces mots, il se posta au milieu de la galerie et brandit son pistolet. Tenant l'arme à deux mains, il tira sur le plafond, là où les racines étaient le moins nombreuses. La poussière envahit le passage. Suite aux déflagrations dans l'espace confiné, ses oreilles bourdonnaient. Il cherchait à briser la voûte, pour que s'écroule une partie du tunnel, néanmoins rien de notable ne se produisit.

Sa combinaison partiellement désactivée pour prendre un chargeur plein dans sa poche, il étudia la situation : si l'engin à leurs trousses les coinçait sous terre, ils n'en sortiraient pas vivants. À la surface, ils pourraient se séparer. Alors qu'ici, ils allaient être abattus tous les trois d'un coup.

Il changea de tactique et concentra son tir sur une racine qui semblait servir de clef de voûte naturelle. Il fut enfin récompensé : le plafond rocailleux céda dans un fracas assourdissant et un nuage de débris végétaux. Un amas de tiges entortillées et de pierres obstruait totalement le passage.

Sans perdre un instant à contempler son œuvre, il reprit sa course. Il pouvait déjà entendre le crissement de l'acier qui s'attaquait à l'éboulis. Le cyborg ne serait pas ralenti très longtemps...

À son grand désespoir, Laorcq retrouva Mallory et Torg guère plus loin, bêtement immobiles. La pilote se tenait accroupie. Elle observait un animal qui s'agitait au sol.

En approchant, il distingua une créature arc-en-ciel d'un bras de longueur et pourvue de larges yeux de cocker : un bébé jufinol.

— J'ignore pourquoi cette bestiole traîne là, mais je suis sûr que l'heure n'est pas au sentimentalisme, grommela-t-il.

D'une claque sur l'épaule, il attira l'attention du cybride :

— Torg ! Comment as-tu pu la laisser s'arrêter ?

Le colosse grogna en sautillant d'un pied sur l'autre :

— Je n'ai pas la moindre influence sur ma capitaine.

— Une seconde, c'est bon ! se plaignit l'intéressée.

Mallory avait imaginé les gros vers lisses et gluants, elle

leur découvrait un pelage aussi doux que celui d'un angora.

Gazouillant comme s'il appelait ses parents, le nouveau-né lui faisait irrésistiblement penser à un long chiot multicolore.

Elle ne pouvait l'abandonner à une mort certaine... Son revolver posé à terre, elle saisit le jufinol à pleines mains.

Une étrange impression s'empara d'elle. Un frisson la parcourut et affola ses tatouages sensitifs. Roses, fleurs de cerisier et ronces apparurent simultanément sur sa peau, tandis que le courant froid lui remontait le long des épaules et des cervicales. Mallory comprit immédiatement :

— Télépathes ! Ils sont télépathes !

Terrorisé, le petit animal la submergeait de peur. Elle faillit tomber à genoux. Instinctivement, elle trouva la parade. Elle lui transmit en retour un sentiment rassurant, celui qu'elle ressentait avec Torg à ses côtés. Le jufinol cessa de remuer et se calma.

Elle le cala au creux de son bras gauche et le plaqua contre sa poitrine. Elle fut surprise par la chaleur de son corps et la légère odeur de camomille qui en émanait. Confortablement installé, le bébé pépia de satisfaction. Elle empoigna de nouveau son arme et se releva.

Laorcq la réprimanda :

— Mallory ! T'es inconsciente, ma parole ! C'est pas le moment de pouponner !

Le répit offert par l'éboulement leur permit de gagner le fond de la galerie : un pan de roche, dans lequel étaient plantés des barreaux métalliques. Mallory s'avisa qu'ils formaient une échelle rudimentaire, menant à une ouverture circulaire où se découpait le ciel orangé de Stranda.

Elle et ses deux compagnons venaient à peine de la franchir, que le cyborg jaillit derrière eux. Trop large pour l'étroit passage, il l'agrandit à coups de fusil-mitrailleur. La rafale de plomb créa un geyser de granit. Mallory le vit s'extirper du tunnel, alors que des morceaux de pierre continuaient de rouler au sol.

Chasseur et proies avaient surgi dans une clairière. Autour

d'eux, Mallory, Laorcq et Torg découvrirent des arbres au tronc sphérique. Ils possédaient une épaisse écorce noire et un plumeau de feuilles jaunes les surmontait. D'un commun accord, les humains et le cybride se précipitèrent à l'abri du plus gros d'entre eux.
— On doit se séparer ! jeta Laorcq.
Il brandit son arme et ajouta :
— Je vais lui vider un chargeur dessus. Pendant ce temps, toi et Torg vous fichez le camp.
— Hors de question ! refusa Mallory. Ça ne fera que retarder l'inévitable.
Ouvrant de nouveau le feu, le cyborg les interrompit. Les balles pénétrèrent la boule de bois avec facilité. Laorcq reçut un coup, que sa combinaison de combat absorba de justesse.
Soudain, Mallory s'aperçut que Torg les abandonnait. Il s'enfonçait dans la forêt, dissimulé par la végétation. Le cœur serré, elle comprit aussitôt qu'il voulait prendre leur poursuivant à revers.
Laorcq avait également saisi. Il ajouta :
— Si on veut qu'il ait une chance, il faut garder l'attention de ce monstre sur nous !
Le geste joint à la parole, il se risqua brièvement à découvert pour tirer sur le cyborg. Mallory suivit son exemple. Peu habituée à une véritable arme à feu, elle encaissa mal le recul et manqua sa cible.
— Et merde ! cria-t-elle.
— Aucune importance, commenta Laorcq. Mes coups au but n'ont aucun effet…

Widen s'acharnait sur ses cibles, qu'il trouvait trop récalcitrantes. Il pensait vaguement que la substance bleue les recouvrant avait un effet protecteur, mais ne parvenait pas vraiment à intégrer le concept. Il oublia vite ce problème : sa vision à trois cent soixante degrés lui montrait un mouvement en position arrière. Quittant l'ombre d'un arbre-colonne gigantesque, un bipède grand et massif se ruait sur lui. En une fraction de seconde, Widen se retourna et contra l'attaque en interposant ses six bras.

Conçu pour tuer, l'U-Barg observa avec curiosité l'être qu'il venait de repousser. Il reconnaissait en lui son opposé, destiné à défendre. Son IA l'informa qu'il s'agissait d'un cybride.

Presque aussi imposant que l'U-Barg, son anatomie déjà robuste bénéficiait de renforts en acier, qui formaient un exosquelette. Seuls de grands yeux entièrement bleus et ronds atténuaient son air dangereux.

Widen se félicita de cet adversaire qu'il jugeait à sa mesure. Sous les effets du manque de jokal et des modifications exercées sur son organisme, sa raison se fissurait. Douleur et sevrage l'empêchaient de penser clairement. L'Intelligence Artificielle intégrée à son corps aurait dû lui injecter une dose pour le calmer, mais un programme d'urgence la monopolisait...

À l'intérieur de l'U-Barg, l'IA donnait la priorité au traitement d'une réaction inattendue : les éléments génotechs interagissaient avec la biologie du terrien.

Brûlant une quantité invraisemblable de calories, les tissus humains et synthétiques fusionnaient. Des excroissances de chair se développaient, les organes se dédoublaient, les os s'épaississaient. Les vertèbres se soudaient les unes aux autres et leurs ramifications nerveuses s'étendaient jusqu'à la mécanique de la machine de guerre.

Insensible à la douleur, Widen ne réalisa même pas que ses dents s'allongeaient au point de s'emmêler entre elles, lui bloquant les mâchoires et lui perforant le palais. Ses reins avaient triplé de volume. À chaque contraction, les ventricules de son cœur s'élargissaient.

La pression exercée par cette transformation menaçait l'intégrité de l'U-Barg. À grand renfort de tranquillisants et de solutions destinées à réduire sa température corporelle, l'Intelligence Artificielle s'efforçait de limiter les dégâts. D'analyses en hypothèses, elle tentait de découvrir l'origine de ces bouleversements physiologiques.

L'IA le sauvait tout en causant sa perte : aveuglé par le manque, Widen oublia ses fusils d'assaut. Il se lança dans un corps à corps avec le cybride. Se jetant sur lui, il chercha à placer un coup mortel à chaque mouvement.

Mallory risqua un œil hors de l'abri dérisoire offert par l'arbre rond. Plutôt que de bloquer les attaques du cyborg, Torg se contentait de les dévier. La meilleure méthode face à un assaillant de force supérieure. À deux bras contre six, si le cybride cessait de bouger, il allait être déchiqueté.

En dépit de la violence de l'affrontement, le cyborg semblait ne jamais faiblir. Au contraire, Torg affichait des signes de fatigue évidents. Les lames de son opposant le touchèrent à maintes reprises.

Impuissante, Mallory constata avec effroi que son compagnon cédait du terrain. Au fil des années, il était devenu bien plus qu'un garde du corps. Le voir ainsi malmené lui nouait l'estomac.

Trois profondes blessures s'étalaient sur son torse. Du sang dégoulinait sur sa fourrure et pourtant, il persistait. Son instinct de protection, exacerbé par des générations de sélection et de croisement, lui permettait de se surpasser. Tant qu'il respirerait, il se battrait pour la survie de sa capitaine.

— Mallory ! cria Laorcq par-dessus le fracas des griffes de métal qui s'entrechoquaient. Pendant que Torg l'occupe, il faut en profiter pour dégager !

— Il va se faire massacrer... tenta-t-elle d'argumenter.

Pragmatique, Laorcq ne souhaitait pas que le colosse se sacrifie en vain :

— Il fait son boulot ! Et toi ? Tu ne veux pas sauver ta peau et celle de ton nouveau copain ? lâcha-t-il en montrant le ver coloré du doigt.

Le petit jufinol se tortillait contre elle, effrayé par la fureur du combat. Il frissonnait et essayait de s'introduire dans sa combinaison bleue pour s'abriter. Elle avait du mal à ne pas succomber aux vagues de terreur qu'il lui transmettait. À contrecœur, elle se décida à suivre Laorcq.

Alors qu'ils s'éloignaient du champ de bataille, un ronronnement étrange masqua le vacarme du duel de titans. Quand le bruit devint assez puissant pour martyriser leurs tympans, Laorcq lui cria :

— Un chasseur vohrn !

Elle sentit une ombre filer soudain au-dessus d'eux, accompagnée d'une bourrasque qui fit trembler la cime des arbres. Surprenant Mallory, Laorcq se retourna et hurla en direction du cybride :

— Torg ! Écarte-toi de lui ! Ils vont le bombarder !

Mallory regarda en arrière et son cœur s'emballa : Torg allait lâcher. Les poings et les lames d'acier de son adversaire le manquaient de moins en moins souvent. Impuissante, elle le vit mettre un genou à terre.

Le colosse à sa merci, le cyborg bondit pour l'étriper. Mallory en oublia de respirer.

Torg se redressa subitement et le repoussa des deux mains. Sous le choc, un de ses avant-bras se brisa, mais il réussit à projeter la machine meurtrière à plus de quinze mètres de lui.

La pilote retrouva son souffle. Oh ! Ce qu'elle pouvait détester être spectatrice lorsque les autres se battaient !

Au même moment, le chasseur vohrn descendit en piqué

sur la clairière. Mallory eut à peine le temps de distinguer son fuselage en forme de losange, aussi lisse qu'un galet.

Jaillies de l'appareil, trois ogives lumineuses se précipitèrent sur le monstre d'acier. Accompagnée du fracas d'une explosion, une boule de plasma blanc l'enveloppa. La déflagration souffla brutalement végétaux et êtres vivants sur un rayon de deux cents mètres...

XXIX
RÉSURRECTION

Sonnée mais indemne, le jufinol dans les bras, Mallory pencha la tête hors de l'abri d'un des arbres bulbeux. Non loin d'elle se trouvait Laorcq. Il s'en tirait pour sa part avec une arcade éclatée et quelques bleus. Chacun marquait l'emplacement d'une balle stoppée par sa tenue de protection.

D'un geste machinal, il essuya d'une main le sang qui lui coulait dans l'œil.

Autour d'eux, l'air semblait chauffé à blanc. Une âcre odeur de bois vert carbonisé se mêlait à celle de l'explosif. Petit à petit, fumées et résidus s'estompèrent, dévoilant ce qui restait du cyborg.

Il gisait au sol, de l'hémoglobine mélangée à un liquide brun foncé qui dégoulinait au travers de sa carcasse métallique. Pensive, Mallory l'examina : elle devait admettre que les séides de Morsak avaient fait du beau boulot... Trois missiles, et la chose était encore en un morceau !

Songeur, Laorcq contempla également le cadavre du

monstre de chair et de métal, puis aida Mallory à se remettre sur pied. Sa tenue de combat désactivée, poussière et cendre lui irritèrent les sinus.

Quand elle vit dans quel état était Torg, la peine lui noua l'estomac. Encaissant la souffrance mieux qu'un humain, il tenait le coup malgré d'impressionnantes blessures. Cassé, son bras droit pendait tristement. La majeure partie de son corps était couverte d'entailles, dont certaines saignaient abondamment. Le cœur serré, Mallory s'approcha de lui et le caressa affectueusement :

— Mon pauvre Torg. Ne t'inquiète pas, les vohrns vont s'occuper de toi. Ils nous doivent bien ça...

Elle reporta ensuite son attention sur Laorcq :

— Entre Hanosk et toi, c'est vraiment le concours du plan foireux.

— Question minutage, j'ai connu plus réussi, acquiesça-t-il, sans relever la pique au passage. La dernière fois qu'une bombe a sauté aussi près de moi, c'était sur Vénus. Ça doit faire quinze ans...

— Je ne te savais pas si nostalgique, ironisa-t-elle.

Soupirant, elle ajouta :

— Je t'avais demandé si la vengeance valait la peine de prendre autant de risques. Après un coup pareil, tu peux oublier mes remarques : liquider Morsak, c'est rendre service à toute la galaxie !

Le jufinol contre sa poitrine et tenant le bras valide de Torg, elle s'en alla en direction du chasseur vohrn qui se posait non loin de là. Il fut rapidement rejoint par un véhicule terrestre. Un fourgon cylindrique, identique à celui utilisé à leur arrivée sur Stranda.

Quatre guerriers aliens en sortirent. Ils se hâtèrent en direction de la dépouille du cyborg tueur. Équipés d'outils et de câbles d'acier, ils le désarmèrent puis l'arrimèrent au ventre du chasseur. Il décolla dans la foulée, emportant avec lui son macabre colis.

Mallory vit la porte du fourgon s'ouvrir de nouveau, pour livrer le passage à Hanosk. Il dit quelques mots aux soldats et attendit qu'elle parvienne jusqu'à lui. Se penchant sur l'animal blotti contre elle, il émit un fredonnement destiné à l'apaiser. Elle en ressentit l'effet à travers le lien télépathique qui l'unissait au ver arc-en-ciel.

— Apparemment, il est très satisfait de votre compagnie, déclara le vohrn.

— Vous auriez pu me prévenir à propos des jufinols. Il a envahi mes pensées d'un coup !

— Une liaison s'est créée entre vous ? Étonnant. Toutefois, nous n'avons pas le loisir d'en étudier les conséquences. Sachez seulement que nous ne pouvons vous séparer l'un de l'autre pour le moment. Il risque de se laisser mourir.

La pilote baissa les yeux vers son nouvel ami. Doux, plein de couleurs et un regard de chien battu. Pas besoin de se forcer. Elle l'avait déjà adopté.

Revenant aux problèmes immédiats, elle réclama des soins pour Torg et ajouta :

— Comment en est-on arrivés là ? À trente secondes près, ce monstre d'acier nous aurait massacrés.

— Nous avons commis une erreur, admit l'alien. Nous avons lancé nos appareils de combat à la poursuite du vaisseau qui a largué le cyborg. Une fois compris le danger représenté par cette machine, j'ai rappelé l'un d'eux. Il était trop loin, le retour lui a pris du temps. Cette décision vous a mis en péril, mais je ne la regrette pas : nos chasseurs ont réussi à arraisonner le transporteur.

Elle n'insista pas, préférant se focaliser sur le point positif :

— Au moins, il sera facile de convaincre les livreurs de parler.

L'extraterrestre acquiesça :

— Guérir mon peuple reste prioritaire, mais de peu. Mettre un terme à la carrière du PDG de l'Idernax devient urgent.

Laorcq vint les rejoindre et résuma d'un air satisfait :

— De nouveaux témoins et la carcasse de l'assassin pour preuve. Tout est en place pour précipiter la chute de Morsak.

Ils s'installèrent dans le véhicule. L'espace était juste suffisant pour les cinq vohrns et l'équipage du Sirgan. La clairière dévastée disparut, masquée par la forêt qu'ils traversaient. Trop épuisée pour parler, Mallory entendit Laorcq s'enquérir :

— Quand passons-nous à la suite ?

— Bientôt. Dès que les œufs de cocigs seront parvenus à maturité. Nous en profiterons pour soigner votre cybride.

En les ballottant sans ménagement, le fourgon les ramena dans les bâtiments en bordure de la falaise.

Dans le secteur médical des installations vohrns, Mallory était assise dans un large fauteuil destiné aux vohrns. En compagnie de Laorcq, désormais doté d'une cicatrice de plus au niveau de l'arcade, elle patientait tandis que Torg était entre les mains des médecins extraterrestres.

Ils partiraient pour Kenval d'ici peu. Cette fois, dès que les vohrns seraient hors de danger, elle pourrait enfin régler ses affaires !

La tension refluait en elle, laissant le champ libre à la fatigue. Le petit jufinol ronronnait dans ses bras. Sans l'irruption d'un des aliens, elle se serait assoupie.

— Capitaine Mallory Sajean ? Nos chasseurs sont de retour. Ils ont escorté le vaisseau qui a largué la machine de Morsak. Hanosk réclame votre présence. Apparemment, un des membres de l'équipage vous connaît.

Mallory eut beau s'interroger, elle ne voyait pas de qui il

pouvait s'agir : peut-être quelqu'un croisé lors d'une escale ? Elle côtoyait tellement de monde…

Sa curiosité piquée au vif, elle accepta de le voir.

— Je t'accompagne, ajouta Laorcq en se levant à son tour.

L'extraterrestre les guida jusqu'à la surface. Au pied d'un des camions garés là, elle découvrit un groupe de guerriers vohrns. Grâce à la toge pourpre dont il était vêtu, elle reconnut Hanosk parmi eux.

Quand elle aperçut Lebrane coincé entre deux aliens, elle hésita entre violence et jubilation à l'idée de l'avoir à sa merci. Ses tatouages sensitifs se muèrent instantanément en entrelacs de ronces noires. Leur faisant écho, le pelage arc-en-ciel du ver télépathe se hérissa.

L'homme qui l'avait contrainte à participer à une tentative de génocide, en sachant qu'elle allait finir en prison et probablement être tuée, lui adressa un grand sourire :

— Ma pilote préférée ! Je suis content de te voir saine et sauve ! Si j'avais su que le cyborg était chargé de t'assassiner, je l'aurais fait éjecter dans l'espace. Je te le jure !

Elle le fixa avec mépris. Comme d'habitude, le truand blond portait un costume aux couleurs mal assorties : vert clair, accompagné de rouge pour le col et les revers, faisant ressortir son bronzage artificiel.

Il esquissa un pas en avant, mais les guerriers le retinrent fermement. Atterrée par le culot dont il faisait montre, Mallory lui lança :

— Ah oui ? Tu ignorais également la nature du colis que tu m'as forcée à transporter d'Io vers Kenval, je suppose ?

Lebrane ne se démonta pas :

— Évidemment ! Mon client exigeait une totale confidentialité.

Laorcq intervint :

— Tu veux parler de Morsak ? Pendant des mois, je t'ai filé le train. Drogue, prostitution, chantage… Je dispose d'assez de preuves pour t'envoyer en taule une cinquantaine

d'années. Tu es resté en liberté parce que je vise ton patron !
— Il ne m'a pas donné le choix ! protesta Lebrane. J'avais prévu de vous retrouver une fois les choses tassées. D'ailleurs, je lui ai soutiré de l'argent. Je suis prêt à faire parts égales !

Submergée de colère, Mallory cria :
— Tu te fous de nous ? Garde ton fric ! Tu es venu larguer cette saloperie et tu t'es enfui à fond de train !

Un voile rouge obscurcit ses pensées et oblitéra sa conscience. Prenant tout le monde de vitesse, elle balança un violent coup de pied dans l'entrejambe de Lebrane.

Plié en deux par la douleur, il se serait écroulé au sol si les aliens ne l'avaient pas retenu.

Les poings serrés, Mallory inspira et expira profondément pour se calmer :
— Désolée. Encore un mot et je le tuais !

Le visage de Laorcq s'éclaira soudainement :
— Hanosk ! Fouillez son esprit. Nous allons apprendre une foule de détails intéressants.
— Vous avez raison, mais les cocigs sont prêts. Nous devons partir immédiatement. Nous l'emmenons, je l'interrogerai en vol.

Au moment où la navette s'envolait pour Kenval, la carcasse de l'U-Barg s'agita. Les soldats vohrns l'avaient déposée dans une pièce réfrigérée. Malgré la violence de l'explosion l'ayant frappée, la part biologique du cyborg continuait son développement anarchique. Le processus de fusion entre les éléments génotechs et l'organisme terrien se poursuivait.

L'Intelligence Artificielle n'était plus en mesure

d'intervenir. Elle avait tenté de stopper la transformation en vain. Sa logique lui dictait maintenant d'observer.

Touché de plein fouet, il ne restait du cerveau de Widen qu'un magma de tissus cérébraux. Le composant humain de l'U-Barg était mort.

Néanmoins, la partie physiologique du monstre d'acier bouillonnait d'une vie nouvelle. Utilisant les capteurs disséminés dans la chair et la carcasse métallique, l'IA en découvrit la raison. Elle enregistra un rapport :

— Infection par le Smog confirmée. Cause : fluides d'un vohrn contaminé. Origine : introduction d'hémoglobine à travers un élément détérioré de l'armure (plaque pectorale droite).

Alors qu'il étripait allégrement les malheureux dressés entre lui et son but, Widen avait contracté le virus mutagène. Le sang d'un des soldats s'était glissé dans son corps, dégoulinant d'une fissure pratiquée dans sa cuirasse.

L'homme aurait dû être immunisé contre cette souche spécifique aux vohrns. Cependant, les altérations nécessaires à l'hybridation avec les machines génotechs avaient ouvert la voie au Smog. La croissance incontrôlée des cellules n'était que la manifestation des premières mutations.

Sous la pression de la chair, les éléments de l'armure commencèrent à se disloquer. De nouveaux organes grandissaient à l'intérieur du cadavre. Écrasée entre une masse de muscles et une pièce métallique, la capsule qui contenait les doses de jokal se brisa, ajoutant au maelström biologique.

Près de la pompe hydraulique des systèmes mécaniques, le cœur se remit à battre. Quatre fois plus gros que lorsqu'il charriait le sang de Widen, il irrigua à nouveau les veines du cyborg.

Paradoxalement, la marche de l'U-Barg en fut améliorée. Débarrassée de son *alter ego* de chair, l'Intelligence Artificielle prit le contrôle en une fusion absolue avec la créature ressuscitée. Agissant désormais comme un seul être,

sa première décision fut simple :
— Apport de protéines nécessaire.
Le monstre nouveau-né devait être nourri.

Dans sa première forme, l'apparence de l'U-Barg laissait aisément deviner son statut de cyborg tueur. Sa transformation l'avait rendu totalement hideux. Le résultat d'une mutation entre terrien, vohrn et acier. Grotesquement larges et flexibles, des mains aux contours humains pendaient de sa masse grandissante. Entre le capteur optique circulaire et le cou, une bouche démesurée se hérissait de centaines de dents, imbriquées les unes aux autres.

Le léger chuintement d'une porte coulissante alerta l'U-Barg. Trois vohrns venaient d'entrer dans la chambre froide.

Avant qu'ils ne puissent comprendre que le monstre vivait toujours, il se jeta sur eux. Ils furent déchirés telles des poupées de chiffons.

L'U-Barg devait accomplir sa mission. Survivre n'était qu'une étape. De ses mains mécaniques, il se saisit d'un corps, en brisa les os et en arracha la peau écailleuse. Enfin, il le réduisit en morceaux sanguinolents.

Portant un lambeau de muscle à sa gueule, il l'étala sur ses crocs emmêlés par leur croissance anarchique. Seule une infime partie de la substance passa à travers. De son poing métallique, il frappa sèchement sa dentition bloquée. Des éclats jaunâtres s'envolèrent. Insensible à la douleur, il extirpa canines et incisives en surnombre.

Sa mâchoire libérée, il entreprit de dévorer les aliens morts.

La navette vohrn se posa dans l'astroport de Gloria City sous une pluie battante. Ajoutant encore à l'humidité ambiante, les gouttes grésillaient sur le fuselage chauffé à blanc par la friction de l'air. Prêt à cracher un véritable déluge, le ciel sombre pesait sur les bâtiments.

Le petit jufinol blotti contre son ventre, Mallory courait sur le tarmac. Elle le protégeait des trombes d'eau entre les pans de sa veste en cuir. Devant elle, Hanosk et d'autres membres de son espèce avançaient rapidement. Ils veillaient jalousement sur un conteneur de la taille d'une grosse malle qui abritait les cocigs.

En dernier venait Lebrane, encadré de Laorcq et Torg. En pleine forme grâce aux soins des médecins reptiliens, le cybride traînait l'ancien associé de Mallory par le bras. Le teint cireux sous son hâle, celui-ci récupérait doucement de son entrevue avec Hanosk.

En dépit de l'insistance de Laorcq, l'alien n'avait pas voulu révéler les informations obtenues en sondant les pensées du truand. Mallory s'en inquiétait : s'il refusait de les mettre dans la confidence, il devait craindre leur réaction. Cela n'augurait rien de bon...

Soulagée de se retrouver au sec, elle franchit la porte d'entrée du bâtiment qui longeait l'aire d'atterrissage.

Après l'assaut sur Stranda, le terminal lui parut anormalement banal. Elle aurait pu se croire dans n'importe quel port marchand, sur n'importe quelle planète. Une impression renforcée par le personnel composé d'un échantillon de toutes les peuplades connues. Menacée d'extinction, la société des vohrns n'en continuait pas moins de fonctionner. Céder à la panique ou à l'apitoiement n'était pas dans leur nature.

Ils approchaient des douanes, quand Laorcq lâcha soudainement :

— Pitié, pas elle !

Avant même de poser la question, Mallory découvrit de qui il parlait. Accompagnée d'une dizaine d'agents en uniforme, la lieutenante Lafora fondait sur eux.

Finalement, laisser le *Sirgan* en arrière n'avait pas suffi pour échapper à l'attention de la police. La grande blonde semblait décidée à les arrêter, quitte à braver l'autorité des maîtres de Procyon.

— J'aurais dû m'en douter. Elle n'a pas digéré qu'on lui glisse entre les doigts. Elle a la rancune tenace, observa Laorcq.

Mallory ne put se retenir :

— T'es mal placé pour la critiquer !

Au passage des forces de l'ordre, les voyageurs s'écartaient vivement. Lafora tenait des menottes. Sur son visage se lisait la ferme intention de les utiliser...

XXX
BLOCUS

Lafora fonça sur le groupe disparate formé par les vohrns, Lebrane et l'équipage du *Sirgan*. Derrière elle, l'escouade de policiers se scinda en deux parties. Sous le regard interloqué des douaniers et des voyageurs, l'une mit en joue les vohrns qui tentèrent de s'interposer. L'autre s'occupa d'appréhender Laorcq et Mallory.

Avec une maestria que cette dernière ne put s'empêcher d'admirer, Lafora passa les bracelets en inox à Laorcq et lui énonça ses droits, tout en lui collant son revolver de service sous le menton.

Un agent spican, aisément reconnaissable à ses quatre bras et ses deux mètres et demi, s'approcha de Mallory. Voulant la menotter à son tour, il posa une main sur le jufinol qu'elle tenait contre elle. Le grand alien sursauta comme s'il venait de recevoir une décharge électrique. Il se reprit et lui annonça :

— Vous êtes en état d'arrestation ! Lâchez votre... arme ?

Après un regard réprobateur envers son collègue

maladroit, Lafora attrapa Laorcq par le col. Elle lui chuchota à l'oreille :

— Heureusement, les vohrns ont transmis une liste exacte des passagers en pénétrant dans notre espace aérien. Sinon, je n'aurais pas eu le temps d'arriver pour vous accueillir en personne ! Vous avez bien fait de revenir. Cette fois, je vais vous coller au placard pour de bon ! Et même votre jolie petite avocate ne pourra rien pour vous.

— Jolie petite avocate ? releva Mallory.

Laorcq haussa les épaules :

— Lucie Carenko. Elle bosse pour Wulgis.

Agacé par la naïveté des extraterrestres, il marmonna ensuite :

— Les vohrns sont trop honnêtes ! À se demander comment ils ont pu mettre la main sur Procyon…

D'une bourrade, Lafora les obligea à avancer.

Discrètement, Mallory fit un signe du menton à Torg : Lebrane profitait de l'imprévu pour tenter de leur fausser compagnie. Agrippant le bras du truand au point de le meurtrir, le cybride grogna :

— Reste sage ! Sinon, je me sers de ta tête pour assommer les policiers.

Lebrane passa outre la menace pour s'adresser à Lafora :

— Ces gens sont malades ! Ils m'ont pris en otage et traîné de force jusqu'ici. Vous devez m'aider !

Elle le toisa de haut en bas :

— Ah oui ? Nous verrons cela au commissariat. Je vous embarque également.

Passé l'effet de surprise, Hanosk réagit. Il se glissa entre Lafora et ses prisonniers. Elle dégaina, sans oser braquer l'arme sur le vohrn. Mallory réalisa que la policière avait reconnu à retardement la toge pourpre dont il était vêtu. Voyant les lèvres de Lafora remuer, elle devina plus qu'elle ne l'entendit dire :

— Un dignitaire vohrn ! Et merde !

L'alien enroula délicatement ses étranges mains

tentaculaires autour des poignets de la policière. Ses collègues se figèrent : malmener un vohrn haut placé équivalait à un suicide professionnel.

D'une voix inhabituellement puissante, que le boîtier traducteur eut du mal à couvrir, Hanosk déclara :

— Ces personnes sont victimes des circonstances. Vous ne pouvez pas les appréhender. Je me porte officiellement garant d'eux en tant qu'administrateur de Kenval.

La frustration et la déception se disputèrent le visage de Lafora. D'abord interloquée, Mallory finit par comprendre. Le terminal était sous contrôle vidéo... Hanosk avait parlé aussi fort à dessein. Avec les caméras de surveillance qui enregistraient tout, la policière se trouvait mise échec et mat d'une simple phrase.

À l'évidence, la protection dont l'équipage du *Sirgan* bénéficiait lui tapait sur les nerfs. Elle s'insurgea :

— C'est de la folie pure ! En quoi ces dangers publics vous intéressent-ils ?

L'extraterrestre la lâcha dans un tressaillement, signe d'exaspération. Il détacha son boîtier interprète. Certain de ne pas être compris par les non-vohrns, il lança une série de phrases brèves, probablement des ordres :

Dès qu'il eut cessé de parler, ses subordonnés raffermirent leur prise sur la malle qui contenait les cocigs et partirent.

Il les envoie sûrement en avant pour traiter les vohrns malades, supposa Mallory.

Hanosk ajusta de nouveau sur son rostre l'appareil de traduction et s'adressa à Lafora :

— Vous voulez savoir ? Soit. Renvoyez vos hommes et venez avec nous, proposa-t-il. Ou alors, laissez-nous tranquilles !

Cette fois-ci, même le traducteur réussit à transmettre une inflexion ressemblant à de la colère. Lafora hésita, puis finit par céder à la curiosité.

— Pourquoi pas ? Je suis persuadée que l'histoire en vaut la peine...

— Vous n'imaginez pas à quel point ! remarqua Mallory. Et si on y allait, avant qu'une autre catastrophe nous tombe dessus ?

En compagnie de la policière, ils quittèrent l'astroport. La pilote constata que le violent orage rendait Gloria City encore plus impressionnante.

On aurait dit que de nouveaux gratte-ciel étaient apparus depuis leur dernier passage. La ville lui paraissait occuper davantage d'espace à la verticale qu'au sol...

Ils s'arrêtèrent au bord d'une avenue. Comme si elle les attendait, une longue berline antigrav se détacha du flot de la circulation et stoppa devant eux.

La pluie dégoulinant le long de ses cheveux bouclés, Lebrane remarqua :

— Il va manquer une place !

Mallory regarda Laorcq avec un sourire complice. Il contourna la grande voiture et en ouvrit le coffre. Avec un rire, il lança :

— Torg, installe notre invité là-dedans, il sera parfaitement à l'aise.

Sourd aux protestations du truand, le cybride le saisit par le col et le jeta à l'intérieur...

Au centre du complexe vohrn de Stranda, l'U-Barg mutant achevait son repas. Une fois les trois cadavres engloutis, il quitta la chambre froide. Il ne détecta qu'une faible activité alentour. Occupés à réparer les dégâts dus aux récents affrontements, la plupart des vohrns étaient disséminés dans les galeries.

Le monstre hybride utilisa les capacités léguées par l'Intelligence Artificielle pour évaluer les possibilités de mener à bien sa mission :

— Cibles principales hors périmètre. Départ pour planète Kenval : probabilité quatre-vingt-dix pour cent. Action : appropriation vaisseau et poursuite.

Inexorablement, il progressa au sein du complexe extraterrestre. Chaque être vivant qui eut le malheur de se trouver sur son chemin finit dévoré. L'U-Barg éprouvait une faim impossible à satisfaire.

En constante transformation, son corps brûlait les calories aussi vite qu'il les ingérait. Un besoin croissant exponentiellement avec sa taille en augmentation.

Quitter Stranda devint une question de survie pour le mutant :

— Densité en sources protéiniques trop faible. Risque de dégradation physique. Environnement plus riche en vie organique nécessaire.

Le monstre avançait désormais sur quatre pattes. Les boursouflures de sa chair distendue recouvraient les parties métalliques de son ancienne forme.

Il déboucha dans un des hangars à flanc de falaise, où stationnaient des navettes. Ces appareils de faible tonnage servaient exclusivement aux liaisons entre les planètes de Procyon.

L'une des navettes était ouverte. Maculant d'hémoglobine le contour du sas, l'U-Barg s'introduisit à bord.

Il avait tellement grossi qu'il dut arracher les sièges du cockpit pour accéder au poste de pilotage. Une autre difficulté se présenta à lui : manipuler les commandes délicates avec ses membres disproportionnés. Il ne pouvait lancer la séquence d'allumage correctement.

Il porta un doigt griffu à sa gueule aux crocs démesurés et entreprit de le ronger. Quand l'appendice fut moitié moins épais, il l'utilisa pour presser les minuscules touches de mise à feu. Les banques de données de l'IA lui permettaient d'identifier chaque symbole en un clin d'œil.

Toujours grâce à la mémoire de l'Intelligence Artificielle,

il berna les systèmes de surveillance en envoyant les codes standard de décollage. Une ruse qui allait l'autoriser à rejoindre Kenval sans encombre.

Quand les vohrns découvriraient les restes de leurs camarades dévorés, ils perdraient d'abord du temps à chercher le coupable dans le complexe souterrain.

La confirmation de vol reçue, le mutant agrippa le levier des gaz de son doigt mutilé et lança la navette vers le ciel.

En chemin vers Kenval, il analysa différents scénarios. Il écarta les plus improbables et conclut :

— Localisation des cibles : bâtiment administratif vohrn principal, Gloria City. Probabilité : quatre-vingt-dix-huit pour cent.

Poussé à plein régime, le petit vaisseau fonça vers la planète violacée. Affolant au passage le réseau de surveillance, il pénétra l'atmosphère en direction de Gloria City.

Faute de répondre aux sollicitations des forces de l'ordre, le monstre devint la cible d'un satellite de protection. À quelques kilomètres de la capitale, une première salve endommagea le propulseur de la navette. Le petit vaisseau faisait une proie facile. Indifférent, l'U-Barg l'orienta simplement pour passer au-dessus de sa destination et verrouilla la gouverne.

La procédure d'évacuation d'urgence activée, il déclencha l'éjection du sas. L'air s'enfuit vers l'extérieur dans un hurlement aigu, avalé par la différence de pression. Il abandonna le cockpit pour s'approcher de l'ouverture. Quand la navette parvint à la verticale de son but, il se laissa happer hors de la carlingue.

Le satellite tira une deuxième fois. Frappé de plein fouet, le vaisseau explosa en un bref éclat blanc sur le ciel mauve de Kenval. Tel un obus pointé sur sa cible, le monstre mutant attendait tranquillement de s'écraser au sol…

Se faufilant sur une voie suspendue, l'automobile approchait rapidement de la tour vohrne. L'averse devenait un véritable déluge, qui tambourinait avec obstination sur la carrosserie du véhicule.

Dans l'habitacle, deux banquettes se faisaient face. Torg et Hanosk occupaient à eux seuls l'intégralité de l'une d'elles. Installés dans le sens de la marche, Mallory, Laorcq et Lafora partageaient l'autre. Le bébé jufinol s'était roulé en boule sur les cuisses de la pilote.

Elle nota l'air renfrogné de Laorcq. Il devait se demander quelle mouche avait pu piquer l'alien, pour inviter la policière à se joindre à eux.

Quand Hanosk lui expliqua ce qui s'était tramé sous son nez, Lafora parut à deux doigts de la crise cardiaque. Bien qu'inférieure en grade, et sa cadette d'une dizaine d'années, elle ne se gêna pas pour sermonner Laorcq :

— Se servir de son rang afin d'assouvir une vengeance, même justifiée ! Vous êtes irresponsable. Si chaque officier se permettait un tel comportement, les mondes humains sombreraient dans le chaos !

Elle crucifia Mallory du regard et lui jeta :

— Et vous ? Il a suffi qu'un soldat à la retraite joue sur la corde sentimentale pour basculer de l'excès de vitesse au grand banditisme ?

Elle rétorqua :

— Lebrane m'a piégée en s'arrangeant pour que je sois accusée de vol. Je n'ai pas vraiment eu le choix. Je n'allais pas faire confiance à un système qui a envoyé mon père à la mort et au déshonneur ! En aidant Laorcq, je m'aide également.

Lafora n'insista pas : elle devait sentir qu'elle touchait un

sujet délicat. Pragmatique, elle préféra clarifier certains points avec le vohrn :
— Si jamais les choses dégénèrent, je veux être parée.
Tandis que l'extraterrestre et la policière discutaient, Mallory caressait le ver multicolore tout en jetant un œil à travers les vitres épaisses de la voiture. Les immeubles se succédaient les uns aux autres, chacun plus original et coloré que le précédent. Carrés, rectangulaires ou ronds. Larges ou étroits. Des monolithes en costume d'arlequin, sur lesquels la pluie diluvienne s'acharnait. La plupart des fenêtres étaient illuminées, en contrepoint au ciel sombre et violacé. Nimbés de cette lueur intérieure, les bâtiments offraient un panorama irréel.

Arrachant Mallory au spectacle de la ville, Lafora reçut un appel sur son navcom. En guise de réponse, cette dernière s'exclama :
— Abattez-la ! Hors de question qu'elle s'échappe !

La pilote observa la blonde en uniforme. La policière ne donnait pas dans la demi-mesure. Avec un mauvais pressentiment, Mallory conclut que quelque chose de grave était en train de se produire...

Pour en avoir le cœur net, elle lui demanda :
— Une bonne nouvelle à partager, peut-être ?
— Une navette vient de violer l'espace aérien de Gloria City.

Lafora fronça les sourcils :
— Cela n'a aucun sens : nous allons la détruire en vol sans le moindre risque, ni difficulté.

Hanosk enchaîna, annonçant platement :
— Juste après l'atterrissage, on m'a informé que le cyborg génotech de Morsak n'était pas mort. Apparemment, il a réussi à s'emparer d'un vaisseau pour nous poursuivre.

Mallory et Laorcq furent pris de court. Ce dernier s'exclama :
— Cette saloperie est toujours vivante ? Pourquoi ne pas nous avoir prévenus aussitôt ?

— Il était trop tard pour intervenir. Comme l'a indiqué la lieutenante Lafora, la police va se charger de l'intercepter.

Ils terminèrent le trajet dans un silence tendu. La berline emprunta un embranchement et ils suivirent une voie en pente douce. Elle menait à l'entrée d'un parking situé au pied d'une immense tour. Celle-là même où Mallory et Laorcq avaient échappé à un premier assassin à la solde de Morsak. Elle se rendit compte qu'elle la contemplait de l'extérieur pour la première fois. Un monumental cylindre de verre et d'acier, qui réduisait ses voisins à de petites bâtisses.

Elle avait beau se remémorer la succession de paysages verticaux parcourus aux côtés de Laorcq, il lui semblait difficile d'imaginer qu'il renfermait tout un univers végétal et animal.

À l'instant où un large portail s'ouvrait pour les laisser passer, un choc ébranla la chaussée suspendue. La secousse tordit la voie et la voiture heurta une glissière de sécurité avant de stopper.

Entre les mains de Mallory, le jufinol s'agita soudainement. Il lui transmettait des ondes d'inquiétude. Elle regarda à travers la lunette arrière. Derrière eux, une portion de la route avait disparu. Au niveau du sol, un trou béant défigurait la place qui entourait la base de la tour.

Lafora déverrouillait la portière pour aller jeter un œil, quand une masse d'acier et de chair visqueuse se mit à ramper hors de la terre éventrée.

— Vous savez ce que c'est, je suppose ? demanda-t-elle, avec un calme qui força l'admiration de Mallory.

Grâce au lien entre elle et l'animal télépathe, la pilote reconnut avec un frisson de terreur la créature boursouflée qui émergeait du cratère :

— Le cyborg de Morsak ! Comment a-t-il pu se transformer en une horreur pareille ?

Tandis que la berline se précipitait à l'abri dans la tour, Mallory se pencha vers Hanosk :

— Il a résisté à un tir de missile et, vu le trou, à une chute de plusieurs milliers de mètres. À force, il va avoir notre peau !

Pour la première fois depuis qu'elle le connaissait, l'alien semblait pris au dépourvu. Il s'adressa à Lafora :

— Lieutenante, il faut évacuer le quartier et établir un cordon de sécurité autour de la créature.

Heureusement, la policière savait quand poser des questions et quand agir. Elle passa un appel et donna des ordres dans ce sens. Elle quitta ensuite le groupe, afin d'accueillir ses troupes lorsqu'elles prendraient position.

De leur côté, Mallory et ses compagnons se réfugièrent au vingtième étage de la tour. Ils avaient sorti Lebrane du coffre de la voiture. Coincé entre Torg et un soldat vohrn, il grommelait à propos de la façon dont il était traité.

Berçant le petit jufinol dans ses bras pour le rassurer, elle s'approcha d'une fenêtre.

Au pied du gratte-ciel, la monstruosité restait immobile. Mallory s'en étonna : elle ne s'était pas lancée à leurs trousses. La chute l'avait peut-être blessée, en fin de compte…

Beaucoup plus inquiétant, elle nota un fait qui lui avait échappé de prime abord :

— Merde ! Elle continue de grossir, j'en suis sûre.

Lorsqu'elle s'en ouvrit à Hanosk, celui-ci acquiesça et ajouta :

— Nous avons un autre problème. La presse a été informée de l'épidémie de Smog qui nous frappe. Gloria City est maintenant sous embargo. Aucun appareil volant n'est toléré et personne ne peut quitter la ville ou y entrer. Il en est de même à l'échelle de la planète. Officiellement, le blocus permet de contenir le virus. Il s'agit d'une mesure de façade, mise en place par nos adversaires politiques. Sous couvert de sécurité et d'assistance, ils vont tenter de nous enlever le système de Procyon.

Pendant que le vohrn s'expliquait, le truand essaya une fois encore d'échapper à Torg. Incapable de se défaire de la

poigne d'acier du cybride, il dut se contenter de lancer :
— Mon patron a la moitié du gouvernement dans sa poche, il est hors d'atteinte. Vous avez remué ciel et terre, pourtant il est parvenu à ses fins ! Soyez beaux joueurs : puisque vous êtes foutus, libérez-moi.

Ignorant Lebrane, Mallory réfléchit à voix haute :
— Pour le moment, ce n'est qu'une rumeur. Si l'on distribue le traitement à temps, le plan de Morsak capotera, non ?

D'une voix où perçait le regret, Laorcq brisa ce faible espoir :
— Faux. À part nous deux et Lafora, tout le monde doit être convaincu que le monstre à nos trousses est d'origine vohrne. D'ailleurs, la vérité importe peu : Procyon et ses planètes regorgent de richesses. C'est un gâteau trop appétissant. Terriens, nageks et autres doivent foncer vers Kenval, comme des vautours flairant un animal à l'agonie...

XXXI
ZOMBIES

De cette suite d'événements, Mallory ne releva qu'un seul point positif. L'information vint d'Hanosk :
— Les cocigs porteurs du vaccin contre le Smog ont été diffusés dans les circuits d'eau potable. La majorité de mon peuple est déjà hors de danger. Dans quelques jours, ces symbiotes auront complété un cycle de vie et se répandront massivement.
— Un souci de moins, reste une centaine d'autres, ironisa-t-elle.
Concentrée sur leur problème immédiat, elle se pencha vers la fenêtre et observa de nouveau ce qui se tramait au sol. En dépit de la hauteur, elle pouvait voir d'énormes bourgeons rosâtres poindre à la surface du monstre. Sa taille égalait maintenant plusieurs étages.
À l'aide de véhicules et de barricades placées à la hâte, la police avait établi un périmètre de sûreté. Le long de cette barrière dérisoire grouillait toute une population. Journalistes, quidams avides de sensationnel alertés par les réseaux et des

passants curieux. Les humains n'avaient pas le monopole de ce défaut : les différentes espèces étaient largement représentées.
Leur attitude nonchalante inquiéta Mallory :
— Une vraie bande d'abrutis. Ils restent plantés devant ce monstre, comme s'ils attendaient qu'il se jette sur eux !
Indifférents aux rafales et à la pluie, de nombreuses personnes prenaient des photos ou des vidéos. Les forces de l'ordre avaient beaucoup à faire pour les empêcher de franchir le cordon de sécurité.
Enroulé autour de son bras gauche, le petit jufinol se mit à trembler. Aussitôt, elle ressentit une vague de désarroi l'envahir à travers le lien télépathique.
Elle tenta de calmer l'animal d'une caresse, mais la sensation désagréable persista. Fixant les yeux de teckel du jufinol, elle lui demanda :
— Eh bien ? Que se passe-t-il ?
En guise de réponse, il l'incita mentalement à regarder de nouveau par la vitre. En bas, elle vit un mouvement de foule s'amorcer parmi les spectateurs et les chasseurs de scoop.
Sur la peau du mastodonte, les bourgeons étaient en train d'éclore. Dans un gargouillement de liquide épais et jaunâtre, de gros paquets de viande frémissants s'en extirpaient...
Mallory comprit d'où venait la panique du ver coloré :
— Je rêve ou il pond ?
Alarmée, elle aperçut une silhouette enjamber la barrière de sûreté.
— J'ai un mauvais pressentiment...
L'attention des policiers détournée par l'agitation, un orcant en profitait pour s'approcher de l'un des blocs de gélatine rougeâtre.
Il était à un pas de son but, lorsque la masse tremblotante lui sauta dessus. Elle le recouvrit complètement en un clin d'œil, donnant l'impression que l'alien à l'allure d'insecte se débattait dans un grand sac plastique. Plus il remuait et plus la membrane se tendait. Dans un dernier soubresaut, il

mourut asphyxié.

Une large bouche apparut au sommet de l'amas de viande, pour s'ouvrir en une parodie de bâillement. Elle s'élargit d'un coup et cracha un long jet poisseux. Engluée dans l'épais liquide, se trouvait la carapace de l'orcant, vidée de sa substance.

À la vue de ce spectacle macabre, l'instinct de survie se réveilla enfin au sein de l'attroupement. Les témoins de la scène amorcèrent un mouvement de fuite.

Avec un sentiment d'horreur croissant, Mallory vit l'organisme se muer en un être quadrupède. Imitation répugnante de sa victime, il se lança à l'assaut de la tour.

Comme s'il s'agissait d'un signal, les autres masses de chair se mirent à bondir et, arrivées près de la foule, se jetèrent dedans. Piégées par les baudruches carnivores, leurs proies ressemblaient à des poissons dans un filet.

Le même scénario se répéta. Les membranes des blocs de gélatine se tendaient et les prisonniers suffoquaient, avant d'être phagocytés.

Les amas de viande s'alimentaient sans faire preuve de la moindre distinction. Une fois rassasiés, ils recrachaient les os et se transformaient. Les mutants singeaient grossièrement les espèces qu'ils avaient digérées. D'une démarche maladroite, mais décidée, ils se dirigeaient alors vers le bâtiment vohrn. Très vite, une multitude de monstres grouillèrent au pied de l'immeuble.

Mallory assistait au carnage, rageant de ne pouvoir intervenir :

— C'est pas vrai ! Ça ne finira donc jamais ?

Au lieu de la rejoindre à la fenêtre, Hanosk exhiba son navcom sphérique. Entre ses longs doigts écailleux, la petite boule s'illumina et projeta une série d'images tirées des systèmes de vidéosurveillance. Les mutants carnivores s'affichèrent en gros plan. Après réflexion, il déclara :

— L'U-Barg est entré dans sa deuxième phase.

— L'u... quoi ? s'exclamèrent en chœur Mallory et

Laorcq.

— Suivez-moi, je vais vous expliquer.

Hanosk s'adressa ensuite à Torg :

— Accompagnez-nous avec le prisonnier.

L'alien les entraîna dans les méandres de la tour. En chemin, il révéla ce qu'il avait appris en fouillant l'esprit de Lebrane :

— La chose qui nous a attaqués sur Stranda est un U-Barg, une sorte de cyborg de combat. Elle se singularise par sa capacité, sous certaines conditions, à se multiplier très rapidement, comme nous venons de le constater. Une fois en phase reproductive, les U-Bargs se jettent aveuglément sur tout ce qui bouge. Quand il ne subsiste plus la moindre créature à laquelle s'en prendre, ils commencent à s'entre-dévorer. L'ultime survivant entre alors en sommeil, il suffit à son « maître » de le récupérer pour démarrer un nouveau cycle de destruction ailleurs...

— Génial ! Il ne manquait plus qu'une invasion de zombies, observa Mallory.

Laorcq approuva :

— Ils ont tout des morts-vivants de nos légendes. Imagine ce que Morsak pourrait faire d'une machine de guerre se répliquant à l'infini...

Elle en eut froid dans le dos :

— Tu m'excuseras, mais je préfère m'en abstenir !

Au bout d'un long couloir, ils débouchèrent dans une pièce où une dizaine de vohrns s'affairaient. Mallory lui trouva une étrange similitude avec le poste de commande du *Lyoden'Naak*, le croiseur qui l'avait escortée vers Mars. Il y régnait également la même atmosphère d'efficacité silencieuse.

Balayant les lieux du regard, elle vit deux rangées d'appareils génotechs, placées de chaque côté d'une projection holographique. Celle-ci occupait un pan de mur et diffusait le massacre perpétré par les mutants.

À l'image, elle distingua la foule prise de panique qui s'éparpillait. Quelques-uns des blocs carnivores sautillaient encore à la poursuite de victimes. Une fois nourris et leur nouvelle forme stabilisée, ils convergeaient vers l'entrée du bâtiment.

Sur les pas de Mallory, Torg et son prisonnier pénétrèrent dans la pièce. Affolé, Lebrane découvrit le carnage sur grand écran :

— Ils vont nous bouffer tout cru ! Pourquoi vous restez plantés là ? Nous devons fuir d'ici !

Le cybride lui colla une claque sur la nuque :

— Tais-toi. Tu nous fatigues.

Sonné, le truand se tint tranquille.

D'autres points de vue vinrent enrichir la projection et dévoilèrent les mutants en gros plan. Il n'y en avait pas deux pareils, néanmoins ils possédaient chacun une gueule dégoulinante de bave et remplie de crocs pointus.

Les images montraient désormais l'entrée au pied de la tour. Le rideau métallique qui barrait l'accès à la tour creuse résista peu de temps. Il céda brutalement dès que les mutants furent assez nombreux à se presser contre. Les portes vitrées qu'il était censé protéger volèrent en éclat sous l'assaut des monstres.

L'affichage changea de nouveau. Mallory les vit déboucher dans un grand hall d'entrée. Des compositions végétales et des meubles aux couleurs neutres l'occupaient, agencés pour mettre les visiteurs à l'aise.

Saccageant l'endroit, les mutants arrachèrent les plantes pour les jeter au sol et démolirent le mobilier.

Mallory entendit Hanosk donner une suite d'instructions. Dans un coin de l'image, un plan du bâtiment se couvrit

d'indicateurs rouges.
 Prudent, l'alien avait ordonné l'arrêt des ascenseurs. Même si les mutants étaient trop primaires pour en comprendre les commandes, ils pouvaient en emprunter un à force de tâtonnement.
 Quant au risque présenté par les escaliers, il fut résolu par l'envoi de guerriers au troisième niveau, pour y contenir les monstres carnivores.
 — Vu l'allure à laquelle ils se multiplient, le peu de troupes dont vous disposez sera vite débordé, remarqua Laorcq.
 — Nous devons tenir, lui répondit Hanosk. Gloria City est en proie à la panique. Des navires de combat nageks viennent d'entrer en orbite autour de Kenval. Si nous ne maîtrisons pas la situation rapidement, ils détruiront la ville sous prétexte de prévention. Privé de sa capitale, le système sera à leur merci...
 Mallory prit conscience du nouvel enjeu et alla droit au but :
 — Comment anéantir cette meute de zombies ?
 — Il faut d'abord en éliminer la source : l'U-Barg original, asséna Hanosk. Pour cela, nous devons nous en procurer un échantillon et l'analyser.
 — Et si on le bombardait ? suggéra la pilote, en adepte des solutions radicales.
 — Mallory, tu oublies le blocus, lui rappela Laorcq. Et puis, nous ne sommes pas au milieu d'un désert. La puissance nécessaire à la destruction d'une telle masse ferait beaucoup trop de dégâts. La tour risquerait de s'écrouler, sans parler de disséminer cette saleté dans tout le quartier. Va savoir si les morceaux ne deviendraient pas autonomes...
 — OK, admettons ! L'artillerie, c'est ta spécialité. Dans ce cas, qui ira découper un bout de bidoche pour qu'Hanosk et ses copains trouvent une recette miracle ?
 L'intéressé déclara :
 — Votre garde du corps, capitaine Mallory Sajean. Lui

seul dispose des capacités physiques pour se frayer un chemin à travers les mutants jusqu'à leur source.

— Vous voulez l'envoyer face à un adversaire de vingt-cinq mètres de haut ? C'est du suicide. (Elle se félicita intérieurement : elle avait réussi à ne pas crier sur le vohrn.) Vous possédez des vaisseaux gros comme des planètes, pourtant vous avez besoin de Torg ?

— Nous n'avions pas prévu l'embargo, ni que nos opposants le mèneraient avec autant d'acharnement, rétorqua Hanosk.

Il lança une commande vocale. Au fond de la pièce, le visuel changea et dévoila les abords de la zone envahie de monstres.

Terrorisés par le carnage perpétré sous leurs yeux, des milliers d'individus fuyaient les lieux. Hommes et aliens en uniformes s'efforçaient de les canaliser.

L'extraterrestre précisa :

— La police est dépassée. Tant que le blocus ne sera pas levé, aucune aide extérieure n'est à espérer. Le cybride est notre meilleure option. Pour l'avoir lu dans votre esprit, je sais combien il compte pour vous. Ne laissez pas l'inquiétude vous aveugler. Il réussira.

Hanosk s'approcha de Torg pour examiner son pelage noir et rouge :

— Ses cicatrices sont refermées, le traitement est un succès. Alors qu'ils le soignaient, mes chirurgiens ont procédé à des améliorations. Il est désormais plus robuste et agile.

Avant que Laorcq ne puisse s'interposer, Mallory se jeta sur le vohrn. Calé dans son bras gauche, le jufinol hérissa le poil. Elle agrippa la toge d'Hanosk de sa main libre et, d'une voix vibrant de rage, demanda :

— Vous avez fait quoi ?

— Nos médecins lui ont injecté un polymère destiné à renforcer l'ossature de votre cybride. Grâce à notre intervention, ses membres sont devenus cent fois plus solides.

Elle ne décoléra pas :

— Pourquoi ne pas m'en avoir parlé d'abord ? C'est un être vivant, pas une machine !

— Nous ne pouvions imaginer votre opposition à une modification aussi simple et utile, s'étonna l'alien. Pouvons-nous procéder ? Les mutants viennent de franchir un autre niveau, mes soldats seront bientôt débordés.

La logique jouait contre elle, réalisa Mallory. Elle lâcha les vêtements du dirigeant et se tourna vers son garde du corps :

— Je ne te forcerai pas. À toi de décider.

Abandonnant Lebrane aux soins d'un guerrier vohrn, Torg se rapprocha d'elle. Il tendit une de ses grosses mains et lui caressa délicatement la joue :

— Je suis là pour te protéger, l'as-tu oublié ?

— Justement. Mort, tu ne pourras pas, rétorqua la jeune femme.

Il lui ébouriffa les cheveux.

— Hanosk a raison. Tu t'inquiètes trop.

Le jufinol émit un pépiement approbateur : il était du même avis.

Torg s'adressa au vohrn et se déclara prêt. L'extraterrestre lui sangla en travers du torse une ceinture avec une pochette. Elle contenait un mince tube métallique : l'instrument destiné au prélèvement.

Une paire de fusils-mitrailleurs dans les bras, un soldat vohrn entra. Dépourvues de crosses, ces armes se fixaient directement sur les bras. Sans un mot, l'alien en équipa Torg. Le navcom de ce dernier se connecta aux fusils. Une simple pensée suffirait au cybride pour ouvrir le feu. Hanosk lui indiqua ensuite le chemin vers l'élévateur à proximité, en précisant :

— Il sera remis en service le temps de la descente.

Mallory accompagna le cybride jusqu'à la cabine. Alors que les portes coulissantes se refermaient, elle lui lança :

— Bousille-moi un max de ces saletés !

Pour Lebrane, le départ du cybride et de la pilote était une aubaine. Restaient le grand balafré et les aliens sans tête. Si seulement il pouvait les distraire avant le retour de la petite peste...

Le truand désespérait. Il pensait à l'argent soutiré à Morsak, attendant d'être dépensé pour lui offrir une nouvelle vie. Hors de question de poireauter jusqu'à l'arrivée des monstres. Il devait absolument s'échapper.

Depuis que Torg l'avait frappé, Lebrane s'efforçait de rester discret. Le dos collé au mur de la pièce, à l'affût de la moindre opportunité, il observait les vohrns.

Il croyait sa chance enfuie, quand ils s'agitèrent soudainement. Ceux qui n'occupaient pas un siège devant les consoles à l'aspect organique quittèrent la salle.

— Maintenant ! décida le truand.

Il se jeta sur Laorcq. Instinctivement, le balafré fit un écart et se prépara à en découdre. La réaction attendue par Lebrane. Sa charge n'était qu'une feinte destinée à l'éloigner de la sortie. Le truand plongea avec l'énergie du désespoir, glissant entre les doigts de son adversaire. Sans se préoccuper de la douleur, il rebondit au sol tel un chat et fila dans le couloir.

Laorcq allait se lancer aux trousses de Lebrane quand un

cri le figea sur place. Une voix féminine. *Mallory !* conclut-il.

Il renonça à poursuivre le truand et prit la direction opposée. Il réalisait avec effroi qu'il entendait la pilote hurler de peur pour la première fois.

Il la découvrit à deux pas de l'ascenseur emprunté par le cybride. Une bande de mutants miniatures l'encerclait. Le plus grand d'entre eux mesurait à peine cinquante centimètres. Du bipède à l'hexapode, tous les types de monstres étaient représentés. Ils sautillaient les uns sur les autres et leurs gueules claquaient dans le vide.

Debout au milieu des créatures grouillantes, Mallory serrait le jufinol contre elle. Un détail frappa Laorcq. Aucun des mutants ne s'approchait à moins d'un mètre d'elle.

L'apercevant, Mallory lui fournit l'explication :

— Le jufinol les garde à distance, mais il ne va pas tenir longtemps.

En effet, le ver multicolore tremblait dans ses mains, comme s'il était soumis à un effort intense. La pilote avait le teint cendreux. Le lien télépathique avec l'animal la mettait à rude épreuve.

Laorcq recula discrètement. Il redoutait de briser le fragile équilibre si l'une des choses le remarquait. Activant son navcom, il appela Hanosk.

Les vohrns luttaient contre de semblables infiltrations de monstruosités. Les horribles nabots s'étaient faufilés dans des gaines techniques, utilisées pour les câblages et les conduites d'eau. Cela expliquait pourquoi les aliens s'étaient précipités en le laissant seul avec Lebrane.

— Nous avons découvert et condamné leur point d'accès, cependant j'ignore combien ont pu passer, précisa Hanosk. Ils…

De crainte que le ver télépathe ne parvienne plus à la protéger, Laorcq l'interrompit et l'informa au sujet de Mallory.

— Je vous rejoins avec des armes, répondit le vohrn.

Le trajet lui demanda à peine une minute, pendant laquelle Laorcq se rongea d'inquiétude. La pilote et le jufinol paraissaient sur le point de s'écrouler. La concentration nécessaire pour maintenir en respect la horde de mutants devait les avoir épuisés.

Dans ses longues mains, l'alien tenait deux revolvers. Massifs et d'un blanc terne, ils se dotaient d'un large canon triangulaire.

Dès que Laorcq en prit un, une interface le relia à son navcom. Un carré rouge qui correspondait à la zone de tir apparut dans son champ de vision. Englobant un maximum de monstres entre les lignes écarlates, il pressa la détente.

L'arme cracha une série d'éclairs bleuâtres, qui foudroyèrent les créatures. De la fumée et une odeur écœurante montèrent des corps recroquevillés. Imité par l'extraterrestre, il s'acharna jusqu'à réduire en cendre les mutants.

Au même moment, à l'opposé de la tour, Lebrane dévalait un escalier de service. Puisque les vohrns bloquaient les rejetons de l'U-Barg au troisième, il estima qu'il pouvait descendre tranquillement jusqu'au quatrième.

Une fois atteint le niveau choisi, il se dirigea au jugé. Pestant contre les aliens sans tête et leurs couloirs obscurs, il avançait à la faible lumière émise par un navcom. Il cherchait une fenêtre, si possible située à l'opposé de l'entrée du bâtiment. Fébrilement, il explora plusieurs pièces.

Tout à sa quête, il n'avait pas remarqué qu'un minuscule mutant le suivait à la trace. De la taille d'un rat, il trottinait sur six pattes griffues. Une gueule qui rappelait celle d'un crocodile fendait son museau.

Avec soulagement, Lebrane découvrit une salle destinée à recevoir des humains et donc pourvue d'une ouverture vers l'extérieur. Il regarda à travers. En bas, la rue luisante de pluie était déserte.

— Je le savais, les bestioles sont massées à l'opposé ! jubila-t-il.

Une main portée à son cou, il en détacha une chaîne agrémentée d'un pendentif. L'ornement contenait un filament à peine visible à l'œil nu. Le truand s'en servait d'ordinaire pour étrangler ses victimes, toutefois il était suffisamment long et solide pour lui permettre de rejoindre le sol.

Il ouvrit la fenêtre en grand. Le fil attaché à une table et le collier autour de ses poings, il bascula par-dessus le rebord. Lentement, il descendit au rythme du filin qui se déroulait de l'intérieur du bijou.

Les griffes cliquetant sur le dallage, le petit monstre se précipita vers le meuble utilisé comme point d'ancrage par Lebrane. Il l'escalada en quelques bonds et se jucha sur le câble, qu'il entreprit de suivre.

Indifférent à l'orage qui s'acharnait sur lui, le truand regardait le trottoir se rapprocher. Dès qu'il y poserait le pied, il serait libre. Un sourire victorieux se dessinait sur ses lèvres, quand il sentit une masse molle et chaude lui tomber sur la tête. N'osant lâcher la chaîne de peur de chuter, il secoua sa tignasse blonde pour s'en débarrasser.

Le mutant miniature ne se laissa pas déloger. Ses pattes griffues plantées dans la peau de l'homme, il progressa vers le cou. Arrivé au niveau de la jugulaire, il mordit sauvagement l'artère gonflée de sang.

Le liquide rouge coula à flots de la veine sectionnée. Acculé, Lebrane prit le risque de libérer une de ses mains. Il attrapa le monstre et tira. Les trombes d'eau rendaient glissant le corps de son agresseur. Non seulement il ne parvint pas à s'en défaire, mais il agrandit sa blessure.

L'hémorragie brouilla sa vision et son cœur s'emballa. Faiblissant, il se raccrochait au filin par réflexe, sans se rappeler pourquoi. Une étrange confusion s'empara de lui. Entre ses doigts, il sentait le mutant visqueux s'agiter. Poursuivant son festin, le petit monstre se fraya un chemin vers la gorge de sa victime et y planta sèchement les crocs.

Au moment où il toucha terre, Lebrane sombra dans le néant. Sinistre marionnette, il resta pendu par un bras. À ses pieds, l'averse diluait une flaque de sang…

XXXII
FORAGE

Dans un léger chuintement, les portes de l'ascenseur s'écartèrent. Torg contempla le hall envahi de mutants. La pièce ressemblait à une fourmilière après un coup de pied. Les monstres les plus évolués s'efforçaient de progresser vers l'étage supérieur, les autres se battaient entre eux.

Quand la voix de Mallory jaillit de son navcom implanté, le cybride sortait de la cabine.

— On te voit sur les caméras de surveillance, l'informa-t-elle. Selon Hanosk, l'U-Barg géant pompe des nutriments directement dans les égouts de la ville, c'est pour cela qu'il continue à grandir et se reproduire à une telle allure. Ne traîne pas en route...

— Aucun problème, répondit-il.

Conçu pour le combat et doté d'un instinct animal qui flirtait avec celui du mâle dominant, Torg avait régulièrement besoin de se défouler. De son point de vue, la horde d'affreuses bestioles tombait à pic...

Il traversa le hall en exterminant soigneusement les créatures difformes qui se dressaient sur son chemin. Les gros calibres installés sur ses avant-bras faisaient merveille : à chaque fois qu'il touchait une cible, celle-ci faisait un saut en arrière, quand elle ne volait pas en morceaux.

Le rouge sombre devint rapidement la couleur principale des lieux, accompagné d'une écœurante odeur de viande crue.

Torg arrivait à la porte d'entrée lorsqu'un mutant d'un gabarit supérieur aux autres se jeta sur lui en hurlant. L'espace d'une seconde, il contempla la chose en plein bond. Anormalement longs, les membres du monstre lui donnaient un air d'araignée. Sa face dépourvue d'yeux était barrée par de larges mâchoires, entre lesquelles s'agitait une langue bifide.

D'une brusque prise au cou, Torg l'attrapa au vol. Le cri inarticulé se transforma en gargouillis. Indifférent aux ruades du mutant, il lui serra la gorge de sa main renforcée d'acier. Enfin, un craquement satisfaisant retentit. Il tenait désormais un cadavre. Il le balança dans les pattes de deux monstres qui se précipitaient sur lui. Fauchés dans leur course, ils s'écroulèrent à terre. Torg les liquida d'une balle dans la tête. Ils étaient peut-être vilains, mais pas très costauds...

Les dépouilles enjambées, il atteignit l'extérieur. L'U-Barg originel se trouvait à proximité. Le gigantesque organisme vibrait au rythme des bulbes qui poussaient sur son enveloppe et libéraient de nouvelles atrocités ambulantes.

Des effluves fétides agressèrent soudainement l'odorat de Torg. Non sans dégoût, il lâcha :

— Hanosk ne s'est pas trompé, il faut vraiment se nourrir d'excréments pour sentir si mauvais...

Quelques coups de feu et éclaboussures sanglantes plus tard, il parvint assez près de l'énorme créature pour effectuer son travail. De la pochette sanglée en travers de son torse, il sortit le tube confié par l'alien. Réalisant une biopsie à grande échelle, il saisit un bourrelet de chair nauséabond et le transperça avec le cylindre métallique. Le prélèvement terminé, il glissa soigneusement dans son étui le tube et l'échantillon de tissus qu'il contenait.

Torg rebroussait chemin quand il sentit une sorte de câble visqueux s'enrouler autour de ses jambes. Entravé, il chuta au sol.

Des deux trous pratiqués dans la masse de l'U-Barg jaillissaient maintenant des tentacules qui l'immobilisaient. Il tenta de s'en débarrasser en lâchant une grêle de plomb à l'endroit d'où ils surgissaient, mais ils ne se détendirent qu'à peine. Il attrapa ces lianes organiques et tira dessus en vain. Elles étaient trop souples pour se déchirer. Sur un grognement de dépit, il se résolut à les trancher à coups de dents…

Un goût infect envahit sa gueule et une nausée soudaine lui noua l'estomac, néanmoins il réussit à les sectionner. Tout juste libéré, il dut affronter d'autres mutants qui venaient à la curée. D'un direct capable de fracasser un bloc de béton, il écrasa la face du premier, avant de le projeter au loin d'un violent coup de pied dans le ventre. Liquidant les suivants, il épuisa les munitions de ses fusils-mitrailleurs.

Faute de chargeur supplémentaire, il dut revenir sur ses pas en se frayant un chemin à la force brute. Après un début laborieux, il acquit suffisamment de vitesse et rien ne put le stopper. Il retraversa le hall en sens inverse, envoyant valdinguer les monstres qui lui barraient la route. Il renonça à un arrêt devant les ascenseurs et continua de la même manière par les escaliers.

Là, l'étroitesse des lieux lui permit de briser les corps de ses adversaires contre les murs. Ce jeu de massacre terminé, il déboucha au niveau où un cordon de soldats vohrns contenait l'assaut des mutants.

Le reconnaissant, ils cessèrent le feu le temps qu'il passe derrière eux.

Finalement, Torg rejoignit Mallory. En compagnie d'Hanosk et Laorcq, elle l'attendait dans une pièce aménagée en laboratoire. Elle dut se retenir in extremis de se jeter contre le cybride : du sang imprégnait sa fourrure au point d'en dissimuler les zébrures rouges et noires.

Il suivit son regard :

— Ce n'est pas le mien.

— Tant mieux, répondit-elle, soulagée. La fête est loin d'être finie. La police est trop occupée pour nous venir en aide et le rythme de reproduction de ces saletés a encore augmenté.

Torg s'aperçut que Lebrane manquait à l'appel :

— Où est passé l'autre abruti ?

Mallory grimaça. En réaction à sa contrariété, le jufinol calé au creux de son bras émit un cri aigu.

— Ce salopard a réussi à s'enfuir, annonça-t-elle.

Ignorant à quel point il était près de la vérité, Laorcq ajouta :

— Il n'a pas pu aller bien loin. On le retrouvera…

Le dirigeant extraterrestre s'approcha du cybride et tendit une main. Sans se faire prier, Torg y déposa le précieux échantillon.

Le vohrn s'éloigna et le confia à un de ses congénères. Mallory le regarda s'affairer : un scientifique, supposa-t-elle.

Si elle avait une idée assez précise de l'utilité des appareillages vohrns à bord d'un vaisseau, le contenu d'un de leurs labos la laissait totalement perplexe.

Faute de mieux et pour s'occuper l'esprit, elle décida d'aider le cybride à se débarrasser de la couche d'hémoglobine qui le recouvrait.

— L'un de vous aurait de quoi débarbouiller Torg ?

demanda-t-elle.

En réponse à sa requête, un alien lui fournit des rouleaux d'une matière à mi-chemin entre le cuir et le papier. À l'étonnement de Mallory, ce drôle de parchemin absorba avec facilité les saletés accrochées au pelage de son garde du corps. Elle attaquait une quatrième bobine, quand un rapport d'analyse s'afficha au centre de la pièce.

Des graphiques et des données défilèrent à vive allure. Un bref conciliabule entre les vohrns s'ensuivit. Enfin, abandonnant les scientifiques, Hanosk déclara :

— Nous avons la confirmation que le cyborg de Morsak est composé à la fois d'organes humains et de machinerie génotech. Apparemment, il a contracté le Smog. La violente transformation déclenchée par le virus aurait dû tuer la créature. Malheureusement, la forte présence de drogue dans son sang a conduit à une forme de mutation inédite.

Laorcq coupa court aux explications :

— La question est : peut-on le détruire ? Et si oui, de quelle façon ?

— Simplement, lui répondit l'extraterrestre. Il suffit de lui injecter une grande quantité du vaccin contre le smog. Ceci aussi près que possible du cœur, afin qu'il soit diffusé dans l'intégralité de son corps.

Stupéfaite, Mallory marmonna :

— Il a osé utiliser le mot « simplement » !

Elle haussa la voix :

— Et comment vous comptez parvenir jusque-là ? Une seconde ! J'ai deviné, se moqua-t-elle. Vous allez me demander d'envoyer Torg se frayer un chemin dans cette montagne de viande avec une petite cuillère, n'est-ce pas ?

Malgré la situation, la remarque arracha un sourire à Laorcq. La pilote se calma et attendit que le vohrn s'explique. Après tout, il n'aurait pas évoqué un tel scénario sans un minimum de chances de réussite.

— Non, répondit l'alien. Puisqu'il faut effectivement s'introduire dans le corps de l'U-Barg, la taille du cybride devient un inconvénient. Au contraire, vous êtes la moins grande d'entre nous et votre jufinol peut tenir les mutants à distance. Deux points qui font de vous la candidate idéale...

Laorcq ne devait pas imaginer cela. La bonne humeur disparut de son visage.

Avant que l'un des humains ne puisse émettre une objection, le dirigeant extraterrestre ajouta :

— Nous avons de quoi percer la chair de l'U-Barg sur une faible profondeur, ce qui vous obligera à forer depuis le haut de la créature...

Laorcq tenta de convaincre l'alien de l'envoyer à la place de Mallory. Hanosk balaya ses arguments :

— Impossible. Votre masse est trop importante. Dans le meilleur des cas, vous resterez bloqué en bas.

La perplexité se peignit sur les traits des deux humains. Craignant le pire, Mallory demanda :

— Quel rapport avec son poids ?

Au fil des explications du vohrn, un frisson glacé lui courut dans le dos...

Une centaine de mètres au-dessus de l'U-Barg géant, planait un frêle appareil. Composé d'un cadre de tube métallique assemblé à la hâte, quatre lucioles flottantes fixées à ses angles lui permettaient de se maintenir en vol. Suspendue à cette aile de fortune, Mallory pesta :

— C'est bien ma veine. Voltiger en plein orage, au lieu d'utiliser un aéroglisseur. Tout ça à cause de ce stupide embargo !

Un brusque coup de vent la fit remonter d'une dizaine de mètres et mit à mal son estomac dont le contenu cherchait à sortir.

Un cri aigu retentit du sac à dos qu'elle portait. À travers le tissu trempé, elle sentit le jufinol s'agiter.

— OK, inutile de se plaindre, se reprit-elle. Finissons-en.

Accroché à sa ceinture, pendait un objet s'apparentant à une bouteille isotherme format familial. Sous pression, elle abritait six litres de vaccin contre le Smog.

Mallory examina le perforateur laser qu'elle tenait entre ses mains. Un outil de plombier. Les vohrns n'avaient rien trouvé d'autre. Dans une tour d'un kilomètre de haut, remplie de jardins suspendus et d'aliens, elle s'était attendue à mieux...

Soupirant, elle pressa l'unique commande à sa disposition et amorça la descente. Au moins, Laorcq lui avait donné une combinaison de protection, ce qui la rassurait un peu.

En se rapprochant du monstre, l'odeur de fosse septique s'intensifiait. En proie à la nausée, elle se posa au sommet du mutant. Sa taille équivalait à celle d'une colline.

Sa peau molle et grasse constituait une surface rendue traîtresse par la forte pluie. Au premier pas, le pied de Mallory dérapa. Son équilibre perdu, elle commença à glisser le long du gigantesque organisme.

Paniquée, elle chercha désespérément de quoi s'agripper. Heureusement, le planeur bricolé freina sa chute. Une série de bips retentit. Son bracelet navcom bascula en communication :

— Mallory ! s'écria Laorcq, visiblement inquiet. Ça va ? Que s'est-il passé ?

— Rien de grave, le rassura-t-elle. Ce gros machin est une véritable patinoire, je ne m'y attendais pas.

Elle était maintenant trop loin du sommet. Après plusieurs tentatives maladroites pour rebrousser chemin, elle trouva la technique appropriée. Le perforateur calé dans son bras gauche, elle utilisait sa main droite pour orienter les lumignons volants vers le haut. Avançant par petits bonds, elle dut changer de cap à de multiples reprises. Des bourgeons se formaient subitement sous ses pas et elle fut obligée de contourner un secteur où la peau paraissait sur le point d'éclater.

La pilote le compara à un steak tartare géant et moisi. En mettant les pieds là-dedans, elle était certaine de s'enfoncer jusqu'aux cuisses...

De nouveau arrivée au sommet de la créature, elle stabilisa son aile flottante et déploya le perfo laser. L'objet avait l'air d'un parapluie télescopique qui se dépliait en parabole.

Elle réactiva son navcom et avertit Hanosk :

— Je suis prête !

Intégrée au perforateur, une minuscule caméra allait permettre aux vohrns de l'orienter à distance. D'ordinaire, il servait à creuser ou à déboucher des conduits d'évacuation de grand diamètre. Pour Mallory, cela signifiait un tunnel juste assez large pour s'y faufiler.

Quand l'appareil démarra, la peau du mutant située en dessous se craquela, dans un horrible son étrangement similaire à celui du popcorn qui éclate.

— L'U-Barg mesure désormais près d'un demi-kilomètre, résonna la voix d'un des vohrns sur la ligne restée ouverte. Depuis votre position, le cœur est à une vingtaine de mètres de profondeur. Il vous faudra un quart d'heure pour y parvenir.

Pendant que le perfo accomplissait son office, la pilote regarda prudemment alentour. La pluie continuait de tomber en un rideau épais, crépitant sur l'épiderme du monstre. Rien de dangereux pour le moment...

À travers le lien télépathique, elle perçut le jufinol se tendre en écho à son inquiétude. Portant la main à sa cuisse, elle empoigna le réceptacle de la combinaison de combat. La tenue se déploya et la recouvrit pour constituer une seconde peau, qui protégeait également le ver multicolore.

À ses pieds, l'extrémité du perforateur devint difficile à distinguer. Mallory s'efforça de bloquer ses pensées négatives, puis inspira et expira profondément.

— Même pas peur ! lança-t-elle par défi, avant de se jeter

dans le puits nouvellement formé.
Autour d'elle, la chair cautérisée restait inerte. Avec soulagement, elle constata l'absence de tentacules vengeurs comme ceux qui avaient attaqué Torg. Elle s'enfonça vers son but.
Derrière elle, le cadre métallique qui supportait les lucioles volantes vint buter contre le rebord du forage. Elle détacha le harnais qui la reliait au planeur improvisé et tira de tout son poids. Elle n'arrêta que lorsque l'aile fut solidement coincée en travers de l'ouverture. Espérant retrouver intact son moyen de transport, elle continua vers l'intérieur du monstre...

Deux cent cinquante mètres plus haut, Laorcq cessa de regarder l'image en provenance des caméras de surveillance. Elle ne montrait que le trou sombre où s'était engouffrée la pilote.
— Franchement, dit-il, je serai surpris si elle atteint le cœur sans provoquer de réaction...
À ses côtés, se tenait le scientifique vohrn qui avait mené l'étude des tissus ramenés par le cybride. L'alien essaya de le rassurer :
— Dans son état actuel, cet organisme est soit devenu complément insensible, soit souffre tant que l'intrusion lui fera l'effet d'une piqûre d'insecte.
— J'aimerais vous croire sur parole. Néanmoins...
Laorcq laissa sa phrase en suspens. D'une pression du pouce sur le verre de sa montre navcom, il appela Hanosk. Celui-ci était descendu épauler les soldats chargés de bloquer l'avancée des mutants. Sur fond de coups de feu, la communication s'établit :

— Commandant Laorcq Adrinov... Soyez bref, je vous prie.
— Je dois rejoindre Mallory.

Aussitôt, le vohrn contra :
— Avez-vous oublié pourquoi nous l'avons choisie pour injecter le vaccin ? Vous ne disposez d'aucune protection contre les créatures carnivores et nos « lucioles » seront incapables de vous évacuer. Vous êtes trop lourd.
— Je sais. Ça n'aurait pas dû m'arrêter.

En son for intérieur, Laorcq se demandait ce qui l'avait pris de se cacher derrière un tel prétexte. Autrefois, un détail comme le retour ne l'aurait pas inquiété. Il grogna avec amertume :
— J'ai laissé une civile risquer sa vie à ma place ! À quoi bon liquider Morsak, si je me mets à lui ressembler ? Et si je surveille les arrières de Mallory, ses chances de réussite seront multipliées par dix.

Sensible à ce dernier argument, l'alien capitula :
— Rejoignez-moi à l'endroit d'où la jeune humaine s'est lancée.

Après avoir pioché une combinaison de combat dans le peu d'affaires qu'il avait emportées avec lui, Laorcq fonça vers l'emplacement indiqué. En chemin, il croisa un guerrier vohrn. D'un ton ferme, il lui réclama son arme.
— Ordre d'Hanosk, se justifia-t-il.

La crosse du fusil ne s'adaptait pas très bien à sa main, mais il n'était pas en mesure de faire la fine bouche. À sa droite, une sorte de sculpture était accrochée au mur. Un assemblage de pièces d'acier, qui représentait l'ossature de la tour. Il attrapa l'une des tiges et l'arracha d'un geste sec.

Intrigué, l'extraterrestre désarmé pointa son rostre vers l'humain pour mieux l'observer. La barre métallique coincée entre son talon et le sol, Laorcq la plia aux deux extrémités afin d'obtenir un pied-de-biche improvisé. Ainsi équipé, il se rendit sur le balcon qui avait servi de piste de décollage à Mallory.

Hanosk se trouvait déjà là. Il lui tendit une aile identique à celle de la pilote. Sans la moindre hésitation, il s'y harnacha et se jeta dans le vide.

La descente fut brutale. Il eut à peine le temps d'ajuster sa trajectoire. La colline vivante emplit rapidement son champ de vision.

Quelques secondes s'écoulèrent, avant qu'il s'écrase à la surface. Dans un claquement pareil à celui d'une gifle, il atterrit avec rudesse sur la masse de chair. Confirmant les dires du vohrn, les lucioles s'étaient révélées incapables de supporter son poids.

La durée du plongeon avait suffi pour que le violent orage le trempe de la tête aux pieds. À son tour, Laorcq glissa le long du corps titanesque. D'un geste vif, il stoppa sa chute en plantant la tige d'acier recourbée dans la peau épaisse et gluante du monstre atteint de gigantisme. Noir et poisseux, un liquide ruissela de la plaie qu'il venait d'ouvrir.

Sa prise stabilisée, il abandonna aux caprices du vent l'aile devenue inutile. À l'aide de son crochet, il progressa lentement vers le forage.

Il arriva à point nommé pour épauler son arme et faire voler en lambeaux un petit mutant qui cherchait à emprunter le tunnel creusé par Mallory.

— Je m'en doutais ! Même avec la protection du jufinol, elle se serait retrouvée piégée, se dit-il.

Sur une ultime reptation, il enfonça aussi profondément que possible la barre métallique et s'y accrocha. De son autre main, il empoigna fermement le fusil. Il était prêt à affronter le troupeau de créatures bancales et à la gueule béante qui se précipitaient vers lui...

XXXIII
MÉMOIRE

Mallory touchait au but, quand elle prit conscience de la fusillade. À proximité du puits de chair où elle s'enfonçait, quelqu'un vidait chargeur sur chargeur. Elle regarda à ses pieds. Pas le temps d'aller voir ce qui se passait dehors : l'eau de pluie dégoulinait le long du tunnel tout juste foré et s'accumulait. Pour ne rien arranger, le perforateur avait faibli. Elle devait retirer de ses propres mains les morceaux de viande et de cartilage qui la séparaient de son objectif.

Ses doigts étaient poisseux de sang noir et pestilentiel, lui compliquant encore la tâche.

Le jufinol se débattait et ponctuait ses mouvements de petits cris. Apparemment, il ne supportait plus d'être prisonnier du sac à dos. Mallory arracha un dernier amas de tissus en grognant et céda aux suppliques de l'animal :

— OK, je te libère. Si tu tiens à respirer le mutant carbonisé et à patauger dans la flotte, je ne vais pas te refuser ce plaisir.

Elle saisit l'étui cylindrique fixé à sa cuisse et le serra brièvement deux fois. L'étrange fluide bleu qui la recouvrait de la tête aux pieds se rétracta. À force de contorsion, elle réussit à défaire les bretelles de son sac et à le placer devant elle, entre les genoux.

À peine l'eut-elle ouvert, que le jufinol s'en extirpa. Elle le prit dans ses bras et lui murmura d'une voix rassurante :

— Là. Calme-toi. Dis-moi ce qui ne va pas.

Renforcé par le contact direct entre lui et Mallory, le lien télépathique permit au ver de s'expliquer. Il envoya des images de Laorcq, de l'extérieur de l'U-Barg et enfin de l'armée de monstres.

Elle comprit la raison des coups de feu : il l'avait suivie pour la couvrir, mais lui ne bénéficiait pas de la protection du jufinol...

Une boule de peur à l'estomac, elle n'osa formuler le reste de sa pensée.

Elle n'avait pas le choix. Injecter le vaccin était primordial. Redoublant de vigueur, elle plongea de nouveau les mains dans la masse de chair nauséabonde qui la séparait du cœur. Petit à petit, elle mit à nu un panneau métallique. Elle devina qu'il s'agissait d'un élément du cyborg avant sa transformation.

Parvenue à glisser ses doigts derrière la plaque, elle tira pour la dégager. Quasiment asphyxiée par le manque d'oxygène et l'odeur de viande brûlée, elle força tellement que ses bras tremblèrent. Le morceau de ferraille refusa de bouger.

S'arc-boutant, elle s'aida des jambes. Enfin, dans un bruit humide, la tôle céda brusquement. Mallory partit en arrière et se retrouva assise dans une profonde flaque d'eau et d'hémoglobine. Éclaboussé, le ver télépathe émit un pépiement de protestation. Devant eux béait une ouverture d'une cinquantaine de centimètres de large.

Mallory s'avança avec précaution à l'intérieur. Une monstrueuse pulsation, lente et assourdissante, l'accueillit. À l'aide de la lampe de son navcom, elle découvrit le cœur de l'U-Barg. Il avait enflé au point qu'une partie seulement était visible. Des dizaines d'artères disproportionnées le reliaient au réseau sanguin du gigantesque mutant.

Attrapant la bonbonne accrochée à sa ceinture, elle se remémora les instructions d'Hanosk : *Dévisser le cache supérieur, dérouler le tube flexible terminé par une aiguille et la planter dans une des veines principales. Déclencher la mise sous pression du liquide contenu dans la bouteille.*

Elle examina l'appareil, dont la fonction d'origine n'avait rien à voir avec la médecine et ajouta à voix haute :

— Surtout, espérer que ce matériel, non prévu pour un tel usage, marche correctement...

Mallory avisa une artère épaisse comme la cuisse d'un haltérophile, qui frémissait au rythme de la circulation du fluide dont elle était gorgée.

Sur le point de procéder à l'injection, un cri du jufinol l'interrompit. Elle le regarda avec étonnement et demanda :

— Quoi ? Pas celle-là ?

Nouveau pépiement, à l'intonation négative.

— Celle-ci, alors ? poursuivit-elle en montrant une autre veine, presque aussi grosse.

Un troisième gazouillis, approbateur cette fois.

— D'accord. Pourvu que tu saches de quoi tu parles !

Sur ces mots, elle enfonça brutalement l'aiguille de la seringue géante et en libéra le contenu. Stupéfaite, elle se rendit compte qu'elle venait de jouer la survie d'une ville entière sur les conseils d'un grand ver à poils multicolores...

Devant elle, le battement de l'organe démesuré eut un raté, puis s'affola pour atteindre un rythme invraisemblable.

Elle ne perdit pas de temps à admirer le résultat de son injection. Saisissant le jufinol au passage, elle entreprit de retourner à l'air libre. Moitié courant, moitié rampant, elle suivit en sens inverse l'étroit boyau. Autour d'elle, les effets du vaccin commençaient à transparaître.

La matière vivante de la paroi se putréfiait et virait au

noir. Le frémissement qui parcourait l'énorme créature se mua en convulsions, menaçant d'emprisonner Mallory et le ver arc-en-ciel dans le corps en décomposition du monstre gigantesque.

Lorsqu'elle arriva à l'extrémité du forage, elle pataugeait dans une mixture de chair nécrosée et de liquides poisseux. Une main agrippa son bras droit et la tira hors de son trou. Elle s'autorisa une grande bouffée d'air frais avant de chercher à qui elle appartenait. Elle reconnut le balafré : le jufinol ne s'était pas trompé.

Heureuse de le revoir, mais en colère qu'il ait pris ce risque, elle lui jeta :

— Laorcq ! Tu es devenu suicidaire ?

Il haussa les épaules :

— Je me suis dit que tu n'apprécierais pas de partager ton nid douillet avec une vingtaine de bestioles prêtes à te mordiller les fesses. J'ai eu tort ?

— Oui, lui reprocha-t-elle. Comment vas-tu dégager d'ici ?

Sous l'averse qui s'obstinait à se déverser sur la ville, l'U-Barg se putréfiait à vue d'œil. Autour de lui et dans les rues à proximité, sa descendance sombrait dans la folie. Mallory supposa qu'un instinct embryonnaire avait averti la horde de mutants de la mort de leur parent. Privés de sa présence, ils s'entre-tuaient, mangeaient des cadavres ou se dévoraient les membres.

Au lieu de répondre à la pilote, Laorcq lui tendit l'aile qu'elle avait abandonnée en pénétrant dans le forage :

— Prends ça, ordonna-t-il.

Une fois Mallory harnachée, il manipula la commande antigrav. Poussées au maximum, les lucioles qui servaient de propulseurs emportèrent Mallory hors de danger.

Elle ouvrit la bouche pour protester, mais le jufinol la coupa en lui transmettant un sentiment de sécurité. Lorsqu'il se tortilla pour quitter ses bras et bondir dans ceux de Laorcq, elle ne s'étonna même pas.

— Protège-le bien ! cria-t-elle au ver coloré, en s'envolant.

Elle les perdit rapidement des yeux.

Suspendue à des centaines de mètres dans les airs et ballottée par l'orage, elle vit l'énorme créature pourrir à une vitesse ahurissante. En quelques minutes, l'espace au pied de la tour se changea en un marécage nauséabond.

Le reste lui parut se dérouler comme si elle était déconnectée de la réalité. Après une éternité à dériver entre des gratte-ciel, un aéronef des forces de l'ordre se stabilisa à son niveau et deux agents la halèrent à bord. Une fois l'appareil à terre, elle fut escortée dans un hôpital provisoire, érigé aux abords de la zone sinistrée par l'U-Barg. Les policiers la guidèrent à travers le dédale préfabriqué, jusqu'à une pièce où se trouvait Lafora.

Avec l'étrange sensation d'observer les événements de l'extérieur, elle écouta la policière :

— La situation revient petit à petit sous contrôle. Si le blocus n'est pas complètement levé, cela ne saurait tarder. Des monstres ont survécu, mais mes agents et les soldats vohrns s'occupent d'eux.

La grande blonde en uniforme lui mit une main sur l'épaule :

— Hanosk m'a expliqué ce que vous avez fait. Je suis impressionnée...

Lafora fit signe à un policier régulien. L'humanoïde à la peau vert foncé lui apporta un gobelet fumant. Elle tendit la boisson chaude à Mallory et conclut :

— Encore trois ou quatre heures et nous laisserons la place aux services sanitaires.

Machinalement, la pilote sirota une gorgée.

— Chocolat... nota-t-elle, avec un détachement absolu.

Relevant les yeux, elle vit passer dans le couloir une civière, sur laquelle reposait une silhouette bleue. Elle sortit de sa torpeur sur-le-champ :

— Laorcq !

Elle se traîna jusqu'à lui. Sous la tenue de protection, un renflement trahissait la présence du jufinol. Un des brancardiers s'adressa à elle :

— Une créature non identifiée, apparemment indemne, et un humain. Il est mal en point, toutefois il devrait s'en tirer. Difficile d'en dire plus tant qu'ils sont enveloppés là-dedans, déclara-t-il en désignant la membrane de combat.

Le secouriste jaugea Mallory d'un œil expert :

— D'ailleurs, reprit-il, vous n'êtes pas beaucoup mieux. On vous embarque.

Sous le regard approbateur de Lafora, il demanda de l'aide à deux de ses collègues. Ils se saisirent de Mallory sans autre forme de procès...

Elle s'éveilla à l'hôpital principal de Gloria City, sans savoir si des jours ou seulement des heures s'étaient écoulés. Elle partageait une chambre avec trois autres patients. Assis par terre et dos au mur, Torg veillait sur sa protégée.

— Mallory ! Tu es revenue parmi nous ! s'exclama-t-il en se relevant pour la serrer contre lui à l'en étouffer.

Le cybride était parfaitement remis de ses récentes aventures. Sa fourrure noire et rouge sentait le propre et ses renforts métalliques avaient retrouvé leur éclat. À la vue de ces indices, elle conclut que la durée de sa convalescence se comptait bien en jours.

Un robot infirmier se précipita vers eux. Il ressemblait à une grosse boîte de conserve blanche, montée sur roulettes. Une trappe s'ouvrit à son sommet et de longs bras articulés en jaillirent. Écartant Torg avec fermeté, il palpa Mallory de ses doigts caoutchouteux. Il bourdonna brièvement et termina son examen d'un laconique :

— Sortie autorisée.

Sous le lit, elle découvrit un paquet contenant ses affaires. Quelqu'un avait eu la bonne idée de les envoyer au nettoyage. En évidence sur la pile de vêtements trônait son bracelet navcom.

Sans chercher à bénéficier d'un peu d'intimité dans l'établissement surchargé, elle s'habilla en dissimulant l'essentiel à l'aide de ses draps.

Elle se connecta au réseau, pour s'apercevoir que son séjour avait duré une semaine. Une requête auprès de l'Intelligence Artificielle de l'hôpital lui indiqua où trouver Laorcq. Elle allait le rejoindre, quand l'IA ajouta :

— J'ai informé l'administrateur de la colonie vohrne que vous êtes en état de partir. Il vous attend dans la zone réservée aux visiteurs.

Mallory et le cybride retrouvèrent Hanosk dans un large hall, composé d'immenses vitres et de murs blancs. À ses côtés se tenaient trois autres vohrns. Elle les observa. Les grands aliens bipèdes à la démarche saccadée ne lui paraissaient plus étrangers. Elle s'était habituée à eux.

Par contre, elle remarqua que les nouveaux venus étaient vêtus à l'identique du dirigeant extraterrestre.

Quatre dignitaires, juste pour moi ! Interloquée, elle se demanda ce que cela impliquait.

Hanosk ajusta un boîtier traducteur sur son rostre et approcha :

— Capitaine Mallory Sajean. Pouvez-vous m'accorder du temps ? Je souhaite vous montrer quelque chose.

— Tout de suite ? J'aimerais voir Laorcq d'abord…

— Il est en coma artificiel. Son réveil est prévu demain. En attendant, pourquoi ne pas nous accompagner ?

En Mallory, la curiosité l'emporta.

— Qu'ont-ils dégoté ? Pas un autre U-Barg, au moins…

Elle et Torg suivirent les aliens jusqu'à une voiture antigrav à l'apparence d'un scarabée surdimensionné. Dix minutes suffirent pour qu'ils parviennent à l'astroport. Les vohrns les escortèrent au sein du dédale de couloirs qui reliaient les terminaux entre eux. Sur leur passage, les employés s'écartaient en hâte. Enfin, ils firent halte devant un rideau métallique.

Son communicateur sphérique en main, Hanosk en commanda l'ouverture.

Alors que les lamelles d'acier s'enroulaient en cliquetant, Mallory découvrit l'intérieur d'un hangar. Sur le sol de béton nu reposait un bloc de roche. De forme cubique, il mesurait près de dix mètres de haut. La pierre parfaitement découpée était marquée de traces de brûlures. La réaction de Mallory tint en peu de mots :

— Impossible ! Vous n'avez pas...

Hanosk confirma ses soupçons :

— Si. Nous n'avons eu aucune peine à localiser l'astéroïde où votre père a dissimulé les preuves de son innocence. Faute de pouvoir les extraire, nous avons récupéré la partie qui nous intéressait.

Elle ne cacha pas sa surprise :

— Je suppose que vous avez trouvé les coordonnées quand vous avez lu ma mémoire. Par contre, comment avez-vous fait pour pénétrer dans le système d'Éridane-E ? C'est en plein territoire orcant.

— Nous avons envoyé une mission diplomatique, chargée du commerce. En choisissant le point de départ adéquat, le vaisseau est arrivé là-bas sur une trajectoire qui a croisé l'orbite de l'astéroïde.

Mallory s'approcha du morceau de roche. Brun foncé, elle se veinait de quartz blanc.

— Posez votre main dessus, l'encouragea le vohrn.

Elle plaqua sa paume contre le bloc de pierre. Il était glacial, comme si les millions d'années passées dans l'espace l'empêchaient de se réchauffer.

Au début, rien ne se produisit. Elle caressa le roc, le parcourant de droite à gauche, puis de haut en bas. L'un de ses doigts accrocha une aspérité : l'extrémité d'un filament métallique. Au souvenir de la description faite par son oncle, elle comprit qu'elle venait de trouver le toron monomoléculaire.

Elle appuya avec son index. Sous la pression, l'ardillon lui perça la peau. Une goutte de sang perla et glissa le long du rocher.

Minuscules serpents, une centaine de fils d'acier s'extirpèrent de la pierre pour former une tresse qui s'enroula à l'avant-bras de Mallory. Son ADN avait activé l'antique stockage d'informations. Ses tatouages sensitifs réagirent aussitôt, passant alternativement des roses rouges aux ronces noires.

Enfin, telle une vipère qui mord sa proie, le cordon se raccorda à son bracelet navcom.

Par réflexe, Torg tendit une main pour s'emparer de l'objet agressif. Elle le stoppa d'un geste de la main :

— Ne t'inquiète pas, c'est normal.

La connexion entre le communicateur et le toron s'établit.

À l'instant, les fichiers qu'il contenait furent diffusés sur le réseau de Kenval et de là, vers tout l'espace connu.

L'anéantissement de la station Dorval, en plein cœur d'Éridane-E, découlait d'instructions de l'état-major terrien, et non pas d'un acte criminel commis par un déserteur. Les clefs de cryptage incluses dans les données suffisaient largement à prouver leur authenticité.

Plus encore, le jour de sa dernière mission, le père de Mallory avait enregistré un rapport...

Les larmes aux yeux, elle entendit sa voix après deux décennies :

« Lieutenant Kyle Sajean, matricule DA668ME.

J'ai reçu l'ordre de procéder à la destruction d'une cible civile. En dépit de mes questions, on ne m'a fourni aucun motif. J'ai programmé la diffusion d'une d'alerte, afin qu'un maximum de personnes puisse évacuer. Cette décision me vaudra la cour martiale. J'en suis conscient et je m'en moque. Si je le pouvais, j'annulerais l'opération, seulement je crains que mes hommes ne se retournent contre moi. Maintenant, je comprends pourquoi on m'a assigné une équipe de têtes brûlées. La plupart ont déjà été accusés d'avoir tué sciemment des non-combattants. Ils n'auront aucun scrupule à poursuivre sans moi. »

L'enregistrement marqua une pause, suivie d'un soupir. Mallory s'adossa au bloc de roche et laissa le froid qu'il dégageait l'envahir. Le message continua :

« *J'ai été piégé. Manipulé. Ma hiérarchie niera avoir ordonné la destruction de Dorval. C'est pourquoi je vais dissimuler une copie intégrale de la transmission et indiquer son emplacement à mon frère. Je ne veux pas que ma fille grandisse en prenant son père pour un criminel.*

Fin de message. »

— Je n'y ai jamais cru ! ne put-elle se retenir de lancer. Jamais !

Poings serrés et tête penchée vers le bas pour dissimuler son visage derrière ses cheveux noirs, elle s'abandonna au chagrin.

Torg s'approchait d'elle pour la consoler, quand un mouvement attira leur attention.

Un autre vohrn venait d'arriver dans le hangar. Ses longs bras soutenaient une boule de fourrure multicolore : le jufinol « adopté » par la pilote.

L'animal émit un gazouillement et entra en contact télépathique avec elle. Une onde de réconfort se répandit en elle, soulageant sa peine. La tristesse qui l'avait submergée à l'écoute du message s'atténua. Elle put voir les choses sous un meilleur angle.

La vérité rétablie au sujet de son père, elle pouvait aller de l'avant. L'avenir était plein de possibilités.

Comme si Hanosk avait senti le changement d'état d'esprit de Mallory, il déclara :

— J'ai une offre à vous faire. Accepteriez-vous de travailler pour nous ? Un transporteur indépendant et humain pourrait nous rendre de multiples services. En échange, vous bénéficierez de notre protection et de notre technologie. Nos ingénieurs se feraient un plaisir de remettre à neuf votre vaisseau...

Elle essuya ses larmes avec le dos de la main, remplaçant les pleurs par un sourire tellement large, que même les aliens purent deviner sa réponse en détectant les changements sur son visage :

— Où dois-je signer ?

Le lendemain, Hanosk retrouva Mallory et Torg à l'hôpital, pour assister au réveil de Laorcq. En chemin, la pilote se rendit compte qu'elle avait été privilégiée en disposant d'une place dans une chambre : par centaines, les victimes des choses carnivores s'entassaient dans les couloirs.

Le trio découvrit le balafré dans un réfectoire, transformé en dortoir où des cloisons mobiles séparaient les patients.

En approchant, Mallory l'observa. Là où les bandages ne dissimulaient pas sa peau, elle vit bleus et griffures.

Au pied du lit, un androïde médical s'affairait sur un appareil relié à l'homme par une perfusion. Les doigts métalliques du robot tapotèrent une série de commandes. D'emblée, la respiration de Laorcq devint plus profonde et ses yeux s'ouvrirent. Apercevant la brune tatouée et les deux non-humains, il demanda d'une voix pâteuse :

— Où en est-on ?

Il était parfaitement lucide, mais avait visiblement peine à remuer.

Pas étonnant, se dit Mallory en songeant qu'il avait lutté contre un groupe de monstres en risquant de se noyer dans les restes liquéfiés de l'U-Barg. Sans sa combinaison et la protection du jufinol, il n'aurait pas survécu.

— La menace est éradiquée, annonça l'alien. Grâce aux preuves que vous avez réunies, nous avons déposé plainte contre l'Idernax et son PDG. Les répercussions ont été immédiates : Morsak est assigné à résidence dans l'attente de son procès.

D'un hochement de tête, Mallory approuva la déclaration de l'extraterrestre. Les vohrns s'étaient avérés d'une efficacité redoutable. Le moindre détail, tout ce qui pouvait servir de pièce à conviction, avait été remis à la police sans temps mort.

Hanosk poursuivit :

— Les éléments concernant la station Dorval ont eu de lourdes conséquences. De nombreux membres du gouvernement terrien ont dû démissionner.

Mallory savourait sa victoire. Les chaînes d'information humaines s'étaient jetées sur la transmission de la veille pour la relayer et la compléter de leur propre analyse. Avides de sensationnel, les journalistes avaient réussi à noircir un tableau déjà accablant.

— Nous sommes aussi débarrassés de Lebrane, ajouta-t-elle. La police a retrouvé son corps, saigné à blanc. Honnêtement, je me serais contentée de lui flanquer une raclée, mais il a eu ce qu'il méritait.

Le regard gris clair de Laorcq devint dur :

— Parfait ! s'exclama-t-il. Maintenant, c'est au tour de Morsak de payer. Ses jours sont comptés...

Inquiète de voir son obsession revenir en force, elle lui lança :

— C'est-à-dire ?

— Même si cela va prendre un moment, il finira par dépenser sa fortune pour échapper à la prison, expliqua Laorcq. Quand il ne lui restera rien, je pourrai tranquillement m'occuper de lui.

Mallory ne lui fit pas remarquer que tuer Morsak ne ramènerait pas sa famille. Il le savait très bien. Parfois,

certaines choses devaient simplement être faites. Surtout lorsqu'il s'agissait de liquider une ordure mégalomaniaque. Elle se contenta d'une recommandation :
— Essaie de ne pas mourir au passage. Tes plans ont une fâcheuse tendance à foirer, je te rappelle.
Avec un léger sourire, il rétorqua :
— Pas grave. Comme tu le vois, je m'en tire toujours sain et sauf...
Contemplant de nouveau les bandages qui masquaient l'essentiel du corps de Laorcq, elle soupira :
— Cette obstination à jouer les durs... Ça doit venir du chromosome Y.
Avant qu'il ne réponde, elle se pencha sur lui. Décidée à avoir le dernier mot, elle riva ses lèvres sur les siennes.

Deux jours plus tard, alors que Mallory revenait à l'hôpital en compagnie d'Hanosk pour en sortir le balafré, elle découvrit un lit vide :
— Disparu sans dire au revoir... Dans le fond, ça ne m'étonne pas vraiment.
Elle avait espéré qu'il finirait par abandonner ses rêves de vengeance, mais elle s'était trompée.
— Vous êtes devenus proches, lui rappela l'alien. Il reprendra sûrement contact avec vous.
Mallory eut un sourire désabusé :
— Ça ne marche pas si facilement avec les humains. En fait, c'est souvent l'inverse qui se produit.
Hanosk parut hésiter un instant, et annonça simplement :
— Il a également accepté de travailler pour nous, vous le reverrez très probablement.
Mallory fixa le renflement du torse qu'elle assimilait au

visage du vohrn. Bien entendu, elle ne put y déceler la moindre expression ou un infime indice sur ce qu'il pensait vraiment. Elle réfléchit aux implications de cette information. Que les vohrns aient décidé d'embaucher une pilote humaine pour un peu de chasse aux renseignements était une chose, mais s'offrir les services d'un ancien militaire...

Elle conclut aussitôt :

— Vous ne m'avez pas tout dit ! Il se trame réellement quelque chose et vous essayez de mettre tous les atouts possibles de votre côté.

— Je salue votre vivacité d'esprit. Notre attention a été attirée par plusieurs éléments dont vous n'êtes pas informée : en premier lieu, dans sa tentative pour nous anéantir, Morsak a bénéficié de l'aide d'une espèce inconnue. Ensuite, un peu partout dans la galaxie, se passent d'autres événements presque aussi graves. Vous et le commandant Laorcq Adrinov allez faire partie d'une équipe destinée à découvrir si ces faits sont liés...

La déception causée par la disparition du balafré s'évanouit. Ce programme s'annonçait nettement plus passionnant que le transport de marchandises...

ÉPILOGUE
DANS L'ESPACE...

Morsak quitta des yeux le compte rendu financier qu'il examinait. D'un geste impatient, il balaya l'image.

L'année précédente, les vohrns l'avaient traîné devant les tribunaux et accusé de tentative de génocide. Au prix de sa position sociale et de sa fortune, il était parvenu à conserver la liberté. Rongé par la haine, il se passait rarement une heure sans que la rancœur lui torde les entrailles.

Saloperie de lézards, ressassait-il en permanence. *Ça me prendra toute une vie, mais je trouverai un moyen de les faire payer !*

Abandonnant le bureau auquel il était assis, il traversa la pièce pour se planter face à un hublot. De la hauteur d'un homme, la vitre incurvée offrait une vue splendide.

Sur le fond noir de l'espace brillait une étrange étoile aplatie aux deux pôles : Altaïr. Sa luminosité onze fois supérieure à celle du Soleil fournissait assez d'énergie pour assurer la bonne marche de l'écosystème du vaisseau-cargo.

Caché parmi des débris rocheux qui suivaient une orbite éloignée, le navire de Morsak lui permettait de rester hors de portée de ses adversaires les plus acharnés.

Il se félicita de sa prévoyance : s'il n'avait pas pris quelques précautions pour se mettre à l'abri en cas de pépin...

Des années auparavant, il avait discrètement supervisé la transformation d'un vieux vaisseau marchand. De petite taille, il était luxueusement aménagé. Doté d'un jardin automatisé et d'un microcentre médical, il offrait de quoi vivre des siècles en complète autonomie.

Deux femmes sublimes tenaient compagnie à Morsak. Certes, elles étaient mortes d'une overdose de jokal, néanmoins il avait vite trouvé avantage à cette situation.

Il avait disposé de leurs corps encore chauds et fait remplacer les organes vitaux par des éléments artificiels. Désormais, les boîtes crâniennes des deux beautés hébergeaient des IA. Programmées pour lui vouer une obéissance totale, elles faisaient des concubines idéales.

Lissant sa courte barbe, Morsak s'éloigna du grand hublot et quitta la pièce. Il venait de passer des heures à réinvestir les fonds qu'il lui restait et se sentait fatigué. Il avait besoin de se détendre : les vohrns attendraient.

Il se dirigea vers le pont inférieur. Alors que la porte se refermait derrière lui, une forme obscure s'interposa brièvement entre l'étoile et la demeure spatiale.

Dans le silence absolu de l'espace, un petit appareil s'approcha à la verticale du refuge de Morsak. Long et étroit, le nouveau venu se résumait à un cockpit monoplace et à un tube propulseur. Noir mat, son fuselage était composé d'un alliage destiné à absorber les ondes radars.

Une silhouette en jaillit, pour franchir la centaine de mètres qui séparaient les deux vaisseaux. L'ombre s'accrocha à la coque du cargo et progressa en direction de l'un des sas.

À l'intérieur, Morsak prenait un bain. La salle d'eau se trouvait dans une ancienne soute. Assez large pour accueillir cinq personnes, la baignoire en marbre n'occupait qu'une partie de la pièce. Le reste était consacré à un habile mélange de plantes vertes et de mobilier aux lignes sobres. Depuis le haut d'un mur cascadait un ruisseau artificiel. Une fois le plancher atteint, il se perdait dans une multitude de canaux qui menaient au recyclage.

Le regard vide et la démarche mécanique, les deux femmes de Morsak se dévêtirent et le rejoignirent. Elles se blottirent contre lui. Leurs corps jeunes et fermes offraient un contraste saisissant avec le sien, dont l'embonpoint et les muscles flasques trahissaient l'âge et le manque d'exercice.

Il étendit les bras pour les serrer contre lui et leur demanda :

— Je suis d'humeur à un peu de musique, pas vous les filles ?

Sans attendre de réponse, il lança une commande vocale. Tout autour du bassin jaillirent de longues tiges translucides. Elles formèrent une haie et diffusèrent une mélodie harmonieuse.

Dans un fracas déchirant, une rafale de plomb lamina la rangée de cristaux. Ils volèrent brutalement en éclats, qui cinglèrent Morsak et ses esclaves lobotomisées.

Abasourdi, il retrouva ses esprits en entendant des pas sur le sol jonché de bris de verre.

Muni d'un fusil d'assaut, un homme en combinaison spatiale approcha. Il porta la main à la visière et la déverrouilla. Lentement, il la releva jusqu'à exposer l'intégralité de son visage.

Reconnaissant Laorcq, Morsak blêmit.

Dans une vaine tentative, il voulut se servir d'une arme dissimulée dans un de ses doigts. S'il parvenait à viser le cœur de l'agresseur, un jet de liquide fuserait de son index et, prenant instantanément la texture de l'acier, le débarrasserait de l'intrus.

Morsak ne put qu'amorcer le geste. Le début de mouvement aussitôt perçu, Laorcq lui tira dans l'épaule.

La blessure arracha un hurlement de souffrance au barbu ventripotent et l'eau dans laquelle il baignait se teinta de rouge. L'articulation fracassée, il ne pouvait plus bouger le bras. À ses côtés, les deux femmes restèrent inertes. Les circonstances dépassaient les capacités des IA de compagnie.

Laorcq savait pertinemment que la vengeance lui laisserait un goût amer, mais pour l'instant, cela ne comptait pas. Seule importait la mort de sa femme et de son fils.

Morsak sanglota, supplia, cria. Personne ne l'entendit...

CHERS LECTEURS…

Je vous remercie d'avoir lu cette histoire. En tant qu'auteur indépendant, me faire connaître auprès de futurs lecteurs est très important pour moi.
Si vous avez aimé ce livre, n'hésitez pas à laisser un commentaire positif sur le site où vous l'avez acheté…

Philippe Mercurio

Rejoignez l'équipage du *Sirgan* !

Inscrivez-vous à la newsletter et recevez gratuitement :

- La nouvelle « Station en péril » (ebook et audio)
- Le guide illustré de l'univers de Mallory Sajean (ebook réservé exclusivement aux abonnés)
- Le début du roman fantasy « L'arbre au bout du monde »

Visitez nogartha.fr

REMERCIEMENTS

À mes relecteurs, Marion, Étienne, Alain, Yohan et Laurent, pour leurs remarques pertinentes et toujours bienveillantes.

À Cécile, pour la dernière lecture en « urgence »…

À ma femme, pour sa patience et ses encouragements.

www.ingramcontent.com/pod-product-compliance
Ingram Content Group UK Ltd.
Pitfield, Milton Keynes, MK11 3LW, UK
UKHW041951230426
12048UKWH00008B/280